U0032777

Hello, and thank you for reading! Mythology for me is the best of old and new – wisdom from the past that echoes through the millennia in fresh ways. This is for those who look back and ahead at once!

哈囉，同時也謝謝你們閱讀這本書！
神話於我，是最棒的新舊融合——
來自過往的智慧，迴盪千年再以全新面貌呈現。
這書是寫給回望過去，也看向未來的你！

瑪德琳．米勒

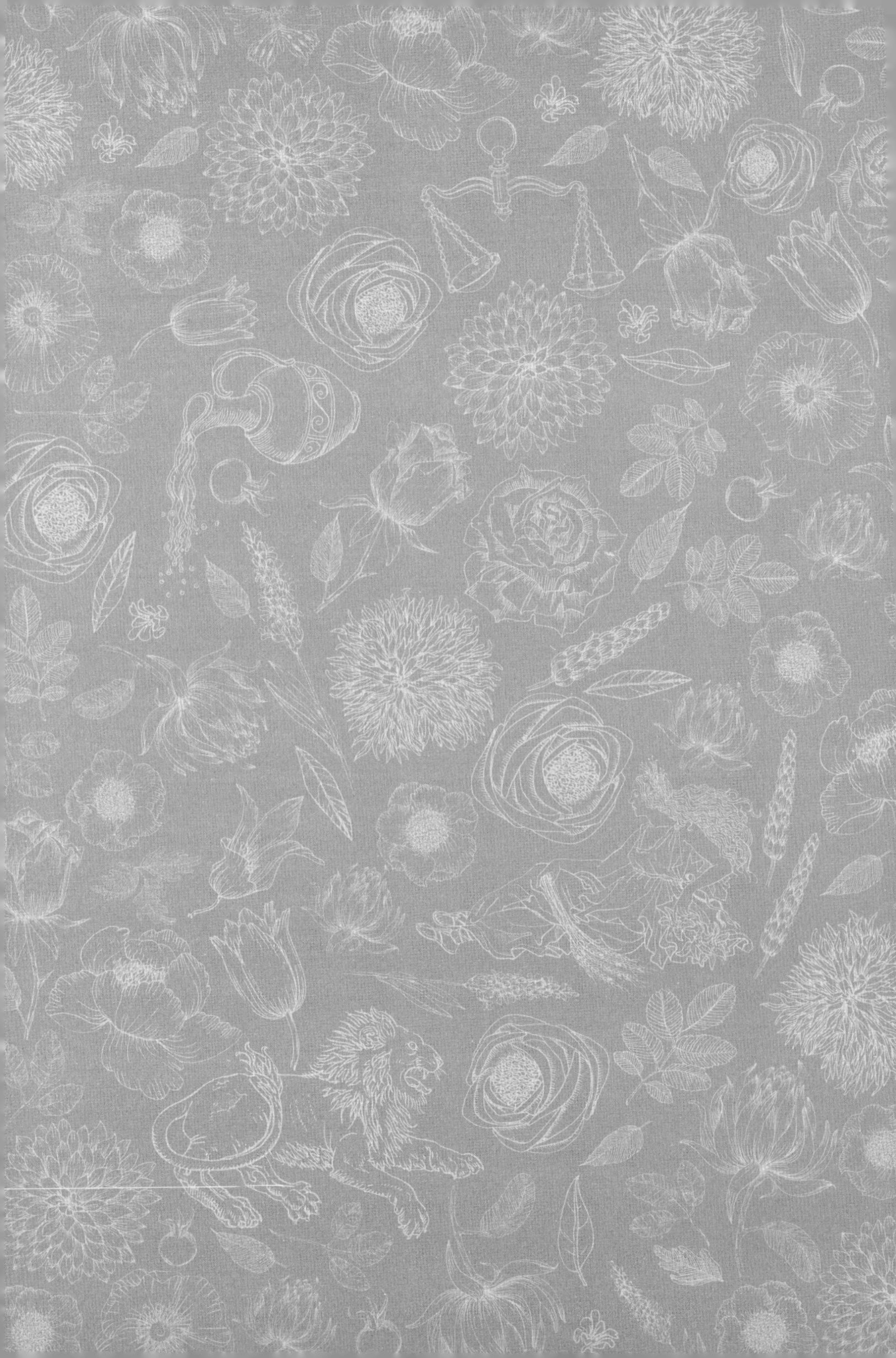

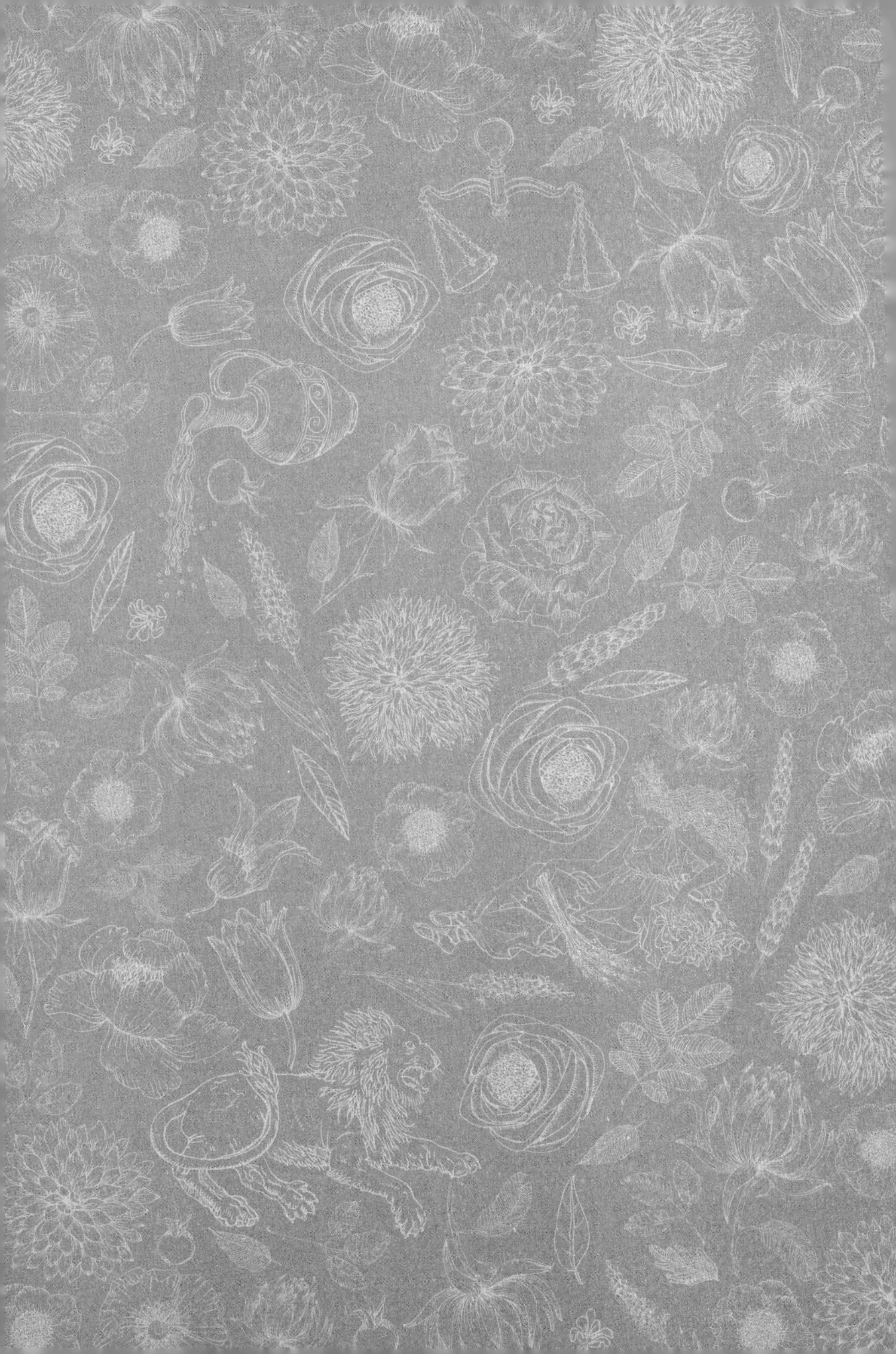

CIRCE
女巫瑟西

Madeline Miller
瑪德琳·米勒 著
章晉唯 譯

各界好評

• 以《阿基里斯之歌》締造狂銷一百五十萬冊、海外授權二十四國紀錄之後，瑪德琳．米勒攜新作歸來，這回主角是《奧德賽》裡的女巫瑟西。她是太陽神的女兒，天生聰慧美麗又有神力，卻在作者筆下成了神族的流放者；她不再是荷馬史詩裡的邪惡女巫，而是對人類懷有感情的女神。《女巫瑟西》以現代的女性主義觀點重寫希臘神話，講述家庭衝突與宮廷鬥爭，歌頌愛與失落，塑造了一個在男人統治的世界裡昂然挺立的女性形象。

——譚光磊，圖書版權經紀人

• 本書是跨越千年的史詩故事，也是讓人徹夜追讀的精采小說。

——安．派契特，福克納文學獎得主

• 顛覆手法大膽改寫女神故事，這本紐約時報暢銷書重塑了史詩《奧德賽》裡最惡名昭彰的女巫，讓她講述自己的英雄故事。

——紐約時報

•《女巫瑟西》必將成為轟動的文學現象，不論從其寫作質量或劃時代力道來看，皆是如此。

——週日泰晤士報

•瑟西以神力女超人之姿回歸……用現代女性主義觀點賦予古典文本新意，並非易事，但能看到瑟西從英雄神話的陰霾裡颯爽現身，演繹當代的心緒與思辨，眞的非常迷人。

——泰晤士報

•光采奪目……動人心弦、富含女性主義光輝的古典奇幻……讀者若是知道故事原典，會樂見米勒進行的改造工藝……既巧妙又迷人的改寫，這絕對是最佳讚美，也是神話故事所期盼樂見的開展。

——每日郵報

•希臘神話改寫的小說離你太遙遠？別太快下定論。米勒逐步營造的文字功力，會讓你看到卷末大喊拜服。本書重塑神話裡的瑟西，她是太陽神最不愛的那個女兒，是史詩《奧德賽》裡施展巫術妖法的女巫，但是這回故事以全新角度與現代女性觀點改寫，把女性情誼、性別、暴虐、母性主題予以眩目耀眼的展演。

——時人雜誌

•本書最驚人之處是，改寫了千百年來我們自以為所知的一切。作者揮灑想像，給出令人震顫又驚奇的場面。以女性主義的視角打磨故事人物，讓女神光輝再現，照見以往一直都忽略的關鍵細節……米勒的筆觸揭露了瑟西的命運、神俗對立、不可思議的力量，以及她充滿人性的一面。

——華盛頓郵報

- 引人入勝……在米勒筆下，瑟西成爲自己人生史詩的英雄。本書大膽開鑿了一個女性主義切入經典故事的路徑，剖析神話世界的諸神、怪物、女神……其中角色所思所愁與我們並無二致。正如同，一個想要追求自主自由的女性，必須對抗與生俱來的各樣身分與枷鎖，才能重掌自身命運，不論是千年前神話裡的瑟西，或是當代的我們，皆是如此。

——歐普拉雜誌

- 鮮活生動、層次井然，卻讓人沉迷忘返……不論過往你怎麼看希臘神話，這個故事講得巧妙絕倫，像是看了一場精采電影。

——美國國家公共廣播電台

- 米勒從經典中淬鍊出先前默然的聲音，從古人留下的文本碎片中鍛造浪漫情懷……《女巫瑟西》是一本會讓人歡悅捧讀、追看到底的小說。

——衛報

目次 CONTENTS

CIRCE
女巫瑟西

獻給納撒尼爾

νόστος*

*古希臘文學常見主題，意思是偉大的英雄自海上歷經千劫百險，最終回歸故里。

1

我出生時，稱呼我的名稱還不存在。大家以為我和母親、阿姨以及成千上萬兄弟姊妹一樣都是寧芙*。寧芙是渺小女神中階級最低的一群，力量非常小，光是維持長生不死，就幾乎用盡所有神力。我們能和魚說話，能滋養花朵，讓雨水從天而降，讓海水留下海鹽。**寧芙**這個詞，為我們鋪出一條路，暗示我們的未來。在我們的語言中，寧芙不單指女神，這詞的另一個意思是**新娘**。

我的母親是水寧芙，守護著泉水和溪流。我的父親是海利歐斯，他那天到祖父歐開諾斯的宮殿做客，結果被母親吸引了目光。海利歐斯和歐開諾斯那陣子常在一塊。雖然外表看不出來，但他們是年紀相若的表兄弟。我父親神采奕奕，像剛鍊好的金銅一樣散發光澤，歐開諾斯則天生雙眼濡溼，留著長到大腿的白鬍子。他們都是泰坦神，比起奧林帕斯山上那批沒親眼見

---

*寧芙（nymph）希臘神話中次等的女神，出沒於山林、河川、草原和大海，負責輔助大地和萬物自然運行，一般是美麗少女的形象。

過創世，只會高談闊論的新神，他們倆比較聊得來。

歐開諾斯的宮殿雄偉壯麗，深踞在大地的岩石中。高大的拱廊全鍍了金，數千年來無數神祇踏過宮殿石板地，將地面走得光滑又平整。宮中有條歐開諾斯之河，那是世界淡水的源頭，河水黑暗，深不見底，水聲響徹宮殿每個角落。河岸上青草如茵，生長著淡灰色的花朵，還有無數歐開諾斯的孩子、各種寧芙和河神。他們全身光滑，笑聲嘹亮，一張張臉在昏暗中發著光，彼此遞著金杯，打鬧嬉戲。母親就坐在他們之間，比百合花更加美麗奪目。

她有一頭暖棕色秀髮，每一縷髮絲都帶著光澤，彷彿會發光一樣。她肯定感受到了我父親如焰風般炙熱的目光。我可以想見她接下來會將衣裳披掛肩膀，用發亮的手指輕撥水面。我看過她用這招上千次了。我父親就愛這套。他相信別人討好他是再自然不過的事。

「那是誰？」我父親問歐開諾斯。

我父親雖然已幫歐開諾斯生下不少子孫，個個有著金色眼眸，但再多生幾個也無妨。「我女兒波爾絲。如果你想要她，她就是你的。」

隔天我父親在上層世界的水池找到她。那是個美麗的地方，上方櫟木樹枝交織，池中充滿大朵的水仙花。那裡沒有泥沼，沒有溼黏的青蛙，只有乾淨的圓石，池畔便是柔軟的草地。父親向來不在乎水寧芙小家子氣的美感，但連他都喜歡這裡。

我母親知道他來了。她力量雖小，但行事狡猾，一顆鬼腦袋靈活得像長著尖牙的鰻魚一樣。身為渺小的寧芙，她知道自己想獲得權力只有一條路，絕不能生幾個私生子，或在河畔溫存就罷。他意氣風發站到她面前，她放聲大笑。**跟你睡？憑什麼？**

當然，父親可以硬來。但海利歐斯自詡無論是奴隸或神祇，所有女人都渴望上他的床。他的祭壇證明了這點，孕婦和快樂的孩子常爲他獻上貢品。

她對他說：「結婚，不然就算了。結婚的話，你可要確定。你在外頭可以擁有任何女孩，但不准帶她們回家，在宮殿裡我最大。」

條件和限制。這對父親來說是個新鮮事，而神最愛的莫過於新鮮事。「小事。」他說完給她一條項鍊爲證，那是他親手做的，上面串有世上最罕見的琥珀珠。我出生時他給了她第二條項鍊，後來她又生下三個孩子，他每次都再給一條。我不知道母親比較珍惜發光的琥珀珠，還是戴在身上的虛榮。要不是天神阻止，我覺得她會花一輩子收集項鍊，最後掛在她脖子的項鍊會像牛軛一樣重。但當時天神發現了我們四個的身分，便告訴她，妳可以生孩子，只是不能再生他的孩子。可是其他的丈夫並不會給她琥珀珠。她爲此哭了，不過我也就只有看過她哭這麼一次。

我出生時，有個阿姨（名字就不提了，因爲我的故事裡有一堆阿姨）幫我洗淨身體，將我裹起。另一個阿姨照顧我母親，替她塗上口紅，用象牙梳整理她的頭髮。第三個阿姨走出門外，請我父親進來。

「是女的。」我母親皺著眉頭對他說。

但父親不介意是女兒，女兒性情溫柔，像是初榨的橄欖一樣金黃純淨。凡人和眾神都會不惜金錢養育孩子，而據說父親的財富能比眾神之王。他伸手放到我的手上，賜予我祝福。

「她會嫁個好人家。」他說。

「多好？」我母親想知道。如果我能換到更好的東西，對她會是個安慰。

我父親想一下，他撥動我一束束頭髮，檢查我的雙眼和凹陷的雙頰。

「王子吧，我想。」

「王子？」我母親說。「你該不會是指凡人吧？」

她露出噁心的表情。我長大後，有次問及凡人長什麼樣子。父親說，他們其實外表長得跟我們一樣，但那意思就像說蟲子長得像鯨魚一樣。

我母親的答案簡單多了：**凡人是裝著腐肉的爛皮囊**。

「她當然會嫁給宙斯的兒子。」我母親堅持。她已經開始幻想自己在奧林帕斯山的盛宴上，坐在赫拉王后的右手邊。

「不行。她的頭髮像山貓一樣有紋路。而且她的下巴太尖了，讓人看了討厭。」

我母親沒再爭辯。像所有人一樣，她知道海利歐斯的脾氣。**即使他全身閃耀金光，也別忘了他的熊熊怒火**。

她起身。肚子已平了，腰也縮起，雙頰紅潤有神。我們這一族的人恢復迅速，但她比常人更快，她可是歐開諾斯的女兒，生小孩像在產卵。

「來，」她說，「我們生個更好的寶寶。」

我長得很快，才幾個小時後就不再是嬰兒，沒過多久就會走會跳。有個阿姨留下來，想討好母親。因爲我有黃色的眼珠，哭聲尖細古怪，所以她將我命名爲瑟西，意思是**鷹隼**。但她不久就走了，因爲她發覺母親待她如腳下的土地一樣，沒把她當回事。

「母親。」我說。「阿姨走了。」

母親沒答腔。父親已乘坐二輪馬車騰空飛去，她以花朵纏繞頭髮，準備從水中祕道離開，去找青草河畔的姊妹。我可以跟去，但就只能坐在阿姨腳邊一整天，聽她們聊我不在乎或不了解的八卦。於是我選擇留在宮殿裡。

父親的宮殿又黑又靜。他的宮殿就在歐開諾斯宮殿旁，深埋在岩石中，牆是黑曜岩築成。爲什麼？只要父親想要，宮殿牆可以是埃及血紅色的大理石，或阿拉伯的香脂。但他喜歡黑曜石反射他身上的光芒，他經過時，光滑的表面會燃起火。當然，他沒想到自己離開之後，這裡會變得多黑。我父親永遠無法想像世界少了他是什麼樣子。

這種時候我能隨心所欲做任何事。我會點燃火炬，向前奔跑，回頭看黯淡的火焰在空中拖曳。我會躺在光滑的土地上，用手指挖出小洞。那裡沒有蛆或蠕蟲，我當時也還不認識牠們。在那宮殿中，就只有我們。

父親晚上回來時，地面會像馬的側腹一樣顫動，我挖出的洞會自動填平。一會之後，母親也會回來，全身散發花香。她會跑去迎接他，他會讓她勾著他的脖子，接下酒杯，走向巨大的銀椅。我走在他腳跟後頭。**歡迎回家，父親，歡迎回家**。

他喝酒時會玩跳棋，但不准別人和他玩。他會在石檯上，轉動棋盤，來回玩。我母親會讓聲音甜得像蜂蜜一樣。「親愛的，你不想來床上嗎？」她會在他面前緩緩轉身，展露她豐滿的身材，彷彿她是尖棍上的烤肉。這時他通常會拋下棋盤，但有時也會繼續玩，那是我最喜歡的時候，因爲我母親會離開，重重甩上沒藥木門。

我父親腳下的世界一片金燦。光芒從各處同時迸射而出，從他金黃色的皮膚、炯炯有神的雙眼和如銅閃耀的頭髮。他的肉身像火盆一樣燙，我盡可能靠近他，像蜥蜴貼在日正當中的岩石上。阿姨說有些下等的神無法直視他，但我是他親生女兒，我凝視他的臉好久，望向別處時，他的臉仍烙印在我的視線裡，在地板發著光，在牆上閃耀，鑲嵌在桌上，甚至是我自己的皮膚上。

我問：「如果凡人看到你全力發光會怎樣？」

「他會在一瞬間燒成灰。」

「那萬一凡人看到我呢？」

父親微微一笑。跳棋移動，大理石摩擦木板的熟悉聲音傳來。「凡人會覺得自己很幸運。」

「我不會燒死他？」

「當然不會。」他說。

「但我的眼睛跟你一樣。」

「不一樣。」他說。「妳看。」他目光落在壁爐的一塊木頭上。木頭發光，然後著火，最後燒成灰。「這還是我最普通的力量。妳能辦得到嗎？」

我盯著那堆木頭一整晚。我辦不到。

妹妹出生不久後，弟弟也出生了。到底相差多久我說不上來。神的日子像瀑布一樣流瀉，我還沒學會凡人數日子的方法。照理說，父親應該要教我們，畢竟他知道每一次日出。但就連他以前也說弟弟和妹妹是雙胞胎。確實也是，因爲弟弟出生後，他倆就像兩隻貂一樣形影不離。父親用一隻手同時賜福了他們倆。「妳，」他對我發著光的妹妹帕西斐說，「妳會嫁給宙斯名垂不朽的兒子。」他以預言的聲音宣告她的未來。母親聽得眉開眼笑，想著自己出席宙斯大宴時要穿什麼衣服。

「而你，」他用正常的聲音，像夏日晨光一樣清澈宏亮，「正如每個兒子都反映著他的母親。」我母親聽到好開心，義不容辭替他取名字。她以自己的名字命名他爲波爾賽斯。

兩個孩子都很聰明，迅速理解周遭的世界。他們喜歡躲在如白鼬的手掌後偷看我。**瞧她雙眼像尿一樣黃。聲音尖銳得像貓頭鷹。名字叫鷹隼，但長這麼醜，應該要叫山羊。**

那些是早年他們用來酸我的話，不算尖刻，但後來愈罵愈狠。我便學會躲避他們，不久之後，他們在歐開諾斯的宮殿，從水寧芙和河神孩子身上找到更多樂子。母親去找她姊妹時，他們會跟著去，所有兄弟姊妹對他們都唯唯諾諾，任憑他們擺布，像在狗魚前的魚餌一般。他倆發明了無數折磨人的伎倆。他們會用甜言蜜語說，來啊，梅莉亞。奧林帕斯神常會剪短頭髮，露出後頸。如果妳不讓我們剪頭髮，又怎麼找得到丈夫？梅莉亞看到自己頭髮被剪得像刺芃一樣，失聲大哭，而他們卻放聲大笑，笑到山洞都傳來回聲。

我不理他們。我喜歡父親安靜的宮殿，並盡可能待在父親腳邊。有一天，也許是爲了獎勵我，他提議帶我去看他的神牛群。這是莫大的榮譽，因爲這代表我能乘坐他的金色馬車，看所有神祇稱羨的野獸，五十隻純白的年輕母牛，他每天越過世界時都能開心地看到牠們。我靠著馬車鑲嵌珠寶的側邊，望著下方的世界，感到不可思議。茂密的綠林、參差的山峰和廣闊無垠的藍色海洋。我尋找凡人的蹤影，但我們太高了，看不到他們。

牛群生活在蔥鬱的索理納奇亞島上，由我兩個同父異母的姊姊照顧。我們到的時候，姊姊馬上跑向父親，抱住他脖子歡呼。父親所有的孩子中，她倆最爲美麗，皮膚和頭髮都有如融化的金子一般。她們的名字是蘭佩提亞和法梭莎，意思是**光芒四射**和**閃閃發光**。

「你帶來的是誰？」

「她一定是波爾絲的孩子，妳看她的眼睛。」

「我怎麼沒想到！」蘭佩提亞（我覺得是她）摸我的頭髮。「親愛的，別擔心妳的眼睛，眞的還好。妳母親美是美，但她不曾擁有強大的力量。」

「我的眼睛跟妳們一樣。」我說。

「眞可愛！不，親愛的，我們的眼睛像火一樣明亮，頭髮像水面反射的陽光。」

「妳眞聰明，把頭髮綁成辮子。」法梭莎說。「這樣一來棕色的紋路就沒那麼難看了。不過聲音就沒法掩飾了，眞可惜。」

「她可以別說話。那樣不就行了，對吧，妹妹？」

「對呀。」她們露出微笑。「我們去看牛吧？」

我從來沒看過普通的牛，但沒關係，神牛無比美麗，我用不著比較就看得出來。牠們的毛皮像百合花瓣一樣純潔，雙眼溫柔，有著長睫毛。牠們的牛角鍍了金（那是我兩個姊姊弄的），牠們低頭吃草時，脖子像舞者一樣優雅垂下。在日落的光輝下，牠們的背閃爍著柔順的光澤。

「喔！」我說。「我可以摸嗎？」

「不行。」父親說。

「我跟妳說他們的名字好了？那是白臉、那是亮眼、那是可人。那幾隻是可愛女孩、漂亮、金角和光光。那隻是可人，還有——」

「已經有牛叫做可人了。」我說。「妳剛說那隻是可人。」我指著前面那隻牛，牠平靜吃著草。

我姊姊面面相覷，然後用金色的雙眼瞄一眼父親，但他只一臉得意，心不在焉望著他的牛。

「一定是妳搞錯了。」她們說。「我們剛才說這隻是可人。這隻是星光、這是閃光——」

我父親說：「這是什麼？漂亮的身上有塊結痂？」

我姊姊馬上驚慌失措起來。「什麼結痂？喔，不可能！喔，壞孩子，你怎麼把自己弄傷了。喔，幹麼弄傷自己啊！」

我靠近去看。那是塊非常小的結痂，比我的小指指甲還小，但我父親皺起眉頭。「妳們明天就清理好。」

兩個姊姊頭不住點著，**當然**、**當然**，**我們很抱歉**。

我們再次坐上馬車，父親拉起纏了銀絲的轡繩。姊姊們在他雙手獻上最後幾吻，然後駿馬飛馳，帶我們飛上天空。天空慢慢變暗，幾顆星星探出頭來。

記得父親有次告訴我，地球上有種凡人叫天文學家，他們負責記錄他的起落。這類人在凡人之中地位崇高，是皇宮中國王的顧問，但有時父親會耽擱一會，打破他們的計算。那些天文學家就會被拖到國王面前，因爲詐欺而被斬。父親跟我說時臉上帶著笑容。他說，那是他們活該。太陽神海利歐斯隨心所欲，自由自在，絕不會任人擺布。

「父親，」我那天說，「我們晚到，天文學家就會被殺了嗎？」

「對。」他回答，並甩一下叮鈴作響的轡繩。馬匹向前奔馳，我們下方的世界一片模糊，黑夜的影子從海洋邊緣浮現。我沒去看。我胸口有種糾結的感覺，像擰乾抹布一樣。我想著那些天文學家。我想像他們像蟲子一樣卑微，垂頭喪氣。他們細瘦的膝蓋跪地，大聲哭叫：拜託，不是我們的錯，是太陽自己晚了。

國王從王座上回答：太陽永遠不會晚，說出這種話就是褻瀆，你們一定要死！於是斧頭落下，將苦苦哀求的罪人砍成兩半。

「父親，」我說，「我覺得好怪。」

「妳餓了。」他說。「已經過了吃飯時間。妳姊姊耽誤了我們，她們應該感到羞愧。」

我吃了晚餐，塡飽肚子，但那感覺仍在。我表情一定很怪，因爲波爾賽斯和帕西斐從躺椅那頭，歪嘴對我笑。「妳是吞了青蛙嗎？」

「沒有。」我說。

他們聽了只笑得更大聲，手腳互相碰觸，像蛇在磨亮鱗片一樣。我妹妹說：「父親的金牛怎麼樣？」

「很美。」

波爾賽斯大笑。「她不知道！妳有見過這麼笨的人嗎？」

「從來沒有。」我妹妹說。

我不該問，但我還沉浸在思緒中，腦中浮現的大理石地上全是屍體。「我不知道什麼？」

我妹妹露出完美的白貂臉。「當然是他會幹牠們。那是他生新牛的方式。他變成公牛和牠們生產小牛，然後煮了變老的牛。所以大家才以爲牠們長生不老。」

「他才沒有。」

他們指著我脹紅的臉哈哈大笑。母親聽到聲音走過來。她喜歡聽我弟妹嘲笑別人。

「我們在跟瑟西講牛的事。」我弟告訴她。「她什麼都不知道。」

我母親大笑，笑聲嘩啦啦像泉水落在岩石上。「笨瑟西。」

這就是我童年的生活。我很想說，我一直在等待從那裡逃走的一天，但事實上，我當時恐怕只懂得逆來順受，相信自己一生只會有悲慘的遭遇，直到永遠。

2

聽說有個叔叔要被懲罰了。我還不曾見過他，但家人哀傷低語時，我再三聽到他的名字。**普羅米修斯**。好久以前，人類仍在洞穴中畏縮顫抖時，他違背宙斯的命令，將天火賜給他們。善妒的宙斯不希望人類擁有太多，但從火焰交到人類手中開始，他們發展出文明，創造了藝術。由於普羅米修斯背叛了宙斯，他們將他關在冥界最深的洞中，等待眾神想出最適合的刑罰。如今宙斯宣布，時候到了。

其他叔叔紛紛趕來父親的宮殿。他們鬍子晃動，嘴裡喃喃自語，全身散發恐懼。他們龍蛇混雜，有的是河神，肌肉像樹幹一樣粗；有的是人魚神，全身滴著海水，鬍子還掛著螃蟹；有的是黏呼呼的老人，齒縫裡卡著海豹肉。大多數人根本不是叔叔，而是孫姪輩了。和父親、祖父以及普羅米修斯一樣，他們都是泰坦神，是從眾神大戰中倖存下來的神祇。他們沒在戰時喪生，沒關進監獄，並和宙斯的雷電和平共存。

天地開創之初，世上只有泰坦神。我的叔祖父克洛諾斯聽到一則預言，說他的孩子有朝一日會推翻他。當妻子蕾亞產下第一個孩子，他便把溼滑的嬰孩從她懷中奪來，一口吞下肚。

後來她又生了四個孩子，他都把他們一一吞了，最後一個孩子出生時，蕾亞絕望之下，把襁褓中的孩子換成石頭，給克洛諾斯吞了。克洛諾斯沒發覺，而救下來的寶寶宙斯，最後送去了迪克特山裡，暗中撫養長大。宙斯長大之後，挺身起義，從天空摘下雷電，並給克洛諾斯服下毒草，讓父親肚中存活的兄弟姊妹後來全被吐出。他們加入宙斯，在奧林帕斯山頂上建立了王座，因此自稱爲奧林帕斯神。

後來，古老的神祇分成兩派，好些加入克洛諾斯陣營，但父親和祖父加入宙斯這邊。有人說這是因爲克洛諾斯自大傲慢，海利歐斯早已看不慣他，但也有謠傳，海利歐斯有預知能力，已事先知道大戰結局。大戰讓天空破了大洞，空氣彷彿都在燃燒，天神交戰，撕裂血肉，扯斷骨頭。大地染上力量強大的神血，長出罕見的花朵。最後宙斯的力量勝出。他將反抗者關入監獄，至於剩下的泰坦神，則是被奪走力量，分配給兄弟姊妹和孩子。我的叔叔涅羅士原本力量強大，負責掌管海洋，如今淪爲新海神波塞頓的侍從。我另一個叔叔普羅提斯失去了宮殿，妻子淪爲性奴。只有父親和祖父沒受懲罰，也沒失去宮殿。

泰坦神竊笑。他們該心存感激嗎？海利歐斯和歐開諾斯逆轉了戰局，所有人都知道。宙斯本該賜予他們更多力量，更多職責，但卻害怕起來，畢竟他倆的力量早已可與宙斯匹敵。眾神留意父親，等待他叛變，點燃身上的熊熊火焰。但海利歐斯不理這些，只是回到地下宮殿，遠離宙斯湛藍的目光。

千百年過去。大地的傷口已癒合，世上一片祥和。但眾神內心的怨恨和他們一樣永生長存。夜宴時，叔叔全會聚在父親身旁。我喜歡他們和他說話時，目光會垂下。他移動身子時，他們會安靜下來，注意去聽。過一陣子，酒碗見底，火炬變暗，叔叔便會悄聲說，已經等夠久了。我們已再次強壯。你想想看，如果你釋放火焰，能成就多大的事。古老神祇中力量最強的非你莫屬，甚至勝過歐開諾斯。只要你想，更能勝過宙斯。

父親微微一笑。「兄弟們，」他說，「這在說什麼話？供奉和美食不夠大家分嗎？宙斯做得夠好了。」

如果宙斯聽到，應該會滿意。但他看不到父親臉上明白的表情。還有他明擺著沒說出口的那句話。

宙斯做得夠好了，**以後就不一定了**。

叔叔會搓著雙手，朝他微笑。他們離開時都彎著身，懷抱著希望，迫不及待想著泰坦再次掌權時，自己要做的事。

那是我的第一課。熟悉平和的表面下，會有其他力量等著將世界一分為二。

叔叔全擠進父親的宮殿，眼中滿是恐懼。他們說，這次突然懲罰普羅米修斯絕對是個徵兆，宙斯和新神終於下定決心，打算對付我們。奧林帕斯神在殲滅我們之前，絕不會罷休。我們應該跟普羅米修斯站在一起。不，我們應該大聲譴責他，以免宙斯轟雷貫頂。

我照常在侍父親腳邊，沉默不語，以免他們將我趕走，但我心情紊亂，各種可能排山倒海而來。眾神大戰即將再起，宮殿被雷電劈開，宙斯的戰神女兒雅典娜拿著灰色戰矛追殺我們，旁邊還有她的劊子手哥哥阿瑞斯。我們將會鐵鍊纏身，被扔到灼熱深淵，永世無法遁逃。

金光閃耀的父親冷靜回答：「好了，兄弟們，如果普羅米修斯受到懲罰，那也只是因為他罪有應得。我們不要有陰謀論。」

但叔叔們還是擔心。**懲罪是公開處刑。這是羞辱，是給我們的教訓。看看泰坦神不聽話會有什麼下場。**

父親的光芒變得白熱熾烈。「這是對於叛徒的懲罰，如此而已。普羅米修斯因為愛凡人成痴，步入歧途。這不是教訓泰坦神。你們明白嗎？」

叔叔們點點頭，臉上露出的失望交織著放心。現在不會血債血還，**以後就不一定了**。

懲罰天神是罕見且可怕的事，宮殿中大家交頭接耳。普羅米修斯殺不死，但有許多恐怖的折磨與死相當。究竟會是千刀萬剮，還是五馬分屍？用燒紅的矛處以烙刑，還是用火輪之刑？水寧芙暈倒在彼此大腿上，水神挺直身子，陰森的臉上充滿興奮。你無法想像神有多怕痛苦。痛苦對他們來說非常奇異，所以他們更渴望親眼目睹。

到了處刑日，父親接待廳的門全部敞開。廳內牆上插著鑲上紅寶石的巨大火炬，照亮聚集的寧芙和各種神祇。細瘦的樹寧芙從森林飛出，石頭般的山寧芙從峭壁奔來，母親和水寧芙姊妹在一起。如馬健壯的河神擠到像魚一般白的海寧芙和鹽神旁。就連偉大的泰坦神都來了，現場不只有父親和歐開諾斯，還有不斷變換外形的普羅提斯和海神涅羅士。我姑姑月神塞勒涅駕著銀馬，越過夜空降臨。我冰冷的叔叔北風之神玻瑞士也和其他三位風神到場。上千雙熱切的目光，唯一不在場的是宙斯和奧林帕斯神。他們鄙視我們地下的聚會。據說他們在雲端有自己的折磨大會。

懲罰是由一位孚里埃*來負責，也就是來自冥界地獄的復仇三女神之一。我家人如常站在中間，我則是站到那群人最前面，雙眼盯著門。我身後水寧芙和河神互相推擠，竊竊私語。**我聽說她們頭髮是蛇。不對，她們有蠍子尾巴，雙眼會滴血**。

打開的門後沒有半個人。一瞬間，她出現了，臉色鐵灰，冷酷無情，彷彿從岩石刻下，她身後黑色的翅膀抬高，像禿鷹一樣收起。雙唇吐出叉開的舌頭，頭上細長的青蛇蠕動，像蟲子一樣，鑽過頭髮彼此交纏。

「我把囚犯帶來了。」

她的聲音在天花板迴盪，粗啞震耳，像是獵狗朝獵物吠叫。她大步走進大廳，右手持鞭，鞭尖拖過地面，發出輕微刺耳的聲音；另一隻手則是拖著一段鐵鍊，鐵鍊另一端就是普羅米修斯。

---

*孚里埃（Fury），意思為憤怒，為希臘神話中的復仇女神。這三個復仇女神分別是阿萊克托（Alecto），意思是「無止境的怒火」；提西福涅（Tisiphone），意思是「復仇殺戮」；墨蓋拉（Megaera），意思是「嫉妒」。

白色厚布蒙住他的雙眼，破碎的外衣垂在腰際，雙手雙腳皆被束縛，但普羅米修斯仍是腳步堅定。我聽身旁阿姨悄聲說，手銬腳鐐都是天神的鐵匠赫菲斯托斯所製，就連宙斯都弄不斷。孚里埃展開禿鷹般的翅膀飛起，將手銬高高掛到牆上。普羅米修斯雙手伸直吊起，骨頭關節從皮膚突出。就算我不懂何謂不適的滋味，也能深深感到痛苦。

我以爲父親會說些話，或其他的神會開口。他們當然會向他致意，安慰他，畢竟他是家人。但普羅米修斯沉默不語，孤零零掛在空中。

孚里埃沒打算演講。她是折磨女神，明白暴力勝過雄辯。鞭子在空中劈啪一響，像櫟樹枝的斷裂聲。普羅米修斯的肩膀抽搐，身側裂開一道和我手臂一樣長的傷。孚里埃再次舉起鞭子。**劈啪**。他背後出現一條血淋淋的鞭痕。她開始認眞鞭打，一下接著一下，他的皮膚傷痕交錯，血肉綻開。四下唯一的聲音就是鞭擊和普羅米修斯大聲的悶哼。他脖子肌腱突出。有人推著我的背，想看得更清楚。

神的傷口復元很快，但孚里埃很熟練，動作更快。她揮鞭一下又一下，皮鞭都被血沾溼。我知道神會流血，但之前從沒見過。他是偉大的神祇，金色的血液不斷滴下，血淋淋的背雖是觸目驚心，卻又異常美麗。

孚里埃繼續鞭打他，好幾個小時過去，也許好幾天，到最後甚至神都看不下去了。血腥和痛苦變得沉悶無趣。大家想起安穩的生活、愉快的宴會，鋪著紫色毛毯的柔軟躺椅在等著他們。他們一一離去，孚里埃揮出最後一鞭就跟著走了，她處刑這麼久，值得好好吃上一頓。

蒙眼布從叔叔臉上滑下。他雙眼緊閉，下巴垂靠胸口，背上留下一道道金色傷痕。我聽其他叔叔說，宙斯曾給他機會，要他跪地乞求減刑。他拒絕了。

我是唯一留下來的。空氣中瀰漫神血的氣味，濃郁得像蜂蜜一樣。一條條金黃色的血仍沿著他雙腿流下。我的脈膊撞擊著血管。他知道我在這裡嗎？我小心翼翼走向他。他胸口隨著粗重的呼吸起伏。

「普羅米修斯閣下？」在空蕩蕩的大廳中，我聲若蚊蠅。

他朝我抬起頭，睜開眼，長睫毛下的眼珠又大又黑，十分美麗。他雙頰光滑，沒有蓄鬍，但身上有種和我祖父一樣古老的氣質。

「我可以拿神酒來。」我說。

他目光落在我身上。「我會很感謝妳。」他說。他的聲音宏亮，像是陳年的木頭。那是我第一次聽到，因爲折磨中他從頭到尾沒叫過一聲。

我轉身離開，走過走廊，進到宴會廳，眾神在裡頭說說笑笑。我呼吸急促，越過宴會廳，孚里埃拿著巨大金杯喝著酒，杯子上雕著蛇髮女妖奸笑的臉。她沒有禁止別人對普羅米修斯說話，那無關緊要，因爲她的工作是處刑。我想像她來自地獄的聲音咆哮喊出我的名字；我想像手腕銬上手銬，鞭子破空落下；我無法再想像下去。我不曾受過鞭打，也不知道自己血的顏色。

我的手不斷顫抖，必須用雙手才拿得穩杯子。如果有人叫住我，我要說什麼？但我走過走廊時，四下安靜。

大廳中，普羅米修斯綁在鐵鍊上，不發一語。他雙眼再次閉起，傷口映著火炬的光。我猶豫了。

「我沒睡著。」他說。「妳可以替我把杯子舉高嗎？」

我臉紅了。他當然無法自己舉杯。我走向前，近到能感覺他肩膀的熱氣。地上溼漉漉的，全是他落下的鮮血。我將杯子拿到他嘴前讓他喝下。我看到他喉嚨緩緩動著。他的皮膚好美，顏色像光滑的胡桃木，聞起來像雨後的綠苔。

「妳是海利歐斯的女兒，對不對？」他喝完之後說，我退開來。

「對。」這問題讓人心痛。我如果是正常的女兒，他其實不必多問。我全身會完美無瑕，散發美麗的光澤。

「謝謝妳的好心。」

我不知道我好不好心，我覺得自己什麼都不懂。他說話小心翼翼，幾乎有點猶豫，但他背叛眾神時，卻毫不知恥。我想著這些，內心掙扎。**大膽的行動和大膽的行爲舉止是兩回事**。

「你餓嗎？」我問。「我可以拿食物來。」

「我覺得我永遠不會再感到餓了。」

和凡人不同，這點並不可憐。神吃東西和睡覺都一樣，不是因爲我們需要，而是因爲那是生命中能帶來愉悅的事。如果我們力量夠強大，便能決定有一天不需再管肚子飽不飽。我毫不懷疑普羅米修斯的力量。我待在父親腳下那麼久，早已學會用鼻子去分辨力量。我有的叔叔身上的氣味還不如他們屁股下的椅子，但祖父歐開諾斯氣味濃重，像肥沃的河泥，父親聞起來則像是剛添加柴火的熊熊火焰。普羅米修斯的綠苔氣味瀰漫大廳。

我低頭看著空杯，鼓起勇氣。

「你幫助凡人。」我說。「這就是被懲罰的原因。」

「沒錯。」

「你能跟我說，凡人是什麼樣子嗎？」

這是小孩子的問題，但他嚴肅點點頭。「沒有單一的答案。他們每個人都不一樣。他們唯一相同的地方是都會死亡。妳知道這個詞嗎？」

「我知道。」我說。「但我不了解。」

「沒有神能了解。他們的身體會分解，化為塵土。他們的靈魂會化為冰冷的輕煙，遁入冥界。他們在那裡不吃不喝，感受不到溫暖，伸手也抓不到任何東西。」

我皮膚感到一陣冰冷。「他們怎麼忍受得了？」

「只能盡他們所能。」

火炬火光變弱，陰影像黑水一樣疊到我們身上。「聽說你拒絕乞求減刑，是嗎？還有你不是被抓，而是自己向宙斯自首，這是真的嗎？」

「都是真的。」

他。

「爲什麼？」

他堅定望著我雙眼。「也許妳能告訴我。一個神爲什麼會做這種事？」

我沒有答案。我覺得這好瘋狂，怎麼會自尋天譴，但我站在他的鮮血中，不忍這樣回答他。

「不是每個神都一定要一樣。」他說。

我不知道自己能回答什麼。走廊遠方傳來喊叫聲。

「妳該走了。阿萊克托不喜歡留我一人太久。她的殘酷像雜草一樣生長快速，每過一陣子要除一下。」

這是個很怪的比喻，因爲他才是要被修理的對象。但我喜歡，彷彿他說的話是個祕密。乍看下像顆石頭，但裡面有顆種子。

「那我走了。」我說。「你不會……有事吧？」

「算不會有事吧。」他說。「妳叫什麼名字？」

「瑟西。」

他有淡淡一笑嗎？也許只是我一廂情願。我因爲這一切全身顫抖，畢竟我這輩子沒做過什麼踰矩的事。我轉身離開，走回黑曜石走廊。宴會廳裡，眾神仍在喝酒說笑，躺在彼此大腿上。我看著他們。等待誰問起我去了哪，但沒人開口，因爲沒人注意到我。他們怎麼可能注意到我呢？我不值一哂，像顆石頭。我只是萬千寧芙孩子其中之一。

我心中升起一股奇怪的感覺，像是胸中的低吟，像冬天融雪時的蜜蜂。我走進父親的寶庫，裡面全是金銀珠寶，那裡有牛頭金杯、青金石和琥珀項鍊、銀製三腳祭祠爐和天鵝頸手把的水晶雕刻碗。我最喜歡的是一把匕首，握柄雕成獅臉。那是一個國王獻給父親的，希望能獲得他的支持。

「有用嗎？」我有次問父親。

「沒用。」我父親說。

我拿了匕首。回到房間，銅匕首的刀刃在細蠟燭的火光中發亮，獅柄露出尖牙。刀下便是我柔軟光滑的手掌。手上不會有疤，不會有爛瘡，永遠不會有歲月的痕跡。我發現自己不怕痛苦。但我怕另一件事，我怕刀刃切不到我，怕刀子會穿過我，像是劃過煙塵一般。

但刀沒有穿過去，刀刃切下，劃開我的皮膚，尖銳火燙的痛像閃電一樣襲來。我手上流出的鮮血是紅的，因為我沒有叔叔的力量。傷口的血滲了好一陣子，才慢慢合上。我坐在那裡，看著傷口，腦中出現新的想法。我羞於啓齒，因為這想法感覺好不成熟，像是嬰兒剛發現手是自己的一樣。但那時候，我確實像個嬰兒。

我的想法是，我雖是長年活在晦暝黑暗中，但我不屬於那池黑水。我是其中的**活物**。

3

我醒來時，普羅米修斯消失了。地上的金色血跡已擦乾淨；鐐銬打在牆上的洞已填上。我從水寧芙那聽到消息。他被帶去險峻的高加索山頂，綁在那裡的岩石上。老鷹每天中午會飛來，撕開皮肉，扯下肝臟，熱騰騰吞吃下肚。她興味盎然說，那是無法形容的折磨。鳥嘴全是血，撕碎他的臟器，而當他臟器再次長出，又會再被撕碎。**妳能想像嗎？**

我閉上雙眼。我心想，應該要拿根矛給他。我心想，應該要給他什麼，讓他殺出一條血路。但那好蠢，他才不想要武器。他已經放棄自己了。

天還沒黑，普羅米修斯折磨的話題就過時了。有個樹寧芙被卡里特斯用髮簪刺。玻瑞士叔叔和奧林帕斯神阿波羅愛上同一個年輕的凡人*。

我等叔叔八卦講到一個段落才發問，「有普羅米修斯的消息嗎？」

他們皺起眉頭，好像我端了盤臭酸食物給他們。「哪有什麼消息？」

我用匕首劃開的手掌感到刺痛，但當然那裡早就沒有傷痕了。

「父親，」我說，「宙斯會讓普羅米修斯自由嗎？」

父親喝著酒，瞇起眼。「他要自由的話，要拿東西來換。」

「像什麼？」

父親沒回答。有人的女兒變成一隻鳥。玻瑞士和阿波羅愛上同一個年輕人，並為他吵架，後來那年輕人死了。玻瑞士坐在躺椅上賊笑著。身爲風神的他一開口，火炬便爲之搖曳。「你們以爲我會讓阿波羅得到他？那朵鮮花哪輪得到他摘。我把一塊鐵餅吹去撞那男孩的頭，讓那自以爲是的奧林帕斯傢伙得到教訓。」叔叔們的笑聲吵雜刺耳，有海豚尖鳴、海豹哼叫和水拍打石頭的聲響。一群海寧芙經過，她們全身像鰻魚的肚子一樣白，正要回去鹽宮殿。

我的兄弟，波爾賽斯用杏仁丟我臉。「妳這陣子是怎麼回事？」

「也許她戀愛了。」妹妹帕西斐接著說。

「哈！」波爾賽斯大笑。「父親想把她送人都送不掉。相信我，他早試過了。」

母親回頭，從她細嫩的肩膀上往這望。「至少我們不用聽她的聲音。」

「我可以讓她開口，看。」波爾賽斯掐我手臂的肉，用力捏。

「你吃太多了。」我妹妹笑他。

---

*卡里特斯（Charites）是體現人生美好事物的美惠三女神，象徵魅力、美麗、自然、豐饒。玻瑞士和阿波羅愛上的年輕人是雅辛托斯，神話中雅辛托斯意外被阿波羅擲出的鐵餅砸死，阿波羅為之心碎，而雅辛托斯的鮮血中長出芬芳的花朵，即是「風信子」。

他臉紅了。「她就是個怪胎。八成有事隱瞞。」他抓住我手腕。「妳手裡拿著什麼?她手裡有拿東西。打開她手指。」

帕西斐用長指甲將我手指一根根撬開。

他們彎頭去看。妹妹呸一聲。

「什麼都沒有。」

母親又生下個孩子，這次是男孩。父親爲他賜福，但沒說出預言，於是母親想隨便找個人來顧。阿姨這時都變聰明了，手都背在後頭。

「我來照顧他。」我說。

我母親嗤笑一聲，但她想去炫耀她新的琥珀珠串。「好吧。至少這樣妳還能有點用處。你們倆可以一起吱吱喳喳。」

我父親命名他爲埃帖斯，意思是**鵰**。我抱著他，他的皮膚很溫暖，像照了太陽的石頭，柔軟得像花瓣絨。他聞起來像蜂蜜和剛點燃的火焰。我餵他吃東西，他也不怕我破碎的聲音。我跟他說故事時，他只想靠在我脖子上睡覺。他和我在一起的每一刻，我心中都湧起對他強烈的愛，有時會讓我說不出話來。

他似乎也愛著我，這是更不可思議的事。**瑟西**是他口中第一個說出的詞，第二個詞是**姊姊**。如果我母親發現，很可能會嫉妒。波爾賽斯和帕西斐盯著我們，看我們會不會打起來。打起來？我們才不想。埃帖斯得到父親允許能離開宮殿之後，爲我們找到一片荒蕪的海岸。淺白色的海灘不大，樹木稀梳，但對我來說，那裡是鬱鬱蔥蔥的野外。

一眨眼他便長大了，身高比我還高，但我們仍勾著手臂走在一起。帕西斐嘲笑說我們像情侶，莫非我們會像那種神，和自己的兄弟姊妹結婚？我回嘴說，她反應這麼快，想必是做過了吧。這稱不上侮辱，但埃帖斯大笑，讓我覺得自己像智慧女神雅典娜一樣聰明。

後來大家說埃帖斯因爲我變得很奇怪。我無法證明不是我的緣故。但在我印象中，他本來就很怪，與我認識的其他神都不同。即使還小，他似乎就能了解其他神不了解的事。他叫得出生活在海溝深處的怪物；知道宙斯讓泰坦神領袖克洛諾斯呑下的藥草叫**法馬卡**。法馬卡具有魔力，能做出不可思議的事，而且大都生長在落地的神血之中。

我搖搖頭。「你是怎麼知道這些事的？」

「我有在聽。」

我也有在聽，但我不是父親最喜歡的孩子。每一場會議，父親都召埃帖斯去參加。叔叔開始邀他去他們的宮殿。我在房中等他回來，再一起去荒蕪的海岸，坐在石頭上，讓海水灑在我們腳上。我臉頰會靠在他肩膀，他會問我一些我從來沒思考過，甚至無法理解的問題，像是：**妳的神性是什麼感覺？**

「什麼意思？」我問。

「來，」他說，「讓我告訴你我神性的感覺。那像是條直立的水柱，泉水源源不絕灌注，水清澈到能看見底部的岩石。來，換妳。」

我試著回答，像是峭壁上的微風。像是巢中尖叫的海鷗。

他搖搖頭。「不對。妳說這些形容只是因爲我剛才的描述。眞正的感覺是什麼？閉上眼睛，好好去想。」

我閉上雙眼。如果我是個凡人，我會聽到心臟跳動的聲音。但神的血管流動緩慢，所以我根本什麼都聽不到。但我不想令他失望，便伸手按著胸口，過了一會，我好像感覺到什麼。

「一個貝殼。」我說。

「啊哈！」他在空中搖著手指。「像蛤蜊還是海螺？」

「海螺。」

「殼裡有什麼？蝸牛？」

「什麼都沒有。」我說。「空氣。」

「那兩者不一樣。」他說。「沒有的話，會是一片虛無，但只要有空氣，裡面就塡滿了一切，像是呼吸、生命和靈氣，還有我們說的話。」

我弟弟眞是個哲學家。有多少神像他這樣？我認識的神中，只有另一個像他。我們上方天空湛藍，但我彷彿又重回昏暗大廳，看到手銬和鮮血。

「我有個祕密。」我說。

埃帖斯抬起眉毛，神情訝異。他以爲我在說笑。我知道的事他向來都知道。

「那是發生在你出生前的事。」我說。

我告訴他普羅米修斯的事時，他都沒有看我。他老是說，他專注時頭腦最清楚。他雙眼盯著地平線。他果然不負他的名字，雙眼和巨雕一樣銳利，能像水灌入船體破洞，撬開所有縫隙。

我說完時，他沉默半晌，最後開口說：「普羅米修斯是預言之神。他早知道自己會受罰，也知道會如何受罰。但他還是接受了。」

我沒想到這點。就連普羅米修斯爲凡人盜火時，他也早知道自己必將永遠困在荒涼峭壁，面對老鷹折磨。

算不會有事吧，我問他普羅米修斯接下來會怎樣時，他這麼回答。

「有誰知道妳跟普羅米修斯的事嗎？」

「沒有。」

「妳確定？」我以前沒聽過他語氣這麼緊張。「妳沒有告訴任何人？」

「沒有。」我說。「我還能跟誰說？誰會相信我？」

「也是。」他點一下頭。「妳絕不可告訴別人，即使跟我也絕不要再提起。幸好父親不知道這件事。」

「你覺得他會生氣？普羅米修斯是他親人。」

他哼一聲。「我們全都是親戚，包括奧林帕斯神。妳會害父親看起來像個傻瓜，連自己的孩子都控制不了。他會把妳扔去給烏鴉吃。」

我嚇得肚子糾結，弟弟看到我的表情大笑。「就是這樣，」他說，「而且妳為的是什麼？不管怎樣，普羅米修斯就是被懲罰了。給妳個建議，下次要違抗眾神，至少要找個好理由。我可不希望看到我姊姊白白被燒成灰。」

妹妹帕西斐訂立婚約了。她想結婚想了好久，一直坐在父親大腿上，撒嬌說自己好想懷個好人家的孩子。弟弟波爾賽斯也被叫來敲邊鼓，每次吃飯他都舉起金杯，稱讚她多適合結婚。

「米諾斯，」父親從他的躺椅說，「宙斯之子和克里特島之王。」

「凡人？」母親坐起。「你明明說她會嫁給神。」

「我說她會嫁給宙斯名垂不朽的兒子，他哪點不符合。」

波爾賽斯一臉嘲諷。「預言就是打迷糊仗。他到底會不會死？」

屋裡一陣閃光，像火焰之心一樣灼熱。「夠了！米諾斯會在冥界掌管所有凡人的靈魂。他的名字會流傳千古。事情就這樣。」

弟弟和母親都不敢再多說。埃帖斯和我四目相交，我聽得到他的聲音，宛如他開口說一樣。**看吧？最好找個好理由**。

我以為妹妹會因為地位降低而哭泣。但我發現她在笑。什麼意思我也說不上來，但我腦中想著另一件事，臉上興奮得發紅。如果米諾斯在場，他的家人、宮廷人員、謀士、封臣、天文學家、侍酒人、僕人和下人也都會在場。普羅米修斯就是爲了他們，犧牲自己永恆的生命。就在那天，我會看到凡人。

婚禮那天，父親駕金色馬車，帶我們越過大海。婚宴辦在克里特島的克諾索斯，米諾斯雄偉的宮殿就在那裡。牆面上了新漆，每一面都掛著明豔的鮮花。掛毯織的是華麗的番紅花。由於米諾斯是宙斯之子，不只泰坦神出席，所有愛拍馬屁的奧林帕斯神也前來致意。長柱廊很快擠滿了氣勢高昂的眾神，他們身上的飾品叮鈴作響，說說笑笑，目光朝四方投射，觀察還有誰受邀。父親身旁聚集最多人，各樣的凡人擠過去恭喜這次美好的聯姻。我叔叔們尤其滿意。只要婚姻關係仍在，宙斯就不可能有所動作。

帕西斐透著薄紗，如成熟的果實般散發迷人光芒。她膚色金黃，頭髮像光滑的銅板映著太陽的顏色。她身邊聚集上百個激動的寧芙，每個人都拚了命想稱讚她有多美麗。

我站在後頭，遠離人群。泰坦神一一經過我面前，我看到塞勒涅姑姑。涅羅士叔叔走過，身上拖著海草。記憶之母寧默心，帶著九個腳步輕盈的女兒經過。我雙眼掃視全場，搜尋著凡人。

我終於在宴會廳邊緣找到他們。黯淡的一群人彎頭聚在一起。普羅米修斯曾說，他們人人都不一樣，但我看到的是毫無特色的一群人，每個凡人都有著黯淡的皮膚，汗流浹背，穿著同樣皺巴巴的袍子。我走近一些，看到他們有一頭直長髮，骨頭上的肉也都柔軟下垂。我想像自己走上前，用手觸碰他們乾槁的皮膚。一想到此，就不禁打個寒顫。那時我已聽過兄弟姊妹私底下謠傳，凡人如果抓到落單的寧芙，都會幹些下流事。他們會強暴、非禮和虐待她們。我覺得很難相信。他們看起來和香菇的菌褶一樣纖弱。他們小心低著頭，遠離所有神祇。畢竟凡人有自己的傳說，他們聽過各種和神牽扯的下場，一旦失足，惡運纏身，家族數十代都將面對飛來橫禍和不幸。

我心想，那像是一條巨大的恐懼鎖鏈。宙斯在頂端，父親緊追在後。接著是宙斯的親人和孩子，接著是叔叔，隊伍一路向下經過河神、海神、孚里埃、風神和卡里特斯，最後來到我們寧芙和凡人，互相瞄著彼此。

埃帖斯抓住我手臂。「沒什麼好看的，對不對？來吧，我找到奧林帕斯眾神了。」

我跟著他，身上的血流快速流動。我還從未見過任何一個奧林帕斯神，他們在天界王座上統治世界。埃帖斯將我拉到窗邊，俯瞰陽光普照的庭院。他們就在那裡。阿波羅手拿七弦琴和閃亮的弓箭。他的雙胞胎阿提米絲身上散發月光，是個冷酷無情的獵人。赫菲斯托斯是眾神中的鐵匠，他鍛造出鎖住普羅米修斯的鐵鍊。海神波塞頓氣勢令人生畏，三叉戟能操控海浪，還有豐收女神狄蜜特，她滋養世界，給予大地生機。我望著他們穿梭庭院，個個力量超群。他們不論走到哪，彷彿空氣都會讓道。

「你看到雅典娜了嗎？」我輕聲說。我一直都很喜歡她的故事，她是個灰眼珠的戰士，也是智慧女神，腦袋轉得比雷電還快。但她不在那裡。埃帖斯說，也許她非常高傲，不想跟在地面活動的泰坦神交談；又或許她非常聰明，不想成爲賓客中的一人；或者也許她其實在場，但隱藏了身影，甚至連神都看不到她。她是奧林帕斯眾神中最強大的女神，她確實辦得到，這樣就能在一旁觀察權力流動，聆聽祕密。

我想到這裡，脖子冒起雞皮疙瘩。「你覺得她現在在聽我們說話？」

「別傻了。她就算眞的有來，也只是爲了看那些神。看，米諾斯來了。」

克里特島之王，宙斯和凡人之子米諾斯出現。他被稱作半神半人，基本上是凡人，但身爲神的父親賜福給他。高大的他走向謀士，頭髮濃密像糾結的刷子，胸膛寬得和船甲板一樣。他黑色的雙眼在金色王冠下閃現光芒，讓我想到父親的黑曜岩大廳。當他把手放在妹妹纖細的手臂上時，他突然看起來像冬天的枯樹，脆弱而渺小。我覺得他心裡有數，所以他臉色很難看，讓我妹妹顯得更爲光鮮亮麗。我想她在這裡會很快樂，或至少能感到高人一等，兩者對她來說是一樣的感受。

「那邊，」埃帖斯緊靠到我耳邊說，「看。」

他指著一個凡人，我之前沒注意到那人，他不像其他人畏畏縮縮。他很年輕，頭理成埃及風格，他臉上的皮膚順著輪廓，看上去教人舒服。我喜歡他。他眼神清澈，不像其他人喝得醉茫茫的。

「你當然喜歡他。」埃帖斯說。「那是代達羅斯。他是凡人世界的奇才，他的工藝媲美天神。等我成爲國王，我也要讓身邊充滿厲害的人。」

「喔？你什麼時候會變國王？」

「很快。」他說。「父親要給我一個王國。」

我以爲他在開玩笑。「我可以住那裡嗎？」

「不行。」他說。「那是我的王國。妳必須得到自己的王國才行。」

他的手臂仍和過去一樣勾著我。但突然之間，一切都不一樣了，他的聲音掙脫，彷彿我們兩隻野獸不是綁在一起，而是栓在不同繩子上。

「什麼時候？」我聲音哽咽。

「在這之後。父親打算直接帶我過去。」

他說得輕描淡寫，像是小事。我感覺自己變成石頭。我伸手勾住他脖子。「你怎麼不跟我說？」我開口。「你不能離開我。我該怎麼辦？你不知道之前是什麼情況……」

他將我手臂從他脖子拉下。「大庭廣眾的別這樣。妳知道這天會來。我不能一輩子都待在地底下，沒有自己的天地。」

那我呢？我想問他。我就活該腐爛嗎？

但他轉身去和一個叔叔聊天。等新婚夫妻入洞房，他便踏上父親的馬車。金光迴旋之下，他走了。

波爾賽斯幾天後也離開了。沒有人感到驚訝，少了我妹妹，父親的宮殿對他來說空蕩蕩的。他說要去東方，住在波斯。他傻傻地說，波斯這名字跟波爾賽斯很像，而且聽說那裡會養叫惡魔的生物，很想親眼看看。

父親皺起眉頭。波爾賽斯對米諾斯的事拋出那番嘲諷之後，父親便不喜歡他了。「他們幹麼養惡魔，而不來供奉神？」

波爾賽斯懶得回答。他會循水路過去，不需要父親載。**至少我不用再聽到妳的聲音了**，這是他對我說的最後一句話。

不過幾天，我的生活分崩離析。我再次變成孤獨的孩子，看父親駕馬車回家，看母親去歐開諾斯的河岸打發時間。我躺在空蕩蕩的宮殿，喉嚨哽咽，感到孤單寂寞，等我受不了，便逃去埃帖斯和我以前常去的荒蕪海岸。我在那裡看到埃帖斯摸過的石頭，走過他踏過的沙灘。他當然不能留下。他是海利歐斯之子，明亮耀眼，能言善道，天資聰穎，有望繼承王位。那我呢？

我記得他看我哀求時露出的眼神。我很懂他，他看著我時，我能理解他的意思。**妳算不上是個好理由**。

我坐在岩石上，想著我聽過的故事，那故事是講寧芙一直哭，最後會化爲岩石和啼叫的鳥兒，或化爲愚蠢的野獸和乾瘦的樹木，永世喊著自己的哀怨。看來我甚至連這點都辦不到。我的生活像花崗岩牆將我封閉。我心想，我應該去跟凡人聊天。我可以求他們娶我。我是海利歐斯的女兒，那些粗野的凡人當然會想娶我爲妻。再怎麼樣都比現在好。

這時候，我看到那艘船。

4

我是從圖畫上認識船的，以前也在故事裡聽過。畫中的船漆成金黃色，像海怪一樣巨大，欄杆是以象牙和獸角雕刻而成。拖著船的是笑容滿面的海豚，或五十人一組的黑髮海寧芙，一張張臉都白皙如月光。

我面前這艘船桅杆像樹苗一樣細。風帆歪斜破爛，船側都是補丁。我記得那名水手抬起頭時，我心臟快從喉嚨跳出來。那人膚色黝黑，在太陽下閃閃發光。是個凡人。

人類已到了世界每個角落。弟弟發現這片荒蕪沙灘之後，已經過了好幾年。我躲在峭壁凸岩後頭，看那人駕船，繞過礁石，拉著魚網。他看起來完全不像米諾斯宮殿中打理整齊的貴族。破碎的海浪淋溼他的黑長髮，他手臂上都是魚鱗劃破的傷疤。這人的動作算不上優雅脫俗，但非常強壯俐落，像劃破碎浪的堅固船體。

我耳中清楚聽到自己的脈搏聲，隨即想起寧芙被凡人非禮和虐待的故事。但這人的臉年輕稚嫩，拉起魚網的雙手看起來動作快，但不殘忍。總之我父親就在天空上方，而且他還有個別稱叫「守衛」，若我身陷危險，他會來救我。

那名漁夫這時已靠近海岸，並專注看著海，尋找我沒看到的魚。我深吸口氣，走到沙灘上。

「嗨，凡人。」

他慌張拉著網，但沒鬆手。「嗨，」他說，「敢問是哪位女神？」

他的聲音溫柔，像夏風一樣悅耳。

「瑟西。」我說。

「啊。」他小心翼翼保持面無表情。他事後向我解釋，那是因爲他沒聽過我，怕會冒犯我。他跪在粗糙的木板上。「最尊貴的女神，我誤闖了妳的海域嗎？」

「沒有。」我說。「我沒有自己的海域。那是船嗎？」

他臉上露出五味雜陳的表情，但我看不懂。「是。」他說。

「我想坐。」我說。

他猶豫一下，然後將船駛向海岸，我不懂得等待，而是直接涉水，踏浪走向他，並爬上船。即使穿著涼鞋，我都感覺得到甲板很燙。船微微搖晃，十分舒服，好像騎在蛇身上。

「繼續吧。」我說。

我多遲鈍，身爲神，我明明無比尊貴，自己卻渾然不覺。而他更是遲鈍。我袖子碰到他時他全身顫抖。我一和他說話，他目光馬上避開。我好震驚，同時發現自己很清楚這個動作的意義。每回看到父親、祖父和所有強大神祇邁步走過，我也是如此，這動作我做過上千次。一**條**

巨大的恐懼鎖鏈。

「喔，不對。」我對他說。「我不是那種神。我幾乎沒有力量，不能傷害你。你像平常一樣自在就好。」

「謝謝妳，好心的女神。」但他說得畏畏縮縮，我見了不禁大笑。比起我的解釋，我的笑聲感覺更讓他放鬆。沒多久，我們開始聊身邊的事。魚從水中躍出，鳥從上方伏衝而下。我問他魚網用什麼做的，他馬上告訴我，這話題投其所好，因爲他很認眞在看顧他的魚網。我告訴他父親的名字，他不禁抬頭望向太陽，全身大大顫抖，但一天結束，天罰都沒降臨，他向我下跪，說一定是我爲他帶來好運，因爲他抓到的魚前所未有的多。

我望向他，茂密黑髮在陽光下閃耀，健壯的肩膀低垂。這是宮殿中所有神祇渴望的事——獲得崇敬膜拜。我覺得也許是他做錯了，或更可能是我做錯了。因爲我只是想再看看他的臉。

「起身。」我跟他說。「拜託。我沒有爲你帶來好運，我沒有能力。我是水寧芙生的，只能控制淡水，我甚至連她們具備的天賦都沒有。」

「但是，」他說，「我可以再來嗎？妳會在嗎？因爲我這輩子從沒認識像妳這般神奇的人。」

我曾站在父親的光芒旁邊，我勾過埃帖斯的手臂，我的床堆著無數神親自手織的厚羊毛毯。但直到這一刻，我才感覺到溫暖。

「會。」我跟他說。「我會在這裡。」

他的名字叫葛勞克斯，他每天都來，並帶來麵包，那東西我從來沒吃過；還有乳酪，這我吃過；他也帶了橄欖來，我喜歡看他用牙齒咬開橄欖的樣子。我問他家人的事，他跟我說父親已年老，滿口牢騷，老是在爲食物生氣和擔憂；他母親以前會做草藥，但如今積勞成疾；他姊姊生了五個孩子，常生病和發怒。要是他們付不起稅賦，恐怕會被趕出農舍。

從來沒人和我交心。我聽著每一段故事，像漩渦吞下海浪一樣，但我聽得一知半解，我不明白人類的貧窮、辛苦和恐懼。唯一清楚的是葛勞克斯的臉，他英俊的眉毛和誠懇的雙眼，因著悲傷眼中泛起淚光，但看著我時卻總是擠出笑容。

我喜歡看他做日常工作，他用的是雙手，不是神力。他會修補破網，清理甲板，用打火石擦出火星。生火時，他會大費周章在中心放一點乾燥的苔蘚，再依序放上細枝和粗枝，慢慢推高。我不知道這也要講究。父親點火時不需要慢慢引燃。

葛勞克斯發現我在看，不禁搓揉起長繭的雙手。「我知道我很醜。」

我心想，不會。我祖父的宮殿全是閃閃發光的寧芙和強壯的河神，但我寧可看著你，也不願看他們。

我搖搖頭。

他嘆口氣。「當神一定非常美好，身體永遠不會受傷。」

「我弟弟曾說，受傷就像水一樣。」

他思考一會。「對，我可以想像。就像杯子倒太滿，溢出來的感覺。妳有弟弟？從來沒聽妳提到他。」

「他去遠方當國王了。他叫作埃帖斯。」相隔好久，再次說出這名字感覺好陌生。「我原本想跟他一起去，但他拒絕了。」

「他聽起來像個傻瓜。」葛勞克斯說。

「什麼意思？」

他抬起目光，和我相視。「妳是個金色的女神，美麗又善良。如果我有這樣的姊姊，我永遠不會放手。」

他在船欄杆旁工作時，我們手臂會輕擦。我們並肩坐著時，我的裙襬會落在他腳上。他皮膚溫暖，有點粗糙。有時東西掉落，他會撿起來給我，那時我們的雙手會輕觸。

那天，他跪在海灘上，生火煮中餐。那依然是我最喜歡看的動作，打火石和火種配合下，展現簡單的人類奇蹟。他的頭髮垂在眼前，雙頰被火焰光芒照亮。我不禁想到將火種賜予人類的叔叔。

「我見過他。」我說。

葛勞克斯將魚叉起，在火上烤。「誰？」

「普羅米修斯。」我說。「宙斯懲罰他時，我替他拿了神酒。」

他抬頭。「普羅米修斯。」他說。

「對。」他平常沒這麼遲鈍。「盜火的。」

「那是好幾十代以前的故事。」

「不只好幾十代。」我說。「小心你的魚。」叉子從他手中落下，魚沾到了黑色的木炭。

他沒去撿。他雙眼盯著我。「但妳和我同年紀。」

我的臉欺騙了他。我看起來就和他的臉一樣年輕，

我大笑。「沒有。我們不是同年紀。」

他原本懶懶靠在一邊，膝蓋和我相觸。現在他忽然坐正，抽開身子，我膝蓋感到一陣冰冷，大大嚇了一跳。

「差幾年又有何妨。」我說。「我不過都在虛度光陰。對這世界，你懂的和我懂的一樣多。」我手伸向他。

他將手甩開。「妳怎麼能這樣？妳幾歲？一百歲？兩百歲？」

我差點又大笑。但他雙眼撐大，氣到臉紅脖子粗。火堆中的魚冒出黑煙。關於我的人生，我向他述說的不多。有什麼好說的？就只有那些殘忍的事，還有背後的嘲笑。那段日子裡，我母親脾氣特別壞。比起她，父親更喜歡酒，而她的不爽全發洩在我身上。她看到我會嘟起嘴。**瑟西笨得跟石頭一樣。瑟西比光禿禿的土地還沒腦。瑟西的頭髮和狗毛一樣。最好別再讓我聽到她那破嗓子。我們家小孩這麼多，爲什麼只剩她？沒有人會要她。**我父親聽到也不會表示什麼，只是把棋盤放到另一個地方。以前聽到這些話我會臉上布滿淚水，悄悄退回房間。但葛勞

克斯出現之後，這些事就像沒有針的蜜蜂。

「對不起。」我說。「那只是個愚蠢的笑話。我沒見過他，只是希望自己見過。別害怕，我們同年紀。」

他動作慢慢放鬆了，隨後呼出一口氣。「哈，」他說，「妳能想像嗎？如果妳那時就活著？」

他吃完餐點，將碎屑撒向海鷗，然後跑向牠們，嚇得牠們飛到空中。他轉身朝我露齒一笑，銀色海浪襯著他身影，他的手高舉，肩膀把衣服拉高上來。後來不論看他點火多少次，我都再也沒提起叔叔的名字。

有一天，葛勞克斯的船來晚了。他沒有拋下船錨，只站在甲板上，表情僵硬嚴肅。他臉頰有道瘀青，像暴風雨的浪一樣黑。他父親揍他。

「喔！」我的脈膊跳一下。「你好好休息。來這裡坐著，我替你拿水來。」

「不要。」他聲音尖銳，我不曾聽過他這樣說話。「今天不行，永遠都不行了。父親說我一直打混，害漁獲減少。我們會餓死，都是我的錯。」

「還是坐著吧，我來幫你。」我說。

「妳什麼都做不到。」他說。「妳自己跟我說的，妳完全沒有力量。」

我看著他駕船走了。我奔向我祖父的宮殿，心亂如麻。我穿過拱廊，來到女人的大廳，她們來來去去，吵吵鬧鬧，酒杯和手鐲叮噹敲擊。在來訪的海寧芙和樹寧芙後頭，我的祖母坐在櫟木高台上。

她的名字是特西絲，負責照顧世界水域，她和丈夫一樣，都是在創世之初，由大地之母蓋亞所生。她水藍色的衣袍垂在腳邊，頸上蜷了一隻海蛇當圍巾。她用放在面前的金色織布機編織。她的面容年老，但並未凋零。她流動的子宮孕育無數兒女，而後代子孫依然會帶孩子來給她賜福。我也曾跪在她面前。她那時用柔軟的指尖觸碰了我的額頭。**歡迎妳，孩子**。

我現在再次跪地。「我是瑟西，波爾絲之女。妳一定要幫我。有個凡人需要在海上捕到魚。我不能祝福他，但妳辦得到。」

「他是個貴族嗎？」她問。

「他天性高貴，」我說，「但財產無幾。他內心豐盛又富有勇氣，宛如星星一般閃耀。」

「那這個凡人供奉妳什麼作爲交換？」

「供奉我？」

她搖搖頭。「親愛的，價值高低無妨，即使只是將酒倒入妳的泉水中也沒關係，但他們一定要有所貢獻，不然事後便會忘記感恩。」

「我沒有泉水，我也不求感恩。拜託，如果妳不幫我，我就永遠都見不到他了。」

她看著我，嘆口氣。她一定聽過這種請求上千次了。這是眾神和凡人的共通點——年輕時我們會以爲自己內心的感受在世上獨一無二。

「我會答應妳的請求，讓他得到漁獲。但作為交換，讓我聽到妳發誓自己絕不會失身於他。妳知道妳父親會希望妳嫁得好，而不是隨便找個漁夫嫁了。」

「我發誓。」我說。

他越過海浪，大聲呼喚我的名字。他一股腦說著話。他說自己甚至不需灑網，牛一般大的魚直接蹦跳到甲板上。他父親不再生氣，也付清了貴族的稅賦，農舍能再住到明年。他垂頭跪在我面前。「謝謝妳，女神。」

我將他拉起。「不要跪我，那是我祖母的力量。」

「不。」他牽起我的手。「是妳，是妳說服她的。瑟西，妳是奇蹟，也是上天給我的祝福，妳拯救了我。」

他溫暖的雙頰貼著我的雙手，嘴脣擦過我手指。「好希望我是神。」他輕聲說。「這樣我就能好好感謝妳。」

我讓他的鬈髮落在我雙手上。我真希望自己是真正的女神，這樣我就能用金盤端給他鯨魚，他也就永遠不會讓我走了。

我們每天都坐在一起聊天。他充滿夢想，希望長大之後，可以擁有自己的船和農舍，不要住在父親的家裡。他說：「如果妳願意的話，我會永遠為妳生一團火。」

「我寧可你放張椅子。」我說。「這樣我才能到你家和你聊天。」

他臉紅了，我也是。我那時知道的好少。我從來不跟兄弟姊妹、強壯的神和苗條的寧芙懶洋洋靠在一塊，聊些風花雪月、愛情韻事；我從來沒有和追求者躲進角落；我甚至不敢說出自己的欲望。要是我的手伸向他的手，要是我彎身索吻，那會如何？

他看著我。他的臉像是一片沙，幻化無數表情。「妳父親……」他支吾一會，提到海利歐斯總會讓他緊張。「他會爲妳挑個丈夫吧？」

「對。」我說。

「什麼樣的丈夫？」

我覺得自己要哭了。我好想靠到他身上，說我多希望那人是他，但我的誓言擋在我倆之間。於是我逼自己說出實話，父親想找王子，若是外國人的話，會找國王。

他低頭看著我雙手。「當然了。」他說。「當然了，妳對他來說很珍貴。」

我沒有反駁他。那天晚上，我走回父親的宮殿，跪在他腳邊，問他有沒有可能讓凡人變成神。

海利歐斯喝著酒，皺起眉頭，一臉惱怒。「若非宿命，妳知道那是不可能的事。就連我也無法改變命運。」

我不再多說。我自己不斷思考。如果葛勞克斯繼續當個凡人，他會不斷變老，總有一天會死，有一天，我到海岸那去，他卻再也不會出現。普羅米修斯曾告訴過我何謂死亡，但我當時不懂。我眞是個傻瓜，太笨了。我驚慌失措地跑回去找祖母。

「那個男人。」我差點哽咽。「他會死。」

她的櫟木凳子鋪著最柔軟的織布，她手中拿著河石綠的毛線球，在織布機上工作著。

「喔，孫女啊，」她說，「他當然會死。他是凡人，那就是他們的命運。」

「這不公平。」我說。「不可以這樣。」

「公不公平和可不可以是兩件不一樣的事。」祖母回答。

發光的水寧芙都不聊了，全轉過來聽我們對話。我繼續說。「妳一定要幫幫我。」我說。

「偉大的女神，妳能不能把他帶到妳的宮殿，讓他永生？」

「沒有神能做到這種事。」

「我愛他。」我說。「一定有辦法。」

她嘆口氣。「妳知道在妳之前，有多少寧芙企求同一件事，最後卻失望收場？」

我不管別的寧芙。他們不是海利歐斯的女兒，沒有從小聽著打破世界的故事。「有沒有什麼……我不知道那個詞，某種工具，或能和命運交換的東西，某種技倆，某種**法馬卡**……」

這是埃帖斯說的詞，當時他提到一種神奇的藥草，生長在神滴落的血中。

祖母頸項上的海蛇倏忽伸展開身子，尖嘴吐出黑色舌頭。祖母的聲音變得低沉，怒火奔騰。「妳竟敢提到這個？」

她態度突然一百八十度轉變，令我大吃一驚。「提到什麼？」

但她站起來，聳立在我面前。

「孩子，我該爲妳做的，已爲妳做了，未來我不會再幫妳。離開吧，我不要再從妳嘴裡聽到那個邪惡的東西。」

我頭暈目眩，嘴裡像喝了劣酒一樣乾澀。我經過一張張躺椅和椅子，聽到海寧芙竊竊私語和嘲笑。**她自以爲是太陽神之女，只要高興就能將世界連根拔起啊**。

我氣得失去理智，感覺不到一絲羞愧。沒錯，只要讓葛勞克斯待在我身邊，我不只會將世界連根拔起，還會撕爛它，燒毀它，做盡邪惡的事。但我腦中最記得的是提起法馬卡時祖母臉上的表情。在眾神之中，我從不曾見過那樣的表情。但葛勞克斯提到稅賦、空漁網和父親時，也曾出現過那樣的表情。我開始懂得何謂恐懼。但究竟是什麼能讓神害怕？我知道答案。

比神的力量更強大的事物。

我還是從母親身上學到一些事情。我將頭髮弄成小鬈，穿上我最好的衣裙和最閃亮的涼鞋。我出席父親的宴席，叔叔全都靠在各自的紫色躺椅上。我替他們斟酒，望著他們微笑，環抱住他們的脖子。我說，普羅提斯叔叔。（他就是牙縫卡著海豹肉的那個叔叔。）你在戰爭中驍勇善戰，能跟我說說戰爭的事嗎？還有戰爭的地點？涅羅士叔叔，你呢？在奧林帕斯神波塞頓之前，你是海神。我好想聽聽泰坦神的偉大事跡，告訴我神血將大地染色，哪裡染得最深。

我從他們身上挖出故事，問出神血滴落之地，和那些地方的位置。最後我打聽出一個地方，離葛勞克斯的海岸不遠。

5

「來。」我說。時當正午，天氣炎熱，我們腳下泥土鬆軟乾燥。「非常近了。完美的睡覺地點，能讓你疲憊的身體獲得休息。」

他跟著我，一臉不悅。日正當中，他脾氣總是很糟。「我不喜歡離我的船那麼遠。」

「你的船不會有事。我保證。看！我們到了。這些花值得一看吧？好漂亮，淡黃色的花形狀像鐘一樣。」

我哄他躺到茂密的花叢中。我帶來水和一籃食物。我注意著上頭父親的目光。如果他朝我望來，我會假裝這是一場野餐。但我不知道祖母跟他說了什麼。

我替葛勞克斯拿來食物，並看他用餐。我心想，他成為神會是什麼樣子？不遠處有座森林，樹蔭濃密，可以躲避父親的目光。他出現變化時，我會把他拉到那裡，告訴他我的誓言再也無法阻止我們。

我在地上放好軟墊。「躺好。」我說。「睡吧。睡一覺不錯吧？」

「我頭好痛。」他抱怨。「太陽好亮。」

我撥開他的頭髮，移動身體，幫他擋住太陽。他嘆口氣。他總是很疲倦，不久他眼皮沉沉蓋上。

我撥動花朵，讓花靠著他。我心想，現在。**就是現在**。

他像過去上百次一樣沉沉睡去。我想像中，花朵在這一刻會在一瞬間讓他變身。長生不老的神血會流入他血管，他醒來就會成爲神，牽起我的手說，**現在我能好好感謝妳了**。

我又撥動一下花朵。我摘下幾朵花，放到他胸口。我吹著氣，讓香味和花粉飄過他全身。

「變吧。」我輕聲說。「他一定要變成神。變吧。」

他睡著了。花朵一枝枝圍繞著我們，像蛾翼一樣纖巧脆弱。我內心暗暗有股酸楚。我告訴自己，也許我找錯地方了。我應該要先來探路，但我等不及了。我起身走遍山坡，尋找散發魔力的鮮豔紅花。但我只看到任何山坡都有的花。

我倒在葛勞克斯身旁哭泣。水寧芙的淚水會永遠在世上流動，我想我的淚水可能會永遠述說著我的悲傷。我失敗了。埃帖斯是錯的，世上沒有擁有魔力的藥草，我將永遠失去葛勞克斯，他迷人的美貌終將凋零，化爲塵土。上方，父親仍沿著自己的軌道向前。輕柔無用的花朵在花莖上搖擺。我討厭它們。我抓了一把，連根拔起。我將花瓣扯下，將莖折成好幾節。我手上沾滿碎片，汁液從我皮膚流下。氣味濃烈刺鼻，像老酒一樣酸臭。我又抓起一把，雙手溼黏發燙。我的耳朵嗡嗡作響，像蜂巢一樣。

很難解釋接下來發生的事。我血液深處忽然冒出一個答案，它輕聲說：花的力量藏在它的汁液之中，能讓所有生物展現眞實的自我。

我毫不遲疑。太陽此時已落下地平線。葛勞克斯做夢時雙脣打開，我將花拿到他頭上方用力擠。汁液從我手中流出，我讓一滴滴花汁落入他嘴中。有一滴花汁滴到他脣上，我用手指撥進他舌頭。他咳嗽了。我對他說，眞實的你，順其自然吧。

我蹲在地上，手裡拿起另一把花。哪怕要我把遍山的花都擠給他也行。但我才在想，他的皮膚就出現一道黑影，顏色愈來愈深，原本是棕色，後來變紫色，像瘀血一樣，最後他全身變成像深海一樣的藍色。他雙手、雙腿和肩膀腫脹。下巴長出銅綠色的長毛。他的上衣撐開，從開口看到他胸口冒起一顆顆水泡。我仔細去看。那是藤壺。

我輕聲說，葛勞克斯。他手臂摸起來怪怪的，僵硬粗糙，又有點冰涼。我搖搖他手臂。快醒來。

他睜開雙眼，呼出一口氣，身體先是動也不動，然後像風暴潮一樣緩緩站起。他原來一直都是個海神。他大喊，瑟西，我變了！

沒時間去森林了，也沒時間將他拉向我，躺到苔蘚上。他爲新生的力量感到瘋狂，像是春天的公牛一樣哼著氣。「看，」他伸出手說，「沒有結痂，也沒有疤痕。而且我不累了。我這輩子第一次這樣，我不累了！我可以游遍整片海洋。我想看看自己。我看起來怎麼樣？」

「像個神。」我說。

他抓住我雙臂，抱起我旋轉，藍色的臉上露出白色牙齒。然後他停下來，腦中浮現新想法。「我現在可以跟妳走了。我可以去神的宮殿。妳能帶我去嗎？」

我無法拒絕他。我帶他去找我祖母。我雙手有點顫抖，但我早已想好謊言。他倒在草原睡著了，一醒來便成了這樣。「也許我希望他成為神是一種預言。這在父親的孩子之間也不是前所未聞。」

她沒聽我解釋，也毫不起疑。沒有人懷疑過我。

「弟弟。」她大喊擁抱他。「新弟弟！這是命運。在你找到自己的宮殿前，歡迎你來這裡。」

我們不再去海岸邊散步。每天我都在宮殿和大神葛勞克斯在一起。我們坐在祖父閃耀的河岸，我介紹他給我所有阿姨、叔叔和兄弟姊妹認識，流暢介紹一個個寧芙，但在此之前，我敢說他們的名字我一個都不知道。他們看到他都圍上來，問他化身為神的奇蹟。他故事說得很精采，他先是心情不好，睡意像巨石落下，後來在命運之神的驅使之下，一股力量將他喚起，像是一波湧升的巨浪。他會露出藍色的胸膛和充滿神力的胸肌，雙手像海浪磨平的貝殼一般光滑。「看我怎麼變成我自己！」

我喜歡他那時的神情，充滿力量和喜悅。我和他一樣充滿驕傲。我好想告訴他，是我讓他得到眷顧，但我很開心看到他相信自己本來就有神性，我不忍告訴他真相。我還是夢想和他在樹蔭下睡覺，但我開始想未來的事，對自己說著新的詞彙：**結婚**、**丈夫**。

「來，」我跟他說，「你一定要來見父親和祖父。」我爲他選了衣服，顏色襯托著他的皮膚。我警告他要有禮貌，他和他們見面時，我留在後頭看。他做得很好，他們讚美他。他們帶他去見古海神涅羅士，涅羅士又將他介紹給新海神波塞頓。他們一起幫忙他用黃金和船難留下的財寶，打造他海中的宮殿。

我每天都去。鹽水讓我皮膚刺痛，而他老是忙著招待慕名而來的賓客，只能匆匆給我簡短的笑容，但我不在乎。我們現在有時間了，用不完的時間。坐在銀色的桌子旁，看寧芙和神祇拚命想吸引他注意，我覺得好開心。曾幾何時，他們瞧不起他，說他只是個殺魚的。現在他們全求他說說自己化身爲神的故事。故事愈說愈精采，他母親變成像巫婆一樣駝背，父親每天會毒打他。大家聽了會倒抽口氣，手摀住心口。

「沒事了。」他說。「我送一波大浪毀了父親的船，葬送他的性命。我祝福我母親。她現在有個新丈夫，還有奴隸替她洗衣。她爲我建了祭壇，如今香火鼎盛。我的村莊希望我能爲他們帶來平穩的海象。」

「你會這麼做嗎？」有個寧芙雙手緊握，舉在下巴下問。她是我妹妹和弟弟波爾賽斯最親密的朋友，她那張圓臉原本充滿惡意，但跟葛勞克斯說話時，彷彿她也變了，變得誠懇開放，像顆成熟的洋梨。

「這要看，」他說，「看他們貢獻什麼給我。」有時他非常開心，就像現在，他的雙腳會變成魚尾在地上拍動。他的魚尾掃過大理石地，留下淡灰色的光澤，交錯重疊的鱗片透著斑斕的色彩。

「你父親真的死了？」他們離開之後我問。

「當然死了。他活該，誰叫他瀆神。」他擦著一根新三叉戟，那是波塞頓親自送來的禮物。白天他躺在躺椅上，拿著和頭一樣大的金杯喝酒。他像我叔叔們那樣笑著，張大嘴巴，震耳大笑。他不只是蝦兵蟹將，而是獨霸一方的海神，他想要的話，招手就能喚來鯨魚，並能拯救船隻脫離礁石和淺灘，從巨浪中舉起一船的水手。

「那個圓臉的寧芙，」他說，「漂亮的那個。她叫什麼名字？」

我心神蕩漾，只想像著他會怎麼向我求婚。我心想，應該在海灘上，就在我們第一次見到彼此的地方。

「你是說斯卡拉？」

「對，斯卡拉。」他說。「她動起來就像水一樣，對不對？銀光閃現，像流動的溪水。」他雙眼抬起，和我四目相交。「瑟西，我不曾這麼快樂過。」

我回應他的笑容。我看到的只是我深愛的男孩終於綻放光芒。每一份加諸他身上的榮耀，每個以他之名打造的祭壇，每個慕名而來的神，對我來說都像一份禮讚，因爲他是我的。

我開始在四處都看到那叫斯卡拉的寧芙。她一會兒因爲葛勞克斯說的笑話笑得花枝亂顫，一會兒手撫著喉嚨，甩動她的秀髮。她非常美麗，這點無庸置疑，她是宮殿中的一顆珍珠。河神和其他寧芙看到她都嘆氣，她喜歡用眼神提高他們的期待，然後再用另一種眼神讓他們失望。她四處走動時，身上的珊瑚手鐲和珍珠項鍊等禮物會叮噹作響。她坐到我旁邊，把飾品一件件秀給我看。

「好美。」我根本沒在看。但她每一場宴會都來，珠寶加倍再加倍，都快重到讓漁船沉了。我覺得她一定氣瘋了，因為我居然這麼久還不懂。她將蘋果一般大的珠寶拿到我面前。

「這是不是妳見過最不可思議的東西？」

老實說，我開始懷疑她愛上我了。「非常美麗。」我淡淡說。

最後她氣急敗壞，單刀直入說了。

「葛勞克斯說為了我，他會撈盡海洋中的珍寶。」

我們當時是在歐開諾斯的宮殿，空中瀰漫濃濃的線香味。我嚇了一跳。「那些是葛勞克斯送的？」

喔，妳瞧她臉上表情多高興。「全都是。妳沒聽說嗎？我以為妳會第一個知道，畢竟你們很熟。但也許只是妳自己覺得你們很要好，但對他來說不是如此？」她看著我，等我反應。我也注意到其他人，他們興奮得喘不過氣。爭風吃醋的戲碼比宮殿中的黃金還珍貴。

她露出笑容。「葛勞克斯向我求婚。我還沒決定怎麼答覆。妳覺得怎麼樣，瑟西？我應該答應他嗎？接受他的藍皮膚、尾巴，還有一切？」

水寧芙大笑，像上千泉水湧出。我拔腿就跑，以免她看到我的淚水，甚至拿這當作她另一個戰利品。

父親和河神叔叔阿克洛斯在一起，他被打斷時皺了皺眉頭。「怎麼了？」

「我想嫁給葛勞克斯。你允許嗎？」

他大笑。「葛勞克斯？他有自己的意中人。我覺得不會是妳。」

我無比震驚。我沒停下整理頭髮，或換件衣衫。我彷彿每分每秒都在失血。我奔向葛勞克斯的宮殿。他去別人宮殿做客，所以我待在那等，全身不住顫抖，宮殿還留著上一場宴席的痕跡，金杯翻倒，軟墊都沾了酒。

他終於回來，手揮一下，髒亂全都消失，地面恢復光潔。「瑟西。」他看到我說。就這樣，彷彿在說「腳」。

「你打算要娶斯卡拉嗎？」

我看他臉上掃過一道光。「妳不覺得她是這輩子見過最完美的生物嗎？她腳踝小巧又細緻，像森林中最可愛的小鹿。因爲她喜歡我，河神都好生氣，我聽說甚至連阿波羅都嫉妒了。」

我之前沒用我族的頭髮、眼神和嘴巴挑逗他，我覺得好難過。「葛勞克斯，」我說，「她很漂亮，沒錯，但她不値得和你在一起。她很殘酷。她不會那麼愛你，你能有更多的愛。」

「什麼意思？」

他朝我皺眉，彷彿記不得我這張臉一樣。我試著思考妹妹會怎麼做。我走向他，手指摸著他手臂。

「我是說，我知道誰會更愛你。」

「誰？」他說。但我看得出來，他聽懂了。他雙手抬起，好像嚇得怕我打他。他，一個高大的神居然怕我。「妳像我的姊姊。」他說。

「我可以更好。」我說。「我可以成爲你的全部。」我湊上前，親吻他。

他將我一把推開，臉色僵住，一半氣憤，一半恐懼。他看起來就像以前的他。

「從你第一天駕船出現，我就一直愛著你。」我說。「斯卡拉還嘲笑你的鰭和綠鬍鬚，但就算是以前，即使你雙手沾著魚內臟，因爲父親的暴行哭泣，我都珍惜著你。我幫助你……」

「不！」他手劃過空中。「我不要想起過去。我身上天天都有新的傷痛，天天都感到疲倦，天天都肩負重擔，虛弱無力。我現在和妳父親坐在議會裡。我不需要乞求食物。寧芙爲我喝采，我可以選最好的寧芙當我妻子，也就是斯卡拉。」

這句話像石頭落下，但我不願輕易放棄他。

「我是最適合你的人。」我說。「我保證我可以讓你快樂。你找不到比我更忠實的妻子。我什麼都願意做。」

我確定他多少有點愛著我。因爲我還來不及把千百句辱罵他的話一吐爲快，把累積的熱愛對他傾心吐意一番，剖白我多願意降貴自貶盡心付出，就感到一股來自他的力量湧到我身上。

他像揮個手讓軟墊消失一樣，把我送回房間。

我倒在地上哭泣。花朵讓他顯露原形，化爲有著藍色長鰭的神，但是那個他並不屬於我。這和埃帖斯留下的麻木和絕望感不同，我胸中有一股尖銳強烈的痛楚，好像一把利刃插入心口，我以爲自己會心痛而死。但當然我死不了。我會繼續活著，受盡苦難。這份悲傷會讓寧芙族放棄肉體，化爲石頭和樹木。

美麗的斯卡拉，玲瓏美人斯卡拉，擁有毒蛇之心的斯卡拉。她爲什麼做出這種事？那不是愛，她提到他尾巴時，我看到她眼中的嘲諷。也許是因爲她愛著鄙視我的弟弟和妹妹。也許是因爲她父親只是個不重要的河神，母親是鯊魚臉的海寧芙，而她想奪走太陽神之女的東西。

不重要了。我唯一知道的是，我恨她。我就像愛上一個不愛我的人的傻瓜，一心想著，只要她不在，一切就會改變。

我離開父親的宮殿。時間剛好介於太陽西下和白月姑姑升起之間。沒人看到我。我收集了讓人化爲原形的花朵，拿到斯卡拉每天會來沐浴的海灣。我折斷花莖，將白色汁液滴入水中。她再也無法隱藏她蝰蛇般的惡毒。她會醜態畢露。她的眉毛會變粗，頭髮會失色，鼻子會像豬一樣伸長翹起。她憤怒的尖叫會迴蕩在宮殿，偉大的眾神會鞭笞我，但我會歡迎他們到來，因爲我皮膚上每一道傷痕，只是更證明我對葛勞克斯的愛。

6

那天晚上，沒有孚里埃來抓我。隔天早上也沒人前來，下午也沒有。但傍晚時，我發現母親在鏡前。

「父親呢？」

「直接去歐開諾斯那了。今天宴會辦在那。」她皺起鼻子，粉嫩的舌頭從牙間伸出。「妳腳好髒，能不能至少洗一下？」

我沒有洗。我不想再多等。萬一斯卡拉在宴會躺在葛勞克斯大腿上怎麼辦？萬一他們結婚了怎麼辦？萬一花汁沒效果怎麼辦？

如今回想起來眞的好奇怪，我怎麼會擔心這些事。

宮殿比平常還擁擠，同款玫瑰油的氣味濃重，偏偏每個寧芙都堅持自己身上是個人獨特的香水。我沒看到父親，但塞勒涅姑姑在那。一夥人彷彿是母鳥和雛鳥般，她站立其中，周圍一張張臉仰起，等她轉述消息。

「你們一定要明白，我可沒空去看熱鬧，只是海水翻攪，弄得亂七八糟的。我以為可能是什麼……聚會之類的。你們知道斯卡拉嘛。」

我感到胸口氣悶。我那些表兄弟姊妹暗暗竊笑，彼此交換眼神。我心想，不管她說什麼，別做表情。

「但我就看她全身亂扭亂動，非常奇怪，像隻溺水的貓。後來……我說不出口。」

她銀色的手摀住嘴。她姿勢好美，姑姑的一切都好美。她丈夫是個俊美的牧羊人，中了魔法，沉沉睡去，永遠夢著她。

「先是一條腿。」她說。「一條醜陋的腿。像烏賊的腿，沒有骨頭，外表都是黏液，從她肚子衝出。另一條腿從她側腹伸出，然後愈來愈多，最後她身上長出十二條腿，在空中揮動。」

我擠出花汁的指尖隱隱作痛。

「那還只是開始。」塞勒涅說。「她弓起背掙扎，肩膀痛得扭動。她皮膚變蒼白，脖子開始伸長。最後她脖子分裂出五個頭，每張嘴都有分開的大牙。」

我的兄弟姊妹倒抽口氣，但聲音聽起來好遙遠，像遠方的浪。我無法想像塞勒涅描述的恐怖畫面。也無法說服自己，**這是我做的事**。

「過程中，她不斷哭嚎咆哮，像群野狗猛吠一樣。等她終於潛入水中，我真鬆了口氣。」

我將花汁擠入斯卡拉的海灣時，沒想過大家的反應，他們都是斯卡拉的兄弟、姊妹、阿姨和情人。如果我有想到，我會說大家都愛著斯卡拉，而孚里埃來抓我時，他們一定大聲叫好。

但現在我環視四周，所看到的每一張臉，都像磨亮的刀刃般閃耀著喜悅。他們抓住彼此，幸災樂禍。**我真希望親眼看到！你能想像那畫面嗎？**

「再說一次。」一個叔叔大喊，表兄弟姊妹們大聲附和。

姑姑露出笑容。她的雙脣如她在天空彎彎的倩影。她又述說一次那腿、那脖子和那牙齒。

兄弟姊妹們交頭接耳，聲音在天花板嗡嗡作響。

你知道她跟宮殿裡一半的人都睡過。

我真慶幸自己從沒跟她睡過。一個河神的聲音蓋過大家：「她當然會亂叫。她一直都是條母狗！」

我耳邊響起刺耳的笑聲。我看到一個河神，原本爲了斯卡拉，誓言要和葛勞克斯一戰，如今他笑得樂不可支。斯卡拉的妹妹學狗一樣仰天嚎叫。甚至我祖父母都來聽了，他們在群眾邊露出笑容。歐開諾斯對特西絲耳語。我聽不到，但我觀察他大半輩子，看得懂他的脣語。**謝天謝地總算能擺脫她了。**

我身旁一個叔叔大喊，**再說一次！**這次姑姑只翻了白眼。叔叔聞起來像隻烏賊，但算了，早該開席了。眾神漫步到各自的躺椅。杯中倒入好酒，端上神的食物。他們雙脣被酒染紅，臉像珍珠一樣發光。我四周響起陣陣笑聲。

我心想，我懂得這份刺激和快樂。我之前在另一個昏暗的大廳中見過。

門打開，葛勞克斯大步走入，他手中拿著三叉戟，頭髮比以往更綠，像獅鬃一樣豎起。兄弟姊妹眼中冒出喜悅，他們興奮得交頭接耳。這下好戲來了。他們會告訴他愛人變形的事，像敲顆蛋一樣打破他鐵青的表情，不論他反應如何，他們都會嘲笑他。

但他們還來不及說話，父親就大步走去，將他拉到一旁。表兄弟姊妹們紛紛倒回躺椅上，手肘撐頭，一臉不開心。海利歐斯真掃興，破壞大家的興致。沒差，波爾絲或塞勒涅晚點會去問他們對話的內容。他們舉起酒杯，繼續享樂。

我跟著葛勞克斯。我不知道我怎麼敢，但我腦中此時像巨浪翻攪，一片渾濁。父親拉著他走到一間房間，我站在門外。

我聽到葛勞克斯低沉的聲音：「她能變回來嗎？」

每個神生的人，從襁褓起就知道這個答案。「不行。」我父親說。「命運或其他神做的事，沒有神能夠還原。但這許多宮殿裡，有無數的美女，個個成熟貌美。去找她們吧。」

我等著，心中仍竊盼葛勞克斯會想到我。只要他開口，我會毫不遲疑嫁給他。但我發現自己也期盼另一件事，一件我以前絕不相信自己會這麼想的事：我希望他為了讓斯卡拉恢復原狀，哭盡身上每一滴鹽水，以證明她是他的真命天女，他的愛永誌不渝。

「我了解。」葛勞克斯說。「真可惜，但你說的沒錯，還有其他女人。」

這時房中傳來叮一聲，是葛勞克斯輕彈一下三叉戟的尖齒。「涅羅士最年輕的孩子很美。她叫什麼？緹蒂絲？」他說。

我父親彈一下舌頭。「不合我的口味。」

「好吧。」葛勞克斯說。「還是謝謝你的建議。我會留意。」

他們直接從我身旁走過。父親坐到祖父旁的金位上。葛勞克斯走到紫色的躺椅。他抬頭去聽一個河神說話，隨即放聲大笑。那是我最後一次看到他的臉。火炬光影映照下，他的牙齒像珍珠一樣明亮，皮膚一片深藍。

接下來幾年，他確實採納了父親的建議。他睡了上千個寧芙，生下綠髮長尾的孩子，他們常讓漁夫滿載而歸，所以漁夫很喜歡他們。我有時會看到他們，像海豚一樣在海浪深處嬉戲。但他們不曾來到我的海岸邊。

黑河流過河岸。白色的花朵在花莖上點頭。這一切我全都視若無睹。我內心的希望一點一滴逝去。我不會和葛勞克斯永生相伴。我們不會結婚。我們永遠不會並肩躺在樹林中。他對我的愛已溺死。

寧芙和神祇飛過，火炬照亮四周，大廳香氣瀰漫，而他們的閒言閒言也飄散在空中。他們的臉如常明亮耀眼，但突然之間，我覺得好陌生。他們身上的珠寶敲擊，像鳥叫一樣吵，紅色的嘴巴張大，發出陣陣笑聲。葛勞克斯也在其中，我卻無法分辨出他的聲音。

不是每個神都一定要一樣。

我臉開始發燙。不是痛苦，不完全是，但那股刺痛感一直持續著。我手按著臉頰。我有多久沒想到普羅米修斯了？他的身影出現在我面前，背上傷痕累累，表情堅定，黑色的眼珠道盡一切。

鞭子落下時，普羅米修斯沒有大叫，雖然他身上全是鮮血，宛若滴著金漆的雕像。與此同時，眾神都看著他，目光像閃電一樣明亮，一刻也不想錯過。如果可以，他們巴不得自己也上去賞他一鞭。

我和他們不一樣。

是嗎？普羅米修斯叔叔低沉宏亮的聲音說。**那妳一定要想想，瑟西。他們不會做什麼事。**

父親的椅子上鋪了好幾塊黑紫色的羊皮。我跪到羊頭的旁邊。

「父親，」我說，「斯卡拉成爲怪物是我害的。」

我身旁所有聲音都停下來。我不知道最遠躺椅上的人有沒有轉頭，葛勞克斯有沒有轉頭，但我叔叔原本都還在隨意聊天，此時全轉過頭來。我感到一陣強烈的喜悅。我這一生第一次渴望他們的目光。

「我用邪惡的**法馬卡**讓葛勞克斯成爲神，然後我改變了斯卡拉。我嫉妒他對她的愛，想讓她變醜。這一切都是出於自私和恨意，我願承擔後果。」

「**法馬卡**。」我父親說。

「對，從泰坦神克洛諾斯的血中長出的黃色花朵，能讓生物化爲自己眞實的樣貌。我摘了一百朵花，放入她的水池。」

我原以爲眾神會命人將鞭子拿上來，並召來孚里埃。我將被鐵鍊綁在叔叔身旁。但父親只斟滿酒杯。「根本沒影響。那些花朵沒有任何魔力，再也沒有了。宙斯和我確認過了。」

我瞪著他。「父親，是我做的。我親手將花莖折斷，用花汁沾上葛勞克斯的雙脣，他因此變身成神。」

「妳做了預言，這在我的孩子之中很常見。」他聲音像石牆般堅定平穩。「葛勞克斯那一刻成爲神是他的命運。藥草與此毫無關係。」

「不對。」我想說，但他不讓我打斷他。他提高聲音蓋過我。

「妳想想看，女兒。如果凡人這麼簡單就能成爲神，那豈不是每個女神都會拿花去餵自己最愛的凡人？寧芙豈不是一大半都變成怪物？在這宮殿裡，妳不是第一個心生嫉妒的女孩。」

叔叔們臉上開始露出笑容。

「我是唯一一個知道花朵生長在哪的。」

「當然不是。」普羅提斯叔叔說。「妳是從我這聽來的。如果我覺得妳能拿花來做壞事，還會告訴妳嗎？」

「而且如果那些花有這麼大的力量，」涅羅士說，「斯卡拉海灣的魚也會變化，但牠們都一切正常。」

我臉開始脹紅。「不對。」我搖著涅羅士叔叔海草般的手。「我改變了斯卡拉，我現在要接受懲罰。」

「女兒，妳別鬧了。」這句話從空中劈下。「如果這世上有妳所說的力量，妳覺得會是妳這種神發現的嗎？」

我背後傳出輕微的竊笑，叔叔們都一臉訕笑，但最讓我受傷的是父親那句像垃圾一樣扔下來的話。**妳這種神**。要是在過去的日子裡，我會蜷曲到角落，暗自哭泣。但那天，他的鄙夷像是落到乾柴上的火星。我張開嘴。

「你錯了。」我說。

他原本已靠到另一邊，去聽祖父說話。現在他目光再次掃向我。他臉開始發亮。「妳說什麼？」

「我說那些花有魔力。」

他皮膚發出白光，像火焰之心一樣，像最純淨、最熱的木炭。他站起身，並繼續向上升，彷彿要撕裂天花板，撕裂天空，彷彿直到他摧毀星晨前都不會罷休。這時熱氣襲來，像聲浪一樣捲向我，我皮膚起泡，胸中的空氣已被燒盡。我大力抽氣，但四周已無空氣。他把空氣都帶走了。

「妳敢忤逆我？連火都點不著，連一滴水都喚不出的妳？妳是我最糟糕的孩子，毫無光芒，一無可取，我付錢都沒人願意娶妳。自從妳出生之後，我可憐妳，讓妳自由自在地活著，不料妳變得叛逆又自傲。妳要讓我更討厭妳嗎？」

再一會，岩石都會融化，我所有水族兄弟姊妹都會乾到見骨。我皮膚起泡綻開，像烤透的水果，我聲音在喉嚨萎縮，化為塵土。我不曾想像世上存在這種痛苦，灼熱難耐，燒盡我所有思緒。

我倒到父親腳邊。「父親，」我沙啞說，「原諒我。我不該相信這種事。」熱力緩緩平息。我倒在鑲嵌地板上，上頭的圖案是魚和紫色的水果。我雙眼半盲，雙手融化成爪子。河神搖搖頭，發出像水淹過石頭的聲音。**海利歐斯，你的孩子好奇怪。**

父親嘆口氣。「是波爾絲的錯。在她之前，我生的孩子都很正常。」

我沒有動。好幾個小時過去，沒人看向我或提起我。他們聊著自己的事，稱讚食物和酒。火炬熄滅，躺椅漸空，父親起身跨過我。他攪動的微風像刀一樣切入我的肌膚。我以為祖母會安慰我，帶藥膏為我舒緩燒傷，但她回房睡覺了。

我心想，也許他們會派守衛來抓我。但何必呢？我對世界無害。

我感到一陣陣痛苦，時冷時熱，身子不住發抖，時間一點一滴過去。我的四肢紅腫發黑，背部發炎起泡。我不敢碰我的臉。天不久就要亮了，家人全會來吃早餐，聊一天的八卦。他們會經過我，並露出嫌惡的表情。

我動作緩慢，一吋吋移動，最後站了起來。光想到要回父親宮殿，我就感覺喉嚨像是卡了塊燒白的炭。我不能回家。這世上我只知道另一個地方，就是我時時掛念的那座森林。濃密的樹林能為我遮蔭，鋪著苔蘚的土地能舒緩燒傷的皮膚。我眼中浮現那座森林的畫面，跛著腳向前。海灘鹽風像針一樣刺著我起水泡的喉嚨，風一吹拂起來，我的傷口都再次尖叫。最後我終於到達樹蔭遮蔽之處，蜷縮到苔蘚上。方才下了點雨，溼潤的土地讓我感覺好舒服。我幻想和葛勞克斯躺在這裡好幾次，但夢想幻滅後，不論我有多少眼淚，如今都已烤乾。我閉上雙眼，精神恍恍惚惚，忍過一陣陣尖銳的刺痛。慢慢的，我不屈不撓的神力開始作用。我的呼吸漸漸緩和，雙眼漸漸看得清楚，即便雙手雙腿依然發疼，但我用手去摸時，碰到的已是皮膚，不是焦黑的硬塊。

太陽落下，在樹林後方閃閃發光。黑夜帶來繁星點點。那晚月暗無光，塞勒涅姑姑去找她做著夢的丈夫。想到這點，我才找到力量起身。我無法忍受她去跟大家亂說：**那傻女孩竟然又跑去看花！她還眞以爲有用咧！**

夜晚的空氣讓我皮膚刺痛。盛夏的熱氣將草地烘得乾燥平坦。我找到那座山坡，向上爬。在星光下，花朵看起來好小，呈淡淡的灰色。我拔起花莖，拿在手中。花朵軟軟倒在我手中，花汁全乾，一滴不剩。我期待什麼？難道花朵會跳起來大叫，**妳父親錯了。是妳改變了斯卡拉和葛勞克斯。妳不是可憐蟲，妳是宙斯再世？**

但我跪在那裡時，我聽到了什麼。不是聲音，而是一種寂靜，一種淡淡的嗡嗚，像是歌曲音符間的空白。我等著它慢慢消散，讓我腦袋恢復正常。但它一直都在。

這時在星空下，我腦中冒出一個瘋狂的想法。我會把藥草吃了。眞正的我不論是什麼樣貌，終能釋放。

我將花拿到嘴邊，但卻失去了勇氣。我眞正的樣貌是什麼？最後我也不敢知道。

阿克洛斯叔叔鬍子上都是飛沫，他急急忙忙找到我時，時間已近天亮。「妳的弟弟回來了，他想召見妳。」

我跟他來到父親的宮殿，腳步依然有點不穩。我們經過光亮的桌子和母親垂著簾子的臥室。埃帖斯站在父親的跳棋盤旁。他臉變得更加削瘦，更有男子氣慨，黃褐色的鬍子像蕨葉一樣粗。就算以神的角度來看，他那一身穿著也太過華麗浮誇。藍、紫配色的長袍上，每一吋都刺有金飾紋。但他轉向我時，我們過去的手足情誼湧上心頭。要不是父親在場，我會衝入他懷中。

「弟弟，」我說，「我想念你。」

他皺起眉頭。「妳臉上是怎麼回事？」

我伸手去摸，我的皮膚剝落，傷口還在發疼。我面紅耳赤，不想告訴他發生什麼事，至少不要在這。父親坐在他發燙的椅子上，身上正常發出的淡淡光芒都令我痛苦。

我父親不給我回答機會。「好了吧？她來了。說吧。」

我聽到他不悅的語氣，全身顫抖，但埃帖斯一臉鎭靜，好像父親的怒火只是廳裡另一樣東西，像桌子或椅子之類的。

「我來這裡，」他說，「是因爲我聽說斯卡拉和葛勞克斯因爲瑟西變形了。」

「那是因為命運。我跟你說過，瑟西沒有那種力量。」

「你錯了。」

我望著他，以為父親的怒火會降臨到他身上，但弟弟繼續說。

「在科爾基斯的王國裡，我也做了類似的事，或者說更甚於此。我讓牛奶從土地湧出、蠱惑人的感官、化塵土為士兵。我召喚了飛龍替我拉馬車。我施咒讓天空變成烏雲密布，煉製藥水讓人死而復生。」

從別人嘴中說出，這些話會像無稽之談。但弟弟說話鏗鏘有力，仍像過去一般堅定。

「**法馬奇亞**，是這門技藝的名字，因為這門技藝主要在處理**法馬卡**。這些藥草能改變世界萬物，不只是神血中長出的藥草，平常生長在土地的藥草也一樣。能從藥草中提取魔力是一項天賦，我不是唯一辦得到的人。在克里特島，帕西斐用毒藥統治王國；在巴比倫，波爾賽斯將靈魂召回肉體裡。瑟西是最後一個證明。」

父親目光茫然，彷彿穿透大海和土地，直接望向科爾基斯王國。也許是壁爐火光的關係，但我覺得他臉上的光閃爍了一下。

「要我示範給你看嗎？」弟弟從長袍下拿出一個蠟封的小壺，他打開蠟封，沾一下裡面的液體。我聞到一股刺鼻的草味，還有鹹鹹的氣息。

他大拇指按上我的臉，說了一個字，聲音太小，我聽不到。我皮膚開始發癢，然後像蠟燭捻熄一般，痛楚一瞬間消失。我手摸臉頰，只感到一片光滑，彷彿還有一層淡淡的油脂。

「很不錯的技藝，是不是？」埃帖斯說。

父親沒回答。他坐在原地，異常呆滯。我自己也愣在原地。治療另一人肉體的力量只屬於最偉大的神祇，不屬於我們這類神。

弟弟露出笑容，好像聽得到我的想法。「這還是我最普通的力量。這股力量是從大地而來，所以不會受神力法則限制。」他停頓一會，讓大家理解。「我當然知道，你不可能現在做出判斷。你需要找人討論。但你要知道，我很樂意爲宙斯做……更多的示範。」

他雙眼閃過一個眼神，像是狼嘴中的利牙。

父親緩緩開口。他臉上仍維持同樣呆滯的表情。我心裡一驚，恍然大悟。**他在害怕**。

「如你所說，我必須找人討論。這是……新消息。在做出任何決定之前，你們就留在宮殿裡。兩人都是。」

「自然是如此。」埃帖斯說。他頭一點，轉身就走。我跟著他，腦中千頭萬緒，皮膚發麻，大氣都不敢喘，心裡冒出一絲希望。我們關上沒藥木門，站在走廊上。埃帖斯表情冷靜，好像剛才他展現奇蹟，讓父親瞠目結舌的事全都沒發生過。我有無數問題想問他，但他先開口了。

「這麼長時間以來，妳都在幹麼啊？真的太慢了。我都懷疑起妳會不會根本不是**法馬奇師**。」

我不認識這個詞。那時沒人知道這個詞。

「法馬奇師。」我說。

也就是**女巫**。

這件事像春天的河流一樣四處流轉。晚餐時，歐開諾斯的孩子一看到我便竊竊私語，還讓出一條路。如果我手擦過他們，他們會臉色發白。我將酒杯拿給河神時，他目光會避開。**喔，不用，謝謝，我不渴。**

埃帖斯大笑。「妳會習慣。我們現在孤立於他們之外了。」

他一點都不孤立。每天晚上，他坐在祖父的高台，和父親及叔叔坐在一起。我渴望坐到他身旁的躺椅上，靠著他肩膀，但他坐直身子，面色凝重，我不知道要怎麼碰觸他。

「你喜歡你的科爾基斯王國嗎？」

「那是世上最美的國度。」他說。「我做到我之前說的了，姊姊。我找來王國中最厲害的人。」

我笑著聽他叫我姊姊，並提到過去的夢想。「眞希望我能看看。」

他不發一語。他是強大的魔法師，能折斷蛇牙，將櫟樹從根部起對半扯開。他不需要我。

「工匠代達羅斯也在你那嗎？」

他臉皺起。「沒有，帕西斐姊姊把他關起來了。也許以後有機會。不過我有一頭巨大的金羊，還有六隻火龍。」

我不用追問，他自己就滔滔不絕說起來，他施展了什麼咒語和魔法，召喚出什麼怪獸，在月光下切開什麼藥草，煉製成什麼魔藥，故事一個比一個更加不可思議。他甚至指尖出現閃電，讓烤熟的羊從焦黑的骨頭中重生。

「你治療我皮膚時，說了什麼？」

「一個具有力量的字。」

「可以教我嗎？」

「魔法不能教。妳必須自己發現，不然就是辦不到。」

我想到我碰觸花朵時，耳中聽到的嗡鳴，以及流竄我體內的詭異知識。

「你知道自己擁有這能力多久了？」

「我出生時就知道了。」他說。「但必須等我離開父親的監視才能使用。」

他在我身邊這麼多年，卻不曾透露一個字。我張嘴想問，你怎麼不告訴我？但眼前身穿鮮豔衣袍的埃帖斯太令人緊張。

「你不怕嗎？」我問。「不怕父親生氣？」

「不會。我才不會笨到當眾羞辱他。」他挑眉看我，我不禁面紅耳赤。「總之，他很想知道這股力量能不能幫上他的忙。他擔心的是宙斯。他必須粉飾一切，讓宙斯有所忌憚，卻又不會造成太大的威脅，引發宙斯採取行動。」

我弟弟總能看穿世界的裂縫。

「要是奧林帕斯神想把你的神力奪走呢？」

他微微一笑。「我覺得不管他們怎麼試，都辦不到。如我所說，法馬奇亞不受一般神力所限制。」

我低頭看著雙手，想像自己能用咒語震撼世界。但我之前將花汁滴入葛勞克斯嘴中，注入斯卡拉海灣時的感覺，現在好像找不到了。我心想，也許我再碰觸那些花就會有感覺了。但在父親和宙斯談話之前，我不准離開宮殿。

「那……你覺得我能像你一樣施展魔力嗎？」

「不行。」我弟弟說。「我是四人之中最強的。但妳似乎擅長變形。」

「那只是花的力量。」我說。「它們能讓生物展現眞實的自我。」

他睿智的目光轉向我。「妳當眞覺得就這麼剛好，他們眞實的面貌都符合妳的欲望嗎？」

我盯著他。「我並不想把斯卡拉變成怪物，我只是打算揭露她內心的醜陋。」

「妳相信那就是她眞正的面貌？流著口水的六頭怪物？」

我臉頰發燙。「怎麼不是？你又不認識她。她非常殘酷。」

他大笑。「喔，瑟西。她和其他人一樣，就是個濃妝豔抹的後殿婊子。如果妳硬是堅持，她內心藏著這時代最可怕的怪物，那妳就比我想的還笨。」

「我覺得他人內心眞實的樣貌，沒人能說得準。」

他翻白眼，替自己倒另一杯酒，說道：「我覺得，斯卡拉已經逃過妳想給她的懲罰了。」

「什麼意思？」

「想一想。醜陋的寧芙在我們宮殿裡能幹麼？她這輩子有什麼價值？」

這就像以前一樣，他問問題，我卻沒有答案。「我不知道。」

「這點妳最清楚。所以那就是好的懲罰。最美的寧芙就已沒什麼用，最醜的寧芙會比沒用還沒用。她永遠無法嫁人，也不會生孩子。她會是家庭的負擔，世上的一抹汙點。她會活在陰影中，受盡輕視和辱罵。但如果當成怪物的話……」他說：「她永遠有個位置。她牙一咬，便能教人害怕。不會有人愛她，但她也不會受到打壓。所以不管妳心裡抱持什麼愚蠢的愧疚，都別放在心上。倒不如說，妳讓她變得更好了。」

整整兩個晚上，父親和叔叔們閉門長談。我在桃花心木門外徘徊，但什麼也沒聽到，連聲低語都沒有。他們出現時，表情堅定嚴肅。父親大步走向馬車。紫色披風像紅酒一樣深沉，頭上華麗金冠光芒四射。他頭也不回飛向天空，將馬兒轉向奧林帕斯山。

我們在歐開諾斯的宮殿等他回來。沒人躺在河岸，沒人在暗處和戀人糾纏。水寧芙面紅耳赤地彼此爭吵。河神推來推去。祖父在他的高台上，俯瞰所有人，他手中的酒杯沒有半滴酒。母親在眾姊妹當中自吹自擂。「當然，我們最先發現有魔法的是波爾賽斯和帕西斐。瑟西是最後一個才發現，哪有什麼好意外？我打算再生個一百個，他們會爲我打造一艘銀船，讓我飛在白雲間。我們將會統治奧林帕斯山。」

「波爾絲！」祖母從大廳另一頭喝斥。

只有埃帖斯一點都不緊張。他安靜坐在躺椅上，拿著他鍛造的金杯喝酒。我待在後面，在長廊上踱步，雙手摸著石牆，石牆因為無數水神在場，總有點潮溼。我掃視全場，看葛勞克斯有沒有來。就連那時，想見他的渴望仍在我心裡一角激盪。我問埃帖斯，葛勞克斯有沒有和其他神吃飯，他露齒一笑。「他把那張藍臉藏起來了。他在等所有人忘記眞相，忘記他是怎麼化身成神的。」

我肚子翻攪，沒想到我的自白會奪走葛勞克斯最引以自豪的事。我心想，太遲了。我早該知道，一切都來不及了。我犯下無數錯誤，早已無法挽回。我找不到自己最初犯下的錯誤，是改變斯卡拉、改變葛勞克斯？或是錯在不該向祖母發誓？還是我一開始就不該和葛勞克斯說話？我心神不寧，罪惡感一直回溯到我出生的第一口氣。

父親現在會站在宙斯面前。雖然弟弟確定奧林帕斯神無法對付我們，但四個泰坦巫師可不容小覷。要是再次發生戰爭怎麼辦？宮殿會從上方裂開。宙斯的頭將遮住光，手會伸下，將我們一一碾碎。埃帖斯會召來飛龍，他至少能戰鬥。但我能怎麼辦？摘幾朵花嗎？

我母親洗著腳。兩個姊妹拿著銀浴盆，第三人從扁瓶倒出芬芳的沒藥油。我告訴自己，別傻了，不會發生戰爭。父親早經歷過大風大浪，很有手腕。他會找到方法安撫宙斯。

宮殿亮起，父親回來了。他面無表情，像是擊打過的銅板。他大步走到前方高台，所有人目光跟著他。他王冠的光線照亮所有陰影。他邊向下望著我們，邊說，「我告訴宙斯了，我們取得了共識。」

兄弟姊妹發出放心的聲音，沙沙作響，像風吹過麥田。

「他同意世界出現新的動靜。這些力量前所未見。他同意這股力量來自我和寧芙波爾絲的四個兒女。」

群眾再次起了漣漪，大家漸漸興奮起來。我母親舔舔嘴，下巴歪了歪，彷彿頭已戴上王冠。她的姊妹相互交換眼神，無比嫉妒。

「我們也同意，這些力量沒有立即的危險。波爾賽斯在境外生活，不構成威脅。帕西斐丈夫是宙斯之子，他當然會好好看管她。埃帖斯只要同意接受監視，便能繼續統治他的王國。」

我弟弟表情嚴肅，點點頭，但我看得出他眼中的笑意。**我可以屏蔽天空。你來監視看看啊。**

「此外他們每個人都發過誓，他們的力量都是不由自主發生，始料未及，也並非圖謀不軌，意圖造反。他們都是意外找到魔法藥草。」

我心裡好驚訝，又瞄了弟弟一眼，但我讀不出他的神情。

「除了瑟西。根據她的自白，她是自己主動追求這份力量，當時大家都在場。大家警告她不要誤入歧途，她卻不聽勸。」

祖母表情冰冷，一如她浮雕的象牙椅。

「她忤逆我的命令，挑戰我的權威。她用毒藥對付族人，並做出其他背叛之舉。」他白熾的目光落在我身上。「她是我族之恥。忘恩負義，不知我等照顧之恩。宙斯和我都同意她必須接受懲罰。我們會將她放逐到一座荒島上，讓她此生不能再害人。她明天就必須離開。」

上千雙眼盯著我。我想大喊大叫，垂首求憐，但我喘不過氣來。我尖銳的聲音消失了。我心想，埃帖斯會爲我說話，但我望向他時，他只和其他人一樣回望著我。

「還有一件事，」父親說，「如我所說，這股新的力量顯然是由我和波爾絲結合而來。」透過我模糊的雙眼，我看到母親臉上洋洋得意，眉開眼笑。

「所以我們同意，未來我不會再和她生下任何一個孩子。」

我母親尖叫，向後倒到姊妹大腿上。她嚎啕大哭，石牆都迴蕩著她的哭聲。

祖父緩緩站起。他摸摸下巴，說，「好了，宴會該開始了。」

火炬像星星一樣燃燒，天花板像蒼穹一般延伸。我最後一次看著眾神和寧芙各自走到自己的位子。我頭暈目眩，一直想著，應該要和大家道別。但兄弟姊妹都像水流過岩石一般繞過我。我聽到他們經過時都在竊笑。我發現自己想念起斯卡拉，至少她敢當面奚落我。

我心想，一定要想個辦法向祖母解釋。但她也一樣轉身，她的海蛇將頭埋起。母親一直在姊妹中間哭泣。我接近時，她抬起頭，讓所有人看到她美麗又浮誇的悲傷。妳造的孽還不夠多嗎？

只剩海帶繞頭髮，溼鬍子雜亂糾纏的叔叔們。但我想跪到他們腳邊時，卻辦不到。

我回到房間，告訴自己，打包吧。打包吧，妳明天就要走了。但我雙手木然垂在身側。我怎麼知道要帶什麼？我可說是從未離開過宮殿啊。

我逼自己找來一個袋子，放入衣服和涼鞋，還有一柄梳子。我考慮帶走牆上的掛毯。那是某一場婚禮派對的布置，某個阿姨織的。我會有房子可掛嗎？我不知道。我什麼都不知道。父親說是一座荒島。那會是海上的一塊裸岩？石子淺灘？還是枝葉糾結的荒野？我袋子裡的東西好荒謬，全是鍍金的垃圾。我心想，那把刀，獅頭刀，我要帶上那個。但我拿在手中時，獅頭刀變得好小，那是在宴會上切肉的小刀，如此而已。

「事情原本會更糟，妳知道的。」埃帖斯站到我門口。他也要走了，他已召喚了飛龍。「我聽說宙斯想拿妳殺雞儆猴。但父親當然只容他將妳放逐。」

我手臂上寒毛直豎。「你沒告訴他普羅米修斯的事吧，對吧？」

他微微一笑。「幹麼？因爲他提到『其他背叛之舉』？妳知道父親。他只是預留後路，以免妳透露更多可怕的事情。話說回來，又有什麼好說的？妳做了什麼？偷倒一杯神酒？」

我抬起頭。「你說父親會把我扔去給烏鴉吃。」

「除非妳笨到承認。」

我雙頰發燙。「我猜我應該聽你的意見，從頭否認到尾？」

「對。」他說。「事情就是這樣運作，瑟西。我告訴父親我的魔法是個意外，他假裝相信我，宙斯假裝相信他，所以世界維持平衡。妳自白是妳自己的錯。妳爲什麼要自白？我永遠無法了解。」

沒錯，他不會了解。普羅米修斯被鞭打時，他還沒出生。

「我想告訴妳，」他說，「我昨晚終於見到葛勞克斯了。我從沒見過這種傻蛋。」他彈一下舌頭。「我希望妳未來的選擇會更好。妳總是太容易相信人了。」

我看著他靠在門口，身著長袍，雙眼如狼一般明亮。看到他，我一如往常心跳加快。但他就像他曾說過的那道水柱，冰冷筆直，泉水灌注自身，獨立堅強。

「謝謝你的建議。」我說。

他離開了，我再次考慮要不要帶走掛毯。上頭的新郎眼睛突出，新娘頭戴面紗，後頭家人張著大嘴，像一群傻子。我一直都很討厭那畫面，就讓掛毯留在這腐爛吧。

7

隔天早上，我踏上父親的馬車，我們不發一語飛入夜空。夜裡的空氣吹拂，黑夜隨著馬車上升漸漸隱沒。我從車側向外看，想尋找河流、海洋和陰暗的山谷來辨明方向，但速度太快，我什麼都辨認不出。

「那是什麼樣的島？」

父親沒有回答。他板著一張臉，雙脣蒼白，氣憤莫名。我靠他這麼近，之前的燒傷隱隱作痛。我閉上雙眼。土地飛逝，風吹過我的皮膚。我想像自己跳出金欄杆之外，墜入下方開闊的天空。我心想，那感覺會很舒服，直到落地那一刻。

我們落地，馬車搖晃。我睜開雙眼，看到曲線柔和的高丘，山坡有著一層厚厚的草地。父親直直望著前方。我突然有股衝動想跪在地上，哀求他帶我回去，但我逼自己踏上土地。我腳一落地，他和馬車就離開了。

我獨自一人站在芳草萋萋的空地。微風刮過我的雙頰，空氣有股清新的氣味。我無法品嚐這滋味。我的頭好重，喉嚨開始發疼，身體搖晃。這時候，埃帖斯已回到他的王國科爾基斯，喝著他的牛奶和蜂蜜。阿姨們會在河岸說說笑笑，兄弟姊妹會繼續嬉戲。當然我父親也會高掛天空，發出光芒，照亮世界。那麼多年來，我和他們朝夕相處，如今卻像石頭一般，噗通一聲丟入水池，漣漪轉眼已消失。

我仍保有點自尊。如果他們沒哭，我也不會哭。我手掌壓著雙眼，將眼淚吞回去。然後環視起四周。

面前的山丘上有間房子，門廊寬敞，牆面石頭工整漂亮，雕刻的門有兩個人高。下方有一圈森林，再過去便看得到海。

我注意到的是那片森林。很古老的森林，盤根錯節長著櫟樹、菩提樹和橄欖樹，還有穿天的柏樹。清新的氣味就是從那裡順著青草山坡飄過來。海風吹拂，樹木輕搖，鳥兒在樹蔭中穿梭。很久很久之後，我都能想起那股驚奇的感受。我之前的人生都在同一座幽暗的宮殿裡生活，走在同一片滿是枯木的荒蕪海岸。我沒預料到這裡生機盎然，突然好想學青蛙跳入水池那般一躍而入。

但我猶豫了。我不是樹寧芙，絲毫不了解樹根生長奧祕，不曾穿過無人經過的荊棘。我不知道陰影中藏著什麼。要是裡頭有沉洞深坑呢？要是裡頭有熊或獅子呢？

我站在原地許久，害怕著各種事物，靜靜等待，彷彿稍後會有人信心十足來跟我說，對，妳可以過去，那裡很安全。父親的馬車越過大海，開始往大海沉下。森林的陰影加深，樹幹彷彿緊緊糾結。我告訴自己，現在去林子太晚了。明天吧。

房子有著寬大的櫟木門，以鋼鐵固定。我一推門便輕易打開，裡頭瀰漫著線香的香氣。那裡有個大客廳，放著桌椅，好像要辦宴會一般。壁爐在牆的一邊，另一邊有條走廊通往廚房和臥房。那間房子足以容納十幾個女神，每走過一個轉角，我就不禁期待看到寧芙和兄弟姊妹。但是什麼都沒有，那是我放逐的一環——完全孤單一人。我的家人認爲，比起失去和神共處的機會，還有什麼其他更慘的懲罰嗎？

當然，這間房子本身不算懲罰。這裡每一處都有珍寶，雕刻櫥櫃、柔軟地毯、金色掛飾、床、椅凳，以及精緻的三腳祭壇和象牙雕像。還有白色大理石窗台配上梣木百葉窗。到了廚房，我用大拇指摸過廚刀，廚刀不只用銅和鐵，也用了珍珠貝殼和黑曜石製成。我找到一碗碗石英結晶和熟銀。雖然屋舍廢置已久，但裡面沒有一絲灰塵，我後來發現，是灰塵過不了大理石門檻。我不論怎麼走，地板永遠都乾乾淨淨，桌子充滿光澤。壁爐的灰燼會憑空消失，盤子會自己洗好，柴薪隔夜會補滿。食品儲藏間中有一瓶瓶油和酒，還有一碗碗起司和大麥，永遠都充足新鮮。

在那些空蕩蕩的完美房間中，我只感到……說不出口的……失望吧。我覺得我內心一角終究希望自己能綁在高加索山大岩石上，讓一隻老鷹飛下來啄咬我的肝臟。但斯卡拉不是宙斯，我也不是普羅米修斯。我們只不過是寧芙，不值得大費周章。

但這一切背後另有其他意義。我父親大可以帶我到一間茅屋、漁夫棚　或只有一頂帳篷、空無一物的海灘。我回想他提起宙斯的命令時，憤怒表露無遺。我以爲他是在氣我，但和埃帖斯說過話之後，我開始了解。眾神停戰是因爲泰坦神和奧林帕斯神都留在各自的世界。宙斯要求看管海利歐斯的孩子。海利歐斯不能公開反對，但他可以有所回應，表達他的挑戰，讓關係回復平衡。**就連我們放逐的人都過得比國王好。你看得出我們力量多強嗎？要是膽敢攻打我們，奧林帕斯神，我們會比之前更用力反擊。**

這就是我的新家，我父親自尊的紀念碑。

那時夕陽已西下。我找到打火石，照葛勞克斯常做的那樣，點燃放在那的火絨，我從未眞的做過，試了好幾次，火焰才終於點著，開始燒起，我感到一股全新的滿足感。

我好餓，於是走到食品儲藏間，那裡的碗盛裝的食物足以餵飽上百人。我舀了一些到盤子上，坐到客廳巨大的櫟木桌。我聽得到自己呼吸的聲音，這時我猛然想到，我從來沒自己單獨吃過飯。即使沒人和我說話或看向我，身邊也總是有兄弟姊妹和親戚。我摸著細緻的木頭，悶哼一聲，聽聲音在空中消散。我心想，這就是我接下來每一天的樣子。壁爐火燒著，但角落漸漸出現陰影。外頭夜鳥開始尖叫。至少我覺得那是鳥。忽然脖子寒毛直豎，我又想起那些黑暗粗大的樹幹。我趕忙關上百葉窗，栓上大門。我向來習慣大地的岩石遮蔽，沐浴來自上方父親的力量。這屋舍的牆薄如樹葉，任誰一爪都能將房子撕開。我心想，也許這就是這地方的祕密。我眞正的懲罰還沒出現。

我告訴自己，別想了。轉而去點亮燭火，穿過走廊進入房間。白天的房間感覺很大，很令人開心，現在卻是一眼無法看盡每個角落。床上的羽毛窸窸窣窣，百葉窗的木頭像暴風雨中的船繩咿呀作響。我感覺得到黑暗放大了島嶼的空曠。

在那之前，我不知道自己害怕多少事。巨大如鬼魅的海怪在山丘滑行；夜蟲從窩裡蠕動爬出，盲目將臉貼到我門上；長著羊腳的眾神飢餓難耐；海盜壓低划槳聲，潛進我的船港，盤算要怎麼將我綁走。面對這些，我能怎麼辦？埃帖斯叫我**法馬奇師**，意思是**女巫**，但我所有力量都在花朵中，在海的另一端。如果有人前來，我只能尖叫，而在我之前有上千個寧芙都知道，喊叫一點用都沒有。

恐懼像水一樣濺上我身，每一波都更加冰冷。平靜的空氣爬過皮膚，陰影朝我伸手。我望著黑暗，努力聽脈膊以外的聲響。每一絲動靜都好漫長，但最後天空逐漸顯露層次，邊緣開始發白，陰影漸漸退去，早晨終於來臨。我起身，毫髮無傷。走出外頭檢查，屋外毫無潛行的腳印、尾巴滑行的痕跡，也沒人用鑿子挖門。但我並不感覺自己傻，而是覺得自己宛如通過一項巨大的考驗。

我再次望向森林。昨天……只是昨天嗎？我等待有人來告訴我這裡很安全。但那人會是誰？父親？埃帖斯？這就是放逐的意思，沒人會來，永遠不會。知道這件事令人恐懼，但在驚魂之夜後，這點感覺微不足道，毫不重要。最懦弱的自己已被逼出，取而代之的是令人震顫的火花。我心想，我不會像籠中鳥，門打開了還笨到不懂得飛。

我走進樹林，全新人生就此開始。

我後來學會將頭髮綁成辮子，才不會勾到樹枝，並把裙子綁到膝上，以免卡到鬼針草。我懂得怎麼分辨不同的藤蔓花和鮮豔的玫瑰，能一眼看到閃爍的蜻蜓和盤捲的蛇。我爬到山頂，深黑的柏樹向天伸展。我下攀到果園和葡萄園，一串串紫色葡萄宛若珊瑚。我走上山丘，嗡嗡作響的草原長滿百里香和紫丁香。我也踏進黃色沙灘，探索了所有海灣和洞穴，找到適合停泊船隻的寧靜港灣。我聽過狼嚎，聽過青蛙蜷縮泥巴中的鳴叫。我伸手摸了光滑的棕色蠍子，牠們高舉蠍尾勇敢面對我，但那點毒液不足爲懼。我心醉了，父親宮殿的紅酒和神酒還不曾讓我醉過。我心想，難怪我一直很笨拙。這麼久以來，我有如沒有羊毛的織女，沒有海洋的船。但瞧啊，我如今能航行四方。

晚上我會回到屋子裡，但再也不怕陰影了，因爲那代表父親不在天空監視，時間全屬於我。我也不怕空蕩蕩的感覺。數千年來，我一直努力塡滿我和家人之間的空隙。相比之下，塡滿屋子要簡單多了。我在壁爐燒雪松，黑煙馬上來陪伴。我放聲唱歌，以前母親說我聲音像溺水的海鷗，所以禁止我唱。我內心寂寞，渴望見到弟弟或想念以前的葛勞克斯時，森林永遠都在。樹枝間蜥蜴竄動，鳥兒撲翅。花朵見到我，開心得有如小狗歡騰撲向前，嚷嚷要我摸。我感到害羞，但日子一天天過去，我變得更大膽了，最後我終於跪在溼潤泥土上，面對一叢鐵筷子花。

細緻花朵在花莖上抖動。我不需要刀，直接用指甲掐，花汁四濺，弄得我手黏呼呼的。

我將花朵藏到蓋了布的竹籃裡，回到屋裡才掀開布，並緊緊關閉百葉窗。我不覺得會有人來阻止，但我也不想讓誰興起這個念頭。

我看著桌上的花朵，它們萎縮發黃。起初我不知從何著手。切？煮？烤？弟弟的藥膏含有油，但我不知道試哪一種。廚房的橄欖油可以嗎？當然不行。一定得是某種神奇的油，好比從赫斯珀里德斯的金蘋果*榨出的蘋果籽油。但我拿不到金蘋果。我用手指滾動花莖。花莖翻面，像溺水的蠕蟲軟趴趴的。

我對自己說，別像顆石頭待著不動。試試看，說煮就煮，有何不可？

如我所說，我還是有點自尊心，而且這是好事。自尊心太高會招致死亡。我先說巫術不是什麼好了。巫術不是神力，不能空憑想法，或眨個眼就能成。巫術必須製作處理，事先必須計畫和探索，挖掘、風乾、切搗、磨碎、烹煮、唸咒並吟唱。和眾神不一樣，巫術即使費盡苦心，最後仍可能失敗。如果我的藥草不夠新鮮，一時沒注意，或是意志力太薄弱，藥劑臭酸，還是手不夠乾淨，都可能失敗。

按理說，我絕不會想碰巫術。眾神討厭麻煩，那是他們的天性。我們頂多織個布或打個鐵，但那是技術，不是苦工，而且所有不愉快的過程都能用神力解決。我們要將羊毛染色，不需站在臭氣沖天的大桶子前，用湯匙攪拌染料，我們只要睡一覺就好了。我們要打鐵，不需費力挖礦，礦石會自己從山中跳出來。我們手指不會磨破，肌肉也不會扭傷。

巫術卻是苦工。每個藥草必須找到生長地，在適當時機收割，從土裡掘出，精心挑選、分解、清洗、準備。一定要先這樣處理，然後那樣，才能找出藥草隱藏的力量。你必須熬過每一天，保持耐心，放下錯誤，重新開始。所以爲什麼我不在意做苦工？爲什麼我們四個都不在意做苦工？

我無法代替他解釋，但我的答案很簡單。好幾百個世代以來，我的日子都過得恍然迷糊，悠哉清閒。我沒留下足跡，沒幹什麼事。就連曾稍微愛過我的人，都不想留在我身邊。

到後來我才發現，我可以像拉弓一樣，恣意扭曲世界。所以我寧可做一千次苦工，都不要失去這股力量。我心想，這就是宙斯第一次舉起雷電的感受。

當然，我一開始調製的藥劑都失敗了。我做了無數無效的藥劑，有時藥膏會直接在桌上崩解融化。雲香是好東西，所以我以爲愈多愈好；我以爲十根藥草比五根藥草力量更強；我以爲就算稍稍分心，咒語也不會失效；我以爲我藥劑做到一半，可以先去做另一種藥劑。就連人類藥師在母親膝蓋上學到的簡單知識，我也不見得知道，像金絲桃煮了能做肥皀，杉樹扔入火中會產生嗆鼻濃煙，罌粟花能讓人睡著，鐵筷子花會致命，蓍草能治療傷口等等。我反覆實驗，犯過無數錯誤，雙手經常燙傷。屋子有次烏煙瘴氣，我不得不逃到花園咳嗽。經歷這些，我才眞正學到知識。

＊赫斯珀里德斯是夜晚和暮光的寧芙，在希臘神話中，她們負責看守赫拉的金蘋果園。

最早的那段日子裡，我以爲自己一說出咒語，就算是學會了。但就連這點都是錯的。同一種藥草，不論我多熟悉，每次摘下的藥草都有各自的特性。例如同一種玫瑰有一次要用磨的，另一次要用壓的，再一次是要用泡的。每回施咒都像一座必須重新攀登的高山。上次留下的經驗就只是上次的成功。

我繼續努力。童年唯一教會我的就是忍耐。慢慢的，我聽得更清楚了。我聽得到植物汁液流動，感覺得到血管中的血液。我開始理解自己的意圖，懂得如何修剪和調製，感受力量聚集，也懂得說什麼來提升力量。那就是我追求的一刻，當一切終於明朗，咒語變得純淨。那一刻，一切只爲我存在。

我沒有喚出飛龍或毒蛇。我一開始的咒語盡是些傻事，看腦中浮現出什麼，我就去試。最早是從一顆橡實開始，因爲我想如果是澆水生長的植物，水寧芙的血液也許能幫上忙。好幾個月來，我每天用油和膏塗抹它，向它說話，希望它發芽。我試著模仿埃帖斯治療臉時發出的聲音。我試了詛咒，試了祈禱，但橡實種子仍自顧自躲在裡頭。我把它扔出窗，重新撿一個回來，又試好一陣子。我試著用各種情緒下咒，像生氣、冷靜、快樂和心不在焉。有天我告訴自己，沒力量就算了，我不要讓它發芽了。而且我要橡實發芽幹麼？島上到處都是橡實。我真正想要的是草莓，我想品嚐草莓甜美的滋味，撫慰我氣憤的心，於是我就這麼對棕色的橡實說了。

橡實變得好快，我拇指突然就陷入它柔軟的紅色果肉中。我瞪著它看，然後開心得意地轉一圈，嚇得鳥兒從樹上飛出。

我讓枯萎的花起死回生。我把蒼蠅趕出屋子。我使櫻花在非花季時開花，將火焰變成鮮綠色。如果埃帖斯在的話，他看到我這種小家子氣魔法，一定會笑到被自己鬍子嗆到。但因爲我一無所知，所以這一切對我來說一點都不丟臉。

我的力量像海浪一樣層層累積。我發現自己擅長幻覺，能創造麵包的幻影讓老鼠追，或在鸕鶿下方，讓海中的白米諾魚跳出。我愈試愈大，像用雪貂嚇走鼴鼠，用貓頭鷹嚇跑兔子。我發現收割花草最好的時間是在月光下，露水和黑夜能幫助花汁凝結。我發現有的花草在花園長得更好，有的必須留在森林中。我抓了蛇，學會從尖牙萃取毒液，也學會從黃蜂尾針催出一滴毒汁。我治好一棵垂死的樹。才碰一下，毒藤就枯萎了。

但埃帖斯說的對，我最強的天賦是變形，那也是我腦中經常在想的事。我站在玫瑰前，將繁複花瓣變成鳶尾花。魔藥倒到栲樹樹根，它就變成冬青櫟。我將所有木柴變成雪松，這樣每晚屋子都能飄著香氣。我抓了一隻蜜蜂，將牠變成蟾蜍，並把蠍子變成老鼠。

這時我終於發現了自己力量的限制。不管藥水混得多好，咒語多精巧，蟾蜍都一直想飛，老鼠還老想螫人。我能變的只有形體，而非心靈。

這時我想起斯卡拉。她身爲寧芙的靈魂仍活在六頭怪物的身軀中嗎？還是神血長出的植物能讓人從頭到尾都變形？我不知道。我仰天說道，不論妳在哪裡，我希望妳能對自己滿意。

當然，我現在知道她確實很滿意。

那期間的某天，我走到森林最濃密的灌木叢中。我喜歡在島上散步，從最低的海岸走到最高的山峰，尋找隱藏的苔蘚、蕨類和藤蔓，並蒐集葉子來施法。時間接近傍晚，我的籃子已裝滿。我繞過樹叢，遇到那隻野豬。

我一直知道島嶼上有野豬，聽過牠們在樹叢尖叫衝撞，並常常發現杜鵑花被踩爛，樹苗被連根拔起。但這回是我第一次親眼見到牠們。

牠好大隻，比我想像中的野豬還大。脊椎高聳，黑得像辛薩斯山，肩膀全是一條條戰鬥留下的傷疤，宛如閃電一般。只有最英勇的英雄能面對這種生物，他們會手持長矛，帶著獵犬、弓箭手和助手，身邊通常還跟著六個戰士。而我手中只有一把掘地的刀和一個籃子，身邊連一瓶魔藥也沒有。

牠腳跺地，白沫從嘴邊滴下；牠壓低獠牙，下巴觸地。牠透過小小的眼說著，**我可以咬爛上百個小孩，把屍體送回去給哭泣的母親。我會撕碎妳內臟，拿來當中餐。**

我雙眼凝視著牠。「你試試看。」我說。

牠瞪了我許久。然後牠轉身，扭身鑽過樹叢。我告訴你們，雖然我已學會各種咒語，但那是我第一次真正覺得自己是個女巫。

那天晚上，我在壁爐旁，想到那些騷首弄姿的女神，她們總是讓肩膀停隻鳥，或讓幼鹿小步走在腳邊，鼻子蹭著她們的手。我心想，我要讓她們感到丟臉。我爬到山頂，找到那隻野獸的足跡——有朵花被踩平，泥土被刨起，樹皮被抓過。我用番紅花、黃茉莉、鳶尾花和滿月挖的柏樹根調製了一劑魔藥。我灑下魔藥，放聲吟唱。**我召喚你**。

牠隔天黃昏緩緩走進家門，肩膀肌肉像石頭一樣堅硬。牠躺到壁爐前，用舌頭舔一下我的腳踝。白天牠會帶兔子和魚給我。晚上牠會從我手上舔蜂蜜，睡在我腳邊。有時我們會一起玩耍，牠會偷跟在我身後，然後撲上來抓住我脖子。我聞到牠口中的麝香味，感到牠前爪壓在我肩上。你看，我邊跟牠說，邊給牠看從父親宮殿拿來的刀子，上面刻著獅頭。「哪個傻子做的？那傢伙從來沒好好看過你們。」

牠巨大棕色的嘴巴張開，打個哈欠。

我臥房有面銅鏡，和天花板一樣高。我經過鏡前，根本認不出自己。我目光變得明亮，臉變得更尖，後頭跟著野生的獅子好友。我能想像兄弟姊妹看到這景象會說什麼，我腳因為在花園工作髒兮兮的，裙子在膝上打結，我還用虛弱的聲音高聲唱歌。

我希望他們來。我會穿梭狼窩，在鯊魚間游泳，等著看我兄弟姊妹目瞪口呆的樣子。我可以將魚變成鳥，可以和獅子搏鬥，然後躺在牠肚子上，披頭散髮。我想聽到兄弟姊妹們尖叫屏息，或倒抽一口氣。**哇，她看了我一眼！我要變青蛙了！**

我眞的害怕眾神嗎？我眞的數萬年來都像老鼠躲躲藏藏嗎？我現在了解埃帖斯為何如此大膽，為何膽敢站在父親前，像座高聳的山峰。我施展魔法時，也同樣感到自己神通廣大。我望著父親橫越天空的火熱馬車。怎樣？你想對我說什麼？你把我當垃圾扔給烏鴉，現在我寧可與牠們為伍，也不願和你同處。

他沒有回答，月亮姑姑也沒回答。一群懦夫。我皮膚發光，牙齒咬緊。我的母獅尾巴橫掃地面。

你們誰有膽子？誰敢來面對我？

所以請了解，就我而言，我很渴望看看接下來會發生什麼。

8

日落時分，父親的臉已沉入林間。我在花園替藤蔓立木樁，栽種迷迭香和烏頭花。我同時隨口胡亂唱著歌。獅子躺臥草地，牠才吃了隻松雞，嘴邊雞血流淌。

「我承認，」有個聲音說，「我很驚訝妳長相如此平凡，竟還敢公然嗆聲。不就綁著辮子、種種花什麼的，說妳是個村姑我也毫不懷疑。」

那個年輕人靠在屋旁看著我。他頭髮蓬亂，臉若珍珠一樣明燦。雖然四周沒有光，但他的金色涼鞋閃閃發亮。

我知道他是誰，我當然知道。他臉上閃耀著力量，像是未入鞘的刀，不會有錯。他是奧林帕斯神，宙斯之子和他欽選的信使。是眾神中笑容滿面的討厭鬼荷米斯。

我身體顫抖，但不會給他發現。偉大的神要是察覺到人的恐懼，就會像鯊魚聞到血，將你生吞活剝了。

我站起來。「你期待什麼呢？」

「喔，妳知道的嘛。」他隨意轉著手中的細魔杖。「我以爲是更嚇人的怪物，像飛龍一樣，伴隨一群飛舞的斯芬克斯*，天空還滴下鮮血。」

我看慣了身材壯碩、一把白鬍子的叔叔，不習慣有人如此完美無瑕，瀟灑帥氣。他的身形是雕刻家雕塑的目標。

「他們是這樣形容我的嗎？」

「當然囉。宙斯認為你們調製毒藥是想害我們，妳和妳弟弟都是。妳知道他會害怕的嘛。」他微微一笑，神態輕鬆，好像他倆可以心照不宣，好像宙斯的怒火不過是個小玩笑。

「所以你是宙斯的間諜？」

「我比較喜歡用**特使**這個詞。但其實不是，這事父親可以自己處理。我來這裡是因為我哥哥在生我的氣。」

「你哥哥。」我說。

「對。」他說。「我想妳聽說過他？」

他從披風後拿出一把里拉琴，上面鑲嵌著黃金和象牙，發出黎明的光芒。

「我不小心偷了這個。」他說。「我需要一個地方避避風頭，希望妳能可憐可憐我，讓我躲一下？不知道為什麼，我覺得他不會來這裡找。」

我後頸寒毛直豎。腦袋清楚的神絕不敢招惹阿波羅，他的憤怒像日光一樣死寂，像瘟疫一樣致命。我好想回頭看，確定他沒有大步越過天空，拉開鍍金弓箭，瞄準我的心臟。但我受夠提心吊膽，畏畏縮縮，我再也不想仰望天空，詢問天神允不允許。

「進來吧。」我邊說邊領他走進家門。

我從小就聽過荷米斯各種大膽妄爲的故事。他小時候從搖籃溜出去，偷走阿波羅的神牛；他曾用計，讓怪物守衛阿爾戈斯的一千隻眼睛都閉上，最後殺死他；哪怕是顆石頭，他都能挖出它的祕密。他的魅力誰都抵擋不住，敵人也會對他言聽計從。

這全是眞的。他會慢慢將你拉近，像在收線一般。他會說出巧妙的比喻，逗得你哈哈大笑。我不曾見識過何謂眞正的聰明。我只和普羅米修斯說過一會話，而在歐開諾斯的宮殿裡，要說聰明，也頂多是些心機和惡作劇而已。荷米斯的腦袋反應迅速，機靈伶俐，像海浪的波光，炫麗奪目，讓人目盲。那天晚上，他說著一則則眾神的蠢事：好色的宙斯化身爲公牛，勾引美女；戰神阿瑞斯被兩個巨人打敗，他們將他關在瓶子裡一年；赫菲斯托斯設下陷阱，用金網抓住全身赤裸的妻子阿芙蘿黛蒂和阿瑞斯，讓眾神笑話。荷米斯一路說說笑笑，講述眾神各種荒腔走板、酒醉鬥毆、吵架到大打出手的故事。我覺得自己笑得臉好紅，頭暈目眩，彷彿喝了酒。

「你來這裡打斷我的放逐，不會因此受到懲罰嗎？」

他露出笑容。「父親知道我很任性。總之，我沒打破什麼規矩。況且被禁足的是妳，不是

---

*斯芬克斯（sphinx）是神話中人面獅身的怪物。

我。我們所有人都能自由進出。」

我很驚訝。「但我以爲……讓我孤孤單單一人不是更大的懲罰嗎？」

「那要看誰來找妳，對不對？但放逐就是放逐。宙斯希望妳受到看管，所以妳就要待在這裡。他們其實不會多想未來的事。」

「你怎麼知道這些的？」

「我在場。看宙斯和海利歐斯討價還價總是很精采。像兩座火山決定要不要爆發一樣。」

我記得他曾經打過眾神大戰。他見過燃燒的天空，殺過腦袋在雲霄之上的巨人。即便他態度輕鬆自若，我發現自己仍能想像他在那些場面裡的模樣。

「告訴我，」我說，「你能彈那琴嗎？還是你只是想偷而已？」

他用手指撥了琴弦。音符躍入空中，明亮悅耳。他輕而易舉讓音符變成曲調，彷彿他就是音樂之神，整個屋子沐浴在音符之中。

他抬起頭，火光照耀他的臉龐。「妳會唱歌嗎？」

那就是關於他的另一件事。他會讓你想透露自己的祕密。

「只對自己唱。」我說。「我的聲音對其他人而言不好聽。有人跟我說聽起來像海鷗叫。」

「他們這麼說嗎？妳不是海鷗。妳聽起來像凡人。」

我的疑惑肯定寫在臉上，因爲他看了大笑。

「大多數的神有雷電和岩石的聲音。我們對人類說話一定要輕聲細語，不然他們會粉身碎骨。對我們來說，人類聲音虛弱無力。」

我記得葛勞克斯第一次和我說話時，聲音多麼輕柔。我把那當作別的意思。

「雖然不算常見，」他說，「但有時弱小的寧芙出生會擁有人類的聲音。妳就是這樣。」

「爲什麼沒人跟我說？怎麼會這樣？我身上沒有凡人的血，我是純正的泰坦神。」

他聳聳肩。「誰能解釋神的血脈是如何作用？至於爲什麼沒人提起，我猜是他們不知道。我和人類相處的時間比大多數神都多，也習慣他們的聲音。對我來說，那只是另一種風味，像食物的調味料一樣。但如果妳混到人類之中，妳一定會注意到。他們不會像怕我們一樣怕妳。」

他一瞬間解開了我人生中的不解之謎。我手摸喉嚨，好像能感受到裡面的古怪之處。**擁有凡人聲音的神**。我覺得震驚，但內心一角卻升起莫名獲得認可的感受。

「演奏吧。」我說。我開始唱歌，里拉琴聲輕鬆隨著我聲音飄揚，音色滋潤了我每一句歌詞。我唱完時，火焰燒盡，月亮受烏雲遮掩。他雙眼像拿到光下的黑珍珠閃閃發光。他眼珠子是黑的，代表他繼承了最古老的神族血脈，具有高深的力量。我第一次想到，我們分成泰坦神和奧林帕斯神眞是奇怪，宙斯當然是泰坦父母所生，荷米斯的祖父正是泰坦神阿特拉斯。我們血管裡流著同樣的血。

「你知道這座島嶼的名字嗎？」我說。

「如果我不知道世上所有地方，那我這個旅行之神也太不稱職了吧。」

「你願意告訴我嗎？」

「這座島叫愛以亞。」

「愛以亞。」我試著發出這聲音。語調輕柔，像在黑暗夜空靜靜收合的羽翼。

「妳知道嘛。」他說。他仔細看著我。

「當然。這是我父親將力量交給宙斯，證明自己忠誠的地方。在這片天空，他殺了一個泰坦巨人，讓這塊土地流滿神血。」

「眞是巧，」他說，「世上有這麼多地方，妳父親偏偏將妳放逐到這座島。」

我感覺他在搜尋我的祕密。在過去，我會端著滿杯的答案衝向前，任他予取予求。但我和過去不一樣了。我不欠他。我不給他的，他別想拿到。

我起身站到他面前，我感覺到自己的雙眼像河石一樣黃。「告訴我，」我說，「你怎麼知道你父親說的毒藥的事是假的？你怎麼知道我不會在你坐的地方下毒？」

「我不知道。」

「但你敢留下來？」

「我什麼都敢。」他說。

這就是我們成爲情人的經過。

荷米斯接下來幾年常自黃昏的天空飛來。他會帶來眾神的美食，像從宙斯家中偷來的酒、席布拉山上最甜美的蜂蜜，那裡的蜜蜂只喝百里香和歐椴樹花。我們對話很開心，做愛也是。

「妳會生我的小孩嗎？」他問我。

我對他大笑。「不會，永遠不會。」

他沒有受傷。他喜歡這種尖銳的態度，因為不論你怎麼刺他，都無法讓他內心流血。他問純粹是好奇，因為他天生就喜歡追求答案，尋找他人的弱點。他想看我多為他神魂顛倒。但我心裡的小安慰都已消失。我不會做白日夢，天天想著他，我不會向枕頭說著他的名字。他不是我丈夫，甚至不算是朋友。他是隻毒蛇，我是另一隻毒蛇，我們以此為共識，一起尋歡作樂。

我錯過的各種消息，他都會告訴我。他旅行時走過世上每一個角落，像裙襬沾泥一樣蒐集八卦。他知道葛勞克斯在誰家喝酒；他知道科爾基斯王國的牛奶泉噴得多高；他告訴我埃帖斯很好，身穿染色的豹皮披風，還娶了凡人為妻，有個正在襁褓中的寶寶，還有另一個在肚子裡；帕西斐仍用魔藥控制著克里特島，同時為丈夫生下一船孩子，總共三個兒子和三個女兒；波爾賽斯待在東方，用一桶桶奶油和血養一群活死人；母親已不再哭泣，並自封巫師之母的名號，在阿姨之間裝模作樣。我們邊聊邊大笑，他走之後，我知道他肯定會到處去述說我的故事，說我指甲縫卡著黑土；養著一隻散發麝香的獅子；野豬會來我家門前，嗅著餿水，要我搔背。當然，還有我是怎麼樣像個情竇初開的處女，紅著臉撲向他。又怎樣？我雖然沒有臉紅，但其他一切都還滿眞實的。

我繼續追問，愛以亞在哪？這裡離埃及、衣索比亞及各個有趣的地方多遠？父親的心情怎麼平靜下來的？我姪子和姪女叫什麼名字？世上有新崛起的王國嗎？他回答了所有問題，但當我問他讓葛勞克斯和斯卡拉產生變化的花朵離這裡多遠時，他朝我大笑。**妳以爲我會任由母獅磨利爪子嗎？**

我盡可能讓語氣隨意。「那個綁在石頭上的老泰坦普羅米修斯呢？他好嗎？」

「妳覺得呢？他一天損失一個肝啊。」

「還是一樣？我永遠都不懂爲何幫助凡人會讓宙斯這麼生氣。」

「告訴我，」他說，「誰會更願意供奉，一個悲慘的人或一個快樂的人？」

「當然是快樂的人。」

「錯。」他說。「快樂的人只顧著自己快樂，覺得自己不必臣服於誰。但若是讓他恐懼發抖，殺死他妻子，砍斷他孩子的腳，那他就會來求你。他會讓家人挨餓一個月，還買一隻一歲的純白小牛來供奉。如果他有錢，甚至會買一百隻。」

「但說眞的，」我說，「你最後必須回報他。不然他就不會再供奉了。」

「喔，要是知道他能堅持多久妳肯定會驚訝。沒錯，到頭來最好給他些什麼。然後他就會再次變得快樂，整個過程也能重新再來一次。」

「所以這是奧林帕斯神過日子的方式，想方設法讓人類過得痛苦。」

「沒理由講求公平正義。」他說。「這點妳父親比誰都行。爲了讓自己能多得到一頭牛，他會把整座村子曬乾。」

我有多少次看著父親祭壇上成堆的貢品，內心偷偷感到得意？我拿杯子起來喝，以免讓他看到我臉紅。

「我覺得你可以去找普羅米修斯。」我說。「你就展翅乘風飛去。替他帶點東西，讓他好過點。」

「我為什麼要這麼做？」

「當然是為了新鮮感。你放蕩生活中做的第一件好事。你不好奇那是什麼感覺嗎？」

他大笑，但我沒再逼他。他依然是個奧林帕斯神，也是宙斯的兒子，我能暢所欲言是因為他覺得有趣，我永遠不知道他何時會覺得厭煩無聊。你可以教毒蛇從你手上吃東西，但牠永遠不會忘記如何咬人。

春天過去，夏天來臨，有天晚上，荷米斯和我慢慢喝著酒，我終於問他關於斯卡拉的事。

「啊。」他眼睛一亮。「我之前還在想何時會聊到她。妳想知道什麼？」

她很難過嗎？他要是聽到這種扭捏的問題肯定會大笑，也該笑沒錯。我的巫術、島嶼和獅子等等一切都是從她變形開始。為此懊悔未免也太虛偽。

「她潛入海中之後我就沒再聽說她的事。你知道她在哪嗎？」

「離這裡不遠。駕凡人的船不到一天路程。她找到一座她喜歡的海峽。一端是漩渦，會將船、魚或經過的一切吞噬。另一端是懸崖峭壁，有座洞窟能藏住她的頭。所有避開漩渦的船都會駛入她的魔爪，讓她飽餐一頓。」

「飽餐一頓。」我說。

「對。她會吃水手。一次吃六個，每張口各一個，如果船速太慢，她會吃上十二個。有幾個人試著反抗，但妳能想像他們的下場。遠遠都能聽到他們的尖叫聲。」

我怔怔坐在椅子上，無法動彈。我一直想像她游在深海，吃著冰冷的烏賊肉。但沒有，斯卡拉總是渴望曝光。她總是希望讓人哭泣。現在她是凶殘的怪物，滿口尖牙，永垂不朽。

「沒人能阻止她嗎？」

「宙斯或你父親想的話可以。但他們何苦呢？怪物的存在，對神來說是好事。多少人類為此天天祈禱貢獻。」

我喉嚨哽住了。她吃的那些人和過去的葛勞克斯一樣都是水手，衣衫襤褸，生活絕望，骨瘦如柴，內心害怕。結果他們全死了。所有人都化為一縷縷冰冷的輕煙，上面都刻著我的名字。

荷米斯看著我，頭像好奇的鳥兒歪向一邊。他等待我的反應。我會哭得像無味軟爛的無脂奶，還是像鷹身女妖一樣有顆鐵石之心？沒有灰色地帶。其他反應都無法符合他想述說的好笑故事。

我手落到獅子頭上，摸著巨大堅硬的頭骨。荷米斯在時，牠從不睡著，雙眼瞇起，充滿警戒。

「斯卡拉的話，一個怎麼夠。」我說。

他微微一笑。**這賤人有顆尖利如峭壁般的心**。

「我之前想跟妳說，」他說，「我聽到一則關於妳的預言。是在路上遇到的一個老預言家，她離開宮殿，在曠野上流浪，四處算命。」

我很習慣他的想法東跳西跳，這次我心裡鬆了口氣。「她提到我時你剛好經過嗎？」

「當然不是。我給她一只浮雕金杯，要她告訴我她所知一切關於瑟西，海利歐斯之女，愛以亞島女巫的事。」

「所以？」

「她說有個和我同血脈，叫奧德修斯的男人有天會來到妳的島上。」

「然後？」

「就這樣。」他說。

「這是我聽過最爛的預言。」我說。

他嘆口氣。「我知道。我金杯白給了。」

如我所說，我不會夢到他。我沒有將他的名字和我綁在一起。晚上我們躺在一起，他午夜就會離開，我會起身走進樹林中。通常我的獅子會陪在我身旁。那是最深的享受，走在涼爽的空氣中，潮溼的葉子摩擦我的雙腿。有時我會停下來摘花。

但我真正想要的花，必須靜靜等待。和荷米斯聊過之後，我一個月都沒動作，後來又一個月過去。我不希望他注意。這不關他的事。是我自己的事。

我沒有帶火炬。在黑暗中我的雙眼比貓頭鷹看得清楚。我穿過樹影，越過寧靜的果園、樹林和蕨草，走過沙灘，爬上峭壁。鳥兒和野獸都靜止不動。四周沒有一絲聲音，只有空氣掃過樹葉和我的呼吸。

藏在蕨葉和蘑菇的腐土下，有朵花小得像指甲蓋，顏色白得像牛奶。這是父親擊殺泰坦巨神，神血從天灑落之地。我從糾纏的花莖裡抓住其中一根。花根緊抓土地，但隨後應聲拔起。花根又黑又粗，散發金屬和鹽的氣味。花朵的名字我不知道，所以我稱之爲摩里，古神語的意思是**根**。

喔，父親，你知道你送給我什麼禮物？這朵花如此嬌貴，會在你腳下融化，但它裡面蘊含**驅邪避凶**的強大力量，能抵擋邪惡，打破詛咒，防禦他人攻擊。它像神一樣崇高，因爲它非常純潔。它是世上唯一不會傷害你的事物。

每一天島嶼上花朵盛開。花園的綠藤攀爬上牆，香味飄進窗戶。那段時間裡，我的百葉窗都一直敞開著。我隨心所欲。如果當時有誰來問我，我會說我很快樂。但我永遠記得。

一縷縷冰冷的輕煙都刻著我的名字。

9

時間是早上，太陽剛過樹林，我在花園的桌子上切秋牡丹。野豬在四周聞著花汁氣味。有一隻野豬暴躁起來，推擠哼叫，宣示主權。我和牠四目相交。「昨天我還看到你在溪裡吹泡泡。前天有隻斑點母豬咬你耳朵，把你趕走，就這樣而已。所以你別亂鬧。」

牠對著泥地氣呼呼的，然後趴到地上，冷靜下來。

「我走之後妳都在跟豬說話嗎？」

荷米斯穿著旅行披風站在那，寬簷的帽子斜斜蓋著雙眼。

「是你走之後，豬才會來跟我講話，我比較喜歡這說法。」我說。「這大白天的，什麼風把你吹來？」

「有艘船來了。」他說。「我覺得妳會想知道。」

我站起來。「來這裡？什麼船？」

他微微一笑。他總是喜歡看我一臉茫然。「我跟妳說的話，妳會給我什麼？」

「你走吧。」我說。「我比較喜歡晚上的你。」

他大笑消失了。

我照平常度過早晨，以免荷米斯偷看，但我感到自己身體緊繃，內心期待。我目光一直情不自禁瞄向地平線。一艘船。船上有讓荷米斯感到有趣的人。誰？

他們在下午時分來到，船從明亮的波光中浮出。那艘船比葛勞克斯的船大上十倍，即使距離很遠，仍看得出船有多美。船身光滑，漆色明亮，有巨大的船首雕像。水手整齊划著船，船破浪切開沉滯的空氣，直直朝我駛來。他們靠近時，我舊有的渴望又躍上喉嚨。他們是凡人。

水手拋下錨，有個人從船邊跳下船，嘩啦嘩啦走向海岸。他沿著海灘和森林的邊際向前，找到一條小徑，那是小豬走的路。那條路會帶他穿過老鼠簕和月桂林，接著經過荊棘叢。我看不到他了，但我知道小徑通往何處，我靜靜等待。

他看到獅子愣了愣，但只遲疑一下，便挺直胸膛，在平坦草地向我跪下。我發現自己認得他。他更老了，臉上有更多皺紋，但仍是同一個人。他臉上鬍鬚依然刮淨，雙眼依然清澈。眾神只會聽過世上少數凡人的名字。以實際情況來說，我們聽到名字時，那些凡人通常已過世，而且若不是如流星一般燦爛，否則難以吸引眾神注意。只是普通程度的傑出，對我們來說形同沙土。

「女神，」他說，「很抱歉打擾妳。」

「你還沒打擾到我。」我說。「請起身吧。」

就算他注意到我聲音如凡人，他也沒顯露什麼反應。身材壯碩的他起身，動作說不上高雅，但十分輕盈，像是一道鉸鏈結構完美的門扉。我們目光相交，毫不閃避。我心想，他是見慣了眾神，還有女巫。

「大名鼎鼎的工匠代達羅斯何以會前來我的海岸？」

「妳知道我是誰，令我感到十分榮幸。」他聲音平穩得像是西風，溫暖持續吹送。「我是妳妹妹派來的信使。她懷了個孩子，再過不久便要生產。她希望生產時妳能在場。」

我盯著他。「你確定來對了地方嗎，信使大人？我妹妹和我感情可不好。」

「她並非因爲感情而來找妳。」他說。

微風吹拂，捎來椴樹花香。香氣後頭則是野豬泥濘的臭味。

「我聽說，妹妹生了六個孩子，愈生愈順。她不會死於生產，孩子身上流著她的血，也是個個身強體壯。她爲什麼需要我？」

他雙手一攤，手臂滿是肌肉，十分靈巧。「不好意思，女神，我不能再多透露，但她要我告訴妳，如果妳不幫她，世上沒別人辦得到。她想要的是妳的巫術，女神。世上只有妳有的巫術。」

所以帕西斐聽說了我的力量，覺得這能幫上她。這是我這輩子第一次受她肯定。

「妳妹妹吩咐我如此說，她已從父親那裡獲得恩准，妳的禁足令已爲此撤銷。」

我皺起眉頭。這一切好怪，非常奇怪。什麼事這麼重要，讓她跑回去找父親？如果她需要魔法幫忙，爲什麼不找波爾賽斯？這感覺像個陷阱，但我不懂妹妹何苦沒事找事。我又不會威脅到她什麼。

我有點心動，心裡當然充滿好奇，但原因不只如此。這還是個讓她知道我已改頭換面的機會。反正不管她設下什麼陷阱，都再也困不住我了。

「聽到我不再被禁足，眞是開心。」我酸溜溜說。「我眞迫不及待離開我這可怕的監獄。」我們周圍開闊的山丘春意盎然。

他沒笑。「還有……一件事。她吩咐我告訴妳，我們路上會經過海峽。」

「什麼海峽？」

我從他臉上看出答案，他雙眼下有著黑影，顯得疲憊又悲傷。

我一股噁心感從喉嚨湧上來。「斯卡拉的海峽。」

他點點頭。

「她也命令你從那裡過來？」

「沒錯。」

「你失去多少人？」

「十二人。」他說。「我們速度不夠快。」

我怎麼會忘記妹妹是個什麼樣的人？她才不會簡單求人幫忙，她總是能找到方法，逼你照她的話做。我彷彿看到她向米諾斯吹噓大笑。**我聽說我們家愚蠢的瑟西對凡人情有獨鍾。**

我前所未有地恨她。這一切好殘酷。我想像自己氣呼呼走回屋子，重重甩上巨大的木門。**可惜啊，帕西斐。妳必須去找別的傻瓜了。**

但要再死六個或十二個人。

我對自己笑了笑。誰說我去他們就能活下來？我不知道哪個咒語能抵擋怪物。斯卡拉看到我，一定大發雷霆。我出現只會激怒她，讓他們遭遇更多苦難。

代達羅斯觀察我，臉上籠罩著陰影。他後方，父親的馬車漸漸駛入海洋。在滿是灰塵的宮殿中，天文學家甚至開始著手記錄日落，深盼自己計算準確。一想到劊子手的斧頭，他們細瘦的雙膝不住打顫。

我拿好衣服和藥草袋，便關上門。沒別的事要做了。獅子能照顧好自己。

「我準備好了。」我說。

船輕淺飄過水面，船體設計對我來說很新穎，船身漆得好美，有著浪花和海豚的圖案，船尾有一隻章魚，伸出蛇一般的長臂。船長拉船錨時，我走去細看先前望見的船首雕像。

那是個穿舞裙的年輕女孩，臉上綻放驚喜，眼睛睜大，嘴巴張開，頭髮垂肩。她一雙小手摀著胸，腳趾踩穩位置，彷彿等著音樂開始。鬈曲的頭髮和衣服皺褶，每個細節都栩栩如生，好似她隨時會躍入空中。這些甚至還不算是最神奇的地方，我簡直不知該如何形容，但這個作品宛若真人。女孩眼神透著聰明，眉毛散發優雅。她的興奮和天真油然而生，如青草一般，輕盈又青澀。

我用不著問是誰雕刻的。弟弟埃帖斯說過代達羅斯是凡人中的奇才，但這作品在天界人間都算奇觀。我欣賞著細節，每一秒都看到新的驚喜，好比下巴的小凹窩；腳踝突出的骨頭；奔放的青春活力。

不可思議，但也是個訊息。我是在父親腳下長大，懂得何謂展現實力。其他國王如果有財寶，會藏在守備森嚴的宮殿中。米諾斯和帕西斐卻把雕像立在船上，飽受風吹日曬，暴露在海賊、海難和怪物的風險中。那簡直像是在說，**這算得了什麼。我們還有無數差不多的東西，更何況創作的工匠就在我的王國裡**。

鼓聲吸引我注意。水手坐在長凳上，一股震顫力量帶動我。海港的海水開始掃向兩旁，我的島嶼變得愈來愈小。

我望向甲板上滿滿的水手。他們一共三十八人。船尾有五個守衛，穿著披風和金盔甲。他們鼻子歪七扭八，顯然斷過無數次。我記得埃帖斯曾嘲笑他們，**米諾斯的惡霸，穿得像王子一樣**。划船手是克諾索斯強大海軍中的一時之選，他們身材巨大，手中的船槳像是一隻隻纖細臂膀。他們身邊其他水手動作迅速，升起船篷抵擋太陽。

米諾斯和帕西斐的婚禮上，我遠遠瞄到的凡人群眾樣貌模糊，像是樹上的葉子。但在船上，我看得出有人皮膚粗糙，有人皮膚光滑，有人長了大鬍子，有人有鷹鉤鼻和窄下巴。他們身上都有疤痕、厚繭、結痂、皺紋和不聽話的頭髮。在炎熱的天氣中，有人脖子掛條溼毛巾。

另一人戴著小孩做的手環，還有人的頭像鷺鳥的形狀。當我發覺這只是世上一小群人類，便是一陣頭昏腦脹。這麼多變化誰能忍受得了，這麼多腦袋和臉孔無盡重疊?世界不會瘋掉嗎？

「要我替妳拿張椅子嗎？」代達羅斯說。

我轉身，看到他那張熟悉的臉，感到很高興。代達羅斯稱不上英俊，但他一臉剛毅堅定，令人心裡踏實。

「我想站著。」我說。我指著船首雕像。「她好美。」

習慣受人稱讚的他頷首道謝。「謝謝妳。」

「告訴我。為什麼我妹妹派人看守著你？」我們走上船時，最高大的守衛，也就是隊長粗略搜了他的身。

「啊。」他淡淡一笑。「米諾斯和帕西斐害怕我不是真心誠意……喜歡他們的招待。」

我想起埃帖斯提過，帕西斐把他關起來了。

「當然你可以中途逃走。」

「我常有機會逃走。但帕西斐握有我的把柄，我不會離開。」

我等他解釋，但他沒多說，只把雙手放在欄杆。他的指節都是傷，手指充滿白色的傷疤，彷彿他將雙手伸入碎木屑或碎玻璃中。

「在海峽，」我說，「你看到了斯卡拉？」

「不是很清楚。峭壁藏在水氣和濃霧之中，她動作太快了。六個頭，襲擊兩次，牙齒像人腿一樣長。」

我看到甲板上的血汙。血跡已經過刷洗，但血滲得很深。十二條性命，只留下這點痕跡。我肚子糾結，心裡滿是罪惡感，一如帕西斐所願。

「你應該知道我是始作俑者。」我說。「是我讓斯卡拉變成這樣的。這就是我被放逐的原因，也是我妹妹要你走這條路的原因。」

我看著他的表情，以為會看到驚訝或厭惡，甚至是恐懼。但他只點點頭。「她告訴我了。」她當然說過。帕西斐天生惡毒，巴不得我以壞人姿態登場，而非救世主。只是這次一切全是眞的。

「有件事我不懂。」我說。「我妹妹儘管殘酷，但她通常不笨。她為什麼要冒著讓你喪命的風險派你來？」

「是我自己爭取的。我不能再多說了，等到了克里特島，我想妳會明白的。」他猶豫一下。「妳知道有什麼辦法可以對抗她嗎？斯卡拉？」

我們頭頂上，太陽燒去最後的碎雲。即使在船篷下，水手都熱得猛喘氣。

「我不知道。」我說。「我會試試看。」

海浪向後落下，我們站在跳躍女孩雕像旁，沉默不語。

那晚，我們在一處植物繁茂的海岸紮營。火堆旁，水手們十分緊張，個個閉口無聲，心中滿是恐懼。我聽到他們竊竊私語，相互傳酒的聲響。誰都不想一夜難眠，腦中盡是對明天的胡思亂想。

代達羅斯替我留塊地，鋪好鋪蓋，但我沒過去。我無法忍受周圍都是人，不住呼吸，散發焦慮不安。

踏到家裡以外的土地感覺好怪。我以爲會有樹林，結果卻只有灌木叢。我以爲會看到野豬，結果朝我露牙的是野獾。那裡的地形比我的島嶼平坦，森林低矮，花朵都不一樣。我看到一棵苦杏仁，還有花朵盛開的櫻花樹。我好想摘下花感受它們的魔法。但我只彎腰拔了株罌粟花，看看它的顏色。我能感到它黑色的種子搏動。**來呀，讓我們幻化成妳的魔法。**

我沒聽從。我想到斯卡拉，並試著從傳聞中的說法拼湊她模樣，六張嘴、六個頭、十二隻長腳。但我愈想像，畫面愈模糊。我反而想起她在宮殿的模樣，圓圓臉綻放大笑。她手腕曲線有如天鵝脖子，下巴微微歪向一邊，跟我妹妹耳語著八卦。我弟弟波爾賽斯坐在她們旁邊，歪嘴邪笑。他以前常常玩斯卡拉的頭髮，用手指繞捲成圈。她會轉身打他肩膀，聲音迴蕩在宮殿中。兩人放聲大笑，因爲他們很喜歡成爲眾人注目焦點。我記得自己當時想過，爲什麼妹妹不介意他們打情罵俏，因爲除了自己，她通常不讓任何人接近波爾賽斯。但帕西斐只會望著他們，露出淺笑。

我覺得自己在父親宮殿那幾年，瞎得和地底鼹鼠一樣，反倒是現在愈來愈多細節湧入腦中。斯卡拉在特殊宴會上常穿綠色長袍，銀色涼鞋綁帶上鑲著青金岩。她以金髮針固定髮絲，針尾端鑲了一隻貓。我想那東西是來自……底比斯。來自埃及底比斯某個追求者，好像是個獸頭神。那樣小飾品哪去了？還在水邊草地上嗎？和她丟下的衣服一起？

我走上一個小坡，上面長滿黑色的白楊樹。我穿梭白楊樹皺巴巴的樹幹。其中一棵最近遭雷擊，樹幹滲出樹汁留下焦黑傷痕。我伸出手指，摸了摸燒過的樹汁，感覺得到它的力量，可惜自己沒多帶瓶子來裝一點。這讓我想到代達羅斯，他是個正直的男人，骨子裡燃燒著火焰。

他不願拋下的是什麼？他提到時十分謹慎，彷彿在將磁磚置入噴水池中。我心想，一定是他的愛人。宮殿裡某個美麗的女僕，或某個英俊的馬夫。我妹妹一年前就會嗅出端倪。也許她甚至命他們上他的床，像等魚上鉤一樣。但我在腦中想像他們的臉時，發現自己不信這說法。代達羅斯不像剛墜入愛河，也不像長年和妻子相伴，生死與共。我無法想像他和人出雙入對，只覺得他孤身一人。所以是金子嗎？還是他的作品？

我心想，如果我明天能讓他活下來，也許就知道眞相。

月亮已過頭頂，時間過了午夜。代達羅斯的聲音再次在我耳邊響起。**她牙齒像人腿一樣長**。我全身竄過一絲涼意。我剛才在想什麼，以爲自己能對抗那種怪物？代達羅斯的喉嚨會被撕裂，我會被她咬起。她把我殺死後，我會變什麼樣子？化爲灰燼？化爲輕煙？還是我不朽的骨頭會被拖過海底？

我雙腳踏上海岸，感到灰色的海岸一片冰涼。我聆聽海浪低吟和夜鳥啼叫，但如果我老實面對自己，這些聲音不是我想聽的，我期盼聽到熟悉的飛行聲。每一秒，我都在等荷米斯降落，站到我身旁，一邊大笑，一邊逗我。**所以愛以亞女巫大人，妳明天打算怎麼辦？**

我想過跪倒在沙灘上，雙手攤向空中，求他幫忙。也許我能撲到他身上取悅他，因爲他最愛的莫過於驚喜。我彷彿聽到他事後會這麼述說：**她走投無路，像隻貓一樣撲到我身上**。我想他會和妹妹躺在一起。他們會喜歡彼此。我第一次想到，也許他早就和她爲伍。也許他們常躺在一起，笑我多遲鈍。也許這全是他的主意，那就是他今早出現的原因，他是來戲弄我，來幸災樂禍的。我腦中反覆琢磨我倆的對話，想解出點言外之意。看他多會讓人胡思亂想？那就是他最喜歡的事，讓人懷疑東、懷疑西，心裡煩惱害怕，隨他輕盈的舞步東倒西歪。我朝黑暗開口，向徘徊在那裡任何長了翅膀、不作聲的生命說。「我才不管你有沒有和她睡覺。最好你連波爾賽斯也睡了，他比較俊美。你永遠不會讓我嫉妒。」

也許他有在聽，也許沒有。那都不重要，他不會來。要看笑話的話，就要看我不惜爲此幹出什麼荒唐事，看我罵天罵地，不知所措。父親也不會幫我。埃帖斯爲了感受他的力量，也許會幫忙，但他在世界另一端。聯絡他就像是要在空中飛翔，兩者我都辦不到。

我心想，我甚至比妹妹更走投無路。我出發去拯救她，但沒人會來拯救我。這點倒一直沒變。畢竟我這輩子一直是孤家寡人。埃帖斯和葛勞克斯只是漫長孤獨生活中的頓點。我跪到地上，手插入沙中，感受指甲下的沙粒摩擦。我腦中閃過一段回憶。父親對葛勞克斯說出一個不可逆的古老法則，**其他神做的事，沒有神能還原**。

但最起初就是我做出這件事的。

月亮已繞過頭頂。海浪在我腳邊獻上冰涼的吻。我心想，土木香花、棬木、橄欖和銀毛天仙子加上燒過的茱萸樹皮，然後魔藥的基礎用摩里。用摩里來破除詛咒，抵銷我最初害她變形的邪惡念頭。

我拍掉沙起身，藥草袋從肩膀垂下。隨著我的腳步，袋中瓶子輕聲碰撞，像山羊搖著羊鈴一般。陣陣氣味在我身邊飄盪，有如我自己肌膚的氣味，含著泥土、糾結的樹根、鹽和鐵血的氣味。

隔天早上，水手臉色蒼白，沉默不語。有人將船槳架上油，以免發出尖鳴，另一人刷洗著髒甲板，我不知道是太陽還是悲傷的關係，他滿臉通紅。船尾有個黑色大鬍子水手在祈禱，並將酒倒入海中。沒人看向我。畢竟我是帕西斐的姊姊，而他們早已放棄期待她提供任何幫忙。但我能感到空氣瀰漫著他們的緊張，一分一秒過去，他們的恐懼愈來愈令人窒息。死亡將至。

我告訴自己，別多想。如果妳能挺住，今天沒人會死。

守衛隊長臉皮浮腫，有雙黃色的眼睛。他的名字叫波呂達瑪斯，身材高大，但我是女神，我們一般高。「我需要你的披風，」我跟他說，「還有你的束腰外衣。」

他瞇起眼睛，從那雙眼中我看出他的直覺反應是「不」。未來我會遇到更多這種男人，吝於給出他那一點點權力，在他眼裡，我不過是個女人。

「因爲……？」他問。

「因爲我捨不得讓你的同袍喪命。或者你不這麼想？」

這句話傳遍甲板，三十七雙眼抬起。他脫下衣物，交到我手中。那是船上最好的衣服，柔順的白色羊毛衣奢侈昂貴，深紫色邊緣綴飾掃過甲板。

代達羅斯站到我旁邊。「我幫妳？」

我將披風交給他拿著，然後在披風後面脫下長袍，穿上束腰上衣。袖口和腰線鬆垮，人類身上的臭氣包裹我。

「你能幫我套上披風嗎？」

代達羅斯將披風披到我身上，用金章魚別針扣緊。披風像毛毯一樣垂掛在我身上，不斷從我肩膀滑落。「恕我直言，妳看起來不像男人。」

「我不打算看起來像男人。」我說。「我是要看起來像我弟弟。斯卡拉曾愛過他，也許她仍愛著他。」

我將準備好的藥膏塗在雙脣上，風信子、蜂蜜、櫟花、烏頭花與胡桃樹皮一同壓碎。我曾在動植物身上施展幻術，但從來沒在自己身上試過，我心中突然升起疑惑。但我將疑惑拋到腦後。不論施展任何咒語，絕不能擔心失敗。我逼自己想著波爾賽斯，想著他一派輕鬆、得意洋洋的臉，他鼓脹的肌肉和粗脖子，再加上修長的手指和懶洋洋的雙手。我一一將這些形象喚起，幻化在我身上。

我睜開眼時，代達羅斯盯著我瞧。

「派最堅定的水手去划槳。」我對他說。我的聲音也變了，變得低沉深厚，充滿傲慢的神性。「不論發生什麼事，都不准停下。」

他點點頭。他手中執劍，我發現其他人也都一一拿起矛、匕首和粗製的短棒。

「不。」我說。我提高音量，對全船說話。「她擁有不死之身，武器沒有用，你們必須空出手，讓船全速前進。」

船上馬上響起刀劍入鞘的聲響，許多人手中的矛也鏗鏘落地。波呂達瑪斯此時已穿上別人的外衣，就連他也不由自主遵從我的指令。我差點笑出來，這輩子我還不曾如此受人尊敬。這就是身為波爾賽斯的感覺嗎？但我在地平線上已看得到海峽的輪廓。我轉向代達羅斯說，「聽好，咒語有可能無法迷惑她，也許她會認出我來。如果她認出我，你最好別離我太近。所有人最好都別離我太近。」

首先來的是一陣迷霧。水氣濃密沉重，峭壁變得模糊，接著迷霧遮蔽天空。我們看不清四周，耳邊全是漩渦聲響。漩渦當然是斯卡拉選上這片海峽的主要原因。為了避開漩渦拉力，船隻一定會朝反方向靠往峭壁，然後正好落入她的血盆大口。

我們在濃霧中前行。進入海峽後，聲音迴盪在石壁間，變得空空洞洞的。不論是我的皮膚、甲板和欄杆，所有表面都溼潤滑溜。水波冒泡，船槳刮過岩石，即使再小的聲音，眾人都像聽到雷鳴一般縮起身子。在我們上方，濃霧覆蓋著洞窟，那裡就是斯卡拉棲身之地。

我們不斷往前，感覺上船應該有移動，但四周一片白茫，無法判斷航行了多遠，速度多快。水手划槳時全身顫抖，一方面是過度用力，一方面是恐懼，槳架已上了油，但仍嘎吱作響。我算了一下時間，現在應該是來到她的正下方。她此時會潛伏在洞窟口，聞著肥美的人類氣味。水手已汗溼上衣，肩膀弓起，沒划船的水手躲在繩索後面，靠在桅杆底，尋找掩護。

我雙眼仔細望向上方，這時她出現了。

她全身蒼白，像空氣，又像峭壁一樣。我一直想像她會像某種動物，也許像蛇、章魚或鯊魚。但她真正的樣貌超乎想像，巨大到難以理解。她的脖子比船桅還長。六顆頭張大嘴，像融化的熔岩，形狀歪曲恐怖。黑色舌頭舔過像劍一般長的牙齒。

她雙眼盯著水手，毫不在乎他們的恐懼。她爬得更近，身體滑過岩石。一股爬行動物的臭味撲鼻而來，臭得像地底獸穴。她的長脖子在空中迂迴滑行，其中一張嘴流下一條口水。我們看不到她身體。塞勒涅好久之前曾提到她柔軟噁心的身體和腿，現在那些全隱藏在濃霧中。荷米斯曾說她向下覓食時，身體和腿還會留在洞窟，就像寄居蟹一樣。

她脖子開始向後收縮，蓄力準備攻擊。

「斯卡拉！」我用神的聲音大喊。

她尖叫。聲音銳利狂亂，像是一千隻狗同時嚎叫。幾個划船的水手放下槳，摀住耳朵。我眼角餘光看到代達羅斯將其中一人推開，自己拿起槳來划。我現在無暇擔心他了。

「斯卡拉。」我再次大喊。「我是波爾賽斯！為了找妳航行了一年。」

了。

她盯著我，雙眼的窟窿中一片死灰，其中一個頭的喉嚨發出被勒住的聲音。她沒有聲帶

「我那個婊子姊姊因爲對妳做的事被放逐了，」我說，「但不該這樣放過她。妳想要什麼樣的復仇？告訴我。帕西斐和我會代勞。」

我放慢語速，爭取的每一秒都讓槳多划一下。斯卡拉的十二隻眼睛盯著我。我看得到她嘴邊有遺留的血漬，碎肉卡在她牙上。我感到一陣噁心。

「我們爲妳尋找解藥，找到一個強大的藥物能讓妳恢復原狀。我們懷念妳原本的樣子。」

我弟弟永遠不可能這樣說話，但不重要。她仔細在聽，身體繞過石頭，又從石頭鑽出，跟著我們的船向前。船划幾次了？幾十次？幾百次？我看得出她遲鈍的腦袋在思考。神？神來這裡做什麼？

「斯卡拉。」我說。「妳願意服下嗎？妳願意服下我們的解藥嗎？」

她發出嘶嘶聲，食道衝出腐臭氣息，熱得像團火。但我已經失去她的注意力。她有兩顆頭轉向水手，看著他們手中的槳。其他頭也跟了過去。我看到她脖子再次向後縮。「看，」我大喊：「就在這！」

我將打開的瓶子抬到空中。只有一個頭轉來看，那也夠了。我將藥劑舉高，扔了出去。藥瓶打在她後齒，我看她喉嚨抽動，將藥吞下。我說出讓她回復原形的咒語。

有一瞬間，全然平靜無事。然後傳來她的尖叫，聲音足以劈開天地。她的六個頭亂甩，朝

我撲來。我只來得及抱住一根桅杆。**快逃**。我朝代達羅斯發送意念。

斯卡拉撞上船尾。甲板像破爛漂流木一樣應聲破碎，一整排欄杆掃倒撕裂。木屑四飛，周圍所有人都在顫抖，要不是我抓著桅杆，恐怕也會癱軟倒地。我聽到代達羅斯大聲下達指令，但我看不到他。斯卡拉蝰蛇般的頭再次向後縮，我知道這次她絕不會失手了。她會攻擊甲板，將船斷成兩截，然後從海中一個個將我們吞吃了。

但她沒有攻擊，她鑽入我們身後的海中，在海裡竄動，巨大的嘴不斷朝空中亂咬，像和栓繩搏鬥的狗。我混亂的腦袋好一會之後才意識過來，她已經到了極限。她抵著洞窟的腿已無法再伸得更長。我們平安通過了。

她似乎和我同時明白發生了什麼事。她憤怒尖叫，用頭撞向船後的尾流，掀起一波波巨浪。船身大大傾斜，半艘船吃水再回到海平面。水手抓緊繩子，雙腿都浸在水裡，但他們繼續努力，每一秒我們都離她更遠。

她撞著峭壁，沮喪咆哮，最後濃霧籠罩，她隱沒不見了。

我額頭靠在桅杆上。衣服從我肩膀滑落，披風卡在我脖子上，我的皮膚發燙。咒語結束了。我又回復自己的模樣。

「女神。」

代達羅斯跪倒在地上，其他水手也紛紛跪下。他們的面孔不論粗糙、枯槁、滿是疤痕、曬傷或滿面鬍子，此時都一片蒼白，表情驚恐。他們剛才在甲板上摔得東倒西歪，身上全是擦傷和紅腫。

我沒注意他們。眼前只有斯卡拉的樣子，包括她殘暴的利嘴和死寂空洞的眼神。我心想，她不認得我，也認不得波爾賽斯，甚至不理解這一切。她暫時遲疑是因爲發現我是神，她感到很新鮮，如此而已。她的理智已經不在了。

「女神，」代達羅斯說，「我們這輩子會爲此每天供奉妳。妳拯救了我們。妳讓我們活著離開海峽。」水手都附和他，喃喃祈禱，一雙雙大手張開像端起盤子一樣。幾個人額頭叩抵甲板，那是東方行禮的方式。神族施恩之後，總會要求凡人崇敬和貢獻。

但我內心作噁。

「你們這群笨蛋。」我說。「這怪物是我一手創造出來的。純粹是爲了我的自尊心和一場破滅的夢。結果你們竟感謝我？你們有十二個人被牠吃了，未來還有多少人會喪命？我給她的藥是我最強的藥了。你們聽得懂嗎，凡人？」

我這番話飄蕩在空中，明亮的雙眼掃向他們。

「我永遠無法讓她消失。她變不回來，現在辦不到，以後也不可能了。她會永遠維持著現在的模樣。她會一輩子吃人。所以你們都起來，快去划船，不要讓我再聽到你們愚蠢的感謝，不然我要你們付出代價。」

他們畏縮發抖，像是浪濤中無力的小船，踉蹌起身，緩緩飄開。天空晴朗無雲，甲板上空氣滯悶，無比炎熱。我扯下披風，希望太陽燃燒我的身體，將我燒到化爲骨灰。

10

我在船首站了三天。後續我們再也沒在島嶼上過夜。水手輪流工作，在甲板上睡覺。代達羅斯修好了欄杆，然後也隨水手輪班。他保持態度有禮，獻上食物和酒，鋪好鋪蓋，但他從不停留。我能期待什麼？我在他面前大發雷霆，好似我有父親那般了不起。又一件事被我親手毀了。

第七天正午前，我們抵達了克里特島。水面波光粼粼，船帆彷彿發著光。四方船隻都聚集在海灣，包括邁錫尼駁船、腓尼基貿易船、埃及帆船，還有來自西臺、衣索比亞和黑斯佩里亞的船。全世界的商人都渡海而來，希望能和富饒的克諾索斯城做生意，米諾斯深知這點，於是他建造開闊安全的海港迎接他們，還提供專員負責接待。城市中的旅館和妓院也都屬於米諾斯，於是黃金和珠寶像川流不息的大河流入他雙手之中。

船長精準停入皇家船隻專用的第一泊位。我聽到碼頭傳來聲響和動靜。許多人來回奔走，大聲喊叫，一箱箱東西搬上甲板。守衛隊長波呂達瑪斯和港務長交談，然後轉向我們。「你們馬上隨我過來。妳和工匠兩人都是。」

代達羅斯示意我先走。我們跟著波呂達瑪斯走上碼頭，前方的一條石灰岩樓梯，在高溫熱氣中模糊飄動。許多人經過我們身旁，有僕從也有貴族，他們赤裸的肩膀都被太陽曬黑。前方克諾索斯巨大的宮殿像座蜂窩，在山丘上閃閃發光。我們往上走。在我一前一後的代達羅斯和波呂達瑪斯發出呼吸喘息聲。多年來無數人快步走過這條樓梯，梯階已被磨得光滑。

最後，終於抵達梯頂，走上台階，進入宮殿。刺眼光線消失，我走到陰影中，皮膚感到涼爽。代達羅斯和波呂達瑪斯停下腳步，眨著眼睛。我不是凡人，眼睛不需要時間適應。我馬上發現宮殿有多美麗，甚至比上次更富麗堂皇。宮殿確實像個蜂窩，每條走廊連結到圓形的廳堂，每個廳堂又通往另一條走廊。牆上切出方形大窗戶，透入金黃色的陽光。每一面牆都有精美壁畫，有海豚和大笑女子、摘花男孩，以及強壯公牛鬥著角。外頭鋪磚亭樓有著銀色噴水池，僕從在赤鐵礦漆成的紅柱間快步通過。每道門前都掛著一把**雙頭斧**，那是米諾斯的象徵。我記得他在婚禮上送給帕西斐雙頭斧吊墜項鍊。她拿在手裡，彷彿那是一隻蟲，儀式結束後，她脖子上只戴著自己的縞瑪瑙和琥珀。

波呂達瑪斯帶著我們通過曲折通道，走向王后的房間。那裡更加奢華，滿是赭色和藍銅色畫作，但窗扉全都緊閉，靠著宮殿裡點的金燄火炬和火盆照明。雖然無法看見天空，牆壁凹處卻巧妙透進天光。我想，那是出自代達羅斯的手藝。帕西斐從不喜歡父親監視。

波呂達瑪斯停在一道雕滿花朵和海浪的門前。「王后在裡面。」他說完敲了敲門。

我們站在原地，四周十分安靜。厚重木門後面沒有任何聲響，但我發現身後代達羅斯呼吸變得粗重。他壓低聲音。「女神，」他說，「我之前冒犯到妳，對不起。但我更抱歉的是妳將在門後看見的事。我希望——」

門刷一聲打開。一名侍女氣喘吁吁站在我們面前，她的頭髮固定成克里特風格。「王后臨產——」她開口，但妹妹的聲音打斷她。「是他們嗎？」

帕西斐躺在房間中央的紫色躺椅上，皮膚布滿汗珠，肚子驚人膨脹。她苗條的身軀彷彿長了顆巨瘤，讓我忘記之前她有多亮眼和美麗。即使她很痛苦，仍指揮全場，將光都吸到自己身上，讓世界變得像蘑菇一樣黯淡。她一直都最像父親。

我走進門。「十二個人死了，」我說，「十二個人，就爲了妳的笑話和虛榮。」

她嘴角勾起，坐起身見我。「感覺要給斯卡拉一個機會來報復妳，這樣才公平，妳不覺得嗎？我猜猜看，妳有試著把她變回來。」她看到我的表情大笑。「喔，我就知道！妳創造了一個怪物，腦袋裡想的全是妳有多抱歉。再不就是，**可憐的凡人哪，我讓他們身陷危險了！**」

她還是和以往一樣尖酸殘酷。某方面來說，我也因此鬆一口氣。「讓他們身陷危險的，是妳。」我說。

「但，是妳無法拯救他們。告訴我，看到他們死，妳哭了嗎？」

我讓自己語氣維持穩定。「妳錯了，」我說，「我沒見到任何人死。那十二個人是在前往島嶼時喪命。」

她甚至沒停頓。「不重要。只要一有船經過就會有更多人死去。」她手指點點下巴。「妳覺得一年會累積多少人？一百人？一千人？」

她露出貂牙，期待我像歐開諾斯宮殿中的水寧芙一樣折服於她。但她觸碰的每個傷口我早就自己刺過了。

「這樣我可不會答應幫忙妳，帕西斐。」

「幫忙！拜託，是我把妳從那個沙洲島嶼拯救出來。我聽說妳現在都跟獅子和野豬一起睡覺。不過這對妳算是一大進步，對不對？在看上葛勞克斯那隻鳥賊之後。」

「既然妳不需要我，」我說，「那我很樂意回去我的沙洲。」

「喔，好了啦，姊姊，別生氣，只是在開玩笑嘛。瞧妳現在多厲害，居然能躲過斯卡拉的魔爪！我就知道找妳是對的，誰要找那個滿口大話的埃帖斯。妳別露出那表情。我已經給受害者家人補償金了。」

「黃金換不回一命。」

「畢竟妳不是王后。相信我，這裡大多數家庭寧可要黃金。好了，還有其他……」

她話沒說完，卻哼一聲，指甲立刻插到跪在她腳邊的侍女手臂。我之前沒注意那女孩，但細看後發現她手臂皮膚發紫，上面全是血跡。

「出去。」我對她說。「所有人都出去。這裡沒妳們的事了。」

我看到侍女逃得飛快，心中的滿足油然而生。

我面對妹妹。「所以呢？」

她表情扭曲，十分痛苦。「妳以為呢？已經好幾天了，胎兒動也不動。這必須切出來。」

她拉開衣袍，露出腫脹的皮膚。她肚子表面從左到右出現一陣起伏，然後又回復原狀。

我對生產一無所知。我從來沒照顧過母親，也沒照顧過任何兄弟姊妹，只記得聽說過的幾件事。「妳試過跪著施力嗎？」

「我當然試過了！」她尖叫，痙攣再次襲來。「我生過八個孩子！快他媽的把這個孩子切出來！」

我從藥草袋拿出止痛藥。

「妳是笨蛋嗎？我才不要像嬰兒一樣睡著。給我柳樹皮。」

「柳樹是治頭痛，不是用來開刀。」

「給我！」

我給她，她拿瓶子喝了。「代達羅斯，」她說，「拿刀。」

我忘了他在場。他全身僵住，站在門口。

「帕西斐，」我說，「別耍彆扭。既然妳找我，就讓我來。」

她大笑，聲音蠻橫。「妳以為我會放心讓妳動手？妳是之後才派得上用場。總之代達羅斯動手很適合，他知道為什麼，是不是，工匠大人？你要不要現在告訴我姊姊，還是要把這消息當驚喜？」

「我來做。」代達羅斯對我說。「這是我的任務。」他走到桌前，拿起刀。刀刃磨得尖細如髮絲一般。

她抓住他手腕。「記住，」她說，「記住要是你逃跑的話，我會做什麼。」

他微微點頭，不過我第一次看到他眼中冒出怒火。

她用指甲在她下腹一劃，留下一條紅痕。「這裡。」她說。

房間密閉悶熱。我雙手溼滑，滿是汗水。我眞不知道代達羅斯是怎麼把刀拿穩的。刀尖刺入妹妹的皮膚，神血湧出，紅色和金色的血全混在一起。他雙臂用力，肌肉緊繃，下巴咬緊。他花了不少時間，因爲妹妹永生不滅的身體不斷抵抗著，但代達羅斯全神貫注，最後他終於剖開閃閃發光的肌肉，肉順勢分開。妹妹的子宮就在底下。

「換妳。」她看著我說，聲音沙啞破碎。「把寶寶拿出來。」

她身下的躺椅開始滴血。房間充滿她原本芬芳，但已開始腐敗的血臭。代達羅斯動手切時，她的肚子忽然停止痙攣。現在寶寶全身緊繃。我心想，寶寶好像在等待。

我望向妹妹。「裡面是什麼？」

她的金髮凌亂。「妳以爲呢？寶寶啊。」

我雙手伸進她傷口，熱血噴濺我身。我的手緩緩擠過肌肉和鮮血。妹妹口中發出沙啞的哼聲，像被人勒住。

在滑溜的身體摸索一陣後，我終於抓到柔軟的手臂。

我鬆口氣，也說不準自己到底害怕什麼。**還好只是個寶寶**。

「我抓到了。」我說。我手指一吋吋向上尋找著手點。我不斷告訴自己，一定要小心，要先找到寶寶的頭。免得開始拉時，一不小心扭斷寶寶的頭。

我手指突然一痛，嚇到來不及叫出聲。我腦中一片混亂，莫非代達羅斯把手術刀忘在裡頭，或是她分娩時骨頭斷了，戳出一截來刺傷我。但痛楚加深，有東西死命夾住我的手，不斷磨擦。

牙齒。是牙齒。

我這時尖叫，使勁想把手抽回來，但寶寶緊緊咬住我的手。驚慌之中，我用力一扯。妹妹肚子的傷口撐開，那鬼東西滑出來。牠像上鉤的魚甩動身體，血汙噴上我們的臉。妹妹淒厲尖叫。那鬼東西像錨一樣拖在我手臂下，我感覺手指關節被撕裂。我再次尖叫，劇痛之下，我撲上去，手忙腳亂想找著牠的喉嚨。我抓到牠喉嚨時，馬上用盡全力將身子壓下去。牠的雙腳踢著石頭，頭左右扭動。我終於看清楚了。這東西的鼻子又大又扁，身上溼滑，全是生產時的黏液。粗大的臉孔毛絨絨的，頭上還有兩根尖角，接在底下四肢呈青蛙翻肚般的幼兒身軀，透著一股不自然的力量。牠睜著晶黑雙眼，直勾勾盯著我。

我心想，老天啊，這是什麼？

那怪物發出窒息的聲音，嘴張得開開的。我將血肉模糊的手抽回。兩根手指被咬斷了，還有一根也少了一截。那鬼東西的嘴咀嚼著，隨後吞下我的手指。牠下巴在我手下扭動，想再咬我一口。

我身旁出現一道人影。代達羅斯臉色蒼白，身上都是血。「我在這。」

「刀。」我說。

「妳要幹麼？不要傷害他，不能殺他！」我妹妹在躺椅上掙扎，但她的肌肉被切開，爬不起來。

「臍帶。」我說。粗大的臍帶仍連接著那怪物和妹妹的子宮。代達羅斯將臍帶切開。我雙膝跪著的地方都是血，兩手血肉模糊，陣陣劇痛襲來。

「現在拿毛毯，」我說，「還有布袋。」

他拿了厚羊毛床罩，放到我身旁地板上。我用受傷的手把那東西拖到床罩中央。牠仍在掙扎，嘴裡哼叫，生氣不已，有兩次差點被牠掙脫，因為牠似乎每分每秒都變得更加強壯。但代達羅斯將床罩四角拉起，向上提時，我快速將雙手收回。那怪物在床罩中亂抓亂打，卻找不到施力點。我從代達羅斯手中接過床罩，抬離地面。

我聽到代達羅斯粗重的呼吸聲。「籠子。」他說。「我們需要籠子。」

「去拿。」我說。「我會抓著牠。」

他跑了出去。那怪物在袋中像蛇一樣扭動。隔著布能看到牠四肢的輪廓、巨大的頭和尖角。

代達羅斯拿鳥籠回來，雀鳥仍在裡頭揮著翅膀。但鳥籠很牢固，而且夠大。等我將床罩塞進去，他便噹啷一聲將鳥籠關起，並用另一條毛毯將鳥籠蓋住，將牠藏起來。

我望向妹妹。她全身是血，肚子像是屠宰現場，鮮血汩汩流到下方早已浸溼的地毯。她雙眼瘋狂。

「妳沒傷害牠吧？」

我瞪著她。「妳瘋了嗎？牠差點吃掉我的手！告訴我這鬼東西哪來的。」

「幫我縫合。」

「不要。」我說。「妳先告訴我，不然我看妳血流乾。」

「臭婊子。」她說，同時不住喘息。痛苦令她無比疲累。可是我妹妹也有底線，有她不願多談的事。我們瞪著彼此，黃眼對黃眼。「怎樣？代達羅斯？」她終於開口。「該你表現了。告訴我姊姊這怪物是誰的錯。」

他望著我，表情疲憊，臉上都是血。「我的錯。我的錯。這怪物是因爲我才活著。」他說。籠子傳來吧唷吧唷咀嚼的聲音，雀鳥的聲音不見了。

「神送來一隻純白的牛，祝福米諾斯的王國。王后很喜歡這頭牛，想靠近牠細細欣賞，但只要有人靠近，牠就會跑走。於是我打造一個空木牛，讓她坐在裡面。我幫木牛裝上輪子，這樣趁牛睡覺時，我們就能把木牛推上沙灘。我以爲只是……但我沒想到……」

「喔，拜託。」我妹妹呸一聲。「別支支吾吾的，等你講完世界都毀滅了。我幹了那隻神牛，好嗎？快去拿針線。」

我幫妹妹縫合傷口。士兵小心翼翼進來，他們努力保持面無表情，並將籠子放進內側的大櫥櫃。妹妹在他們身後高喊：「沒我允許，不准任何人接近。然後給牠點東西吃！」侍女無聲捲起被血浸溼的地毯，抬走全毀的躺椅，彷彿這是每天都要做的事。她們燃燒乳香和芬芳的紫羅蘭蓋過臭味，接著揹起妹妹走向浴池。

「眾神會懲罰妳。」我縫合時跟她說，但她只是傻呼呼大笑，莫名開心。

「妳知道嗎？」她說，「眾神最喜歡怪物了。」

這話讓我心頭一驚。「妳跟荷米斯聊過？」

「荷米斯？這跟他有什麼關係？這麼明顯的事，不需要奧林帕斯神來告訴我。大家都知道。」她壞壞地一笑。「當然妳是例外。」

有人來到我身旁，讓我回過神。原來是代達羅斯。自從他來我島上之後，直到現在才只剩我們兩人獨處。他額頭上還有幾滴棕色的血跡，雙臂到手肘都是血汙。「我替妳包紮一下手？」

「不用。」我說。「謝謝你。我的手自己會好。」

「女神。」他遲疑一會。「我會感激妳一輩子。如果妳不來，被咬的就是我。」

他的肩膀緊繃，彷彿準備接受攻擊。上次他感謝我，我大發雷霆。但現在我更明白了，他也懂創造出怪物的感受。

「幸好被咬的不是你。」我說。我朝他的手點點頭，他的手都是硬皮，和全身一樣髒兮兮的。「你的手可不會長回來。」

他壓低聲音。「那怪物殺得死嗎？」

我想到妹妹大叫要我小心的樣子。「我不知道。帕西斐似乎覺得殺得死。但即使如此，牠仍是白牛的孩子。也許會有神守護牠，傷害牠的人也許會受到詛咒。我必須想一想。」

他搔搔頭，顯然他原本想一勞永逸，但希望卻落了空。「那我去做另一個籠子。那個撐不了多久。」

他離開了。我雙頰上的血塊變得乾硬，雙臂滑溜黏糊，都是怪物的腐臭。我心情鬱悶，無比沉重，碰了這麼多血，覺得好噁心。如果我叫侍女來，她們會帶我去浴池，但我知道那不夠。妹妹爲什麼要做這種壞事？她爲什麼要找我來？大多數水寧芙會逃走，但總會有人答應，畢竟她們習慣面對怪物了。也許波爾賽斯也可以。她爲什麼沒找他？

我想不出答案，腦袋一片混沌，跟我的斷指一樣沒用。但有個念頭很清楚，我一定要做些什麼。有個怪物出現在世上，我不能袖手旁觀。也許有東西能幫助我，好比某種解毒劑，或某種強大的藥劑，能將一切逆轉。

那地方不遠，就在臥房旁，有塊布簾擋著。我從沒看過其他女巫的工坊，我走到架子前，期待看到上百個我認不得又嚇人的材料，像海怪肝、龍牙、從巨人身上剝下的皮。但我眼前看到的都是藥草，而且很基本，像是毒草、罌粟和具療效的草根。我毫不懷疑妹妹能好好運用這些，因爲她向來強悍。但她實在懶，眼前這些就是證明。藥劑又老又虛弱，像枯葉一樣；藥草也蒐集得很隨意，有的才剛萌芽，有的枯了，用的刀不講究，採收時節也不講究。

此時我明白了一件事。當個女神，妹妹可能比我更稱職，但當個女巫，我比她夠格多了。她這堆破爛垃圾幫不了我。而我從愛以亞島帶來的藥草雖然強大，卻遠遠不夠。怪物是來自克里特島，那就讓克里特島指引我採藥方向。

我沿著進宮的走廊和通道，來到宮殿中心。在那有座不是通往海港，而是通往內陸的樓梯，隨著樓梯會走進寬廣明亮的花園和涼亭，接著便能前去遠方的原野。

石板路上，男男女女忙碌幹活，有的摘著水果，或是揹著一籃籃大麥趕路。我經過時，他們雙眼低垂，避免直視。我想，長年和米諾斯、帕西斐一起生活，讓他們早已習慣比我所作所爲更血腥的畫面。我經過宮殿外圍的農夫和牧羊人，走過樹林和靜靜吃草的牲畜。山丘上植物繁茂，陽光灑下的一片金黃，照得山丘宛若發光，但我沒停下腳步，雙眼直直望著遠方天空下那片黑色的輪廓。

那座山叫迪克特山。熊、狼、獅子都不敢貿然接近，只有神聖的山羊會頂著像海螺一般的巨大羊角前去。即使在最炎熱的季節，森林依然陰暗涼爽。晚上獵神阿媞米絲會拿著發光的弓在山中漫步，而宙斯當初就是出生在迪克特山陰暗的洞穴中，並在此躲避了想吞吃他的父親。

那裡有別處找不到的藥草，非常罕見，大多無人命名。我感覺它們在低處鼓動，朝空中呼出一絲絲魔法氣息。有朵小黃花有著綠色花芯。一株垂下的百合長著橘棕色的花朵。最好的是一叢毛絨絨的草葉，那是有「治療之后」稱號的巖愛草。

我走路不像凡人，而是像神一樣，瞬間行過好幾公里。傍晚時分，我來到山腳，開始向上爬。上方樹枝交錯，下方的玫瑰叢深如水坑，枝莖搔著我的皮膚。整座山彷彿在我腳下嗡嗚。即使我渾身是血，全身發疼，仍感到一股強烈的亢奮。我沿著苔蘚和一座座小山向上，在一棵白楊樹下，我找到一叢巖愛草。它的葉子透著魔力，我將草壓上我的斷指。就只吐出一個字，咒語馬上奏效。我的手到明早就會復元。我摘了草根和種子，放入袋中，便繼續往前。我身上仍有濃重的血臭，最後我找到一處池塘，水質冰冷清澈，是由冰雪融化後形成。水雖然冰寒刺骨，但我欣然接受。我照著眾神都知道的方式進行淨化儀式，然後拿起岸邊小礫石，將髒汙擦洗乾淨。

洗完之後，我坐在銀葉覆蓋的岸邊，思考代達羅斯的問題。**那怪物殺得死嗎？**

只有少數的神能預言，能穿越混沌，一窺未來的樣貌。有些事無法預言。大多數神和凡人的生活充滿變動，他們來來去去，命運交織，沒有固定的未來。但有些人身上的命運就像頸項上的套索，其一生就像是塊直木板，不論他們怎麼扭動，都難逃一死。這種人的命運，預言家就看得到。

父親看過不少未來的事，我這輩子最常聽說的就是，他這份能力也會傳到孩子身上。但我從未曾想嘗試，因爲從小我就覺得，自己沒有他的任何力量。但此時我輕觸水面說：**讓我看看吧。**

黯淡白茫的畫面漸漸出現，彷彿從霧中浮出。一條長廊上，一根火炬熊熊燃燒。一條線不斷延伸，穿過石板通道。怪物大吼，露出不自然的獠牙。牠和人一樣高，穿著破爛衣衫。一個凡人手中持劍，從陰影中躍出，將牠殺死。

霧漸漸消退，池子再次變得清澈。我得到了答案，但和我希望的不同。怪物並非不死之身，但牠不會在嬰兒時期被我和代達羅斯殺死。牠在多年後有自己的命運，也必須活到那時。在那之前，只能把牠關起來。那會是代達羅斯的工作，但也許我能幫助他。我在樹影下踱步，思考怪物和牠的弱點。我記得牠黑色的眼睛瞪著我，凶殘又飢餓。牠餓到掙扎著要咬我手。牠要吃多少才能滿足？要不是我是神，牠一定會爬到我手臂上，一點一滴啃光我。

我想到一個主意。我需要迪克特山所有神祕的草藥，再加上具有最強束縛力的種子、梅葉冬青根、柳樹莖、茴香、毒參、烏頭花、鐵筷子花。我也需要我剩下的摩里。我精準找到每一棵樹，依序取得每一種材料。如果阿媞米絲那夜經過，她也不敢來打擾我。

我帶著葉子和草根返回水池，在石頭上磨碎。我將藥糊裝進瓶子，並加了點池水。池裡飄著一些從我雙手洗掉的血，那不僅是我的血，也有妹妹的。彷彿池水知道這點，藥劑混合後會是紅黑色。

我那晚沒睡，留在迪克特山上直到天空發白，才起身走回克諾索斯。等我回到宮殿，明亮的太陽已來到原野上方。我經過前一天注意到的一處庭院，於是停下腳步，仔細觀賞。庭院中間是個圓形舞池，四周有著月桂和櫟樹樹蔭，供人躲避豔陽。我原以爲地板是石頭做的，但細看發現是木板，上千塊木板，表面光滑，均勻上漆，彷彿一體成型。圖案從中心螺旋向外，彷彿海浪波峰收攏的樣子。這無庸置疑是代達羅斯的作品。

有個女孩在地板上跳舞。現場沒有音樂，但她腳步準確，全踩踏在無聲的鼓點上。她的動作本身就像海浪，優雅又直接，毫不拖泥帶水。女孩頭上戴著飾環，代表她是公主。我到哪都認得出她。代達羅斯的船首雕像就是那女孩。

她看到我時眼睛圓睜，跟雕像那個表情一樣。她垂頭行禮。「瑟西阿姨。」她說。「好高興見到妳。我是雅瑞安妮。」

仔細看的話，從她身上看得到帕西斐的容貌，例如她的下巴和細緻的鎖骨。

「妳跳得很好。」我說。

她微微一笑。「謝謝妳。我父母在找妳。」

「我想也是。但我要先找代達羅斯。」

她點點頭，好像我是上千人中唯一一個會跳過她父母，而想先找代達羅斯的。「我帶妳去。但我們一定要小心。守衛都在看。」

她牽起我的手。她的手好溫暖，因爲跳舞微微冒汗。她帶我穿過十幾條小通道，雙腳沒發出任何聲響。最後我們來到一道銅門前。她以特別的節奏敲了六下。

「我現在沒空玩，雅瑞安妮，」有人大喊，「我在忙。」

「我跟瑟西女神在一起。」她說。

門打開，代達羅斯一臉烏黑，全身髒兮兮。他身後便是半露天的工作室。我看到一座仍蓋著布的雕像，還有我認不得的工具和設備。後頭鍋爐冒著煙，金屬在模具中發光。桌上有條魚骨，旁邊有把奇怪的鋸齒刀。

「我去了迪克特山一趟，」我說。「看到了怪物的命運。牠會死，但不是現在。有個凡人會來，注定會將牠殺死。我不知道要等多久，但怪物在我的預視中已長大成人。」

我看著他思索這段話，考量這段必須步步爲營的日子。他吸口氣。「那我們得把牠關起來。」

「對。我調製了能幫上忙的魔藥。牠會渴望……」我頓了頓，想到雅瑞安妮在我身後。「牠會渴望你看著牠吞吃肉類。那是牠的天性。我無法讓牠終生不餓，但我能限制牠的飢餓感。」

「什麼都好，」他說，「非常感謝。」

「別感謝得那麼早。」我說。「咒語只能限制牠的胃口三個季節。但每逢豐收，牠就會感到飢餓，那時一定要餵牠吃東西。」

他雙眼瞄一下我身後的雅瑞安妮。「我明白了。」他說。

「剩下的時間牠還是很危險，但只是跟一般野蠻的野獸一樣。」

他點點頭，但我發現他在思考豐收季，還有餵食的事。他看著身後發紅的模具。「我明天早上會做好籠子。」

「好。」我說。「愈快愈好。我那時會施咒。」

門關上時，雅瑞安妮等在外頭。「你們在聊剛出生的寶寶，對不對？就是要關到有人殺死他的那個嗎？」

「沒錯。」

「僕人說他是怪物，我問父親時他對我大吼。但他仍是我弟弟，不是嗎？」

我猶豫一會。

「我知道母親和白牛的事。」她說。

就算帕西斐的小孩想保有天真，也撐不了多久。「我覺得他可以說是妳同母異父的弟弟。」我說。「來吧。帶我去見國王和王后。」

牆上的獅鷲畫精緻莊嚴，動作像在梳理羽毛。窗戶灑下陽光。妹妹坐在銀色躺椅上，身體已恢復健康。她身旁雪花石膏椅上，米諾斯看起來年老腫脹，像是浸在海中的死屍。但他雙眼像飛鳥獵魚一樣揪住我。

「妳去哪了？怪物需要有人照顧，所以我們才帶妳來！」

「我調製了一劑魔藥。」我說。「這樣我們才能將牠安全關進新的籠子。」

「魔藥？我要牠死！」

「親愛的，你太歇斯底里了。」帕西斐說。「你都還沒聽我姊姊的主意。瑟西，請繼續說。」她動作誇張，下巴靠到手上，一臉期待。

「這魔藥能讓怪物一年三季不感到飢餓。」

「就這樣？」

「米諾斯，你不要澆瑟西冷水。姊姊，我覺得那是非常好的咒語。我孩子的胃口確實有點難處理，對不對？牠已經吃完一大半囚犯了。」

「我要牠死，就這樣！」

「怪物是殺不死的。」我告訴米諾斯。「至少現在不行。牠未來的命運已注定。」

「命運！」我妹妹開心拍著手。「喔，告訴我們！是牠逃出去吃了我們認識的人嗎？」

米諾斯雖然想掩飾，但他臉色蒼白。「妳好好確定，」他對我說，「妳和那工匠一定要確實關住牠。」

「對啊。」我妹妹柔聲附和。「妳好好確定。如果牠逃出去，我不知道會發生什麼事。我丈夫雖然是宙斯的兒子，但他可是血肉之軀。其實啊……」她把聲音壓低。「我覺得他很可能害怕那怪物。」

中我妹妹計的傻瓜，這樣的笨蛋我看過好幾百個，但米諾斯的反應最難看。他手指劈空對著我。「妳聽到了嗎？她公然威脅我。這是妳的錯，妳和妳那個騙子家族的錯。妳父親將她賜給我，好像她是掌上明珠，但要是妳知道她對我做過什麼……」

「喔，快舉幾個例子告訴她！我覺得瑟西會很欣賞我的巫術。不如說說被你幹死的那一百個女孩子怎麼樣？」

我感到我身旁的雅瑞安娜全身僵硬。我眞希望她不在場。

米諾斯眼中的恨意彷彿活物，躍躍欲出。「臭女妖！她們是被妳施咒害死的！你們一族都是魔鬼！我眞該在牠出生之前，把那怪物從妳受詛咒的子宮撕成兩半！」

「但你不敢，對不對？你知道你親愛的父親宙斯多愛這種怪物。不然他所有私生子英雄要靠什麼贏得名聲？」她歪著頭。「你難道不想拿起劍，英勇滅殺牠嗎？喔，我忘了。除了女僕之外，你不喜歡殺人。姊姊，說眞的，妳應該學學這咒語。妳只需要……」

米諾斯從座位站起。「我不准妳再說了！」

妹妹大笑，聲音清亮得像銀色噴水池一樣。一如過往，這一切如她所料。米諾斯大發雷霆，但我只是看著她。起先我沒多想，以爲她跟公牛交媾只是一時的變態衝動。但照理來說，她不會受制於欲望才對，通常是她在控制欲望。我上一次見到她臉上顯露出眞正的感情是什麼時候？我想起她生產時，臉皺成一團，急著大喊怪物不能殺的那一刻。爲什麼不？那不是因爲愛，她心中沒有愛。所以生下怪物一定有她的目的。

我從荷米斯帶來的世界消息中找到答案。帕西斐嫁給米諾斯時，克里特島是最富饒、最著名的王國。但自那時起，每天都有更強大的王國崛起，像邁錫尼、特洛伊、安納托利亞和巴比倫。也是從那時起，她的弟弟學會喚醒死人，另一個弟弟養了飛龍，姊姊讓斯卡拉變形。再也沒人會聊起帕西斐了。剛好就在這時，黯淡無光的她又讓自己亮了起來。現在全世界都會交頭接耳，談論克里特島王后和吃人巨牛之母的故事。

眾神會袖手旁觀。想想看有多少人會因此向他們祈禱和供奉。

「當眞好笑。」帕西斐在說。「你竟然過那麼久才發現！你難道以爲她們是被你幹到爽死的嗎？就單純因爲快感？相信我……」

我轉向雅瑞安妮，她站在我身旁，安靜得像空氣一樣。

「來吧。」我說。「我們聊完了。」

我們走回她的舞池。上方有月桂樹和櫟樹綠葉伸展。「妳施展魔咒之後，」她說，「我弟弟就再也不會那麼可怕了。」

「但願如此。」我說。

過了一會，她抬頭望著我，手摀在胸口，彷彿藏著祕密。「妳能留下來一會嗎？」她跳舞給我看，雙臂如翅膀彎起，年輕結實的雙腿情不自禁舞動。我心想，這就是凡人出類拔萃的方式。透過勤奮練習，像照顧花園一樣天天磨鍊，最後在太陽底下綻放光芒。反觀眾神天生有神血神力，注定不凡於世。於是他們藉由破壞來獲得名聲。破壞城市、挑起戰爭、降下瘟疫和創造怪物。即便我們的祭壇有無數香火供奉，最後只是化爲煙塵而已。

雅瑞安妮輕盈的雙腳一次次滑過地面的螺旋圖案，每一步都很完美，像是送給自己的禮物，接著她會笑著收下。我想抓住她肩膀告訴她，不論妳做什麼，別太開心。太開心會讓妳受到天罰。

但我沒說任何一個字，就讓她繼續跳舞。

11

太陽從遠方原野落下，守衛來找雅瑞安妮。**國王和王后要找公主**。他們護衛著她離開，有人則帶我到我的房間。房間狹小，靠近僕人房。牆沒上漆，小窗只透入一點炎熱的銀色陽光，當然，這是想侮辱我，但我反而放鬆下來。這裡很安靜，因為僕人知道住的人是誰之後，都躡手躡腳。**是女巫姊姊**。我離開時，她們會為我準備食物，也等我再次離開房間時，她們才敢把托盤收走。

我睡了一晚，隔天早上代達羅斯來找我。我打開門時，他露出笑容，我也對他微笑。看來有件事我得要感謝怪物，因為我跟代達羅斯又能再次輕鬆相處了。我跟著他走下樓梯，鑽入通往宮殿底下彎曲的通道。我們經過糧倉和儲藏室的地窖，裡面全是一排排**希臘壺**，巨大的陶壺中裝著宮殿收藏的油、酒和大麥。

「後來白牛怎麼了，你知道嗎？」

「不知道。帕西斐肚子變大之後就消失了。祭司說白牛離去便是牠最後的祝福。今天我聽到有人說，怪物是眾神幫助我們壯大的禮讚。」他搖搖頭。「怪物不是天生就傻，只是夾在兩個蠍子般的毒物之間動輒得咎。」
「但雅瑞安妮不一樣。」我說。
他點點頭。「我對她寄望很高。妳聽說了他們替怪物取什麼名字嗎？米諾陶。中午有十艘船會將消息傳出去，明天還會再加派十艘。」
「聰明之舉。」我說。「米諾斯主動承認，以免被我妹妹壓著，淪爲被戴綠帽的國王。現在他變成產出怪物的偉大君主，並以自己的名字替怪物命名。」
代達羅斯像是從喉嚨發出聲音說，「正是如此。」
我們來到地窖一處巨大的房間中，裡面放著怪物的新籠子。籠子像船甲板一樣寬，長度是甲板的一半，以銀灰色金屬製成。我雙手抓住鐵杆，鐵杆表面光滑，有小樹幹那麼粗。我聞得出裡面有鐵，但其他材質分不出來。
「這是新的合金。」代達羅斯說。「比較難塑形，但更堅固。即使如此，這籠子也關不了怪物一輩子。他不過剛出生已力大無窮。至少這籠子能幫我爭取點時間，想出更長遠的辦法。」
士兵跟在後頭，他們不敢靠近舊籠子，所以用桿子扛進來。他們將舊籠噹啷一聲放進新籠，金屬撞擊聲未落，便匆匆離開。
我走去跪在牠旁邊。米諾陶又比之前更大了，肌肉賁張鼓起，抵著金屬架。牠身體乾燥，出生時的黏液已經不見，牛頭和嬰兒身體的界線非常明顯，彷彿有個瘋子砍下公牛頭，縫到嬰兒身上。牠身上都是腐肉的惡臭，籠底堆著長長的骨頭。我突然一陣反胃。**那些是克里特島的囚犯**。

怪物用飢餓的眼神盯著我。牠站起來，抽著鼻子走向前，仔細聞著。牠發出呻吟，聲音刺耳興奮。牠記得我。我的氣味和我嚐起來的味道。牠張開寬大的嘴巴，像雛鳥嗷嗷待哺。**我還要**。

我抓緊機會，唸出咒語，隔著籠子將藥劑倒入牠口中。怪物嗆到，身體撞上鐵柵，但就在這時候，牠的眼神改變了，眼中憤怒漸漸消失。我望著牠的目光，伸出手。我聽到代達羅斯倒抽一口氣，但怪物沒有撲向我。牠僵硬的四肢放鬆。我又多等一會，然後解開鎖，打開籠子。

牠緩緩移動身子，腳下踩的骨頭喀啦作響。「沒事的。」我喃喃說，不知是對我自己，還是對代達羅斯和怪物說。我慢慢將手伸向牠。牠鼻孔呼著氣。我摸牠手臂，牠驚訝地哼了一聲，但也就只有這樣。

「來。」我輕聲說，牠聽話了，彎身從舊籠子的小開口走出，有點跌跌撞撞的。牠抬頭看我，眼神期待，甚至能說是溫馴。

雅瑞安妮稱牠「我的弟弟」。但這怪物並不適合任何家庭。牠是我妹妹的戰利品，是她野心的化身，她用來對抗米諾斯的鞭子。反正牠不會有同袍和愛人，也永遠不會見天日，永遠沒有自由。牠這一生在世上一無所有，只會有恨、黑暗和自己的牙齒。

我拿起舊籠子退開。牠看著我離去，歪著頭，充滿好奇。我關上籠門，牠聽到金屬敲擊聲，耳朵彈了彈。豐收季來臨時，牠會憤怒大吼，暴起攻擊鐵柵欄，試圖扯爛柵欄。代達羅斯輕輕呼出一口氣。「妳是怎麼辦到的？」

「牠一半是野獸。」我說。「在愛以亞島上，我馴服了所有動物。」

「咒語可以解除嗎？」

「別人都不行。」

我們鎖上籠子。怪物一直看著我們。牠發出低沉聲音，用手搔著長滿毛的臉頰。最後我們將地窖木門關上，便再也看不到牠了。

「鑰匙呢？」

「我打算扔了。等到必須移動牠的時候，我會直接把鐵柵欄切斷。」

我們走回曲折的通道，爬上宮殿的走廊。在華麗的大廳，微風吹拂，四周明亮。光鮮亮麗的貴族在各處走動，低聲聊著彼此的祕密。他們知道地底下住著什麼嗎？日後就知道了。

「今晚有場宴會。」他說。

「我不去。」我說。「我跟克里特島王室的事結束了。」

「那妳要離開了？」

「我會住在國王和王后的宮殿，船要等他們安排。但我想應該不會住多久。我覺得克里特島少一個女巫，米諾斯會很開心。我也希望能早日回家。」

這是眞話，但在那金碧輝煌的長廊上，一想到要重回愛以亞島，我心裡就五味雜陳。島上的山丘、海岸、石屋和我的花園，一切感覺非常遙遠。

「我今晚一定要出席。」他說。「但我希望能在用餐前告退。」他猶豫一會。「女神，恕我僭越，但妳願意和我一起用餐嗎？」

他告訴我等月亮升起時來找他。他的房間在宮殿另一端，離妹妹的房間很遠。這純粹是運氣，還是他的設計，我不清楚。他當晚穿著比之前都更華麗的披風，但卻赤著腳。他帶我到桌前，倒了杯如桑椹般黑的酒。盤子都已擺好，裡面盛著水果和鹹味白乳酪。

「宴會怎麼樣？」

「幸好我走了。」他語氣酸溜溜的。「他們請了個歌手，歌誦光榮牛頭人誕生的故事。顯然牠是從天上墜落的一顆星星。」

有個男孩從更裡面的房間跑出來。我對凡人的年紀不熟悉，但我覺得他可能只有四歲。男孩黑髮蓬亂捲曲，四肢仍有點嬰兒肥。他那張臉是我這輩子見過最可愛的一張臉，連眾神都比不上。

「我兒子。」代達羅斯說。

我睜大眼睛。我從未想過代達羅斯的祕密會是個孩子。男孩跪地，像個嬰兒朝臣。

「高貴的女神。」他尖著嗓子說。「歡迎妳來到父親的家。」

「謝謝你。」我說。「你有好好聽父親的話，當個乖孩子嗎？」

他認眞點點頭。「喔，有。」

代達羅斯大笑。「別相信他說的鬼話，也別看他長得可愛，像奶油一樣，這孩子任性起來可沒在客氣。」男孩朝父親一笑。那是兩人之間的老笑話。

他待了一會，隨意聊些父親的作品，還有他幫忙的事。他拿了自己喜歡的火鉗出來，熟練地握好，並告訴我他是怎麼拿這在火上烤，才不會被燙到。我點點頭，但我注意的是他父親。代達羅斯的臉像成熟的果實一樣柔軟，眼神滿足，閃閃發光。我不曾想過要有孩子，但看著他，一時間我能想像了。彷彿我往下探看一口井，從深處看到一眼波光。

當然，妹妹馬上察覺了他對孩子的愛。

代達羅斯把手放到孩子肩膀。「伊卡洛斯，」他說，「該上床睡覺了。去找保母。」

「你會來跟我說晚安嗎？」

「當然會。」

我們看他一雙小腳踢著過長的外衣離開。

「他是個小帥哥。」我說。

「長得像他母親。」他在我開口問之前，回答了我的問題。「她生下他就過世了。她是個好女人，但我認識她不久。是妳妹妹替我們安排的婚事。」

所以我還是沒想錯。妹妹將餌放上魚鉤，結果用另一個方法釣到了魚。

「我很遺憾。」我說。

他垂頭回禮。「很難受，我承認。我盡我所能父代母職，但我知道他還是感覺少了什麼。我們遇到每個女人，他都問我會不會娶她。」

「你會嗎？」

他沉默一會。「我想不會。帕西斐想讓我痛苦的把柄已經夠多了，若不是她堅持，我原本永遠不會娶妻。我知道我不會是個稱職的丈夫，努力製作作品就是我最快樂的時光，我回家總是很晚，全身骯髒。」

「巫術和發明這點很相似。」我說。「我不覺得自己適合當妻子。當然不是說我有多搶手。畢竟丟臉的女巫也沒什麼市場。」

他露出笑容。「我想妳妹妹也幫了一把。」

我輕易對他敞開心房。他的臉平靜如池水，像是能將一切安然收藏在深處。

「怪物長大之後，你有想到要怎麼關住牠嗎？」

他點點頭。「我一直在思考。妳看宮殿底下像座蜂窩一樣。裡面有好幾座用不著的儲藏室，因為克里特島現在的財富都來自黃金，而非糧食。我想我可以把那裡打造成一座迷宮，兩端封起，讓怪物在裡面遊走。迷宮位於岩床，沒有地方可以逃出。」

這是個好主意。至少怪物有更多空間，不會只活在狹窄的籠子裡。「一定是個建築奇景。」我說。「一座關著大怪物的迷宮。你必須為迷宮想個好名字。」

「我相信米諾斯會有想法，還會把自己的名字放進去。」

「對不起，我不能留下來幫忙。」

「妳已經幫我太多了。」他抬起目光，和我四目相交。

有人清了清喉嚨。保母站在門口。「你的孩子找你，先生。」

「啊，」代達羅斯說，「不好意思。」

我感覺心情複雜，無法乾坐著，便在房裡隨意走走。我原本以爲房裡每個角落會有更多他的作品、雕塑和鑲嵌畫，但這裡擺設好簡單，家具上都沒雕刻裝飾。但仔細看的話，能看出代達羅斯手藝的痕跡。木頭光滑，顆粒磨到像花瓣一般細緻柔軟。我手摸過一張椅子，完全摸不到接縫。

他回來了。「我去向他道晚安。」他解釋。

「眞是幸福的孩子。」

代達羅斯坐下，大口吞了酒。「暫時是。他還年輕，不知道自己是個囚犯。」他雙手的白疤彷彿在燃燒。「黃金的牢籠依然是牢籠。」

「如果你逃走的話，要去哪裡？」

「哪裡有人要我，我就去哪裡。但如果我能選擇，我會去埃及。他們的建築讓克諾索斯看來像一灘爛泥。我在碼頭和幾個貿易商學習他們的語言。我覺得他們會歡迎我。」

我看著他美好的臉。不是因爲長相英俊，是因爲那張臉就是他，像上好的金屬，經過千錘百鍊，充滿力量。我們一同對抗了兩種怪物，他都毫不動搖。我想跟他說，來愛以亞島吧。但我知道他在那裡沒有未來。

於是我告訴他：「我希望你有朝一日能到埃及。」

我們吃完晚餐，我穿越黑暗的走廊，回到房間。今晚很愉快，但我的腦袋像河床淤泥被攪動一般，感覺混亂又渾沌。我不斷聽到代達羅斯述說自由的事。他的語氣中充滿渴望和不平。我被放逐至少是罪有應得，但代達羅斯是無辜的，他只是妹妹的戰利品，留在這裡是爲了滿足米諾斯的虛榮。我想到他提起伊卡洛斯的眼神，看到他純淨耀眼的愛。但對我妹而言，那只是個工具，一把掛在他頭上的劍，逼他就範，要他成爲她的奴隸。我記得她命令他剖腹時，臉上愉悅的表情。我踏進她房門時，她也露出同樣的表情。

當時我一心都在牛頭嬰孩米諾陶身上，沒發覺對她來說，這是天大的勝利。她不只生下怪物，聲名遠播，事件發酵之後，她也占盡好處。代達羅斯被迫成爲共犯，米諾斯心下畏懼又倍受羞辱，整座克里特島也因此籠罩在恐懼之中。而我也淪爲她的戰利品。她當然可以找別人，但我一直是她最愛鞭打的狗。她知道我多好用，不但會認分替她擦屁股，保護代達羅斯，還會安置好怪物。而這段時間，她大可躺在她的金色躺椅上大笑。**喜歡我的新寵物嗎？我這輩子一直在欺負她，結果你看我一吹口哨她就來了！**

我肚子燃起一把火。我不回房間了，而是施展神力邁出步伐，經過睡眼惺忪的衛兵和守夜的僕人。我走到妹妹房門口，直接走進去。我站到她床邊。房中只有她一人。妹妹睡覺時只相信自己。我跨進門檻時感受到她下的咒語，但那阻止不了我。

「妳為什麼找我來？」我問她。「我要聽到妳親口說。」

她雙眼馬上睜開，充滿精神，好像一直在等我。「當然，這是份禮物。看我流這麼多血，還有誰會更高興？」

「我想得到一千個名字。」

她淡淡一笑，像貓一樣。玩弄活生生的老鼠總是更有趣。「好可惜，妳不能用新的束縛咒語對抗斯卡拉。不過妳可以用她母親的血試試。但我覺得克拉塔依斯那個老怪不會成全妳。」

這方法我早想過了。帕西斐果然很懂要把手中的長矛瞄準哪裡。

「妳想羞辱我。」我說。

她打呵欠，粉嫩的舌頭抵著她的白牙齒。「我一直在想，」她說，「叫我兒子阿斯特倫好了。妳喜歡這名字嗎？」

這名字意思是**星辰**。「吃同類的怪物裡頭，這是我聽過最好聽的名字。」

「不要這麼誇張。他又沒吃同類，畢竟世上沒有其他米諾陶了。」她皺了皺眉頭，下巴歪了歪。「但我在想，人馬算嗎？牠們應該算親戚吧，妳不覺得嗎？」

我不會讓她轉移話題。「妳大可以找波爾賽斯。」

「波爾賽斯。」她擺擺手。我說不上來那是什麼意思。

「也可以找埃帖斯。」

她坐起來，被單從她身上落下。她全身赤裸，只戴著方塊組成的金項鍊。每個方塊上都有浮雕，圖案有太陽、蜜蜂、斧頭和迪克特山。「喔，我眞希望我們可以聊整晚。」她說。「我可以幫妳綁辮子，可以一起嘲笑追求者。」她壓低聲音。「我覺得代達羅斯超想娶妳耶。」

我怒火燒遍河岸。「我不是妳養的狗，帕西斐，也不是妳殺來玩的熊。雖然我們過去很不愉快，妳又害死那麼多人，但我還是來幫妳。我幫妳處理了妳的怪物。替妳做了妳該做的事，結果只換來妳的嘲笑和輕視。在妳這扭曲的人生裡，拜託就說這麼一次眞話，妳找我來是想把我當傻子耍吧。」

「喔，這點倒不用我出力。」她說。「是妳自己本來就傻。」但這只是回嘴，不是眞正的回答。我等她開口。

「很好笑，」她說，「都過了這麼久，妳還相信只要妳聽話，就會得到回報。我以爲在父親宮殿裡妳早就學到教訓。我們沒人像妳一樣，總是縮頭縮腦，在一旁陪笑。而偉大的海利歐斯卻最早懲罰妳，那還不是因爲妳就蹲在他腳邊。」

她傾身向前，金髮散落，披蓋在被單上像多了金色的刺繡。

「讓我告訴妳海利歐斯和其他神的眞相。他們不在乎妳乖不乖，也不在乎妳壞不壞。他們唯一在乎的是力量。成爲叔叔最愛的孩子，或爬上誰的床，這些都沒用，甚至長得再美也沒用，因爲當妳走到他們面前，跪下來說：『我一直很乖，你們願意幫助我嗎？』他們只會皺起眉頭。喔，親愛的，這沒辦法。喔，親愛的，妳要學著適應。妳問過海利歐斯了嗎？他沒吩咐，我可不會出手。」

她朝地板呸一聲。

「他們占盡妳的便宜，最後送給妳的仍是一副鐐銬。我看過妳被欺負上千次。我自己也欺負過妳。我每次都心想，就這樣了，她完了，她會哭到化為石頭或樹上啼叫的鳥，她會消失吧，總算能擺脫她了。但妳隔天總是會回來。大家發現妳是女巫時，都好驚訝，但我好久以前就心裡有數。雖然妳成天哭得像溼淋淋的老鼠，我卻一直都知道妳不甘心。妳和我一樣憎恨他們。而我覺得那就是我們力量的來源。」

她這番話像巨瀑一樣轟然灑落入腦中，讓我一時難以消化。她恨我們家族？對我來說，她像家族的精華，或一座閃亮的紀念碑，展示著家族虛華殘暴的一面。但她說的沒錯，寧芙只能透過其他神的力量做事。她們無法為自己做任何事。

「如果這全是真的，」我說，「那妳為什麼對我這麼壞？埃帖斯和我自成一國，妳明明可以和我們當朋友。」

「朋友。」她冷笑，雙唇血紅，其他寧芙想得到那顏色得要塗口紅才行。「宮中無朋友，而且埃帖斯這輩子沒喜歡過女人。」

「那不是真的。」我說。

「妳以為他喜歡妳？」她大笑。「他容忍妳，是因為妳是隻乖巧的猴子，他說的每句話妳都啪啪拍手。」

「妳和波爾賽斯也一樣。」我說。

「妳對波爾賽斯一無所知。妳知道我不敢讓他不開心嗎？妳知道我不得不做的事嗎？」

我不想再聽了。她的表情前所未見地赤裸，字字句句尖銳萬分，好像她花了數年將每字每句磨成特定形狀。

「然後父親將我賜給米諾斯那混蛋。哼，他我能擺平，如今也終於做到了。他現在再也無法脫身，花了我好久的努力，我絕不要再回到過去那處境。所以妳告訴我，姊姊，我該找誰來？找個等不及來羞辱我的大神，求他略施恩惠？還是找個沒屁用，只會在海上跑來跑去的寧芙？」她再次大笑。「她們一被咬就只會尖叫跑走。她們無法忍受任何痛苦。她們不像我們。」

我聽了好震驚，彷彿這麼久以來，她都只是空著手，如今是亮出了刀。一股噁心感從我喉嚨湧上來。我向後退。

「我才不像妳。」

一瞬間，我看到她臉上的驚訝。但稍縱即逝，像海浪抹去沙灘上的痕跡。

「對。」她說。「妳不像。妳像父親，愚蠢又道貌岸然，碰上不了解的事情就只會閉眼不看。告訴我，如果我不生怪物，不做毒藥會怎麼樣？米諾斯要的不是王后，他要的是一塊會傻笑的果凍，任由他裝進玻璃罐，幫他生孩子生到死。他很樂意把我關進牢裡，關到海枯石爛，而且他唯一要做的，就是跟他父親宙斯開口。但他不敢，因爲他知道他一有這念頭，我會先下毒殺他。」

我想起父親提到米諾斯時說的話，**他會好好看管她**。「但我們父親不會讓米諾斯爲所欲爲的。」

她刺耳笑聲殺進我耳中。「父親才不會阻止，爲了保住他和宙斯的關係，父親會親手幫牢房上鎖。妳就是最好的例子。宙斯害怕巫術，想要殺雞儆猴。父親選妳是因爲妳最沒價值。現在妳會繼續困在那島上，永世無法脫身。我早該知道妳幫不了我什麼。滾。滾出去，別再讓我看到妳。」

我穿過一條條走廊回房。腦中一片空白，寒毛直豎，皮膚彷彿要從身體剝離。周遭一切都讓我全身發毛，每個聲音，每個觸覺，甚至是腳下石頭和窗外傳來的水池聲。空氣撲到身上都感覺像是有刺，或像海浪撲打一樣。我覺得自己和這世界格格不入。

有道人影從門旁陰影走出時，我已麻木到叫不出聲。我手伸入藥袋拿魔藥時，遠方的火炬照亮他戴著披帽的臉。

他聲音輕柔，只有神聽得清楚。「我在等妳。不希望見我的話，妳開口我就走。」

我過一會才聽懂，卻沒想到他這麼大膽。世上最偉大的藝術家、創作家、發明家。確實，膽小的人創作不出什麼作品。

如果他早點來，我會說什麼？我不知道。但他的聲音像是滋潤我粗糙皮膚的油膏。我渴望他的雙手，渴望他的一切，雖然他無法永生，雖然他永遠會在遠方，並漸漸步入死亡。

「留下來。」我說。

我們沒有點亮蠟燭。房間漆黑溫暖，仍保有白晝的熱氣。陰影替床蒙上一面輕紗。沒有青蛙、雀鳥啼叫，我們彷彿找到宇宙最平靜的中心點。除了我們，四周毫無一絲動靜。

結束之後，我們躺在彼此身邊，夜裡的微風拂過我們四肢。我考慮要不要告訴他和帕西斐的爭吵，但我不希望此時將她帶進我們之間。外頭的星星探出頭來，一個僕人拿著火炬走過庭院。我一開始以爲是我想像，但房間傳來一陣輕微的震動。

「你有感覺到嗎？」

代達羅斯點點頭。「震動一直都不強。牆泥會因此出現裂縫。最近來得比較頻繁。」

「籠子會被弄壞。」

「不會。」他說。「震動要更強才有可能。」一陣子過去，他聲音在黑暗中變得很小。「豐收季的時候，」他說，「怪物長大之後。情況會有多可怕？」

「大概可怕十五倍。」

我聽到他倒抽口氣。「我每分每秒都感到心裡的重擔。」他說。「那麼多條命。我幫忙創造了那怪物，現在我卻無法將他殺死。」

我懂他說的重擔。他手放在我旁邊，充滿厚繭，但不粗糙。黑暗中，我手撫摸著他的手，尋找著上頭一塊塊光滑的傷疤。

「妳怎麼忍受得了？」他說。

我雙眼發出淡淡光芒，讓我看到他的臉。我訝異地發現，他在等待我的答案。他眞的相信我有答案。我想到另一個昏暗的房間中的另一個囚犯。他也曾是個工匠。根據他的知識，後人打造出文明世界。普羅米修斯的話早在我心底扎了根，這段時間一直等待我說出口。

「只能盡我們所能。」我說。

米諾斯對船很吝惜，現在既然怪物關好了，他也不想特地派船送我。「我有個商人會經過愛以亞島附近。幾天後會出航，到時妳就順便一起走吧。」

我再也沒見到我妹妹，只遠遠看到她去野餐玩樂。我也沒再見到雅瑞安妮，不過我有去舞池找她，還問守衛能不能帶我去找她。我覺得不是我幻想，我眞的看到他嘴角勾起。「王后禁止。」

這就是帕西斐和她的小復仇。我臉紅了，但我不會讓她發現這招奏效。於是我在皇宮漫步，穿梭柱廊、步道和原野間。我看著經過的凡人，觀察他們有趣又複雜的面孔。每晚，代達羅斯都偷偷來敲我的門。一切遲早會結束，我們兩人都知道，所以我們每夜的相處更爲甜美。

第四天，守衛天亮就來了。代達羅斯已離開，他喜歡在伊卡洛斯醒來前到家。守衛穿著紫色披風，全身直挺挺的，不斷逼近我，好像我隨時會推開他們逃往山上。我跟著他們穿過幾座華麗大廳，走下宏偉階梯。代達羅斯在混亂的碼頭上等待。

「帕西斐會懲罰你。」我說。

「她還能怎麼懲罰。」他讓到一旁，讓米諾斯贈送的八隻羊上船。「看來國王慷慨如常。」接著他指向甲板上兩個大木箱。「我記得妳喜歡找事情做。那裡頭是我自己的設計。」

「謝謝你。」我說。「我的榮幸。」

「不。」他說。「我知道我們欠妳的恩情。還有我欠妳的恩情。」

我喉嚨發燙，一陣哽咽，但我知道有人在看。我不想害他更慘。「能請你替我向雅瑞安妮道別嗎？」

「好。」他說。

我走上船，舉起手。他也舉起手。我並不天眞，心裡不抱持什麼希望。我是女神，他是凡人，我們兩人都不自由。但我將他的臉深深壓進腦中，像是蓋蠟印一樣，這樣我就能時時看他。看不到岸邊的人之後，我才打開木箱。眞希望剛才先看了，這樣才能好好謝謝他。一個木箱裡裝的是純色羊毛、紗和各種亞麻。另一箱裝著我所見過最美的織布機，用打磨光滑的雪松製成。

我現在仍保留著它，就放在我的壁爐旁，甚至成爲長年歌謠傳誦的物件。也許這沒什麼好意外，畢竟詩人喜歡排比：「女巫瑟西，巧口施咒，妙手編織。」我何必破壞一首讚美詩的格律？但我漂亮的衣服都歸功於那台織布機和製造它的凡人。即使過了幾千年，機器仍然堅固，梭子滑過經紗時，雪松氣味四溢瀰漫。

我離開之後，代達羅斯打造了一座巨大的迷宮「拉比林斯」，厚牆封住了米諾陶的怒火。一個個豐收季過去，曲折甬道中，人骨堆高及膝。宮殿僕人說，如果你仔細聽，能聽到怪物砰砰來回的聲音。這段時間，代達羅斯都在工作。他用黃蠟黏住兩個木架，抓住來克里特島覓食的大海鳥，將牠們身上鋸齒狀的寬大白羽毛貼到木架上。他做了兩組翅膀，一組裝在自己手臂上，一組裝在兒子身上。他們站到克諾索斯海岸最高的峭壁，向下一跳。

海風接住他們，讓他們向上飛騰，朝東而去，朝著太陽和非洲的方向。伊卡洛斯大聲歡呼，那時他已是個年輕人，卻是第一次體會自由。他父親見狀大笑，看著兒子俯衝繞圈。男孩不斷向上飛，讚嘆天際遼闊，太陽熱氣直直射向他的肩膀。他沒聽見父親的大聲警告；沒注意黃蠟翅膀漸漸融化。羽毛落下，他隨之落下，直墜大海之中。

我爲那可愛的男孩難過，但我更爲代達羅斯難過，他內心悲痛欲絕，繼續堅強飛去。當然，這些都是荷米斯告訴我的，他喝著我的酒，雙腳擱在我的壁爐上。我閉上雙眼，尋找代達羅斯在我腦海中留下的印象。眞希望那時我們一起生了孩子，至少能給他帶來點安慰。但那只是我年輕無知的想法，活像孩子只是個糧袋，能用這一袋取代另一袋。

代達羅斯沒比兒子多活多久。他最後身體蒼白，失去知覺，全身力量都化爲煙塵。我知道自己沒資格說他屬於我。但在孤寂荒涼的生命旅程中，我們有時會碰上另一個靈魂與你靠近，有如一年一度掠過地球的星星。對我來說，他就是那樣的一顆星。

12

爲了避開斯卡拉，我們繞遠回愛以亞島，一共花了十一天才到。天空在頭上勾成乾淨明亮的圓弧，我眺望著刺眼的海浪和白熾的太陽。沒人來打擾我。我經過時，水手都迴避我的目光，他們還將我碰過的繩索扔入海中。我不怪他們，在克諾索斯生活的他們，已受夠巫術。

抵達愛以亞島之後，水手們認分抬著織布機穿過樹林，送到我壁爐前，並領著八隻綿羊一同到來。我預備了酒和餐點，但他們當然沒接受，甚至還匆忙返回船上，用力划槳，巴不得快點消失在地平線。我遠遠望著他們，直到他們像火苗一樣熄滅。

獅子從門檻瞪著我，尾巴在地上來回掃動，彷彿在說，**那最好是最後一次**。

「我想是吧。」我說。

見識過克諾索斯晴朗通風的亭閣，再看我家只覺得像獸窩一樣狹小。我走過乾淨的房間，感覺屋子寂靜無聲，毫無動靜，除了我窸窸窣窣的腳步聲，沒有其他聲音。我手摸著每個表面，櫃子和杯子，它們全都在原位，永遠都會如此。

我走去花園，除去蔓生雜草，種下從迪克特山摘的藥草。小小藥草擠在我平坦明亮的花壇裡。離開月光下的低地，在新環境裡藥草看起來格格不入，嗡嗚聲變小，顏色褪去。我沒想過會這樣，或許它們的力量在移植後會消失。

住愛以亞島這些年，我從不曾為禁足感到惱火。在待過父親的宮殿之後，在我看來，島嶼是最蠻荒、奔放，也是最令人興奮的地方。島上的海岸、山峰全都向地平線延伸，充滿魔力。但看著脆弱的花草，我第一次體會到放逐帶來的遺憾。如果這些花草死了，我便再也無法拿到。我再也不可能走上充滿嗡嗚的迪克特山；再也無法從銀色池塘取水。荷米斯告訴我的那些地方，像阿拉比、亞述和埃及，我永遠無法踏上。

妳永遠無法脫身，我妹妹這麼說。

我硬是努力重拾舊有生活步調。煩心事一冒出來，我就去做喜歡的事。我在海灘上唱歌，整理花園。我叫來野豬，搔牠們毛絨絨的背；我替綿羊梳毛，叫狼來躺在我家地上喘氣。獅子看到牠們，黃色的眼睛都翻白眼了，但牠乖乖的，因為我規定所有動物都必須彼此尊重。

每天晚上，我去採藥草和草根。我施下所有浮現腦中的咒語，純粹是想感受魔力流竄手上的快樂。早上我在廚房切花，晚上吃完晚餐，我會坐到代達羅斯的織布機前。我花了點時間才學會使用方法，因為這和我在眾神宮殿用的織布機都不一樣。織布機前設了個座位，而且緯線是向下拉，不是向上。織布機織出的布比祖母織得細緻太多了，如果祖母看到這架機器，肯定會拿海蛇來換。代達羅斯猜得對。我喜歡上了織布。織布既簡單又富有技術，過程中空氣飄散木香，梭子沙沙作響，緯線一條條交疊。我覺得織布的過程有點像施咒，雙手忙碌，頭腦敏銳而自由。但我最喜歡的部分還不是織布機，而是製作染料。我去找來最美的顏色，像茜草根、番紅花、深紅色的絳蚧蟲和海中酒紅色的骨螺，並用明礬粉讓它們附在木頭上。我又碾又打，把染料泡在沸騰的水中，最後刺鼻的液體變得像花朵一樣鮮豔，有的是深紅色，有的是金黃色，有的是王子會穿的深紫色。如果我有雅典娜的技術，我會從空中將顏色摘下，織出彩虹女神伊麗絲的壁毯。

但我不是雅典娜。我只能織出簡單的圍巾、披風和地毯，像珠寶一般鋪在我的椅子上，但光是這樣我就很滿足了。我在獅子身上披條圍巾，叫牠腓尼基女王。牠坐下來，頭左右擺動，好像覺得紫色能襯托出金色毛皮的耀眼。

妳永遠見不到腓尼基這地方。

我從凳子站起，去島上散步，欣賞每個小時的景色變化。水蜘蛛走過池塘水面，河水讓石頭變得翠綠而光滑，蜜蜂低空飛過，搬運花粉。海岸都是魚兒，種子從豆莢蹦出。從克里特島來的巖愛草和百合最終存活下來。**看到沒？**我對妹妹說。

結果卻聽到代達羅斯的回答。**黃金的牢籠依然是牢籠**。

春天過去，夏天來臨，緊接著夏天又換上芬芳的秋天。現在早晨會起霧，偶爾晚上會有暴風雨。再不久便要入冬，鐵筷子的綠葉會在一片棕黃色中閃閃發光，高大黑色的柏樹會聳立在金屬色的天空下。島上從不曾像迪克特山那麼冷，但我爬上岩石，迎著冷風時，很慶幸自己穿著新披風。但不管我看到什麼美景，發現什麼快樂，我妹妹的那句話都跟著我，嘲笑我，鑽進我的骨頭和血。

「妳對巫術的看法錯了。」我告訴她。「巫術不是從恨而來。我第一個咒語是來自對葛勞克斯的愛。」

但我聽到她那野貂般的聲音，彷彿她就站在我身旁。**但那是爲了違逆父親，對抗所有看不起妳，阻礙妳欲望的人。**

父親後來發現我身分時，我注意到他的表情：早該趁這孩子還在搖籃裡就殺掉她。

沒錯。瞧，他們還不准母親再懷胎生子。妳難道沒發現，母親輕鬆就能讓父親和阿姨改變想法嗎？

我有注意到。感覺原因不只是美貌，也不是床上功夫。「她很聰明。」

聰明咧！帕西斐大笑。**妳一直都太小看她了。她要是有巫血，我也不意外。我們的魔力可不是來自海利歐斯。**

我自己也想過這點。

妳要爲自己小看她而後悔。以前妳每天跪在父親腳邊時，還希望他別理睬她。

我在岩石上踱步，覺得自己在世上已活過上百代，卻仍像個孩子。眾神熟悉不少情緒，像憤怒、悲傷、衝動、肉欲和自憐。但關於罪惡感、羞恥心、懊悔和五味雜陳，眾神並不了解，必須一步步學習。我一直回想起妹妹聽到我說，我永遠不會像她一樣，臉上那個震驚愕然的表情。她原本期待什麼？我們會用海鳥通信？我們分享咒語，聯手對抗眾神？然後，我們終於能像好姊妹那樣？

我試著想像兩人肩並著肩，頭一起彎向藥草，她哈哈大笑，說想到一個絕妙點子。我好希望……喔，我希望著無數不可能的事。我希望早點發現她的身分；我希望我們不是在輝煌的宮殿長大；我希望我能中和她的毒藥，阻止她濫用巫術，並教她如何採集藥草。

哈！她說。**我才不要妳這傻子教。妳軟弱又盲目，更糟的是，這是妳自己的選擇。妳最後一定會後悔。**

她變討厭的時候，事情就簡單多了。「我並不軟弱。不像妳，我永遠不會後悔。妳聽到了嗎？」

沒有回答，當然了。空氣將我的話吞噬。

荷米斯回來了。我不再懷疑他和帕西斐共謀。他只是天性如此，喜歡炫耀所知，嘲笑他人的無知。他坐到我的銀椅裡。「所以妳喜歡克里特島嗎？聽說妳在那過得很精采。」

我給他食物和酒，晚上帶他上我的床。他如常英俊熱情，愛鬧著玩。但我現在看他，內心有股厭惡感。一時間，我會放聲大笑，但下一秒，他的笑話就令人反胃。他手伸向我時，我莫名升起一股被冒犯的感覺。其實他雙手完美，毫無傷疤。

當然，我的猶豫只讓他更積極。每一分挑戰都是遊戲，每一場遊戲都代表快樂。如果我愛他，他早就離開了，但我對他的反感讓他一次次回來。他努力追求我，帶來禮物和消息，我沒開口問，他就主動向我透露米諾陶的故事。

他說，我乘船離開後，米諾斯和帕西斐的大兒子安德洛吉歐走訪人陸，在雅典被殺。當時克里特島民眾已受夠每年豐收季要貢獻兒女給怪物吃，威脅著要革命。米諾斯抓住機會，要求雅典人爲兒子償命，逼雅典國王每年送七個孩子和七個女僕來餵米諾陶，不然克里特島會派出強大的海軍進攻。害怕的雅典國王答應了，而其中一個孩子就是國王自己的孩子特修斯。

這位王子正是我在山上水池中見到的凡人。但我的預視沒有告訴我一切。後來也多虧雅瑞安妮，不然他原本也會死。雅瑞安妮愛上這名王子，爲了拯救他性命，她偷了一把劍給他，並教他如何通過迷宮，那是代達羅斯親口告訴她的方法。但他從迷宮出來，雙手沾滿怪物鮮血時，她不禁淚流滿面，而且不是喜極而泣。

「我聽說，」荷米斯說，「雅瑞安妮對那怪物有不正常的愛。她以前常去籠子旁，透過鐵柵欄柔聲對牠說話，並從餐桌偷東西給牠吃。有次靠得太近，怪物的牙齒還咬到她肩膀。雅瑞安妮逃出來之後，代達羅斯替她縫合傷口，但那場意外在她脖子留下疤痕，形狀像個王冠一樣。」

我想起她說**我的弟弟**的表情。「她有被處罰嗎？幫忙特修斯的事？」

「沒有。怪物死後，她和他一起私奔。特修斯原本要娶她，但我哥哥決定要娶雅瑞安妮。

妳也知道我哥多愛腳步輕盈的女生。我哥要特修斯把她留在一座島上，他會來帶走她。」

我知道他說的是哪個哥哥。掌管葡萄藤的酒神狄俄尼索斯，宙斯放蕩的兒子，凡人稱他「釋放者」，因爲他會讓大家忘記煩惱。我心想，至少和狄俄尼索斯在一起，她每晚都能跳舞了。

荷米斯搖搖頭。「他來晚了。她後來睡著，然後阿娓米絲來殺了她。」

他講得漫不經心，一時間我以爲自己聽錯了。「什麼？她死了？」

「我親自帶她去冥界。」

那個優雅樂觀的女孩。「爲什麼？」

「我問阿娓米絲，沒得到直接的答案。妳也知道她脾氣多差。可能不尊重她之類的，沒人會懂。」他聳聳肩。

我知道我的巫術不足以對抗奧林帕斯神。但那一刻，我眞想試試。聚集我所有魔法，將我的意志灌入大地、野獸、飛鳥的靈魂，讓牠們去獵殺阿娓米絲，直到她明白被獵殺的眞正滋味。

「來吧。」荷米斯說。「如果每次凡人死了妳都要哭，不要一個月妳就會淹死了。」

「滾。」我說。

伊卡洛斯、代達羅斯和雅瑞安妮，全都去了冥界，在那裡，雙手無工可做，雙腳無地可踏。我心想，如果我在的話，慘劇就不會發生了。但我又能改變什麼？荷米斯說的對。每個凡人死去，不論是因為船難、刀劍砍殺、遭野獸或野人襲擊、生重病、無人照料，還是壽終正寢，那都是命運使然——這話普羅米修斯也說過，那是凡人共享的故事。不論他們一生有多精采、出色，創造的作品有多美好、精緻，最後他們都會化為煙塵。但同一時間，許多無用低微的小神會繼續呼吸清新空氣，直到星星失去光芒那日。

荷米斯如常回來，我讓他留下。他在我家發著光時，我的海岸感覺比較開闊，放逐也比較不沉重。「告訴我一些消息吧。」我說。「說說克里特島的事。米諾陶死了，帕西斐心情怎麼樣？」

「據說她氣瘋了，現在天天都穿黑衣服喪。」

「別蠢了。她生氣的背後一定別有目的。」我說。

「據說她詛咒特修斯，他也確實從那時起就一直生病。妳聽說了他父親怎麼死的嗎？」

我不在乎特修斯，只想聽我妹妹的消息。荷米斯一邊大笑，一邊告訴我一個個故事。她不准米諾斯上她的床，唯一的快樂只剩她最小的女兒菲德菈。帕西斐還在迪克特山坡徘徊，挖遍整座山，尋找新的毒藥。我珍惜每段趣聞，像飛龍守著財寶一樣。我發現自己雖然說不上來，但卻似乎在等某個消息。

像所有懂得說故事的人，荷米斯將最精采的故事留到最後。有天晚上，他告訴我跟米諾斯剛結婚的時候，帕西斐曾戲弄過米諾斯。米諾斯那時常當著她的面，欽點女孩進他臥房。所以她下了詛咒，讓他的精子變成蛇和蠍子。只要他和女人睡覺，便會從體內螫死那女人。

我想起他們的爭吵。帕西斐提到有一百個女孩子。她們是女僕、奴隸或是商人之女，而她們的父親都不敢對抗國王。結果是這些女孩全死了，爲的只是一絲快樂和復仇。

我讓荷米斯離開，關上我從沒關過的窗板。大家會以爲我在施展強大魔咒，但我根本沒把手伸向藥草。我覺得內心輕飄飄的。那故事太醜陋、太荒誕、太噁心，卻彷彿療癒了我。困在這島上多好啊，我慶幸自己不用跟她那種人共享一個世界。經過獅子時，我說：「全都結束了。我不會再想他們的事，也把他們都趕走了，一切結束了。」

獅子臉頰靠在交疊的爪掌上，雙眼望著地板。所以說不定牠知道什麼我不知道的事。

13

春天來了，我從東側山坡走下，採摘早生的草莓。海風強勁，以致香甜的草莓總帶有一股鹹味。野豬開始哼叫，我抬起頭，午後斜陽下，有艘船朝我們開來。那艘船逆著風，但船沒慢下或調頭。划槳手讓船筆直向前，像瞄準的箭。

我肚子糾結。荷米斯沒來警告，我想不透這代表什麼。船是邁錫尼時期的風格，船首雕像非常巨大，肯定能破風逐浪。船體上有一雙帶有黑眼圈的眼睛。我聞到風中有股詭異的淡淡氣味。我猶豫一會，擦乾手，走下沙灘。

船已接近海岸，桅杆在海上投出一道影子，像根針一樣。我算了算，大約三十六個人在船上。當然，後來有上千人聲稱自己在場，發明族譜的人會追溯到這一刻來沾光。船員都是當代最偉大的英雄，個個藝高人膽大，曾經歷上百場瘋狂的冒險。當然，他們也不愧對這番名號，每一位都是氣宇軒昂，高大壯碩，披風華麗，長著一頭蓬亂茂密的頭髮，從小就享有王國中最好的東西。武器像是他們的衣服一樣，打從出生就和野豬搏鬥，斬殺巨人。

但此時站在船欄杆前的他們，面頰消瘦，神情緊繃。詭異氣味現在更濃厚，陰鬱沉重的氣氛籠罩下來，船桅彷彿有股巨大拉力。他們也看到我了，卻仍不發一語，也沒打招呼。

船錨嘩啦一聲落入水中，船板伸出。頭頂上海鷗盤旋啼叫。兩人頭低垂，並肩下船。一人身材寬大，肌肉飽滿，黑色頭髮在晚風中飄動。令我驚訝的是，另一人是個女人，她身材高大，身穿黑色，長面紗往她身後飄動。兩人優雅走向我，毫不遲疑，彷彿是受邀前來。他們跪到我面前，女人雙手舉高，手指修長，沒戴任何飾品。她的面紗緊緊包著頭，連一根頭髮都沒露出，她繼續壓低下巴，隱藏自己的臉。

「女神。」她說。「愛以亞女巫。我們來尋求妳的協助。」她聲音低沉，但很清楚，有種音樂的感覺，彷彿在吟唱。「我們從邪惡之地逃出，但為了逃走，我們也做了邪惡之舉。我們不純潔。」

我感覺得到。不祥的氣氛加重，讓一切都變得沉滯，像油一般濃稠。這叫**米亞斯馬**，是一種瘴氣，來自不潔的罪、違反神性的行為和不神聖的殺戮。米諾陶出生時，我身上也有瘴氣，直到迪克特山的水池將我洗淨。但現在這股瘴氣更濃烈，臭氣薰天，像傳染病一樣四處滲透。

「妳能幫助我們嗎？」她說。

「幫助我們，偉大的女神，求妳垂憐。」男人附和。

他們需要的不是魔法，而是眾神最古老的儀式，叫做**卡薩西斯**。用輕煙、祈禱、淨水和鮮血淨化一切。我不能問任何問題，就算他們犯了滔天大罪，我也無從過問。我只需決定好或不好。

男人不如女人的自律。他開口時，下巴稍稍抬起，讓我看到他的臉。他很年輕，比我所想更年輕一點，他的鬍子都還沒長齊。飽經風吹日曬的他，皮膚粗糙，但仍有健康的神采。他很英俊，詩人會說像神一樣。但他最觸動我的是，他作爲凡人抱持的意志力，縱然負重擔，仍勇敢面對。

「起身吧。」我說。「來，我會盡我所能幫助你們。」

我帶他們走上野豬走的小徑。他手扶住她手臂，彷彿怕她跌倒，但她的腳步沒有一絲不穩徵兆，步伐甚至比他更穩健。但她仍小心低著頭。

我帶他們進門。一繞過椅子，兩人便無聲跪到石地上，簡直像代達羅斯刻出的雕像，題目叫**謙卑**。

我走到後門，野豬跑向我。我手放到一隻半歲的小豬身上，牠全身乾淨，毫無斑點。如果我是祭司，我會下藥，以免牠害怕掙扎，破壞了儀式。在我手下，牠像沉睡的孩子一樣動彈不得。我將牠洗淨，綁上神聖綁帶，脖子繫上花環，這段時間牠都很安靜，彷彿心裡明白並且同意。

我將金盆放在地上，拿起巨大的銅刀。我沒有祭壇，也不需要。我在哪，哪裡就是我的聖殿。刀鋒劃過，小豬的喉嚨輕易開了個口。這時牠還是踢了幾下腳，但就一會而已。我緊抓住牠，等牠腿不動，紅色的血流入金盆中。我吟誦經文，焚燒芬芳的藥草，以聖水沐浴他們的雙手和臉。我感到沉滯的氣息消失。空氣變得乾淨，濃稠的氣味散去。他們靜靜祈禱，我則將血拿去倒在互相糾結的樹根上。我晚點會宰殺豬隻，爲他們煮一餐。

「結束了。」我回來時告訴他們。

他拉起我披風邊緣，用嘴親吻。「偉大的女神。」

我注意的是她。我想看她的臉，她終於不需再如此小心了。

她抬起頭，雙眼像火炬一樣明亮。她拉開面紗，頭髮像克里特島山丘的太陽一樣金。她是半人半神，不只如此，她身上流有我族的血。只是，除了海利歐斯家族的人，誰能有金黃耀眼的容貌。

「對不起，我瞞著妳。」她說。「但我怕妳把我趕走。尤其我這輩子一直想認識妳。」

她有種令人難以描述的特質，一種感染人的熱情和熱力。因爲她走起路來像眾神的女王，我原以爲她是美人，但她不像我母親或妹妹，她的美很奇怪。她五官分開看都很普通，而且還鼻子太尖，下巴太厚。但放在一塊，她的臉就像火焰之心，讓人目不轉睛。

她的目光停留在我身上，好像想看透我。「妳和我父親小時候很親近，我又是個任性的女兒，我不知道他會怎麼向妳形容我。」

她身上那股力量，還有那堅定的感覺。光是從她肩膀，我就應該要一眼能認出來。

「妳是埃帖斯的孩子。」我說。我在腦中回想荷米斯提到的名字。「叫美狄亞，是嗎？」

「而妳是我的姑姑。」

我心想，她長得很像她父親。高眉毛，銳利直接的目光。我不再說話，起身走進廚房。我將盤子和麵包放到托盤上，放上乳酪和橄欖，在金杯中倒了酒。照慣例，在主人滿足好奇心前，要先滿足客人的胃。

「吃點東西。」我說。「待會兒有時間解釋一切。」

她讓男生先吃，並將最軟的部分留給他，一口口服侍著。他狼吞虎嚥吃著面前的食物，我用托盤端來更多食物時，他繼續將食物塞進他的英雄大嘴，不停咀嚼。她吃不多，雙眼低垂，似乎還隱瞞著什麼。

最後那人盤子一推說吃飽了。「我叫伊阿宋，伊奧科斯王國的正統繼承人。我父親是個正直的國王，但心腸太軟。我小時候叔叔奪走了王位，他說我長大之後，只要證明自己的價值，就會讓我繼承王位。他要我想辦法拿到科爾基斯魔法師擁有的金羊毛。」

我相信他是個王子。他懂得說故事，像滾動巨石般滔滔不絕，沉浸在自己的傳奇中。我想像他跪在埃帖斯面前，一旁是牛奶噴泉，飛龍則盤踞另一邊。我弟弟會覺得他很無趣，而且過分自大。

「赫拉女神和天神宙斯祝福我。他們引導我找到船和夥伴。抵達科爾基斯王國後，我向埃帖斯國王獻上寶物，希望能換取金羊毛，但他拒絕了。他說除非我爲他做一件事，不然他不會給我。他要我以牛軛控制兩隻公牛，在一天之內，將一大片土地耕田播種。當然我很樂意，馬上就答應了。但……」

「但那根本辦不到。」美狄亞的聲音像水一樣，輕易打了岔。「全是爲了不讓他得到金羊毛的伎倆。父親從沒打算給他，因爲金羊毛具有傳說和力量的光芒。不論多麼勇猛無懼，無人幫忙的話，沒有一個凡人……」說到此，她轉向伊阿宋，並摸他的手。「能完成這件事。公牛是父親用魔法做的，全身是銅製，像刀一樣尖銳，並且會吐火。就算伊阿宋能讓牠們耕田，種子又是另一個陷阱。種子會變成戰士，跳出來殺死他。」

她深情款款地望著伊阿宋的臉。我開口只是爲了讓她回神繼續說。

「所以妳設了一個詭計。」我說。

伊阿宋不喜歡這說法。他是黃金年代的大英雄，設詭計是懦夫的行徑，是缺乏勇氣、不夠光明磊落的人才會做的事。美狄亞看到他皺眉馬上開口接話。

「我的愛人原本要拒絕一切幫助。」她說。「但是我堅持，因我不忍心看他身陷危險。」這番話讓他心情緩和下來。這是更好聽的故事。公主爲英雄傾心，決定背叛殘暴的父親，站在英雄那邊。她晚上悄悄來找他，四周一片漆黑，唯一光芒從她臉上發出。誰能拒絕？

但她的臉現在又藏了起來。她聲音低沉，對著緊握的雙手說話。

「我稍微懂一些妳和父親都會的技術，便製作了一劑簡單的魔藥，讓伊阿宋的皮膚不會被公牛的火燒傷。」

我現在終於知道她的身分。這溫良恭儉的態度在她身上太過突兀，像是隻大老鷹彎身想擠進麻雀的小巢。她說那魔藥簡單？我不曾想過凡人能有魔法，更別說那麼強大的咒語。但伊阿宋又開口，繼續滾動大石，講述自己如何控制公牛耕地播種。

他說，種子戰士出現時，他知道該如何擊退他們，因爲美狄亞告訴他了。他必須扔顆石頭到他們之間，他們一怒之下會彼此相互攻擊。於是他成功了，但埃帖斯仍不肯給金羊毛。而是改口說伊阿宋必須先擊敗守護金羊毛、擁有不死之身的飛龍。美狄亞又調製另一劑魔藥，讓飛龍沉沉睡去。他帶著寶物和美狄亞逃上船，畢竟他擁有高尚的情操，不能丟下這名無辜的女孩，讓她獨自面對邪惡的暴君。

在他腦中，自己已站在王宮中，面對睜大眼睛的貴族和嚇得快暈的女士，述說這段故事。他沒感謝美狄亞幫忙，甚至不怎麼看她。彷彿有這麼個半人半神的女巫在緊要關頭拯救他，全是他的命運使然。

她一定察覺到我的不悅，所以又趕緊開口。「他確實是個品德高尚的人，即使父親派來追兵，他也當晚就在船上立刻娶我爲妻。等他回伊奧科斯，奪回王位之後，我會成爲王后。」

是我的想像嗎？還是伊阿宋聽到之後，笑容有點垮下？我們都沉默下來。

「你們手上原本的髒血又是怎麼回事？」我說。

「對。」她輕聲說。「由我來說。父親非常生氣，馬上來追我們，他用巫術讓他的船順風，一早就追上了我們。我知道我的魔法無法和他對抗，就算我們的船有神的祝福，也擺脫不了他。我只有一個希望，我當時還帶著我弟弟。他是父親的繼承人，我希望用他當人質，交換我們的安全。但我看到父親站在船首，越過海浪大聲詛咒，便知道人質這方法沒有用。他顯然已經氣瘋，打算要殺了所有人。我們喪命之前他絕不會罷休。他朝空唸著咒語，讓手下浮到空中，飛到我們船上。恐懼竄過我全身。我怕的不是自己，而是怕害到無辜的伊阿宋和船員。」

她望向伊阿宋，但他臉朝著火。

「那一刻，我無法解釋，像是失去理智。我抓住伊阿宋，要他把我弟弟殺了。然後我將屍體切成碎片，丟入海中。我像父親一樣發了瘋，我知道他一定會停下船，好好撿拾屍體、埋葬弟弟。等我回過神來，海上只剩下我們。我以爲是場夢，但後來發現自己雙手都是弟弟的血。」

她把手伸向我，彷彿要證明。但那雙手十分乾淨。我替她洗淨了。

伊阿宋面色鐵青，像生鉛一樣。

「老公。」她說。雖然她聲音不大，但他嚇了一跳。「你酒杯空了，我幫你倒酒吧？」她起身拿著金杯走向滿滿的酒盆。伊阿宋沒在看，如果我不是女巫，我也不會注意。她倒了粉末到酒中，輕聲唸了咒。

「來，親愛的。」她說。

她的語氣像母親一樣哄著他。他接下酒喝了。他頭向後倒下時，酒杯從他手中落下，她一把接住。小心將杯子放到桌上後，她再次坐回位子。

「妳要了解，」她說，「這對他來說很困難。他會怪自己。」

「妳沒發瘋。」我說。

「沒有。」她銳利的金色雙眼望著我。「但有人說這是爲愛瘋狂。」

「如果我知道實情，就不會爲妳淨化。」

她點點頭。「妳和大多數的神一樣。也許那就是神不能追問乞求者的原因。如果大家都明白背後眞正心思，那我們有多少人能被原諒？」

她脫下黑色披風，放到身旁的椅子上。她底下穿著青金石藍的長裙衫，綁著一條銀色細腰帶。

「妳不後悔嗎？」

「我想我是可以哭一陣，揉揉眼睛，讓妳心裡舒坦一點，但我不想活得那麼虛僞。如果我不行動，父親會把整艘船毀了。我弟弟是個戰士。他犧牲自己幫我們打贏那場仗。」

「只是他並非自願犧牲。是妳殺了他。」

「我給了他魔藥，他沒受苦。那比一般人的下場好多了。」

「他是妳的親弟弟。」

她雙眼發火，像劃過夜空的彗星。「一人的生命比另一人更重要嗎？我從來不這麼想。」

「他不需要死。妳可以投降，將金羊毛還給父親，重回父親身邊。」

她臉上露出一個表情。她確實像彗星一樣，只是這時彗星轉向，直衝地球，打算將原野化爲灰燼。

「父親會將伊阿宋和水手一一肢解，然後逼我目睹一切，最後再來折磨我。恕我直言，那根本不是個選項。」

她看到我的表情。

「妳不相信我。」

「關於我弟弟埃帖斯，妳說的許多事情我都不大明白。」

「那讓我來一一跟妳介紹吧。妳知道父親最愛的娛樂嗎？常有人來我們島上，想證明自己能對抗邪惡的魔法師。父親最喜歡把這些船長扔在飛龍之間，看他們逃竄。他會把船員納爲奴隸，奪去他們的心靈，讓他們變成像石頭一樣。爲了娛樂賓客，我看過父親點燃火把，拿去燒人的手臂。那人動也不動，白白被燒，直到父親放開他。我一直在想，他們只是空殼，或者他們內心明白這一切，但只能困在身體裡面尖叫。如果父親逮到我，我很清楚，那就是他會對我做的事。」

她的語氣驟變，不是面對伊阿宋那種做作的甜美，也不是堅定自信。她每個字都無比黑暗，像斧頭一樣沉重無情，一聲一聲讓我漸失血色。

「他不可能會傷害自己的孩子。」

她嗤之以鼻。「我對他來說不是孩子。我是他的玩物，像種子戰士或噴火牛一樣。或像母親，她爲他生下繼承人之後，馬上被處理掉。也許我沒巫術的話，事情會不一樣。但我十歲就能馴服蛇窩中的蝰蛇，口吐一個字就能殺死羊，再說另一個字便能讓牠起死回生。他爲此懲罰我，說我嫁不出去，但其實他只是不想讓我將他的祕密告訴丈夫。」

我聽到帕西斐的聲音，彷彿她向我耳語：**埃帖斯這輩子沒喜歡過女人**。

「父親最大的願望就是找到另一個懂魔法的神，拿我去換異國魔藥。但除了他哥哥、波爾賽斯之外，再找不到別的了，所以就要把我送給波爾賽斯。我每晚都祈禱那頭野獸不想要我。他已經囚禁一個蘇美女神當妻子。」

我記得荷米斯說過的故事。波爾賽斯養了一宮殿的活死人。帕西斐說：**妳知道我不敢讓他不開心嗎？**

「很奇怪。」這句話連我聽了都心虛。「埃帖斯一直都討厭波爾賽斯。」

「現在可不會。他們是最親密的朋友，波爾賽斯來訪時，他們滿口都在聊活死人，還有進攻奧林帕斯山的事。」

我感到麻木茫然，像置身冬天的原野。「伊阿宋知道這一切嗎？」

「他當然不知道，妳瘋了嗎？難道要讓他每次看到我，就想起下毒和燒傷？男人都希望妻子像青翠鮮美的嫩草。」

她沒發現伊阿宋老縮著身子嗎？還是她不想承認？**他已經在躲妳了**。

她站起來，長衫亮眼，像一波湧起的海浪。「父親仍在追我們。我們一定要馬上前往伊奧科斯。他們有一支軍隊，即使是父親也無法對抗，因爲赫拉會和他們一同作戰。他會被擊退，然後我的伊阿宋會成爲國王，我會是他身邊的王后。」

她的臉散發白色光芒。每字每句都像石頭，構築著她的未來。但我卻覺得她像一隻絕望的動物，攀著懸崖的爪子已開始滑落。她很年輕，比葛勞克斯第一次見到我時還年輕。

我看向被下藥的伊阿宋，他嘴巴張著。「妳確定他關心妳嗎？」

「妳是在說他不愛我？」她的聲音馬上變得尖銳。

「他還是個孩子，況且又是凡人。他不了解妳的歷史，也不懂妳的巫術。」

「他不需要了解。我們結婚了，我會替他生孩子，這就像大病下的一場夢，他全都會忘記。我會成爲一個好妻子，我們會幸福。」

我伸手摸著她手臂。她皮膚冰冷，彷彿在風中走了良久。

「姪女，我怕妳看不清楚。在伊奧科斯，妳未必有妳想得受歡迎。」

她將手臂抽回，皺起眉頭。「什麼意思？爲什麼不歡迎我？我是個公主，伊阿宋和我門當戶對。」

「妳是個外邦人。」我突然看懂了，彷彿那些計畫全在我眼前。急躁的貴族在家等伊阿宋歸來，每個人都巴不得能將女兒嫁給新英雄沾光。美狄亞會是他們唯一共同的目標。「他們會恨妳。更糟的是，他們會懷疑妳，因爲妳是魔法師的女兒，又是個女巫。妳只在科爾基斯王國生活過，不知道凡人多懼怕**法馬奇亞**。他們會想方設法打擊妳。不管妳有沒有幫忙伊阿宋，他們都會忽略事實，或利用這點來證明妳是個異類。」

她瞪著我，但我沒停下。我一句句說下去，愈說愈激動。「妳在那裡不安全，也永遠無法平靜。但妳仍有辦法擺脫父親。他過去的暴行，我無法挽回，但我可以保證他的暴行到此爲止。他曾說巫術不能教。他錯了。他不願和妳分享知識，但我會把我知道的都傳授給妳。他來的時候，我們可以一起對抗他。」

她沉默好一會。「伊阿宋呢？」

「讓他成爲英雄。妳有別的命運。」

「什麼命運？」

我腦中已能看到我們，頭彎向同一處，看著紫色烏頭花和摩里黑色的草根。我能將她從渾濁的過去中拯救出來。

「當個女巫。」我說。「有著無盡的力量，不需對任何人俯首稱臣。」

「原來如此。」她說。「像妳一樣？成爲可卑的放逐者，空懷著一顆寂寞芳心？」她看到我驚愕的表情。「怎麼？妳騙得了誰？妳才認識我一個下午，馬上就滔滔不絕說要把我留下，還說想幫我。其實妳幫得了誰？『喔，姪女，親愛的姪女！我們會成爲最好的朋友，並肩施著魔法。我會讓妳緊緊待在我身邊，塡補我沒有孩子的日子。』」她嘟起嘴。「我才不要讓自己生不如死的過活。」

我當時想，我是不安。我那陣子是很不安，並有點悲傷。但她把我的表皮剝開，而我透過她的雙眼看到了自己。我就是個心懷憤恨、遭人拋棄的老巫婆，像蜘蛛一樣，計畫要吸取她的人生。

我臉感覺熱辣辣的，抬頭望向她。「總比嫁給伊阿宋好。要是妳看不出他多軟弱，就太盲目了。他已經在躲妳了。而且你們是怎樣，結婚才三天而已？一年之後他會怎樣？他只愛自己，妳只是他的權宜之計。到了伊奧科斯，妳的地位只能建立在他的好感。當他的人民哭喊著因爲妳殺死弟弟，害土地受到詛咒，妳覺得自己的地位還能維持多久？」

她拳頭緊握。「沒人會知道我弟弟死的事。我逼船員發誓不准說出去了。」

「這種祕密不可能瞞得住。妳又不是孩子，應該心知肚明。那些人只要出了妳視線，馬上就會開始傳八卦。一天之內，全王國的人民都會知道，他們會天天動搖沒骨氣的伊阿宋。『偉大的國王，男孩死了不是你的錯，是那壞女人害的，那個外國來的臭女巫，她殺了自己的至親，現在搞不好又在計畫更邪惡的事？快趕她走，淨化土地，找個更好的人來當王后。』」

「伊阿宋絕不會聽信誹謗！我讓他拿到金羊毛！他愛我！」她氣得僵在原地，全身發光，一臉叛逆。我每一下打擊只讓她變得更強硬。就如同我當初到祖母面前的那一刻，她當時對我說：**那是兩件不一樣的事**。

「美狄亞，」我說，「聽我說。妳現在還年輕，到伊奧科斯之後妳會變老，妳在那裡不安全。」

「我每一天都會變老。」她說。「我不能像妳一樣浪費時間。至於妳說的安全，我也不要。那只是更多枷鎖。他們敢的話，就讓他們來吧。他們永遠無法從我身邊奪走伊阿宋。我有我的力量，我會用我的力量對抗他們。」

每次提起他的名字，她眼中就閃現猛禽般的愛。她已用爪子牢牢抓住他，到他死之前她絕不放手。

「如果妳阻止我，」她說，「我也會跟妳拚了。」

我心想，她確實會。但我是神，她是凡人。她要對抗的是全世界。

伊阿宋翻身。咒語慢慢失效了。

「姪女，」我說，「我不會違背妳的意願把妳留下。但如果妳……」

「不。」她說。「我對妳別無所求。」

她帶伊阿宋到海岸。他們沒有留下來休息或吃飯，也不想等天亮。他們收起船錨，航向黑暗之中，他們前方的路只由朦朧的月光和美狄亞金色堅定的雙眼照亮。我隱身林中，免得她看到我，怨怪我，但我根本不用多此一舉。她完全沒有回頭。

走回海灘，沙粒冰涼，星光照亮我的皮膚。海浪忙著洗去他們的足跡。我閉上雙眼，讓微風吹拂，嗅聞海鹽和海草的氣味。我感覺上方星座循著遠方的軌道緩緩移動。我等了好一會，仔細聆聽，讓意識深入海洋。什麼都沒聽到，風中沒有划槳聲，沒有船帆聲，沒有交談聲。但我知道他來了。我睜開雙眼。

如鳥嘴彎曲的船體將碼頭的海浪切開。他站在船首，黎明的天空映襯他金色的臉龐。我內心湧起以前那股開心，強烈到發痛。是我弟弟來了。

他舉起手，船停下來，在海浪中完美停止。

「瑟西。」他隔海大喊，聲音響徹天地，像敲擊銅板一樣。「我女兒來過這裡。」

「對。」我說。「她來過。」

他露出滿意的神情。小時候，他的頭對我來說像玻璃一樣細緻。我常趁他睡覺，用手撫摸他的骨頭。

「我知道她會來。她已無計可施。她想困住我，但只能困住自己。她一輩子都擺脫不了殺害親弟弟的事。」

「很遺憾你兒子過世。」我說。

「她會付出代價。」他說。「叫她出來。」

我身後的樹林一片寂靜。所有動物動也不動，蹲伏在地面上。小時候，他喜歡把頭靠在我肩膀上，看海鷗俯衝抓魚。他的笑聲明亮，像早晨的太陽。

「我見到代達羅斯了。」我說。

他皺起眉頭。「代達羅斯？他死好幾年了。美狄亞呢？把她交出來。」

「她不在這裡。」我說。

就算我把海變石頭，都無法讓他這麼驚訝。他露出難以置信的表情，暴跳如雷。

「妳讓她走？」

「她不想留下。」

「**不想**留下？她是罪犯，還是個叛徒！妳應該要替我看住她！」

我從沒見過他這麼生氣。其實，我從來沒見過他生氣。即使如此，他的臉還是很英俊，像是暴風雨時的海浪。我仍有機會乞求他原諒，還來得及。我可以說她騙了我。我是個傻姊姊，太容易相信別人，無法從裂縫看世界。然後他會靠岸上島，我們可以……但我的想像被打斷了。他身後的長凳上坐著他的水手。他們目光直直望著前方，動也不動，甚至不會趕蒼蠅或搔癢。他們的表情呆滯空洞，手臂都是傷疤和結痂。那是舊的燒傷。

好久好久以前，我就失去他了。

強勁的海風在我們兩人之間吹著。「妳聽到了嗎？」他大喊。「我應該要懲罰妳。」

「不。」我說。「在科爾基斯王國，你可以隨心所欲。但這裡是愛以亞。」

一時間，他臉上露出極度驚訝的表情。然後他嘴扭曲。「算了，反正妳也沒做什麼。而且我最終一定會逮到她。」

「也許吧。但我覺得她不會束手就伏。你們很像，埃帖斯，有其父必有其女。她必須接受這件事，看來現在你也必須接受。」

他咧嘴笑了笑，然後轉身舉起手。他的水手整齊划船，帶著他離我而去。

14

外頭開始下起了冬雨。母獅生了小獅，她的獅寶寶伸出笨拙的小爪，一步步經過壁爐。我笑不出來。我走過的地方，土地彷彿都有回聲。頭頂上天空伸展空蕩蕩的雙手。

我等待荷米斯來訪，這樣我才能問他美狄亞和伊阿宋的事，但他總是知道我何時會想他，並故意不來。我試著織布，但心神不寧，如坐針氈。美狄亞說出我的寂寞，寂寞像蜘蛛網一樣，掛在每一處，無法躲避。我到海灘跑步，喘氣鑽過森林小徑，想拋開思緒。我一次次重溫我和埃帖斯的回憶，兩人靠著彼此相伴的時光。以前我做傻事會有的噁心感又回來了。

我提醒自己，我曾幫助了普羅米修斯。但這話我自己聽了都覺得可卑。那幾分鐘接觸就像塊破舊毯子，我還要拿來遮羞多久？我那時做什麼不重要。普羅米修斯在峭壁上，我卻在這裡。

日子緩緩過去，像玫瑰枯萎的花瓣片片落下。我用力握緊雪松織布機，吸著香氣。我試著回想用手撫觸代達羅斯的疤痕是什麼感覺，但回憶就像空氣，一吹就散。我心想，還會有人來。世上那麼多船，那麼多人，一定會有人出現。我望著地平線，直到雙眼模糊，心中盼望哪個漁夫和貨船會來，甚至希望有船難。結果什麼都沒有。

我把臉靠上獅子毛皮。當然有一些神力能讓日子過快點，讓時光恍惚飛逝，睡上好幾年，等我醒來，世界將煥然一新。我閉上雙眼。透過窗，我聽到蜜蜂在花園嗡嗡作響。獅子的尾巴掃打著石地。好久好久之後，我睜開雙眼，陰影依舊存在。

她站在我前面，皺著眉頭。她有一頭黑髮，一雙黑眼珠，四肢圓圓胖胖，頭髮梳理整齊，像夜鶯的胸毛。她的皮膚飄來熟悉的氣味。玫瑰油和祖母河水的氣息。

「我來服侍妳。」她說。

我在椅子上打盹，睡眼惺忪望著她，心想她一定是個幻影，可能因爲我獨處太久，出現幻覺。「什麼？」

她皺了皺鼻子。顯然她所有的禮貌都用在上一句話了。「我是艾可。」她說。「這裡是愛以亞吧？妳不是海利歐斯的女兒嗎？」

「我是。」

「我受罰來當妳的侍女。」

我感覺像做夢一般。我慢慢站起來。「受罰？誰的判決？我沒聽說這件事。說，誰派妳來的？」

水寧芙表情像水上漣漪一般起伏不定。不管她做過什麼心理準備，事情都不該像這樣。

「是偉大的神祇送我來的。」

「宙斯？」

「不是。」她說。「是我父親。」

「妳父親是誰？」

她說了一個在伯羅奔尼撒的小河神。我聽說過他，也許見過他一面，但他從未坐在我父親的宮殿裡。

「為什麼把妳送來給我？」

她看著我，好像我是她見過最蠢的笨蛋。「妳是海利歐斯的女兒。」

我怎麼會忘記小神之間的情況？他們總是不擇手段鑽營。哪怕犯了罪，我依然流著太陽神家族的血，所以我是個值得親近的主人。沒錯，對她父親來說，我的犯罪反而是他的好機會，我的地位降低，他就敢高攀。

「妳為什麼受罰？」

「我愛上一個凡人。」她說。「一個高貴的牧羊人。父親不同意我們在一起，所以我現在要受罰一年。」

我打量著她。她背打直，雙眼直視我，絲毫不顯懼色。不怕我、不怕狼、也不怕獅子。而她父親不同意她談戀愛。

「坐吧。」我說。「歡迎妳。」

她坐下來，但嘴巴向內吸著，好像嚐到生橄欖。她看向四周，一臉嫌惡。我給她食物時，她別開頭，像個鬧脾氣的寶寶。我想和她說話，她雙臂交叉胸前，嘟起嘴。只要開口就是抱怨，抱怨鍋爐煮染料的臭味、地毯上獅子的毛，甚至連代達羅斯的織布機都可以抱怨。她口口聲聲說是來服侍我，現在卻連要不要幫忙拿個盤子都沒問過。

我告訴自己，這沒什麼好訝異。她是水寧芙，代表她就是口枯井。「那妳回家好了。」我說。「如果妳覺得自己這樣很悲慘。我來赦免妳。」

「妳不行。眾神對我下的令。妳做什麼都無法赦免我。我要待一年。」

她應該要很難過才對，但她在偷笑，一副洋洋得意的樣子，好像在眾人面前占了上風。我看著她。她說眾神放逐她，她卻沒有生氣，也不感到難過。她全心接受他們的管理，覺得一切自然，無法違逆，像是宇宙運行一樣。而我和她一樣是水寧芙，也是放逐者，的確，我父親是相當偉大，但我沒丈夫，又雙手髒兮兮，頭髮還梳得古怪。她自忖，她比得上我，所以她敢跟我鬥。

妳太傻了。我不是妳的敵人，擺臉色稱不上眞正的權力。是他們讓妳以爲——但話到嘴邊，我就放棄了。這對她來說跟波斯文一樣難懂。她一千年內不會了解。我也受夠對人說教了。

我傾身向前，用她聽得懂的語言跟她說。「就這樣吧，艾可。我不想聽到妳的聲音，不想聞到妳的玫瑰油，也不希望在我家裡看到妳的頭髮。妳要自己餵飽自己，自己照顧自己，如果妳給我帶來任何麻煩，我就把妳變成無眼小蟲，扔到海裡餵魚。」

她的笑容瞬間消失，臉色煞白，手摀嘴巴逃走了。在那之後，她照我命令過自己的生活。但消息在眾神之間傳開了，愛以亞是教訓不乖女兒的好地方。然後又來了個不想嫁人的樹寧芙，接著是兩個面無表情、從山裡放逐來的山寧芙。結果變成每當我要施咒時，耳邊就聽到她們鐲子叮噹作響的聲音。一想用織布機時，她們就在我眼角飛來飛去。她們還在每個角落竊竊私語，窸窣作響。我想游泳時，總有人在水池邊照著自己的臉。我走路經過時，她們便在我身後竊笑。我不想再過那樣的生活。尤其是在愛以亞。

我走到空地叫荷米斯。他來了，臉上已端起笑容。「所以呢？妳喜歡妳的新侍女嗎？」

「我不喜歡。」我說。「去找我父親，看能不能把她們統統帶走。」

我原本怕他不想替我跑腿，但這件事太有意思了，他不想錯過。他回來時說：「妳以為呢？妳父親好開心。他說他高貴的子女理當要有些小神服侍。他會鼓勵更多父親送女兒來島上。」

「不要。」我說。「我不要再收了。去告訴我父親。」

「囚犯通常不能決定自己的處境。」

我臉感到刺刺辣辣的，但我沒表現出來。「告訴我父親，如果她們不走，我會對她們做可怕的事。我會把她們變成老鼠。」

「我想宙斯大概不會高興。妳之前不就是因為對付族人而被放逐？妳應該要小心，別又被懲罰。」

「你可以代表我，幫我說服他。」

他黑眼珠閃著光芒。「恐怕我只是個信差。」

「拜託。」我說。「我不希望她們在這裡，眞的。我沒在開玩笑。」

「對。」他說。「妳沒在開玩笑，但妳非常無聊。所以用點想像力，她們一定有好處。帶她們上床試試。」

「那太荒唐了。」我說。「她們會尖叫跑走。」

「寧芙總是如此。」他說。「告訴妳一個祕密，她們不大會逃跑。」

奧林帕斯山的宴會上，這句玩笑會讓眾神哄堂大笑。荷米斯眉開眼笑，像隻山羊等著笑聲。但我唯一感到的就是冰冷的憤怒。

「我跟你玩完了。」我說。「其實已經結束很久了。以後我不要再見到你。」

他只笑得更開。他消失之後，沒再回來過。不是因爲他聽話，他也跟我玩完了，只是我犯下了無法原諒的無聊之罪。我能想像他怎麼形容我，我沒幽默感，處處挑剔，全身是豬味。有時候，我感覺得到他，他在我看不到的地方勾搭山丘上的寧芙，奧林帕斯神來找她們，她們好興奮，滿臉羞紅，哈哈大笑。他以爲我會因爲嫉妒和寂寞，氣到下手把她們變老鼠。他來我島上一百年了，這段時間，他除了自己開不開心，不曾關心過別的事。

寧芙留下來了。她們懲罰結束之後，會有另一批來取代她們。有時候是四人，有時候有

六、七人。我經過時她們會全身顫抖，四處躲避，或叫我主人，但其實沒有意義。我又再度明白自己的能耐。父親只消一句話或一個念頭，我空洞的權力就消失了。甚至用不著父親出馬，任何河神都有權派人來我的島嶼，我無法阻止。

寧芙在我四周飛來飛去，她們隔牆的笑聲在我屋裡迴蕩。我告訴自己，至少來的不是她們的兄弟，男生會四處吹噓打鬥，獵殺我的狼群。但當然，那絕不可能發生。沒人會懲罰兒子來我島上。

我坐在壁爐旁，看窗外星星轉動。我覺得好冷，像冬天的花園一樣，凍到土地結冰。我施咒語、唱歌和織布，替動物找伴侶，但一切都變得像螞蟻一樣渺小。島嶼從來不需要我幫忙。不論我做什麼，島嶼都鬱鬱蔥蔥。綿羊生了小羊，在島上自由漫步。牠們緩緩在草原上徘徊，茫然撞著小狼。我的獅子待在屋內壁爐旁。牠嘴邊有白毛，牠的孫子有了自己的孫子，牠走路時腰腿都會顫抖。我們一起生活至少一百年了，牠因爲和神相伴，生命得以延長。但對我來說，那只像是十年的時間而已。我以爲我們還有時間，但一天早上，我起床發現躺在我身旁的牠身體冰冷。我望著牠，牠身側毫無起伏，我腦中一片空白，不敢置信。我搖牠時，一隻蒼蠅飛走。我打開牠僵硬的下巴，餵牠吃藥草，吟誦咒語，然後又說下一個咒語。牠仍動也不動，全身金色的力量變成棕褐色。也許埃帖斯或美狄亞能讓牠起死回生，但我辦不到。

我自己堆了火葬堆，親手砍下雪松、紅豆杉和椁木。斧頭砍下時，白色的木屑散落。我抬不動牠，於是我用常圍在牠脖子上的紫布做了雪橇，將牠拖過屋子，通過牠爪掌磨平的石板。

那天沒有風，火焰燒得很慢。花了一整個下午牠的毛皮才變得焦黑，黃色的身體化爲灰燼。我第一次覺得凡人的冰冷冥界是一種恩賜。至少他們的一部分能活下來。而牠卻是完全消失了。

我直看到最後一叢火焰熄滅，才走進屋內。我胸中隱隱作痛，手摀著心口，感覺自己堅硬空洞的骨頭。我坐到織布機前，這才體會到自己正如美狄亞所說，被人拋棄，年老孤單，毫無生氣，像石頭一樣灰暗。

那段日子我常唱歌，因爲那是我最好的陪伴。那天早上，我唱的是歌誦種田的老歌。我喜歡自己嘴脣的形狀，一一唱出植物和作物，耕地和欄杆，家禽和家畜，還有在天空流轉的星星。我讓歌曲傳到空中，邊攪動著沸騰的染劑。我看到一隻狐狸，想做出和牠毛皮一樣的顏色。染液冒出泡沫，番紅花和茜草混合。我的寧芙聞到臭味都逃走了，但我很喜歡這過程。喉嚨會感覺刺刺的，雙眼流出淚來。

我的歌聲順著小徑傳到了沙灘，引起他們的注意。他們循著聲音穿過樹林，看到我煙囪冒出的煙。

有人大喊。「有人在嗎？」

我記得自己多驚慌。**訪客**。我轉身太快染劑灑了出來，火燙的染液噴到我的手。我把手擦乾淨，快步走向門口。

一共是二十個男人，身上有著風吹日曬的痕跡。他們雙手長有厚繭，手臂都是舊疤。這麼久以來，我都只看到皮膚同樣光滑的寧芙，所以很高興看到他們一處處不完美的地方：眼睛旁的皺紋，腿上的結痂，手指節的破皮。我甚至細看他們破爛的衣服和疲憊的臉。這些人不是英雄，不是國王的船員。他們像以前的葛勞克斯，拚命爲生存而努力。他們拉漁網、走私貨物，獵捕任何能填飽肚子的東西。我感到熱力流過身體，雙手發癢，想開始拿針穿線、縫補編織。我看到我能修補的事物了。

一人走向前，他身材高大細瘦，頭髮斑白。他身後不少男人仍把手放在劍鞘上。很聰明。島嶼是個危險的地方，怪物和朋友一樣多。

「女士，我們好幾天沒吃飯又迷路了。」他說。「希望像妳如此美麗的女神，能願意幫幫我們。」

我微微一笑。過了那麼久，笑容再出現在我臉上感覺好奇怪。「歡迎來到這裡。你們別客氣。快進來吧。」

我將狼和獅子趕到外頭。不是每個男人都和代達羅斯一樣無所畏懼，這些水手看來已經嚇破膽了。我帶他們來到餐桌，然後趕快去廚房，拿出一盤盤燉無花果、烤魚、鹹乳酪和麵包。水手進門時看到我的豬，用手肘頂頂彼此，大聲耳語希望我能殺一隻來吃。但魚肉和水果端到他們面前時，他們也沒抱怨，甚至手也不洗，劍也不卸下，便狼吞虎嚥吃起來。他們大口吞著食物，油脂和酒沾上鬍子。我拿來更多魚和乳酪。每次我經過，他們都朝我點頭。**女士、女主人，謝謝妳。**

我不禁笑容滿面。凡人在脆弱之下，變得善良又有禮貌。他們懂得珍惜人和人之間的友誼，眞心對待大方的人。我心想，眞希望有更多人會來。我很樂意一天招待一艘船的人，或兩艘、三艘都行。也許我能再次活出自己。

寧芙睜大眼睛，從廚房裡偷看。我趕緊過去，趁水手注意前把她們趕走。這些男人是我的，是由我來照顧的客人，我很享受款待他們的過程。我將清水倒入碗中讓他們洗手。一把刀落在地上，我趕緊將刀拾起。船長杯子空了，我便拿杯子去酒碗斟酒。他朝我舉杯。「謝謝妳，親愛的。」

親愛的。這詞讓我猶豫了一下。他們剛才叫我女神，所以我以爲他們認出了我是誰。但我發現他們對我絲毫沒有敬畏，也沒有百依百順。所以那頭銜只是恭維女人的說法。我想起荷米斯很久以前曾告訴我。**妳聽起來像凡人，他們不會像怕我們一樣怕妳**。

所以他們確實不怕。其實他們以爲我跟他們一樣。我站在那裡，爲此感到不可思議。所以凡人版的我可以是誰？積極上進的藥師？獨立的寡婦？不，不是寡婦，我不想擁有悲傷的過去。也許我可以當個女祭司，但不拜神。

「代達羅斯有次來過這裡。」我告訴那人。「我在這裡打理他的神殿。」

他點點頭。我很失望他沒反應。好像世上隨處可見過世英雄的神殿。好吧，也許眞的有。但我怎麼知道？

大家吃得慢了，他們從盤子前抬起頭來。我發現他們開始觀察四周，看向銀色的碗、金杯和掛毯。那些東西我的寧芙都覺得理所當然，但男人們雙眼發光，露出驚訝神色，看每樣東西都感到不可置信。我想到我木箱中有不少羽絨枕，足夠讓他們打地鋪。我將枕頭交給他們時我會說，**這些是給神睡的**，他們眼睛一定會睜得老大。

「女主人？」船長又開口了。「妳丈夫什麼時候會回來？我們要感謝他的招待。」

我大笑。「喔，我沒有丈夫。」

他朝我回笑。「當然了。」他說。「妳太年輕了，怎麼可能結婚了。那我們一定要好好謝謝妳父親。」

外頭天全黑了，屋裡溫暖明亮。「我父親住很遠。」我說。我等他們開口問他是誰。我父親是負責點燈的，這個笑話好。我會心一笑。

「那也許有其他我們必須感謝的人？叔叔或哥哥？」

「如果你們要感謝主人的話，」我說，「就感謝我。這棟房子只有我一人住。」

聽到這句話，屋裡氣氛變了。

我拿起酒碗。「酒沒了。」我說。「我再去倒一些。」我轉身時聽到自己的呼吸聲。我突然強烈感覺到自己身後是二十個男人。

到了廚房，我伸手去拿魔藥。我心想，妳太傻了。他們當然很驚訝一個女人自己生活，就只是這樣而已。但我手已伸過去，打開玻璃罐蓋子，倒點藥草進酒，然後加入蜂蜜和乳清蓋住氣味。我將酒碗端出，二十雙眼睛盯向我。

「來。」我說。「我把最好的酒留到最後。你們所有人都要喝。這是克里特島最好的葡萄園釀的酒。」

他們露出笑容，很開心能有奢侈的享受。我看每個人都斟滿杯，將酒喝下肚。這時每個人肚裡都應該裝了一桶酒。盤子空了，每一樣食物都舔得乾乾淨淨。男人交頭接耳，低聲說話。

這時我的聲音顯得格外大聲。「好了，我好好招待你們了。你們願意告訴我你們的名字嗎？」

他們抬起頭，目光像雪貂一樣瞄向船長。他起身，凳子刮過石地。「妳先告訴我們妳的名字。」

他的語氣有點古怪。我差點說出咒語，讓他們都沉沉睡去。但即使過了這麼多年，我心裡一角仍會乖乖回答別人的問題。

「瑟西。」我回答。

這名字對他們來說毫無意義，像石頭一樣落在地上。椅子再次刮過地面。所有男人站起，眼睛全盯著我。我仍一句話都沒說。我仍告訴自己，是我錯了。我一定想錯了。我招待了他們。他們感謝了我，是我的客人。

船長走向我。他比我高，每一絲肌肉都因爲幹活而結實。我心想……什麼？別傻了。不會發生那種事。我喝醉了，我就是太害怕才會亂想。我父親會來救我。我父親！我不想變成那種小題大作的傻瓜。我耳邊像是聽到荷米斯事後說，**她總是這麼神經質**。

船長靠得很近。我感覺得到他皮膚的熱氣。他的臉凹凸不平，像古老河床一樣有裂痕。

我一直等他說出正常的話，向我感謝，問我問題。我妹妹在宮殿某處大笑。「**妳被馴養了一輩子，現在妳要後悔了。就只會『好的，父親，是的，父親』——看看妳現在的下場。**」

我舌頭舔嘴唇。「有什麼……」男人一把將我摔到牆上。我撞到不平的石牆，眼冒金星。

我張開嘴，想唸出咒語，但他手臂重重壓上我氣管，卡住我聲音。我說不出話，也無法呼吸。

我全力掙扎，但他遠比我想像中強壯，也許是我變軟弱了。他壓上來的力量嚇到了我，油膩的皮膚瞬間貼到我身上。我腦中仍一片混亂，不敢置信。他伸出右手，撕開我的衣服，動作熟練。左手仍繼續壓著我的喉嚨。我說過島上沒人，但他不想冒險。或者也許他只是不喜歡我尖叫。

我不知道他手下在做什麼。也許在一旁看。如果我的獅子在場，牠會抓破門進來，但牠現在是風中的灰塵了。我聽到外頭豬在叫。我記得我身體赤裸，靠在磨平石牆上時，心裡在想什麼：我終究只是個寧芙，在我們之中，這種事太正常了。

凡人可能會暈倒，但我每一秒都醒著。最後我感到那人顫抖，他手臂鬆開。我喉嚨像腐木一樣向內凹。我看起來動也不動了。他的頭髮滴下一滴汗，落到我赤裸的胸口滑下。我漸漸聽到他身後的男人在說話。**她死了嗎？**一人說。**她最好沒死，換我了**。一張臉從船長肩膀上探出來。**她眼睛還睜著**。

船長退開，朝地上吐口口水。濃痰在石地上晃動。那滴汗繼續滑下，劃出溼黏的一條線。

一隻母豬在庭院尖叫。我抽搐著吞口氣，喉嚨恢復了。我感到內心出現裂口。我剛才想用的安眠咒消失不見，現在就算我想施咒也辦不到。反正我也不想。我雙眼抬起，望向他凹凸不平的臉。那些藥草別有用途，而我知道是什麼。我吸口氣，唸出咒語。

他雙眼渾濁，充滿不解。「什麼……」

他話沒說完，肋骨斷裂鼓起。我聽到他身體破裂，鮮血四濺，骨頭劈啪作響。他的鼻子腫大，雙腿縮起，像被蜘蛛吸吮的蒼蠅。接著他四肢著地倒下，開始放聲尖叫。他的手下也跟著尖叫，尖叫聲響了好久好久。

結果，我那天終究殺了幾隻豬。

15

我扶起翻倒的凳子，擦乾溼淋淋的地。我疊起盤子，拿到廚房。我在海中用沙搓洗自己，直到血跡都脫落。我在石板地上看到那口痰，把那也刷洗乾淨。沒有幫助。我每分每秒都感覺得到他手的觸感。

狼和獅子悄悄回來了，像是黑暗中身影。牠們躺下來，臉靠著地板。最後東西都清理完了，我坐到壁爐灰燼前，身體不再顫抖。我動也不動，身體彷彿凝結。我皮膚包覆在外頭，像毫無生命的包裝，疲軟又令人厭惡。

天空開始泛白，月亮的銀馬回到馬廄。姑姑塞勒涅駕著馬車，滿月劃過天際，在空中照亮大地。透過她明亮的面龐，我將恐怖的屍體拖到船上，敲擊打火石，看火焰燃起。她現在會告訴海利歐斯了。我父親隨時會出現，孩子受到羞辱，父親肯定無比憤怒。他肩膀會將天花板壓得吱呀作響。可憐的孩子，我可憐被放逐的孩子。我眞不該讓宙斯把妳送到這裡。

屋子光線變白，然後變黃。海風席捲，但都不足以吹散燒屍體的惡臭。我父親這輩子從來不曾那樣說話，我心裡有數。我心想，當然啦，他還是必須來一趟，就算只是來譴責我。我不是宙斯，我不能在一眨眼間殺死二十個人。我父親馬車升起，天邊出現一絲白色天光，我朝他說，你聽說我幹了什麼好事嗎？

影子緩緩在地面移動。陽光照亮我雙腳，接著照到長衫裙襬。時間一分分過去。沒有人來。

我心想，也許眞正令人驚訝的是，這事居然這麼晚才發生。我倒酒時，叔叔雙眼常盯著我瞧。他們總會設法碰我，捏一下，摸一把，手滑到我衣衫的袖子裡。他們全都有妻子，所以圖的不是結婚。遲早有人會來侵犯我，然後塞給我父親一大筆錢。大家都不丟臉。

陽光照耀織布機，雪松氣味瀰漫空中。我想起代達羅斯滿是疤痕的手，還有那雙手爲我帶來的快樂，一切都像條火燙的線燒過我腦袋。我指甲掐進手腕。世上有許多預言。神殿祭司會吸入神聖白煙，說出他們從預言中看到的眞相。**認識自己**四個字刻在神殿門上，但我卻一直對自己很陌生，爲了莫名的原因，看自己像石頭一樣無感。

代達羅斯有次告訴我一個故事，克里特島的貴族以前會雇他增建房子。他會拿著工具過去，開始拆牆拆地。但只要他發現底下有必須先修好的問題，他們就會皺起眉頭。**這跟我們講好的不一樣！**

他說，當然不一樣，但問題出在基礎上。你看，就在這，清楚明白。看到這梁有裂縫嗎？看到蟲在咬地板嗎？看到石頭沉到沼澤裡了嗎？

那些說明只讓貴族更生氣。**你挖起來之前都還好好的！我們不付錢！蓋起來，重新鋪好。**

這房子撐了這麼久，一定還能再撐更久。

於是他將問題封起，下一季屋子就垮了。他們會來找他，要回他們的錢。

「我跟他們說了。」他說。「我跟他們說了好幾遍。牆都腐爛了，只有一個辦法。」

我喉嚨上紫色的瘀傷邊緣變青色了。我按了按，感到碎裂的劇痛。

我心想，拆掉。拆掉重建。

他們一一來到島上，我不知道爲什麼。也許命運轉動，也許貿易和船的路線有變化，也許空氣中飄著某種香氣，昭告天下，有許多寧芙在島上生活。船開進我的碼頭，像是被繩子拉扯一般。男人嘩啦嘩啦涉水上岸，顧盼四周，心滿意足。充足的水源、獵物、魚和水果。**而且我好像看到樹林有冒煙。有人在唱歌嗎**？

我大可以施法，用幻象籠罩全島，不讓別人靠近，這我辦得到。讓我平順的海岸變成充滿凹凸岩石和漩渦，還有無法攀爬的嶙峋峭壁。他們會繼續航行，我永遠不需見到他們，或再見到任何人。

我心想，不。現在太遲了，有人發現我了。讓他們看看我是誰，讓他們知道世界不如他們所想。

他們走上小徑，越過花園鋪設的石板。他們都說著同樣絕望的故事：迷路了，疲憊不堪，沒有食物。我能幫忙的話，他們會很感激。

少數幾批人，我讓他們平安離開。但數量少到我用手就數得出來。這些人不將我視爲晚餐。他們爲人虔敬，也確實是迷了路，我會招待他們。要是當中有英俊的人，我可能會帶他上床。那不是欲望，甚至跟欲望一丁點關係都沒有。那像是洩憤，像是我拿刀割自己，證明我的皮膚還是自己的。但我喜歡我找到的答案嗎？

「離開吧。」我告訴他們。

他們跪在我黃色的沙灘上。「女神，」他們說，「至少告訴我們妳的名字，這樣我們才能向妳祈禱感謝。」

我不想要他們的祈禱，不希望我的名字出現在他們嘴邊。我想要他們離開。我想要在海中反覆刷洗自己，直到鮮血汩汩流出。

我好希望下一艘船出現，這樣我才能再看到他們血肉撕裂。

船上總是有個領袖。他身材不見得最高大，不一定是船長，但他是會帶頭下令做出殘忍暴行的人。他有冰冷的眼睛，總會梭巡繞圈讓人緊張。詩人會說像蛇一樣，但我那時比較懂蛇了。誠實的蝮蛇，只會在受到驚擾時攻擊我。

男人來時，我再也不讓動物離開。我讓牠們隨意走動，出入花園，或鑽到桌下。男人走在野獸之間，看到一口口尖牙，再加上牠們莫名溫馴，使男人都不禁全身發抖。對此我很滿意，也不再假裝自己是凡人。我每次都會露出我發光的黃色眼珠。但這都沒差。我就一個人，而且是個女人，這是唯一的重點。

我會設好宴席，端出肉、乳酪、水果和魚，我也會拿出最大的銅碗裝滿酒。他們會大口吃喝，拿起滴著油的羊肉，塞進喉嚨。他們會倒一杯杯酒，滋潤他們的嘴，還潑得桌上都是酒漬。他們嘴上會沾著大麥和藥草，並對我說，酒碗空了，去裝滿。這次加多點蜂蜜，這酒有種苦味。

我會說，當然好。

他們塡飽肚子後，會開始觀察四周。我發現他們注意到大理石地，盤子和我精美的衣服。他們會露出邪惡的笑容。如果我敢讓他們看到這一切，可想而知，後頭藏著更棒的東西。

「女主人？」領袖會說。「別告訴我，妳長這麼美，結果卻是自己一個人住在這裡？」

「喔，對呀。」我會回答。「確實只有我。」

他會微微一笑。他情不自禁，況且他也沒害怕過任何事。有什麼好怕的？他已經確定過，門旁沒掛著男人的披風，沒有獵人的弓，沒有牧羊人杖。屋裡沒有哥哥、爸爸和孩子的跡象，事後不會有人報仇。如果我很重要，對方一定不會讓我獨自生活。

「眞令人難過。」他說。

凳子會刮擦過地板，他會站起。眾人明亮的眼睛會看著我。他們想看到我不知所措，看到我退縮和哀求。

這是我最喜歡的一刻，看他們皺起眉，想弄懂爲何我不害怕。我感覺得到，他們體內的藥草像琴弦，就待我去撥動。我享受他們臉上的疑惑，內心漸漸升起的恐懼。然後我施下咒語。

他們的背會拱起，逼得四肢非得著地；他們的臉會腫起，像溺水的屍體；他們會手腳亂舞，翻倒椅凳，把酒灑了一地；他們的尖叫會變成刺耳哼聲。我相信這過程很痛苦。

我會把領袖留到最後，讓他眼睜睜看著一切。他會縮成一團，身體貼著牆。拜託，饒了我，饒了我，饒了我。

我會說，不。喔，當然不行。

一切都結束之後，就只剩把牠們趕進圍欄裡。我會舉起梣木杖，牠們就乖乖跑進去。等關上柵門，牠們會擠在欄杆前，豬眼濡溼，流著最後一絲人類的眼淚。

我的寧芙一句話都沒說，但我猜她們有時會透過門縫偷看。

「女主人瑟西，又一艘船來了。我們要回房間嗎？」

「謝謝。走之前替我把酒拿出來。」

我做著一件件事，織布、工作、拿廚餘餵豬、在島嶼來回穿梭。我抬頭挺胸，彷彿手中端著滿滿的巨大酒碗，碗中黑色的液體隨著腳步晃動，總是差點灑出，但從未眞的潑出來。只是當我停下或躺下，我就會感到自己在流血。

寧芙的意思是新娘，但這世界其實不這麼看我們。我們像桌上無限供應的美食，美麗迷人又不停更換，而且不大會逃跑。

豬圈的柵欄年久失修。有時木頭變形，豬會逃出去。通常牠會從懸崖跳下去。海鳥會很開心，牠們會越過半個世界來飽餐一頓。我會站著看鳥兒撕開脂肪和肌肉。粉色的小碎肉掛在鳥喙，像蟲子一樣。如果是人，我好奇自己會不會可憐他。但那不是人。

我回家時經過豬圈，牠的朋友會望著我，露出哀求的神情。牠們呻吟尖叫，豬鼻子壓在地上。**我們對不起，眞的對不起**。

我說，你們認錯只是因爲自己被抓。認錯是因爲你們以爲我很軟弱，但你們眞的錯了。

在床上，獅子把下巴躺在我肚子上。我將牠們推開，起身又開始踱步。

他有次問我，爲什麼是豬。我們坐在壁爐前，各自坐在習慣的椅子上。他喜歡那張披著牛皮、浮雕上鑲銀的椅子。有時他會心不在焉用拇指摸著刻紋。

「不行嗎？」我說。

他露出眞心的笑。「我說眞的，我很想知道。」

我知道他很認眞。他不是個虔誠的人，但會探尋深埋的事物，這是他最高的信仰。

我內心有個答案。我感覺得到，像去年的球莖深埋內心，漸漸變大。一切的根源像樹根一樣糾纏，和當下許多事情有關，像我被壓在牆上，我獅子過世的事，我原本的咒語消失，我的豬在庭院尖叫。

把船員變形之後，我會看他們在豬圈扒地大叫，跌坐到彼此身上，笨拙又害怕。他們討厭這一切，包括柔軟的新肉、分岔的小豬腳、泡在泥巴裡的肥肚子。那是羞辱和退化。他們好想念自己的雙手，那是讓世界變得更容易親近的器官。

我會對他們說，好了啦，沒那麼糟。你們應該欣賞豬的好處。豬全身都是泥，動作敏捷，非常難抓。牠們離地很近，難以被撞倒。牠們不像狗，不需乞求人的愛。牠們在哪都活得下來，吃垃圾或碎屑就能過活。牠們看起來笨笨呆呆的，敵人會降低戒心，還有牠們很聰明，能記得你的臉。

這些傢伙從來不聽勸。事實是，男人不大會當豬。

我坐在壁爐旁的椅子上，舉起杯子。「有時候，」我跟他說，「無知是一種幸福。」

他不滿意這個答案，但那就是他古怪的地方。某方面來說，他最喜歡這樣。我看過他面對像牡蠣殼一樣，三緘其口的人，但他最後總能逼對方說出眞相。他只要看一眼，在關鍵時刻說一個字，就能打破對方心防。他一開口，世界幾乎沒人能不屈服。說到底，我覺得他最喜歡我的一點，就是我不輕易屈服。

但那是好久好久以後的事。

寧芙說，有船。好多補丁，船體上有畫眼睛。

這引起我注意。尋常海賊不會把錢浪費在漆上。但我沒去看，期待是快樂的一環。等有人敲門，我再從藥草前起身，將門大大敞開。不過，後來再也沒出現虔誠的人了，我已經好久沒遇到。像經年累月沖刷的河石一樣，我的咒語現在說得無比流利。

我將面前魔藥加了一把草根。裡面有摩里，藥發出光。

下午過去，水手沒有出現。我的寧芙回報，他們在海灘生火紮營。然後又一天過去，直到第三天，才有人來敲門。

船上的漆是他們最精緻的事物。水手個個臉上都是皺紋，像老爺爺一樣。他們雙眼布滿血絲，眼神一片死寂。他們看到我的動物，全縮了一下。

「我猜猜，」我說，「你們迷路了？肚子很餓，身心疲憊，心裡很難過？」

他們大吃一頓，又多喝了點酒。他們全身都長著肥肉，但底下的肌肉和樹木一樣硬。他們的傷疤很長，七橫八豎凸起。他們之前收穫豐富，結果有人不喜歡他們偷東西。他們是強盜，這我很確定。他們雙眼一直在打量我的財寶，嘻嘻竊喜自己遇到好機會。

我沒等到他們起身撲向我，便舉起杖，說出咒語。他們像其他人一樣，全進豬圈裡尖叫了。

寧芙幫我把翻倒的凳子扶正，擦乾淨酒漬，其中一人望向窗外。「女主人，又有一人來了。」

我有想過，剛來的船員人數不多，應該不夠操控整艘船。肯定是有人在海灘等，現在他們派個探子來找船員。寧芙倒好新酒，溜走了。

那人敲門時，我打開門。夕陽灑在他身上，襯托出他整齊的紅鬍子，以及依稀泛白的頭髮。他腰上繫著一把銅劍。我發現他不算高大，但身材強壯，關節動作靈活。

「女士，」他說，「我的船員剛才受妳照顧。我也能來作客嗎？」

我笑容滿面，展露有如父親那般明燦錚亮的光芒。「你和你朋友一樣，我都歡迎。」

我斟酒時看著他。我心想，又是另一個賊。但他只瞄一眼我奢華的衣物。衣物沒在凳子上，全落在地上。他彎腰把衣服拿起放好。

「謝謝你。」我說。「我的貓。牠們總是把東西弄亂。」

「當然了。」他說。

我替他拿了食物跟酒，帶他到我壁爐旁。他接過酒杯，坐到我指的銀椅上。我看他彎腰時臉皺一下，好像動到最近的傷。他小腿肌有條從腳踝延伸到大腿的歪扭傷疤，但那是舊疤，顏色已經變淡。他用杯子比一下。

「我從來沒見過這種織布機。」他說。「這是東方的設計嗎？」

上千個凡人走進這屋子。他們打量了每一吋的黃金和白銀，但從沒人注意過織布機。

我猶豫一會。

「埃及的。」

「啊。他們做得最好了，對不對？用第二條橫桿，而不是用織墜，這點眞的很聰明。這樣織緯線更有效率。我眞希望能畫個草圖下來。」他聲音溫暖有磁性，有股吸引力，讓我想到海洋的潮汐。「我妻子一定很開心。織墜快把她搞瘋了。她一直說應該要有人發明更好的東西。唉，我自己沒時間去發明。這是身爲丈夫，我不稱職的一點。」

我妻子。這詞有點刺耳。這麼多年，要是那些到訪船員有妻子，他們也沒一個提到過。這人朝我微笑，黑色眼珠盯著我。他輕輕拿著金杯，彷彿隨時準備喝一口。

「不過說老實話，她最喜歡織布的一點是她工作時，周圍所有人都會以爲她聽不到他們說話。所以她能聽到許多祕辛。她會知道誰結婚了，誰懷孕了，或誰跟誰鬧翻了。」

「聽起來你妻子是個聰明的女人。」

「她是。我不敢相信她眞的嫁給了我，但這關乎我的幸福，所以我試著別讓她發現這點。」

我聽了噗嗤一笑。誰會這樣說話？我遇過的人都不是這樣。但同時，他身上有種感覺又令我無比熟悉。

「你妻子現在在哪？在船上嗎？」

「在家，感謝老天。我不會讓她跟這群野蠻人一起航行。她管理家務的能力比任何一個攝政王還強。」

我注意力現在全放他身上。尋常的水手不會提到攝政王，坐在銀座上也不會如此從容自在。他靠在浮雕椅臂上，好像那是他的床。

「你罵船員野蠻人？」我說。「他們感覺和其他男人沒什麼差別。」

「妳人眞的很好，但平常他們行爲舉止恐怕就跟野獸一樣。」他嘆口氣。「是我的錯。身爲船長，我應該好好約束他們。但我們在打仗，妳知道戰爭能讓最好的人墮落。而這些人，雖然我很愛他們，但他們絕不是最好的人。」

他說得真摯坦率，好像我很能理解他一樣。但關於戰爭，我唯一知道的是父親提到泰坦神的故事。我喝了口酒。

「就我看來，戰爭像是人類犯蠢的選擇。不論最後得到什麼，在死之前他們也只能享受幾年。而且比起打勝仗，他們更可能中途就戰死。」

「其實還跟榮耀有關。但真希望妳能跟我們將軍聊聊，也許能替我們省去不少麻煩。」

「這場戰爭是爲了什麼？」

「理由一大串，我看看能不能記得全。」他手指彈動。「復仇、肉欲、驕傲、貪婪、力量。還有什麼？啊，對，虛榮和憤怒。」

「聽起來像是眾神尋常的一天。」我說。

他大笑抬起手。「那是妳身爲神的特權，女士。我只能慶幸許多神和我們共同作戰。」

身爲神的特權。這麼說，他知道我是女神，但沒有表達出任何敬畏。我就像他的鄰居，他像是靠在我家欄杆，和我討論著無花果收成的事。

「眾神和凡人一起打仗？誰？」

「赫拉、波塞頓、阿芙蘿黛蒂。當然還有雅典娜。」

我皺起眉頭。我沒聽說這件事。但話說回來，我當然沒法聽說了。荷米斯早已離開，我的寧芙不關心世界新聞，坐在我桌邊的男人都只想著塡飽肚子。我的生活限縮到我的視線內和觸手可及之處。

「別怕。」他說。「我不會發表長篇大論，但那就是我手下蓬頭垢面的原因。我們在特洛伊的海岸征戰十年，現在他們拚老命想回家鄉，回到壁爐旁。」

「十年？特洛伊一定是個難攻的要塞。」

「喔，它是夠堅固，但不是因爲對方的力量，其實是我們太弱，才讓戰爭拖這麼久。」這點也讓我很驚訝。不是因爲他說出實話，而是他居然承認了。這自嘲讓人降低了戒心。

「這樣離家很久了。」

「現在又更久了。我們從特洛伊出發已是兩年前的事。返程的旅途又比我所想還困難。」

「所以別再管織布機了。」我說。「事到如今，你妻子大概已經放棄你，自己發明更好的織布機了。」

他的表情依然輕鬆，但我看到他臉上的細微變化。「妳說的很有可能。我們家土地大概也變大了一倍，她辦到這點我也不會訝異。」

「你家的土地在哪？」

「靠近阿爾戈斯。從事養牛和種大麥。」

「我父親也有養牛。」我說。「他喜歡純白的牛皮。」

「純白的牛不好養。他一定很注意配種的事。」

「喔，沒錯。」我說。「這是他唯一在乎的事。」

我觀察他。他雙手寬大，長滿厚繭。他拿著杯子比來比去，酒微微搖晃，但從沒灑出。而且他不曾把酒杯拿到嘴邊。

「很抱歉，」我說，「看來我的酒不合你胃口。」

他低頭，彷彿意外酒杯仍在手中。「對不起。我跟妳聊得好盡興，忘了喝。」他指節敲敲太陽穴。「我的手下說，要不是我頭長在脖子上，我一定也會忘了帶腦袋。妳剛說他們去哪了？」

我想大笑，有點暈陶陶的，但我語氣和他一樣平靜。「他們在後院，那裡有塊舒服的樹蔭。」

「我不得不說，我覺得妳不簡單。」他說。「他們跟我在一起，從來沒這麼安靜過。妳一定感化了他們。」

我聽到嗡嗡聲，彷彿是下咒之前的聲響。他的目光像磨利的刀。這一切都只是序曲，我們好像在演一齣戲，不約而同站起來。

「你沒喝醉。」我說。「這很聰明。但我畢竟是女巫，而你在我家。」

「我希望我們能理性處理這件事。」他將酒杯放下。他沒拔劍，但手放在鞘上。

「武器嚇不了我，血也是。」

「那妳比大多數的神都勇敢。我有次看到阿芙蘿黛蒂因爲一道擦傷，把孩子丟下。」

「女巫沒那麼嬌貴。」我說。

他的劍鞘隨他征戰十年，充滿凹痕，他疤痕累累的身體繃緊，準備就序。他雙腿不長，但肌肉飽滿。我皮膚發麻。還有，我發現他很帥。

「告訴我。」我說。「你腰間好好保管在袋裡的是什麼？」

「我找到的藥草。」

「黑色的根。」我說。「白色的花朵。」

「沒錯。」

「但凡人不能摘取摩里。」

「對。」他簡單回答。「凡人不行。」

「誰摘的？不用回答，沒事，我知道是誰。」我想到荷米斯好幾次看我摘花，還逼問我咒語。「如果你有摩里，又為何不喝酒？他一定告訴過你，我施的咒都傷不了你。」

「他告訴我了。」他說。「但我這人有個怪癖，就是特別謹慎，這點很難改。我很感謝狡詐之神荷米斯的提醒，但我不知道他可不可靠。也許幫妳把我變成豬，才是他想開的玩笑。」

「你向來這麼多疑嗎？」

「我能說什麼？」他雙手一攤。「這世界很醜陋。我們必須在裡面求生存。」

「我想你就是奧德修斯。」我說。「你和荷米斯有血緣關係。」

這麼沒頭沒腦的一句話，他聽了絲毫不感驚訝，顯然是很習慣面對神。「而妳是瑟西女神，太陽神之女。」

他吐出我的名字。我內心燃起一種感覺，激烈且渴望。我心想，他確實像海潮一樣。每當你一抬起頭，就會發現海岸消失了。

「大多數人不知道我是誰。」

「就我經驗而言，大多數人是白痴。」他說。「我不得不說，妳差點害我露餡。妳父親是養牛的？」

他臉上掛著笑，想逗我笑，好像我們只是兩個愛惡作劇的孩子。

「你是國王嗎？還是貴族？」

「王子。」

「好，奧德修斯王子，我們陷入僵局了。你有摩里，我有你的手下。我不能傷害你，但你如果攻擊我，他們永遠無法回復原形。」

「這就是我擔心的。」他說。「當然，妳父親海利歐斯肯定會積極來尋仇。我完全不想面對他的憤怒。」

海利歐斯絕不會爲我復仇，但我不用告訴他這點。「你必須了解，你手下想把這裡洗劫一空。」

「這點我道歉。他們是一群傻子，年紀尙輕，我太放任他們了。」

這不是他第一次道歉。我雙眼望著他，好好端詳他。他有點讓我想到代達羅斯，態度冷靜，充滿機智。但在輕鬆之下，我也覺得他身上有代達羅斯不曾出現過的焦慮。我想要看那底下究竟是什麼。

「也許我們可以找個不同的方法。」

他手仍在劍鞘上，但他說得像是在討論晚餐要吃什麼。「妳有什麼提議？」

「你知道，」我說，「荷米斯曾告訴我關於你的預言。」

「喔？什麼預言？」

「你注定會來到我家。」

「然後呢？」

「就這樣。」

他驚訝地揚起眉毛。「這恐怕是我聽過最無聊的預言了。」

我大笑。我也感覺自己像是峭壁上的老鷹，爪子仍抓著岩石，但我的腦袋已飛在空中。

「我提議停戰。」我說。「試一試。」

「試什麼？」他身體前傾。這姿勢的意義未來我會更明白，就算是他也無法掩飾所有事情。只要碰上挑戰，他就會迫不及待接受。他皮膚上有著勞動和海洋的氣味。他有十年的故事。而我像春天的熊一樣，感到活力滿滿，飢腸轆轆。

「我聽說，」我說，「許多人在愛情中找到信任。」

他嚇一跳，喔，我喜歡看到他試著掩飾之前那瞬間的反應。

「女神，只有傻瓜會拒絕妳的青睞。但說實話，我也覺得只有傻瓜才會答應。我是凡人。我放下摩里，和妳躺到床上，妳就能下咒了。」他頓了頓。「當然，除非妳願以冥河之名發誓不傷害我。」

冥河之誓連宙斯都無法打破。「你很小心。」我說。

「這點我們兩人很像。」

我心想，不，我一點都不小心。我很魯莽，一股腦向前。我感覺得到，他是另一把刀。不同的刀，但依然是把刀。我不在乎。我心想，把刀給我，有些事流血也值得。

「我會發誓。」我說。

16

後來好幾年之後，我聽到了敘述我們見面的詩歌。唱歌的男孩歌聲不好，經常走音，但荒腔走板之下仍聽得出歌詞的美妙音韻。歌中對我的描述毫不意外，就是在說驕傲的女巫倒在英雄的劍下，跪地求饒。詩人大半時間都在貶低女人。好像我們不倒地嚶嚶哭泣，就算不上是好故事。

我們躺在我寬大金色的床上。我原本希望他能全身放鬆，快樂又熱情，對我毫無保留。但他一直有所保留，不過該看到的還是都看到了。我們之間確實有些信任感。

「我其實不是從阿爾戈斯來的。」他說。火光在我們身上閃爍，在床單投出長影子。「我的故鄉是伊薩卡島。那裡都是石頭，不適合養牛。我們養山羊，種橄欖樹。」

「戰爭呢？也是虛構的嗎？」

「戰爭是眞的。」

他從不鬆懈，看起來像能擋住陰影中刺出的長矛。但他漸漸露出疲憊感，像是潮水退去，岩石露出。依待客之道，在他吃飽喝足之前，我不該問他問題，但我們不在意這種繁文縟節。

「你說你這趟旅程很辛苦。」

「從特洛伊出航時，我們總共有十二艘船。」他的臉在黃光下像面盾牌，傷痕累累，充滿皺紋。「現在只剩我們一艘。」

我情不自禁感到震驚。損失十一艘船相當於死了五百個人。「怎麼會發生這種災難？」

他像在解說食譜一般述說著故事。暴風雨將他們吹到世界另一頭。那塊土地充滿食人族和報復心重的野人，還有些愛享樂、麻痺自己的人。他們被獨眼巨人突襲。這野蠻的獨眼巨人名字叫波利菲莫斯，是海神波塞頓的兒子。他吃了六個人，吸吮他們的骨頭。奧德修斯不得不將他弄瞎才逃出來，現在波塞頓在海上追著他們報復。

難怪他跛腳，難怪他臉色蒼白。**這是個面對過怪物的男人**。

「雅典娜原本都引導著我，現在她拋下我了。」

我聽到她名字也不意外。宙斯聰明的女兒最欣賞的就是計謀和發明。他正是她會珍惜的那種男人。

「怎麼冒犯到她了？」

我不確定他會回答，但他深吸一口氣。「戰爭是罪惡的溫床，我也不例外犯下大罪。我請求她原諒時，她總是會原諒我。後來我們攻城，神殿被夷爲平地，鮮血灑在祭壇。」

讓眾神的聖物被血汙染，這是最大的瀆神之罪。

「我和其他人一起犯下這些事，但其他人留下來向她祈禱時，我沒留下。我……失去了耐心。」

「你打了十年仗。」我說。「這不難理解。」

「妳人眞好，但我想我們都知道實情不是如此。我一上船，周圍的海洋便憤怒地抬高起來。天色驟暗，化爲鐵灰色。我試著將艦隊調頭，但爲時已晚。她掀起的暴風雨將我們吹離特洛伊。」他搓揉指節，彷彿手在發疼。「現在我向她說話，她都不回答。」

災難一場接著一場。即使他全身疲憊，內心悲傷，他仍走進女巫的屋子，坐到壁爐前，只散發魅力和笑容。那是多大的決心，以及毫不懈怠的意志力。但人都有極限，他現在神情憔悴，精疲力竭，聲音沙啞。我說他是把刀，但我發現他已被刮到剩下骨頭。我看著他倍感心痛，便帶他來我床上，明明是大膽的挑逗，但我內心點燃的感覺卻更古老。他躺在床上，身體敞開在我面前。**這是我能修補的事物**。

我手裡捧著這想法。第一批船員來時，我是個非常渴望證明自己的人，準備討好任何對我展露笑顏的人。現在我是個壞心的女巫，用一個個豬圈來證明自己的力量。我突然想到荷米斯以前常給我的測驗。我會哭得像無味軟爛的無脂奶，還是像鷹身女妖哈比一樣有顆鐵石之心？當隻笨海鷗，還是邪惡的怪物？

那些不該是唯一的選擇。

我牽起他的手拉他起來。「奧德修斯，拉爾特斯之子，你遭遇極大的困難。你像是冬天的葉子一樣乾枯。但這裡是你能休息的港灣。」

他眼中流露的安心感，讓我全身溫暖。我帶他到客廳，要寧芙照顧他。她們為他在銀色澡缸放水，讓他洗淨身上汗水，並為他帶來全新衣物。然後他全身光潔亮麗站到我們堆滿食物的桌前。但他沒有坐下。「請原諒我。」他說，雙眼望著我。「我不能吃。」

我知道他想要什麼。他沒有發怒，也沒有哀求，只等待著我的決定。

我感覺我身旁的空氣都閃耀金光。「來。」我說。

我走出屋子，來到豬圈前。我手一碰，柵門便敞開。豬大聲尖叫，但他們看到他跟在後頭，就比較不害怕了。我把油沾在豬鼻上，唸了段咒語。他們的豬毛落下，回復成人形站起。他們跑向他，一邊哭，手一邊伸向他。他也哭了，聲音不大，但淚水嘩啦嘩啦流下，最後連鬍子都溼了。他們就像是一個父親跟一群任性兒子重逢。出發去特洛伊時他們才幾歲？大多數人都不過是孩子的年紀。我站在一邊，像牧羊人看著牲口。「歡迎你們。」他們哭得差不多時我說。「把船拉到沙灘上，把船員都帶來。我歡迎你們所有人。」

他們當天晚上飽餐一頓，大笑大鬧，互相敬酒。他們鬆了口氣，精神煥然一新，看起來更年輕了。奧德修斯的疲勞也消失。我從織布機前看著他，好奇觀察他身為領袖的樣貌。他也很擅長當領袖。他會興味盎然看他們搞怪，接著稍微斥責一下，再露出寬慰又無奈的神情，讓大家放心。他們都圍著他，像蜜蜂圍著巢一樣。

盤子都空了，船員在凳子上打盹，我給他們毛毯，要他們自己找舒服的地方睡。幾個人在空房間呈大字形睡了，但大多數人去外頭，睡在夏夜星空下。

只有奧德修斯留下來。我帶他到壁爐的銀椅上，替他倒杯酒。他神情愉快，身體再次向前傾，彷彿渴望傾聽我要說的一切。

「你欣賞的織布機，」我說，「那是一個叫代達羅斯的工匠做的。你知道他嗎？」

我慶幸能看到他眞實的驚訝和喜悅。「難怪那麼厲害。我可以試試嗎？」

我頭一點，他馬上過去。他一手動橫槓，從底拉到上方。他的動作充滿敬意，像是在祭壇的祭司。「妳怎麼會有？」

「是禮物。」

他眼中有點猜疑，充滿好奇，但沒再多問。他只說：「我還小的時候，每個人都玩著和怪物角力的遊戲，想像自己是海克力士，但我總想像自己是代達羅斯。他看著木頭和鐵，就能構思出不可思議的事物，我覺得他是更厲害的天才。我後來好失望，因爲發現自己沒有這份才能。我老是切到手。」

我想到代達羅斯雙手上的白疤，但我沒說。

他手放在側桿，彷彿摸著愛犬的頭。「我可以看妳織布嗎？」

我織布時不習慣有人靠這麼近。紗線感覺變粗，纏著我的手。他雙眼跟著每個動作，問我每個地方的作用，跟一般織布機有何不同。我盡我所能回答他，但最後我不得不坦承，我無從比較。「這是我唯一用過的織布機。」

「這是多大的快樂。就像一輩子都喝酒，不曾喝過水。像叫阿基里斯替你跑腿。」

我不認得這名字。

他以詩人般的聲調娓娓道來。阿基里斯是佛提亞的王子，全希臘速度最快的人，也是特洛伊的亞該亞人中最強的戰士。他母親是可怕的海寧芙忒提斯。阿基里斯英俊瀟灑，傑出超群，和海洋一樣優雅又致命。特洛伊人遇到他都一一倒下，像雜草遇到鐮刀一般，就連強大的赫克特王子也死在他梣木長矛下。

「你不喜歡他。」我說。

他會心一笑。「我很欣賞他。但不論他殺多少人，他都是個爛士兵。他對於忠誠和榮譽有許多遲疑。要將他拉攏到我們這方，不偏離我們的目標，每天都是場掙扎。後來他內心最好的那部分死了，此後，他變得更難相處。但如我所說，他母親是個女神，預言像海草一樣纏在他身上。他其實在和更龐大的命運搏鬥，這我永遠無法了解。」

這不算謊言，但也不是實話。他曾說雅典娜眷顧他，也曾和能將世界像蛋一樣打破的神並肩作戰。

「他內心最好的部分是什麼？」

「他的愛人，帕特羅克洛斯。他本來就不喜歡我，但話說回來，好人都不喜歡我。愛人之死讓阿基里斯瘋了，或者說，幾近瘋狂。」

我已從織布機轉過身來。我想看他說話時的臉。透過窗，黑色的天空慢慢變灰。一隻狼枕在爪掌上，嘆口氣。我看他最後猶豫一會。「女神瑟西，」他說，「愛以亞島的金色女巫。我們受妳照顧，我們也確實需要休息。我們的船破爛不堪，船員接近崩潰。我實在羞於再要求更多，但我想我不得不開口。我希望我們能待一個月。這樣會太久嗎？」

我內心好快樂，像蜂蜜滑入喉嚨。但我表情平靜。

「我覺得一個月不會太久。」

白天他修船。晚上我們會坐在壁爐前，一起陪船員吃晚餐。夜更深時，他會來到我床上。我手摸過他歪曲的疤痕。床上很快樂，但其實最大的快樂是事後，我們會躺在黑暗中，他會講特洛伊的故事，一矛一矛為我勾勒出戰爭的畫面。他們驕傲的領袖，阿伽門農國王，像打壞的鐵一樣脆弱；王弟墨涅拉俄斯的妻子海倫遭綁架，引發了這場戰爭；有勇無謀的英雄埃阿斯，壯得像一座山；奧德修斯的二把手狄俄墨德斯，個性無情殘酷。接著是特洛伊人那邊。英俊的帕里斯王子，是個朗聲大笑的賊，就是他奪走了海倫；他父親是特洛伊國王皮安姆，有一把白鬍子，眾神因為他溫文有禮都愛他；王后赫庫芭有著戰士魂，她生下許多優秀的孩子；大王子赫克特是王位繼承人，情操高尚，更是偉大城市的堡壘。

我心想，還有像螺旋貝殼的奧德修斯，永遠轉個彎，讓人看不到。

我開始了解，他為何會說自己的軍隊有弱點。他們動搖的不是身體，而是紀律。這群人非常驕傲，任性暴躁，不肯低頭，人人都覺得少了自己，戰爭勢必失敗。

「妳知道眞正贏了這場戰爭的是誰嗎？」他有天晚上問我。

我們躺在床腳地毯上。過一會，他的精力回來了，雙眼明亮，像暴風雨中的閃電。他說話時，同時是辯士、詩人和路邊吹牛皮的傢伙。他立論爭辯，說學逗唱，並拉開布簾，讓你一窺世界的祕密。他觀點聰明，但吸引人的不光是他說的話，而是一切加乘的效果，包括他的表情、手勢和抑揚頓挫。我會形容那像是他的魔咒，我懂的咒語中沒有一個能比擬。這是他個人獨到的才能。

「當然將軍有出一份力，他們確實提供了資金。卻總是叫你進帳篷，報告自己在做什麼，而不會放手讓你去做。詩歌會提到許多英雄，他們也有貢獻。阿基里斯戴上頭盔，在戰場上劈出一條血路，平凡人的心會隨之鼓動。他們會想到未來流傳的故事，並渴望成爲其中一份子。**我曾在阿基里斯身旁戰鬥，我曾和埃阿斯一同高舉盾牌，我感受到他們揮矛甩動傳來的陣陣風勢**。當然那些平凡的士兵也有貢獻，雖然他們軟弱不穩定，但他們團結一心時，能帶你走向勝利。只是最後的最後必須要有一隻手將一切結合，還需要有一顆腦袋確認戰爭的目標，而且無論要付出什麼樣的代價，都不退縮。」

「那就是你了。」我說。「這代表你終究像代達羅斯。只是你組裝的不是木頭，而是把人組合起來。」

他對我露出一個表情，烈得像是野人喝的無調和純酒。「阿基里斯死後，阿伽門農稱我是希臘最強大的戰士。其他人英勇戰鬥，但他們見到戰爭的眞面目後都退縮了。只有我能夠狠下心，做該做的事。」

他赤裸的胸膛有著一道道傷疤。我輕輕敲了敲，像是要聽聽裡頭裝了什麼。「例如？」

「你答應間諜會饒了他們的命，但在他們洩密之後，還是殺了他們；你必須痛打叛變的人；必須安撫英雄的不滿；還有，你必須不惜代價維持士氣。偉大的英雄菲羅克特特斯傷口潰爛，瘸了條腿時，士兵因此喪失了勇氣。於是我在島上拋下他，並說他是自願留下。埃阿斯和阿伽門農就算打到死，恐怕都攻不破特洛伊死鎖的城門，但我想出了巨大木馬的詭計，我編造故事，說服特洛伊人將木馬拖進城內。我和選出的戰士躲在木馬肚中，只要有人受不了壓力，怕得發抖，我就割開他喉嚨。等特洛伊人終於入睡，我們像狐狸闖進雞籠，撕開他們柔軟的羽毛。」

這不是宮廷唱誦的詩歌，也不是偉大黃金年代的故事。但不知何故，從他口中說出，我不覺得卑鄙低下，反倒感覺正氣凜然，備受鼓舞，務實又高明。

「如果你知道其他國王的德性，又爲何一開始要參戰？」

他揉揉臉頰。「喔，因爲我發過一個蠢誓，要捍衛海倫和墨涅拉俄斯的婚姻。我有想過躲避那誓言。當時我兒子才一歲，我覺得婚姻生活才剛開始。我心想，要追求榮耀，未來還有機會。阿伽門農的謀士來徵召我時，我就故意裝瘋賣傻，全身脫光，跑到冬天的土地上犁田。結果他把我襁褓的兒子放到犁刀前。我當然停下來，於是我和其他人一起被徵召了。」

心酸的矛盾，爲了保住兒子，卻必須失去他。

「你一定很憤怒。」

他雙手舉起，然後放下。「世界是個不公不義的地方。看看阿伽門農的謀士發生的事。這人叫帕拉梅德斯，從軍表現非常好，但有天守夜時，他不幸失足摔到坑裡。就這麼剛好，有人在坑底設了尖棍。那眞是我們的一大損失。」

他雙眼閃爍。如果阿基里斯的愛人帕特羅克洛斯在場，他可能會說，王子，你不是眞正的英雄，既不是海克力士，也不是伊阿宋。你不老實，沒一句話是發自眞心。你在閃耀的太陽下，做出許多不高尙的行爲。

但我見過伊阿宋。我知道人在太陽底下能做出什麼事。我沒說什麼。

一天天過去，一夜夜我和他們相處。我的屋裡擠了大概快五十人，我這輩子第一次處在一群凡人之間。他們脆弱的身體需要無盡的照顧，要吃要喝，要睡覺休息，要清潔四肢和排泄。我心想，凡人一遍遍打理自己眞的好有耐心。第五天，奧德修斯手上的錐子滑開，刺到拇指。我替他塗抹藥膏，用咒語防止感染，但傷口仍花大半個月才癒合。我看到他臉上的痛苦費了點時間才慢慢消失。現在傷口好痛，現在傷口又痛了，現在、現在……那還只是他諸多不適的其中一個，他還會脖子僵硬，胃酸過多，舊傷經常發疼。我雙手摸過他凸起的疤，盡量舒緩他的感覺。我跟他提議讓我把傷疤去除。他搖搖頭。「這樣我要怎麼認得自己？」

我暗暗高興。其實傷痕很適合他。他是歷久不衰的奧德修斯，這名號刻在他皮膚上。不論誰看到他，都會行禮說，這是個看過世界的男人，是個有故事的船長。

那段日子，我其實也能透露自己的故事，包括海怪斯卡拉、漁夫葛勞克斯、我弟弟埃帖斯和妹妹的牛頭寶寶米諾陶。也可以講石牆是怎麼深深刺著我的背，以及屋子地板全是血，反射著月光。或是說說我如何將屍體一個個拖下山坡，用他們的船燒了。我可以形容血肉撕裂、重新塑形的聲音，並告訴他，讓人變形時，若是中途停下，那半人半獸的怪物會馬上死亡。

他會神情專注仔細聆聽，冷靜無情的腦袋同時進行剖析、盤算和分類。無論我怎麼假裝自己能像他一樣隱藏想法，我都知道那不是眞的。他定能看穿我的一切，蒐集我的弱點，歸納排列到阿基里斯和埃阿斯的弱點旁。他會像藏刀一樣將別人的弱點帶在身上。

我低頭看著自己身體，赤裸躺在火光中，想像上面寫滿歷史。我的手掌會有雷電的紋路，手會少幾根手指，還會有切藥草時，切到的上千次傷痕；父親的火焰會燒出一道道露骨凹痕，我臉皮會像半融蠟燭。而這些還只是會在表面留下痕跡的傷害。

沒人會向我致敬行禮。埃帖斯怎麼叫醜寧芙的？**世上的一抹汙點**。我光滑的肚子在我手下發光，像在陽光下閃閃發亮的蜂蜜。我將他拉向我。我是金色女巫，我沒有過去。

我漸漸開始認識他的船員，這群他覺得不穩定，像船漏了水的傢伙；波里提斯比其他人舉止有禮；尤利羅丘固執又易怒；瘦臉的艾本諾笑聲像刺耳的貓頭鷹叫。他們讓我想到狼寶寶，只要肚子塡飽，難過就一掃而空。我經過時他們會低下頭，彷彿想確定自己雙手還在。

他們每天都在玩遊戲，還會比賽跑上山坡或跑過海灘。他們總是氣喘吁吁跑來找奧德修斯。你可以當射箭比賽的裁判嗎？擲鐵餅大賽？擲矛大賽？

有時他會和他們一起笑，有時卻會大吼或打他們。他其實沒有他裝得那麼平易近人，沉著冷靜。和他生活像站立在海邊。海水每天都是不同顏色，海浪高度都不同，但總是不眠不休，猛力將一切拉向地平線。他船上的欄杆斷掉時，他氣呼呼把欄杆踢下船，將碎片扔到海裡。隔天他會板著臉，拿著斧頭進森林，尤利羅丘想來幫忙，他還齜牙將他趕走。他是能控制自己，擺出他駕馭阿基里斯的那張臉，但他會累，而且事後，脾氣會變得無比暴躁。船員這時會悄悄溜走，我從他們臉上看到困惑。代達羅斯曾對我說過：**再好的鐵，擊打太多次都會變得脆弱**。

我像油一樣光滑，像水面無風一樣平靜。我轉移他注意力，問他探索異國、接觸異人的旅行故事。他告訴我門農軍隊的事，門農是黎明女神和衣索比亞國王的兒子；還說了亞馬遜的女騎手都拿著新月盾牌。他聽說埃及有法老是女扮男裝，也聽過印度傳聞說那邊的螞蟻有狐狸大，牠們會在沙丘中挖黃金。他還知道北方有群人不信泰坦神歐開諾斯的河環繞地球，覺得是一隻巨大毒蛇繞著地球，牠和船一樣粗，永遠飢腸轆轆。大蛇因爲飢餓不斷向前，一口口吞噬著一切，等有一天牠會將世界吃光，將自己也吃光。

但不管他去過多遠的地方，總是會回到伊薩卡島。回到橄欖園和山羊，回到他忠心的僕人和一手養大的獵狗身邊。他會見到他高貴的父母和小時候的保母，回到他初次獵野豬的故鄉，他腿上長疤就是獵野豬給的紀念品。他的兒子特拉馬庫斯會從山上採來藥草。**他對藥草會瞭若指掌，我以前也是。每個王子都必須熟悉自己的土地，而最好的學習方法就是牧羊**。他不曾說過，要是回到家，一切卻已化爲灰燼怎麼辦？但我知道他有這念頭，那念頭彷彿有個身軀，在黑暗中吞蝕著他。

秋天來臨，天光變暗，青草在腳下枯萎。一個月很快過去。我們躺在床上。「我覺得我們必須早點離開，不然就要待完一整個冬天了。」

窗子敞開，微風吹過我們。這是他的伎倆，像盤子放到桌上一樣將句子說出，看看妳會怎麼反應。但我沒想到他繼續開口。「我會留下來，如果妳願意的話。但只會到春天。海一能航行，我馬上會離開。一個冬天而已，沒差多少時間。」

最後一句不是說給我聽的，而是在腦中默默和人辯論。也許是船員或他妻子，我不在乎。我別開臉，不想讓他看到我的喜悅。

「我願意。」我說。

在那之後，他好像卸下了某種壓力，那是我之前都沒察覺到的壓力。隔天他和船員哼著歌，走到海岸。他們將船拖入洞穴，把船固定好，船帆捲起，所有器材妥善收好，以預備度過冬天風暴。

有時我會發現他在觀察我。他神情專注，開始隨意向我打探大小事。他問這座島的事，問我父親、織布機、我的人生和巫術的事。我那時已經熟悉他這表情。這表情像是他看到有三隻大腳的螃蟹，或愛以亞島東方詭異的海流。好似這世界充斥著上百萬個謎團，而我只是其中之一。我全都沒回答，雖然他假裝不開心，但我後來發現，他從中得到莫名的滿足。他敲了門，結果門不開，這件事本身就滿新奇的，也讓他鬆了口氣。以往全世界都向他傾訴，而我則是負責聽他傾訴。

有些故事是他在大白天跟我說的。其他則是在火堆燒完，只有黑夜知道他表情的時候。

「獨眼巨人之後，」他說，「我們才終於得到點好運。我們抵達風之島。妳知道嗎？」

「艾歐勒斯王。」我說。他是宙斯的寵兒，他的工作是維持風向，將船送到世界各地。

「我懇求他之後，他便替我們加快速度，還給我一個大袋子，把逆風全裝在裡頭，所以我們會一路順風。我們乘風破浪一連九天九夜。我沒有睡覺，甚至連一小時都沒合眼，因爲我一直守著那風袋。當然我告訴手下那是什麼，可是……」他搖搖頭。「他們以爲那是我不願分享的財寶。他們在特洛伊得到的戰利品早就落入海中。但他們不想空手回家。唉。」他深吸一口氣。「妳能想像後來發生什麼事。」

我確實想像得到。他的船員現在比之前更沒規矩，能夠打混一個冬天，讓每個人都興奮不已。晚上他們喜歡玩扔酒渣遊戲，並且以木盤爲目標，但因爲他們都喝得醉醺醺，所以毫無準度可言。桌子愈玩愈髒，像經歷一場大屠殺，他們最後叫我的寧芙來清。我要他們自己清乾淨時，一個個面面相覷，彷彿如果不是我來下令，他們就會群起反抗，但他們仍記得長著豬鼻子的自己。

「最後我撐不住了。」奧德修斯說。「我睡著了。我沒感覺他們從我手中拿走風袋，直到被狂風吵醒。他們把風全倒出，把我們吹回原地，彷彿我們不曾離開。我趕的每一哩路都前功盡棄。他們以為我會為死去的同袍哀悼，我確實會。但有時候，我恨不得親手把他們殺了。他們有皺紋，但沒有智慧。在他們經歷世事，成為成熟穩重的男人之前，我就把他們帶上戰場。他們離家時都沒結婚，沒有小孩。他們沒經歷荒年，沒遇過倉庫見底的日子，卻也沒經歷豐收，學習未雨綢繆。他們沒目睹父母逐漸衰老，沒看著至親死去。我擔心我不只奪走他們的青春，也奪走他們的成長。」

他搓揉指節。他年輕時是個弓箭手，拉弓、上箭、射擊會不斷傷害雙手。他上戰場之後，就沒再拿過弓了，但疼痛仍跟著他。他有次跟我說，如果他帶弓來，就會是兩軍中最厲害的弓箭手。

「那為什麼不帶？」

他解釋，因為政治。弓箭是帕里斯的武器。而且帕里斯是個偷走別人妻子的英俊小子。「在英雄之間，大家覺得他是懦夫。不論技巧多高超，弓箭手絕不可能成為希臘最強大的戰士。」

「英雄都是白痴。」我說。

他大笑。「這我們看法一致。」

他雙眼閉上，沉默好久，我都以爲他睡著了。然後他開口：「我們那時候眞的離伊薩卡島好近好近。我都聞到海灘上漁火的味道了。」

我開始請他幫忙些小事：可以殺隻羊做晚餐嗎？能抓幾條魚嗎？我的豬圈破破爛爛了，可以修好欄杆嗎？看到他走進門拿一網子的魚，或從果園摘一籃籃水果，我都滿心歡喜。他陪我到花園，幫藤蔓立椿。我們聊到吹什麼風，還有瘦臉艾本諾習慣睡在屋頂，是不是該制止他。

「那白痴，」他說，「遲早有天會摔斷脖子。」

「我會跟他說，沒喝酒才能上去睡。」

他哼一聲。「那他沒機會上去了。」

我知道我是個傻子。即使他春天留下，又待一年，這樣的男人在我狹窄的海岸永遠不會快樂。即使我找到辦法讓他滿足，還是有別的限制，他是凡人，年紀也不輕了。我告訴自己要知足。一個冬天已經比和代達羅斯相伴的時光還長了。

我無法知足。我知道他最喜歡的食物，我會笑著看他飽餐一頓。晚上我們一起坐在壁爐前，聊著白天的事。「你覺得怎麼樣？」我問他。「就是那棵被雷打中的大櫟樹？你覺得裡面爛了嗎？」

「我去看。」他說。「如果爛了，應該不難砍斷。我會在明天晚餐前砍了。」

他把樹砍斷了，然後剩下的時間就修剪我的黑莓刺藤。「它們長過頭了。妳眞的需要幾隻山羊。四隻山羊一個月就能把黑莓吃得整整齊齊。而且只要牠們在，未來也不用擔心。」

「我要去哪生山羊出來？」

伊薩卡島這四個字卡在我們之間，彷彿打破了魔咒。

「算了。」我說。「我會把幾隻綿羊變成山羊，這樣就行了。」

晚餐時，我的寧芙開始靠近船員，帶她們喜歡的上床。這也讓我很開心。我的家族和他的家族混合在一起。我曾告訴代達羅斯，我永遠不會結婚，因爲我的手已經髒了，而且我太喜歡工作了。但這個男人雙手也是髒的。

瑟西，妳以爲他是從哪學來居家生活的事？

我妻子。每次提到她，他都這麼說。**我妻子**、**我妻子**。那幾個字，像盾牌擋在他身前。又好像鄉下人不敢直呼死神名諱，生怕死神到來，奪走心上人的心臟。

她叫潘妮洛普。他睡著時，我有時會朝黑暗唸著她的名字。那是我的挑戰，也許是種證明。看吧？她沒有來。她沒有你相信的那種力量。

我盡可能忍耐，但最後她仍是我一定要剝開的傷痂。我等著聽到他的呼吸聲，那代表他已清醒，能好好聊天。

「她是怎麼樣的人？」

他告訴我，她舉止溫柔婉約。她溫和的指令比起大吼大叫，還更讓人心驚膽顫。她非常擅於游泳，最喜歡的花是番紅花，她會將當季的第一朵花插在頭上，祈求好運。提到她時，他總有種特別的口氣，彷彿她人就在隔壁房間，好像他們之間沒有相隔十二年，沒有隔著汪洋大海。

他說她是海倫的堂妹，卻比海倫聰明睿智上千倍，雖然海倫有其聰明之處，但她絕對是牆頭草。我那時已聽過海倫的故事了，她是斯巴達的王后，宙斯的凡界女兒，也是世上最美麗的女子。特洛伊王子帕里斯，將她從丈夫墨涅拉俄斯身邊奪走，於是引發了特洛伊戰爭。

「她是自願和帕里斯離開，還是被迫的？」我問。

「誰能確定呢？我們在城門外紮營十年，這期間就我所知，她從未曾試著逃跑。但她丈夫墨涅拉俄斯一毀全城，她便全身赤裸投入他懷抱，發誓這十年是場折磨，她唯一希望的就是能回到丈夫身邊。你絕不可能從她口中聽到真相。她像蛇一樣充滿算計，一隻眼永遠看著哪裡對自己有利。」

你就不同。我暗暗心想。

「但我妻子，」他說，「她很一致，看待所有事情都很一致。即使是聰明人，有時也會誤入歧途，但她從來不會。她是顆不動的星星，筆直不曲的弓。」一陣沉默，我覺得他深深沉浸在回憶裡。「她說的話都有弦外之音，不只一個目的，但她很穩定，很了解自己。」

這句話插入我心中，滑順得像柄磨利的刀。他提到她織布那一刻，我就知道他深愛著她。但他待下來的這幾個月，我讓自己放下戒心。不過，現在我看得更清楚了。在我床上的那些夜晚，只是他冒險家的智慧。你在埃及，就該膜拜女神伊西斯。你在安納托力亞，就該爲地母神希嫡利殺隻羊。而這些全不會冒犯家鄉的雅典娜女神。

但即使我想通這點，我知道那不是完整的答案。我記得他在戰時花時間，居中周旋在國王和王子的怒氣之間，讓驕傲的戰士彼此牽制。這挑戰相當於全靠著自己的詭計，來馴服埃帖斯的吐火牛。但一回到伊薩卡島的家，他就不需面對暴躁的英雄，不用開無數議會，不用計畫深夜突襲，不用擬定孤注一擲的策略，犧牲士兵。這種人怎能返回家中，坐在壁爐旁，種種橄欖樹過日子？我發現，他和我度過平靜的居家生活幾乎是一場預演。他坐在我壁爐旁，在我花園工作，他試著想起居家生活的點滴。斧頭砍入木頭，而非砍入身體是什麼感覺。他該如何像代達羅斯的作品一樣，無縫融入潘妮洛普的生活。

他睡在我旁邊。他呼吸不時卡在喉嚨。**咔**。

妹妹帕西斐會叫我製作個愛情魔藥，把他綁在身邊。弟弟埃帖斯則會說，我應該奪走他的心志。若我將他所有思緒奪走，他空洞的腦中就只會剩下我放進去的想法，我想像他的臉。他會坐在我膝邊，眼向上望，愚蠢死忠地愛慕我，毫無靈魂。

冬天的雨落下，整座島都充滿土地的氣味。我喜愛這個季節，沙灘冰涼，白鐵筷子花綻放。奧德修斯變胖，走動時不再經常皺起臉。他的脾氣漸漸消失。我試著從中找到喜悅。我告訴自己，這就像看到花園照顧得很好，或像看到新生的小羊掙扎站起。

船員都待在屋子附近，喝酒保持溫暖。爲了助興，奧德修斯說著阿基里斯、埃阿斯、狄俄墨德斯這些特洛伊戰爭的英雄故事，讓他們在暮光中再活一次，並表演他們光榮的成就。大家全神貫注，臉上全是欽佩。水手們會敬畏輕聲說，**記住！我們行走在他們之間。我們對抗了特洛伊王子赫克特。我們的子嗣會述說這段故事。**

他笑望著大家，像寵溺孩子的父親，但那天晚上他對我嘲笑他們：「他們才不可能對抗赫克特，只會逃跑吧。有腦的人看到他都會跑。」

「包括你？」

「廢話。埃阿斯都快被他打倒了，只有阿基里斯能打敗他。在戰士中，我算不差，但我知道自己的極限。」

我心想，他確實知道。許多人閉上眼睛都在幻想自己力大無窮。但他經過調查和計算，每塊石頭、每座山丘都精準計量。他毫不留情計算過自己的天賦。

「我曾遇過赫克特。」他說。「那時才剛開戰，我們仍在假裝兩國隨時會停戰。他坐在父親皮安姆國王旁邊搖搖晃晃的小凳子上，那氣勢卻像是坐王位。他沒有像黃金一樣金光閃閃，打扮既不光鮮亮麗，也不完美。但戰爭從頭到尾他都沒變過，像是從採礦場切出來的整塊大理石。他的妻子安卓瑪希還替我們倒過酒。後來我們聽說她爲他生個兒子，名叫亞士提納克斯，意思是**城市指揮官**。但赫克特以流過特洛伊的河流之名，自己喊他叫斯卡曼德里烏斯。」

他聲音怪怪的。

「他後來怎麼了？」

「他跟所有戰時出生的小孩下場一樣。阿基里斯殺死赫克特，後來阿基里斯的兒子皮洛士攻進宮殿，他舉起亞士提納克斯，將他摔得頭破血流。如同皮洛士之前做過的一切，那畫面非常恐怖。但那是必要之舉。畢竟孩子會長大，會復仇，會一刀刺進他心臟。爲父親復仇是孩子一生最大的責任。如果他活下來，就會召集手下來追殺我們。」

窗外，銀色月光灑落一地。他不發一語，沉浸在思緒中。

「這念頭莫名令我感到安慰。如果我被殺，我兒子會出航。他會追殺那些讓我死的人。他會站到他們面前說：『你膽敢殺死奧德修斯，現在要你血債血還。』」

屋子裡一片平靜。時間已晚，貓頭鷹早已回到樹上。

「他是什麼樣的人？你的孩子？」

他搓揉著拇指根部，錐子刺到的地方。「我們叫他特拉馬庫斯，因爲我很會射箭。」那名字的意思是**遠距離戰士**。「但好笑的是，他出生的第一天哭個不停，好像我們在戰場生活一樣。女人試了她們懂的所有方法，搖他、帶他散步、用包巾將他裹起、用拇指沾酒給他吸，結果都沒用。接生婆說她從沒見過孩子哭成這副德性。就連我以前的保母都遮住耳朵。我妻子臉色蒼白，因爲她害怕孩子有什麼問題。我說，把他給我。我把他抱在身前，看著他尖叫的臉。『親愛的兒子，』我說，『你沒有錯，這世界是個瘋狂可怕的地方，值得爲此大哭大叫。但你現在很安全，我們所有人都需要睡覺。你能讓我們有一點安寧嗎？』結果他冷靜了。就在我手中安靜下來。後來再也沒有比他更乖的孩子了。他總是笑臉迎人，有人停下來對他說話，他都會大笑。女僕會找藉口來捏捏他胖胖的臉頰。『他有朝一日一定會成爲了不起的國王！』她們說那孩子，『和西風一樣溫煦』。」

他繼續述說回憶。特拉馬庫斯第一口麵包，說出的第一個字，他喜歡山羊，也喜歡躲在椅子下咯咯笑，等著被人找到。我心想，才相處一年他就有好多兒子的故事，父親看了我一輩子都沒什麼可說的。

「我知道他母親會讓他掛念著我，但我到他現在這年紀，已經在帶人打獵了，還親手殺過野豬。所以我只希望等我回家時，仍有東西能教他。我想在他身上留下痕跡。」

我相信自己說了些模糊又安慰人的話。你一定能留下影響。每個男孩都希望有個父親，他一定在等你。但我又想起凡人生活的殘酷。就連我們聊天時，時間都在一分一秒過去。他再也不是可愛的寶寶。他的兒子一天天在長大，慢慢成爲大人。奧德修斯失去他十三年了。誰知道還要失去多久？

我常想起那眼神寧靜、小心翼翼的男孩。我好奇他知不知道父親的期待，心裡有沒有因此感到沉重。我想像他每天都到峭壁上，希望能看到船。我想像他每晚睡覺前，內心升起的疲倦，還有著淡淡的悲傷。他會像窩在父親懷中一樣蜷縮在床上。

在黑暗中，我雙手捧起。我沒有一千個詭計，也不是顆固定的星星，但我第一次覺得手中好像有什麼。也許是希望，也許是活生生的氣息，能在那裡慢慢成長。

17

樹木發芽了。海洋仍浮著泡沫，但不久浪會平靜下來，春天會來臨，奧德修斯就該出航了。他會快速越過大海，對抗暴風雨和海神波塞頓的巨手，他目光會緊緊盯著家園。而我的島嶼會再次回復死寂。

每晚月光下，我躺在他旁邊。只要再一季就好，我想像自己對他說。到夏天結束就好，那時候風最好。他一定會很驚訝。我會看到他眼中出現淡淡失望的光芒。金色的女巫不該哀求。我讓島嶼替我哀求，它展現懾人的美麗。每天石頭都褪下更多融冰，花朵都更飽滿、綻放。我們在青綠草地野餐，在暖陽下散步，在明亮的海灣游泳。我帶他到蘋果樹蔭，這樣他睡著時，香味會瀰漫他周身。我將愛以亞島上的美景像地毯般鋪展在他面前，我發現他開始動搖了。

他的手下也發現了。他們一起生活十三年，雖然他扭曲的想法他們多半不知道，卻仍能感覺得到他想法改變了，像是獵犬嗅到主人的情緒。一天天過去，他們愈來愈不安。他們只要有機會，就大聲說著伊薩卡島、潘妮洛普王后、他兒子特拉馬庫斯的事。水手尤利羅丘在我屋子踱步，瞪著我。我看到他在角落和其他人竊竊私語。我經過時他們會沉默無語，目光垂下。他們三三兩兩偷偷來找奧德修斯。我等著他將他們送走，但他只是望向他們後方灰濛濛的日落光景。我心想，眞是該讓這些傢伙維持豬樣。

詩人稱睡眠爲死亡的兄弟。對大多數人來說，晚上睡覺是代表一天結束後能享受的平靜。但奧德修斯睡覺卻像他的一生，輾轉反側，不時喃喃自語，讓我的狼都豎起耳朵。我在珍珠灰的曙光中看著他，他臉上肌肉顫動，肩膀繃緊；他手扭著床單，好像在參加摔角比賽，床單是對手。他和我度過一年平靜的日子，但每晚仍像是在打仗。

窗板敞開。我心想，晚上一定下了雨。飄進室內的空氣清新乾淨。外頭傳來鳥囀、落葉和海浪聲，每個聲音都像鐘聲一樣響亮。我更衣並隨著聲音走到外頭。他的手下仍在睡覺。瘦臉艾本諾在屋頂上，裹著我最好的毯子。風拂過我像是七弦琴音符，我的呼吸像是應和的笛聲。露珠從樹枝落下。水珠落地，有如鈴噹一樣叮噹作響。

我感覺嘴巴變乾。

他從我的月桂樹林走出，身上每一個線條都無比美麗，完美而優雅。鬆落的黑髮戴著花冠，肩膀掛著一把閃閃發光的銀尖弓，是由橄欖木雕刻而成。

「瑟西。」阿波羅說，聲音無比宏亮。世上每個樂音都是爲他存在。

他舉起優雅的手。「我弟弟警告過我妳的聲音多刺耳，所以我想妳最好少說點話。」他的語氣不帶惡意。但也許那完美的語調本身就是惡意。

「在我的島上，我想怎麼說話就怎麼說。」

他皺了皺眉。「荷米斯說過妳很難相處。我是帶著奧德修斯的預言來的。」

我感到自己全身緊繃。奧林帕斯神的謎語總像雙面刃。「他在裡頭。」

「對。」他說。「我知道。」

風撲向我的臉龐。我沒有時間叫出聲。風灌進喉嚨，鑽進肚子，彷彿天空全要衝進我身體。我無法出聲，無法呼吸，但那股陌生的力量不斷注入，將我淹沒。阿波羅看著我，神情滿意。

島上的空地瞬間消失。奧德修斯站在岸邊，峭壁圍繞在他四周。遠方有著山羊和橄欖樹。我看到一間寬敞的房子，庭院鋪著石磚，牆上掛著古老的武器，閃閃發光。是**伊薩卡島**。

接著奧德修斯站到了不同的海岸。腳下是黑沙，頭上的天空不曾出現過我父親的光芒。白楊幽影幢幢，柳葉掃過黑水。四周無鳥叫，無獸類移動。我馬上知道這是哪裡，但我不曾去過。那裡有個巨大洞穴，洞口站著個老人，雙眼全盲。我在腦中聽到他的名字：**特伊西亞斯**。

我倒在花圃泥土上。雙手扒地，扯起摩里的根，上頭還帶著棕色泥土，我立刻塞到嘴裡。風馬上止住，來得快，去得也快。我咳嗽，全身發抖，舌頭全是爛泥和灰燼的味道。我掙扎跪起。

「你居然敢……」我說，「你居然敢在我的島上欺負我？我身上流著泰坦神的血。這是宣戰。我父親……」

「這是妳父親的主意。我的傳訊人一定要用身體接受預言。妳該感到榮幸。」他說。「妳身負阿波羅的預言。」

他的聲音像一首聖歌，美麗的臉上只有淡淡的疑惑。我想用指甲將他摳爛撕碎。眾神總有無理的規則，他們總是有理由要你跪下。

「我不會告訴奧德修斯。」

「那不關我的事。」他說。「預言已經傳達。」

他走了。我額頭抵著皺巴巴的橄欖樹幹，胸口起伏，全身顫抖，既憤怒又感到備受羞辱。我要多少次才學得會？每次我獲得的平靜就像個謊言，因爲那都是眾神的娛樂。不管我做什麼，活了多久，只要心血來潮他們就能伸手擺弄我。

天空還沒變藍。奧德修斯仍在屋裡睡覺。我叫醒他，帶他到客廳。我沒告訴他預言的事，只是看著他吃飯，並像摸刀尖一樣，感受著自己的憤怒。我希望盡可能延長自己的怒火，因爲我知道接下來會發生什麼事。在預言中，他再次回到伊薩卡。我已失去我最後渺茫的希望。

我端出最好的菜，打開最老的酒。但我食之無味，他則是心不在焉。他一整天都轉頭望著窗外，好像有人會來。我們禮貌交談，但我覺得他在等手下吃完飯，上床睡覺。等他們都睡著了，他跪下來。

「女神。」他說。

他不曾這樣叫過我，所以我心裡有數。我眞的心裡有數。也許有別的神也來找過他了。也許他夢到潘妮洛普。我們田園詩般的日子結束了。我低頭望著他斑白頭髮。他肩膀挺直，雙眼看地板。我心裡悶悶的，滿腔怒火燒。他至少應該看著我的眼睛吧。

「什麼事，凡人？」我大聲說。我的獅子動了動身子。

「我必須離開了。」他說。「我留在這裡太久。我的手下都不耐煩了。」

「那走啊。我是這裡的主人，不是獄卒。」

他這時直接望向我了。「我知道，女士。我無法表達自己有多感激。」他棕色的雙眼像夏天的土地一樣溫暖。他說的話很簡單。裡面沒有話術，當然這也是一種話術。他總是知道要怎麼表達自己，掌握最佳優勢。於是我覺得告訴他預言，像是一種復仇。

「我從眾神那裡得到要給你的訊息。」

「訊息。」他露出謹慎的表情。

「他們說，你會回家。但首先，他們要你去冥界找預言家特伊西亞斯。」

任何有理智的常人聽了都會面露恐懼。他全身僵硬，臉色像石頭一樣灰白。「為什麼？」

「眾神自有理由，但他們不打算透露。」

「這一切有盡頭嗎？」

他聲音沙啞。他的臉像道傷口，再次劃開。我的憤怒瞬間消散。他不是我的敵人，他眼前的路已經夠辛苦，我們不需傷害彼此。

我摸著他的胸膛，偉大船長的心怦怦跳著。「來。」我說。「我不會讓你去送死。」我帶他進我房間，告訴他這一整天在我體內不斷冒出的知識，像河流的泡泡一樣。

「風會帶著你越過土地和海洋，來到世界盡頭。那裡有個海岸，長著黑色白楊樹林，黑水上還有一株株柳樹。那是冥界入口。挖個坑，我等一下會告訴你坑要挖多大。在裡面倒進公羊和母羊的血，在四周倒下奠酒。飢餓的幽魂會蜂擁而來。他們在黑暗中待這麼久，很渴望一嚐生命熱騰騰的滋味。」

他雙眼閉上。可能正想像著靈魂從灰黑殿堂湧出。有些人他會認識，好比那些英雄阿基里斯、帕特羅克洛斯、埃阿斯和赫克特，還有他殺死的特洛伊人、喪生的希臘人，以及他被吃掉的船員，他們仍會哭喊著一切不公平。但這不是最糟的，也會有出乎他意料的靈魂。他離家時過世的家人，也許是他的父母，也許是特拉馬庫斯，甚至潘妮洛普。

「你不能讓他們靠近血，要等特伊西亞斯出現。他喝飽之後會告訴你他知道的事。然後你再回來一天，我會盡可能給你更多幫助。」

他點點頭。他眼皮發白。我摸摸他臉頰。「睡吧。你需要休息。」我說。

「我不能睡。」他說。

我了解。他在準備，集中力量再次戰鬥。我們默默躺在一起，沒有合眼，度過漫長的一夜。天亮時，我親手替他更衣，將披風扣到他肩上，拉緊他的腰帶，最後將劍交給他。我們打開前門，發現艾本諾大字形躺在石板地上。他終究從屋頂摔下來了。我們看著他發紫的雙唇，和扭曲的脖子。

「來了。」奧德修斯語氣嚴肅，帶著覺悟。我知道他的意思。命運再次將他們握在掌心。

「我會替你保存他。你現在沒空辦喪禮了。」

我們將屍體抱到我床上，用床單包起。我拿了旅程會需要的食糧，還有儀式需要的綿羊。船已備好，他的手下幾天前就裝上新帆。他們將東西運上船，將船推入海中。海浪翻滾，溫度冰涼，空中濛濛飄散的是海沫。他們的每一海里都不容易，到了晚上，肩膀會酸痛不已。我心想，我該給他們藥膏。但太遲了。

我看著船費力駛向地平線，然後才回家，拉開蓋住艾本諾屍體的床單。我唯一看過的屍體就是倒在我地上，支離破碎，不成人形的那群人。我摸艾本諾的胸，感覺堅硬又冰冷。我聽說人死了之後，臉會變得更年輕，但艾本諾常笑，少了生命的光采，他臉上都是皺紋。我看著他，小心翼翼在皮膚塗上藥膏，彷彿他仍能感覺得到我的手。我邊做邊吟唱，讓他在橫跨大河前往冥界時，靈魂能有歌聲陪伴。我再次將他裹起，唸了咒，不讓他腐爛，接著便走出房間，關上門。

花園中綠葉新發，像刀一樣閃亮。我手摸著泥土。潮溼的夏天即將來臨，我馬上要開始替藤蔓立樁。去年有奧德修斯幫我。我像觸碰傷口一樣回想，感受痛楚。他離開之後，我會像阿基里斯，因爲失去愛人帕特羅克洛斯而哭喊嗎？我試著想像自己在海灘奔跑，撕著頭髮，抱著他留下的舊衣碎布，爲自己失去一半的靈魂而哭嚎。

我看不到那畫面。這點也讓我心痛。但也許一切都已注定。在故事裡，神和凡人都無法相守太久。

那天晚上，我在廚房剝烏頭草。奧德修斯此時在面對死亡。他離開時，我拿了個小玻璃瓶給他，請他帶他注入坑中的血回來給我。幽魂會讓血充滿冰冷的死氣，我想感受那股黑暗、不屬於世界的力量。現在我後悔了。那是我兄弟波爾賽斯或埃帖斯會做的事，他們身上只有巫術，沒有溫暖。

我小心工作，動作精準，注意著每一絲影響。我的藥草在架上看著我。我親手萃取出一排排藥草的力量。我喜歡看它們，放在碗中和收入瓶罐裡，像鼠尾草、玫瑰、苦薄荷、菊苣和野月桂，摩里則是保存在軟木塞玻璃瓶中。而最後一種是放在雪松盒中的羅盤草磨碎混苦蒿，這藥劑我從第一次和荷米斯睡覺就每個月都吃。直到上個月爲止。

我的寧芙和我在海灘等待，看船划來。船員沉默涉水走上岸。他們身體沉重，彷彿拖著石頭，全身無力又衰老。我尋找奧德修斯的臉。他面色陰沉，我看不出所以然。就連他們的衣服都褪色了，布料變得灰白。他們看起來像冬天被困在薄冰下的魚一樣。

我走向前，雙眼發出光芒。「歡迎！」我大喊。「歡迎回來，擁有黃金之心，像巨木一樣的凡人。你們成就了海克力士的壯舉，看過冥界並且活下來。來吧，我們替你們準備了毛毯，鋪在柔軟的青草地。這裡有酒和食物。好好休息！」

他們像老人一樣緩緩移動，但都坐下了。盤子裝滿烤物，有盛滿的紅酒。我們端上食物，倒著紅酒，讓他們臉上露出血色。陽光普照，驅散了死亡冰冷的霧氣。

我將奧德修斯拉到青翠的樹叢。「告訴我發生什麼事。」我說。

「他們活下來了。」他說。「這就是我得到最好的消息。我兒子和妻子都活著。我父親也是。」

他母親沒有活下來。我等他繼續。

他望著充滿傷疤的膝蓋。「阿伽門農在那。他的妻子有了愛人，他回來時，她在浴缸像宰牛一樣把他殺了。我看到阿基里斯和帕特羅克洛斯，埃阿斯身上有著他自殺的傷。他們羨慕我仍活著，但至少他們的戰鬥已經結束。」

「你的戰鬥會結束的。你最後會回到伊薩卡。我看到了。」

「我會回去，但預言家特伊西亞斯說我回家時，會發現一群人圍攻我的家。吃我的食物，占據我的房間。我一定要想辦法殺死他們。但最後我會在陸地上行走時死在海上。眾神很愛出謎題。」

他語氣酸到我前所未聞。

「你不能這樣想。」我說。「這樣只會讓你折磨自己。多想想眼前的路，這條路會領你回家，回妻子和孩子身邊。」

「我的路。」他陰沉說。「特伊西亞斯已鋪在我面前了。我會經過索理納奇亞島。」

這地名於我，宛如一箭射中靶心。上次聽說那島嶼的名字已是多少年前的事？記憶湧上心頭。我想到我光鮮亮麗的兩個姊姊，跟神牛可人、漂亮及其他一大群神牛漫步在鍍金的黃昏中，有如百合在草地上搖曳。

「如果我不打擾到牛，我和手下就能平安回家。但如果牠們受了傷，妳父親會勃然大怒。到那時，我再回到伊薩卡島會是好幾年後的事，而且我的手下全都會死。」

「那你就不要停船。不要登陸。」我說。

「好。」

但這可不容易，我們心裡都有數。命運會引導、欺騙你。命運會設下障礙，讓你不偏不倚投入圈套。什麼都有可能，像風、海和脆弱的人心。

「如果你上岸，」我說，「就留在海灘邊，不要去看牛。你不知道牠們會不會引起你的胃口。牠們和一般牛群相比，就像眾神和凡人。」

「我會忍住。」

我擔心的不是他的意志力，但說出來又有什麼好處，不就像個象徵死亡的貓頭鷹停到他門口？他很清楚手下的個性。我心裡萌生另一個想法。我想起好久以前，荷米斯畫給我看的航海路線。我在腦中回憶。如果他要經過索理納奇亞島，這麼說……

我閉上雙眼。眾神的另一個懲罰。懲罰他，也懲罰我。

「怎麼了？」

我睜開眼睛。「聽我說，」我說，「有些事你必須知道。」我爲他畫下這趟旅程。一個接一個，我說明他必須避開的危險，魚群、野蠻的島嶼和賽蓮海妖，女面鳥身的她們會唱歌勾引男人迎向死亡。到最後我不能再迴避了。「你那條路也會經過斯卡拉。你知道她嗎？」

他知道。我看他受到打擊。這裡要犧牲六個或十二個人。

「一定有辦法能抵抗她。」他說。「也許有我能用的武器。」

這是我最喜歡他的一點。他絕不會放棄希望。我別開身子，才不用看他的表情，並說：「不。沒有辦法。即使是像你這般強大的凡人也無法。我好久以前曾面對過她，透過魔咒和神的樣貌才逃過一劫。但賽蓮海妖你可以用計。你要手下把耳朵灌蠟，你自己可以不灌。如果你把自己綁在桅杆上，你也許能成爲聽過她們歌聲仍平安存活的人，之後就有故事好說了。這故事講給妻子和孩子聽應該很精采吧？」

「應該是。」但他的聲音平淡，像一把毀壞的刀。我無能爲力。他已經離開我的雙手。

我帶著艾本諾的屍體到柴堆。我們替他辦了儀式，唱誦他戰時的表現，讓他的名字留在紀錄之中。我的寧芙哭了，眾人也哭了，但他和我沒流淚，不發一語。接著我們將船放滿我的東西。他的手下站在繩索和槳旁。他們現在很想出航，眼神瞄著彼此，拖著腳在甲板上走。我感覺內心空洞，像在龍骨下被挖空的海灘。

奧德修斯，拉爾特斯之子，偉大的旅者，詭計多端、智足多謀的王子。他向我展示傷疤，作爲回報，他讓我假裝我的身上完美無瑕。

他走上船，回頭看向我時，我已經消失。

18

詩歌會怎麼述說這場景？女神站在寂寞的海岬，她的愛人在遠方愈來愈小。她雙眼濡溼，但似乎略有所思，不知道在想什麼。野獸聚在她裙邊，椴樹花盛開。最後他消失在地平線彼端，她舉起一隻手，摸著她的肚子。

他錨一拉起，我的肚子就開始翻攪。我這輩子從來沒有嘔吐過，現在卻是每一秒都想吐。我吐到喉嚨快被撕裂，肚子像老堅果嗒啦作響，嘴角皮都破了。我的身體彷彿把百年來吃的東西全扔了出來。

我的寧芙手用力抓著彼此。她們從沒見過這種事。懷孕時，寧芙會發光，像花苞一樣脹起。她們以爲我中毒了，不然就是受到詛咒，即將扭曲變形，內外翻轉。她們想來幫我時，我推開她們。我生的小孩會是半人半神，但這個詞不準確。從我的血脈，他會天賦異稟，格外優雅、貌美、敏捷、擁有力量和魅力。但剩下的一切都會來自他的父親，凡人的影響比神性更直接。他的肉體就像每個凡人一樣會受傷和死亡。我無法將他託付給任何神和我的家族，我只能靠自己。

「走開。」我用沙啞的新聲音對她們說。「我不管妳們怎麼做，叫妳們的父親來接妳們，離開這裡。這是爲了我。」

我從來不知道她們聽了做何感想。我又一陣痛，雙眼流淚，無法視物。等我找到方法回到屋子，她們都走了。我想她們父親不得不如此，因爲她們擔心懷凡人的孩子會傳染。屋子少了她們好奇怪，但我沒有時間去想，也沒時間哀悼奧德修斯離去。噁心感不曾停止。每個小時都發作一次。我不懂爲什麼我會發作得這麼激烈。我不知道是不是凡人的血和我的血在對抗，還是我眞的被下咒，埃帖斯留下的魔咒等了這麼久，終於命中。但這痛苦無法用魔法化解，甚至至摩里也沒用。我對自己說，這沒什麼好奇怪的。妳不是做任何事，都堅持要複雜到搞死自己嗎？

我這狀態不可能對抗水手，我心裡明白。我爬到藥草壺旁，施下我想了好久的咒語。島嶼出現幻象，彷彿島的四周充滿礁石，任何經過的船隻都無法停泊。接著我倒在地上，用力呼吸。我終於能寧靜休息了。

寧靜。要不是我病懨懨的，我會大笑。我聞到廚房酸臭的乳酪、微風吹來的海草腥臭、雨後泥土的腐臭和花叢玫瑰凋謝的氣味。每一個味道都讓我反胃。接著是頭痛，好像有海膽壓入我的雙眼。我心想，雅典娜從宙斯的頭骨中誕生時，他一定有同樣的感覺。我爬到房間，躺在漆黑之中，幻想自己若劃破喉嚨，一了百了多好。

但聽起來很奇怪，雖然痛苦難耐，我其實沒那麼悲慘。我習慣不快樂，習慣沒有具體的目標，像是整個世界向外延伸，到地平線都模糊不清。但我這次看得到岸，看得到底，有個目標和形體。裡面有著希望，這一切會結束，並帶來我的孩子，而且是我的兒子。不知道這算巫術還是預言，我知道他是兒子。

他伴著脆弱的身體慢慢成長。我不曾這麼慶幸自己擁有不死之身，能像盔甲一樣守護著他。他第一次踢腿我好興奮。不管是在磨藥草、為他織布做衣服、用燈心草編織搖籃，我每分每秒都在和他說話。我會讓他看到我為他準備的各種奇景，像這座島、天空、水果和綿羊、海浪和獅子。完美獨處的世界，永遠不再感到寂寞。

我手摸著肚子。**你父親曾說，他想要生更多孩子，但那不是你生下來的原因。你是為我而存在的。**

奧德修斯告訴我，潘妮洛普的陣痛一開始很輕微，她以為是吃太多梨子引起的腹痛。但我的陣痛像天空劈下的雷電。我記得自己從花園爬進屋子，弓身忍受劇烈的收縮。我已調好柳樹藥劑，先喝下一點，不久就全喝了，最後還一直舔著瓶口。

我對生產的事一無所知，有幾個階段、過程會如何都不知道。光影移動，但對我來說那像一段無盡的時間，痛苦像石頭一樣將我磨成粉。我尖叫死命推了好幾個小時，孩子還是沒出來。接生婆有一些技巧，能幫助孩子移動，但我不知道。我只知道一件事：如果時間太久，我兒子會死。

生產繼續。痛苦之下，我翻倒桌子。事後來看會以為房子被熊搗亂，牆上的掛毯都扯到地上，椅凳粉碎，盤子全破。但這些我都不記得。我的腦袋當時冒出無數恐慌。寶寶死了嗎？還是我像妹妹一樣，懷了個怪物？持續的痛苦就像是確認。如果寶寶完整又自然，那他為何生不出來？

我閉上眼睛。手伸進自己，我感覺到孩子光滑的頭。上面沒有角，沒有其他怪東西。寶寶只是卡在內側的開口，擠在肌肉和骨頭之間。

我向生產女神愛萊塞亞祈禱。她有神力能讓子宮放鬆，將孩子帶到這個世界。據說她會看著每個神和半人半神生產。幫助我，我大喊。但她沒有現身。動物在角落哀嚎，我想起好久以前，兄弟姊妹們在歐開諾斯宮殿低聲說的話。如果有神不希望孩子出生，他們會阻止愛萊塞亞。

我快速運轉的頭腦想到這件事。有人不讓她來。有人居然敢傷害我兒子。這想法讓我得到了我需要的力量。我朝黑暗咬牙，爬到廚房，拿起刀，把一面巨大的銅鏡放到面前，現在我身邊沒有代達羅斯幫忙了。我靠在大理石牆上，坐在斷掉的桌腳之間。石頭的涼意讓我冷靜下來。這孩子不是米諾陶，是個凡人。我不能割太深。

我害怕痛苦會讓我暈倒，但我幾乎感覺不到痛楚。我聽到沙沙的聲音，像石頭摩擦石頭，後來我發現是自己的呼吸聲。下方一層層血肉分開，我終於看到他。他的四肢縮著，像蝸牛蜷曲在殼裡。我看著他，不敢動他。要是他已經死了怎麼辦？要是他沒死，我一碰就殺死他怎麼辦？但我將他捧向前，他的皮膚一接觸到空氣，他便放聲大哭。我和他一起哭了，因爲我不曾聽過更美妙的聲音。我將他放到我胸前。我們身下的石頭感覺像是羽毛一樣柔軟。他不斷顫抖，溼淋淋、活生生的臉靠著我的身子。我割斷臍帶，一直抱著他。

看吧？我告訴他。我們不需要任何人。他像青蛙咳了一下回應，接著閉上眼睛。我的兒子特拉哥諾斯。

我沒有搖身一變就成爲好母親。我像士兵面對敵人一樣，披甲站穩腳步，拿起劍，準備對抗一切。但我的準備還是不夠。和奧德修斯相處的那幾個月裡，我以爲自己學會了凡人生活的大小事。一天吃三餐，身體變化，洗澡和清潔。我剪了二十片尿布，覺得自己很聰明。但我懂凡人嬰兒嗎？埃帖斯要人抱在懷裡不過一個月。二十片尿布只讓我撐過第一天。

感謝老天，我不需要睡覺。我每分鐘都在洗東西、煮東西、清潔東西、刷洗東西和把東西泡水。但他每分鐘也都有所需要，像食物、更衣和睡覺，我怎麼辦得到？我一直以爲睡覺是凡人最自然的事情，像呼吸一樣，但寶寶似乎辦不到。不管我怎麼裹住他，又搖又唱歌，他都放聲尖叫，大口喘氣，全身晃動，弄到獅子都嚇跑了，我也好怕他會傷到自己。我做了背帶揹他，所以他能靠著我的心。我給他吃安神的藥草，燒了線香，我還叫喚鳥兒來窗前歌唱。但唯一有幫助的是走路，於是我在客廳走，在山丘上走，在海邊走。直到寶寶終於累了，閉上眼睡覺。但如果我停下來，或試著把他放下，他馬上會醒來。就算我一直走著，他也會很快醒來，再次尖叫。他好像有一整座海洋的悲傷，只能停下來一會，永遠都哭不完。那段日子裡，我想過多少次能有個笑容跟奧德修斯一樣的孩子？我試了各種方法，包括他的招數。我把兒子柔軟的身體舉高，向他保證這裡很安全。他卻叫得更大聲。我心想，特拉馬庫斯王子乖巧的個性一定是遺傳自潘妮洛普。而這孩子這個樣就是我活該。

我們確實有些平靜的時光，像他終於睡著的時候，或在哺乳的時候，或他笑著看鳥兒從樹上成群飛出的時候。我看著他，感到好強烈的愛，彷彿能讓我身體綻放開來。我寫下我願意爲他做的所有事情。只要他快樂健康，我願意燒我的皮膚，挖出我的眼珠，走到腳底見骨。

他不快樂。我心想，我只需要一下下，一下下就好，讓他暫時不要氣成這樣。但我沒時間喘息。他討厭太陽、討厭風、討厭洗澡、討厭穿衣服、討厭裸體、討厭趴著，也討厭躺著。他討厭全世界和所有東西，而且感覺起來他最討厭我。

我想起以前練習咒語、唱歌和織布的時光。我感覺悵然若失，好像一隻手斷了。我對自己說，我甚至想念把人變豬的時光，至少我很擅長。我想把他推開，但我沒有，我繼續在黑暗中和他走路，在海浪前來來回回，每一步我都渴望我舊有的生活。在他哭聲中，我酸溜溜地朝夜晚說：「至少我不用擔心他死了。」

我一手摀住嘴，冥界的神哪怕是聽到風聲，都會馬上趕來代勞。我將他激動的小臉抱緊。他眼中噙著淚水，頭髮雜亂，臉頰上有道小刮痕。他怎麼刮到了？哪個混蛋傷害他？所有我聽說過關於凡人寶寶的事全湧上心頭：他們無緣無故會死，也會因爲各種原因喪命，太冷、太餓或他們躺的方式都有可能。我感覺他薄薄的小胸口呼吸起伏，這是多不可思議的事，這麼脆弱的生物，甚至連自己的頭都抬不起來，他怎麼能在殘酷世界存活下來。但他一定要活下來。他會活下來，即使我要親自對抗看不見的神祇。

我望向黑暗，像狼一樣豎耳傾聽，覺察各種危險。我再次施咒，加強讓島看起來像荒島的幻象。但我還是害怕。凡人有時會鋌而走險。如果他們無論如何還是登陸，他們會聽到他的叫聲。要是我忘記該怎麼做呢？要是他們沒喝下酒？我記得奧德修斯告訴過我關於士兵怎麼對待孩子的故事。亞士提納克斯和特洛伊所有的孩子全被殺死，有的摔到地上，有的用鐵叉叉死，有的撕成碎片，有的用馬踩死，以免他們活下來長大成人，有朝一日來報仇。

我一輩子都在等待自己悲劇收場。這我毫不懷疑，因爲我擁有欲望，個性叛逆，又擁有別人覺得我不配有的力量，這一切都會遭天譴、被雷劈。我內心好幾次燃起悲傷，但從未將我燒死。可是照顧寶寶那段時間，我瘋狂的腦袋突然冒出一個明確的念頭：終於啊，我看到眾神能用來對付我的東西。

我繼續努力，他一天天長大。這段日子，能說的就只有這樣。他後來冷靜了，我也因此冷靜下來，或許是反過來也不一定。我不再一直盯著他，不再責備自己。他第一次笑了，而且開始在搖籃裡入睡。他一整個早上都沒尖叫，我也能到花園工作。我說，聰明的孩子，你之前是在考驗我，對不對？他聽到我的聲音，從草地向上看，又笑了。

凡人的生活總讓我掛心，像是我第二顆鼓動的心臟。現在他能坐起來，會伸手抓東西，所有日常用品都露出隱藏的利牙。火爐上滾燙的鍋子好像隨時會跳下來燙他的手；桌上的刀滑下，差點砍到他的頭；若我放他下來，黃蜂就會飛來，蠍子會從隱藏的裂縫鑽出，高舉尾巴；壁爐裡的火星總像是瞄準他柔軟的身體。每次有危險，我都能及時化解，因爲我本來就已寸步不離，但這一切只讓我更怕閉上雙眼，或離開他身邊。我隨時害怕木柴會倒到他身上，害怕一輩子都很溫和的狼會突然咬人，害怕我會睜眼看到毒蛇盤在他搖籃上，頭向後抬高，嘴打開。

那是徵兆，我想。當時我徹底累昏頭了，在又是愛又是怕又缺乏睡眠的情況下，我花了好久才察覺到這點。照理說，扎人的毒蟲不會進屋；就算我再累再笨，都不可能一早上弄翻十個鍋。然後我又想起，生產時痛苦這麼久，生產女神愛萊塞亞始終都沒出現。終於，我想到，那個想讓我生產失敗的神，可能會再次下手。

我將特拉哥諾斯掛在身上，走到山腰的水池。裡面有青蛙、銀鰷魚和水蜘蛛。水草厚厚糾纏成一團。自己那時爲何想到水邊，我說不上來。也許是水寧芙血液的影響。

我手輕觸水池表面。「有神想傷害我兒子嗎？」

池水震動，特拉哥諾斯的畫面出現。他裹在羊毛壽衣中，臉色蒼白，沒有一絲生氣。我大吃一驚，倒抽口氣，那畫面化爲碎片。一時間，我只能呼吸，臉頰緊靠著特拉哥諾斯的頭。他因爲在嬰兒床不住亂動，磨掉不少後腦細弱稀疏的頭髮。

我伸出顫抖的手，再次觸碰水面。「是誰？」

池水只映照著天空。「拜託。」我哀求。仍然沒有回應，我感覺心中湧上一股驚慌。我以為只是寧芙或河神的威脅。毒蟲、火星和動物是小神自然力量的極限。我甚至懷疑是不是我母親，因為她無法生子，見到我有新生兒，一時嫉妒。但這個神有能力躲過我預視的力量。世上只有少數幾個神辦得到。父親能，也許祖母可以，還有宙斯和幾個偉大的奧林帕斯神。

我將特拉哥諾斯抱緊。摩里能抵擋咒語，但擋不住三叉戟和雷電。對抗那些力量，我會像小麥枝一樣倒下。

我閉上雙眼，壓抑令人窒息的恐懼。我一定要想清楚，運用智慧。我一定要想起，從世界開始之初，小神對抗強大神祇的方法。奧德修斯不是曾告訴我，阿基里斯那位海寧芙的母親找到方法和宙斯談判嗎？但他沒告訴我是什麼方法。而且最後，她兒子還是死了。

呼吸在我胸中像鋸齒一樣。我告訴自己，我一定要知道是誰。那是首要之務。我無法守衛影子。我需要面對和對抗的機會。

我回到家，雖然沒必要，但仍在壁爐升起一團小火。夏天慢慢進入秋天，夜間還很溫暖，但我希望空氣中有雪松的氣味。我灑了點藥草到火焰中，藥草強烈氣味隨之飄出。我感到皮膚刺刺的。換個時間，我會覺得是天氣變化，現在我卻感覺到背後的惡意。我脖子寒毛直豎。我走在石地，抱著特拉哥諾斯，最後他終於哭累睡著了。我就是在等這一刻。我將他放到搖籃，然後移到火堆附近，讓獅子和狼圍著。牠們擋不住神，但大多數的神都是懦夫。爪子和利牙可以替我爭取一點時間。

我站在壁爐前，手拿著魔杖。四周寂靜，萬物傾聽。

「想殺死我孩子的人，出來。出來，當面來說話。還是你只敢在陰影處下手？」

房裡安靜無聲。除了特拉哥諾斯的呼吸和我血液流動的聲音，我什麼都沒聽到。

「我不需要陰影。」一個聲音劃破寧靜。「妳這種傢伙沒資格質疑我的用意。」

她落入房中，身形高大筆直。忽然白光閃爍，夜空劈下一道雷爪。她戴的馬毛頭盔掃著天花板，晶亮如鏡的盔甲冒起火星。她手中的長矛細長，矛尖銳利，發出火光。她全身散發的堅定氣息，會讓世上游移的骯髒渣滓都退縮開來。閃閃發光的她是宙斯最愛的孩子——雅典娜。

「我的目的一定會達成。沒有轉圜餘地。」那聲音又傳來，像切斷金屬的聲響。我曾站在偉大神祇前，像父親、祖父、荷米斯和阿波羅。但她不像他們，她目光穿透我。奧德修斯曾說，她的刀刃薄如髮絲，待血一滴滴流到地上，你才會發現自己被砍了。

她伸出修長的手。「把孩子給我。」

房中的溫暖全都消失。就連身旁的火焰都像是牆上的畫作。

「不要。」

她雙眼交織著銀光和石灰色。「妳要反抗我？」

空氣悶滯。我發現自己喘不過氣。她胸口掛著她著名的埃癸斯神盾，皮盔甲垂掛著金色的線。據說那是泰坦神皮盔甲，她親手剝下製成。她閃爍光芒的雙眼彷彿在保證，如果妳不屈服，求我大發慈悲饒了妳，我就把妳廢了。我舌頭萎縮，感到全身顫抖。但要說我在這世上最清楚的一件事，那就是眾神並不慈悲。我用手捏一下皮膚。尖銳的痛楚讓我冷靜下來。

「我會反抗。」我說。「但對付一個手無寸鐵的寧芙，這可不算公平。」

「妳自願將他交出來，我們就不需要戰鬥。我保證會下手很快，他不會感到痛苦。」

奧德修斯有次跟我說，不要聽敵人說的話。觀察他們，那能告訴妳所有事情。

我觀察她。她全副武裝，頭戴頭盔，手拿長矛，腳穿脛甲，胸上掛著埃癸斯神盾。她的外表令人生畏，戰爭女神已準備戰鬥。但我對戰鬥一無所知，她爲什麼要全副武裝來對付我？除非她害怕什麼，讓她覺得相比之下自己無從應對，相當脆弱。

我憑著待在父親宮殿多年的直覺，再加上奧德修斯給我的智慧，摸索向前。

「偉大的女神，我一輩子都聽說妳強悍偉大的故事。所以不禁好奇。妳想要殺死我孩子有一陣子了，但他還活著，這怎麼可能？」

她開始像蛇一樣鼓起，但我繼續說。

「所以我只想到一個可能，就是妳不被允許。有事阻止了妳。命運有其他安排，不允許妳直接殺他。」

聽到「命運」兩字，她眼神閃爍。她自宙斯明亮無情的腦袋出生，是愛好爭辯的女神。即使三女神都否決，禁止她去做，她也不會善罷甘休。她會鑽禁令的小漏洞，想方設法達成。

「所以那就是妳使出那些手段的原因。招來黃蜂，弄倒鍋子。」我看著她。「採取那種賤招，妳的戰士精神情何以堪。」

她握著矛的手發出白光。「都一樣。那孩子必須死。」

「他會死的，等他一百歲吧。」

「告訴我，妳覺得妳的巫術能對抗我多久？」

「看需要多久。」

「話別說得太早。」她向我走一步。馬毛頭冠沙沙劃過天花板。「妳忘了自己的地位，寧芙。我是宙斯的女兒。也許我不能直接攻擊妳兒子，但命運沒說我不能對付妳。」

她在房子裡，精準吐出每一個字，好像將石頭鑲嵌到馬賽克畫中。即使在眾神之中，雅典娜的怒火是著名的厲害。違抗她的人下場都很慘，有的變成石頭和蜘蛛，有的發了瘋，有的被狂風掃去，有的被獵殺，有的受詛咒到世界的盡頭。如果我消失了，那特拉哥諾斯……

「沒錯。」她說，邊露出冰冷的淡淡笑容。「妳開始明白自己的處境了。」

她從地上拿起沒再發光的矛。現在她手中的矛像流動的黑暗。我向後退，靠著編織的搖籃，思緒飛快轉動。

「對，妳可以傷害我。」我說。「但我也有父親，還有家人。妳隨便對待我們一族，他們絕不會輕易放過。他們會很生氣，甚至會有所動作。」

矛仍離開地面，但她沒有舉起。「泰坦神，如果膽敢開戰的話，奧林帕斯神會贏。」

「如果宙斯想打仗，他早就劈下雷電，對付我們。但他沒這麼做。妳破壞他辛苦達成的和平，妳覺得他會怎麼想？」

我從她眼神看出，她在衡量局勢。「妳的威脅不構成理由，我原本希望我們能理性討論這件事。」

「只要妳想謀殺我的孩子，我們就不可能談理性。妳在氣奧德修斯，但他甚至不知道這男孩存在。殺了特拉哥諾斯不會懲罰到他。」

「那是妳覺得，女巫。」

如果無關兒子性命，我看到她雙眼透露的感情，可能會大笑。她雖然聰明絕頂，卻不會隱藏自己的情感。她何必呢？誰敢因為她的反應，傷害偉大的雅典娜？奧德修斯說她很氣他，但他不了解神真正的天性。她不是生氣。她不理他只是荷米斯提過的老招式。她是欲擒故縱，先讓他陷入絕望，然後光榮現身，以享受凡人卑躬屈膝的膜拜。

「如果不是為了傷害奧德修斯，為什麼要我兒子死？」

「原因不關妳的事。我看到未來的發展，我告訴妳，這嬰兒不能活。如果他活下來，妳下半輩子一定會後悔。妳對這孩子溫柔，我不怪妳。但不要被母親的溺愛遮蔽雙眼。想想吧，海利歐斯的女兒。現在就交給我比較明智吧？他還沒踏入世界，他的身體和妳對他的感情都還不完整。」她語氣變得溫柔。「想像一下，如果一、兩年之後，甚至十年之後，妳已對他投入全心的愛，那時再失去不是更糟嗎？最好現在讓他早早去冥界。妳可以懷個新孩子忘記他，擁抱新的喜悅。母親都不該目睹孩子死亡。但如果情勢所逼，別無良策，那我也許可以補償妳。」

「補償。」

「沒錯。」她的臉像鐵鋪的火爐照耀著我。「難道妳以爲我只要妳犧牲，沒要給妳獎勵嗎？雅典娜會欠妳一個人情。我永遠都會對妳好。我會在這島上爲他造一座雕像。不久我會送另一個好男人來，讓妳生另一個兒子。我會替新生兒祝福，保護孩子不遭受任何病痛。他在凡人之間會成爲領袖，戰場上人人都懼怕他，頭腦睿智，受人愛戴。他會生下無數後代，滿足妳身爲母親的所有夢想。我保證能做到。」

世上最珍貴的禮物，像泰坦神赫斯珀洛斯的金蘋果一樣罕見，就是奧林帕斯神發誓守護的友誼，藉此你能得到舒適生活，榮華富貴，而且永遠不再感到恐懼。

我看著她銀白色光亮的雙眼，她眼珠映著光，像是掛在眼眶中的珠寶。她臉上帶著笑容，手張開伸向我，彷彿準備牽起我的手。她說到小孩時，幾乎是在低吟，彷彿在哄著她的寶寶。但雅典娜沒有小孩，她永遠不會有。她唯一愛的就是理性。而那絕不等同於智慧。

孩子不是糧袋，不能用這一袋取代另一袋。

「我就先不跟妳計較，妳當我是什麼母馬，隨妳開心我就得要生產？真正的謎團是，爲什麼我兒子的死對妳這麼重要？他未來會做什麼事，讓強大的雅典娜願意付出如此大的代價？」

她的溫柔轉眼間消失，手瞬間抽回，像甩上門一樣。「那妳是打算對抗我了。用妳的雜草和微不足道的神力。」

她的力量壓迫到我身上，但我有特拉哥諾斯，我永遠不會放棄他，絕對不會。

「沒錯。」我說。

她嘴脣扭曲，露出白色的牙齒。「妳不可能時時刻刻看守著他。我總有一天會殺死他。」

她消失了。但我還是說出口，朝著空蕩蕩的屋子，說給我睡夢中的兒子聽：「妳不知道我的能耐。」

19

我整晚都在踱步，細細思考雅典娜的話。我兒子長大會做出令她害怕的事，深深影響她。但會是什麼事？她說，那件事我也會後悔。我踱步想了一次又一次，卻找不到答案。最後我逼自己把此事暫擱。思考命運的謎題沒有好處。重點是，她會一直來犯。

我跟雅典娜放話，說她不知道我的能耐多大，但說實話我自己也不知道。我殺不死她，也無法將她變形。我們母子無法搶得先機，也不能躲藏。我施展什麼幻術都擋不住她銳利的目光。不久特拉哥諾斯會走動跑跳，我要怎麼保護他的安全？我內心無比恐慌，生怕我不想出辦法，池中畫面就會成真——穿著壽衣的兒子，身體蒼白冰冷。

我回想那陣子，全是片片段段的。我咬緊牙，集中精神，搜索島嶼，挖起所有花，將所有草葉拿去磨粉，不放過任何羽毛、石頭或草根，希望能找到各樣東西來幫助我。它們堆在我家，廚房裡飄滿煙霧。我又切又煮，眼睛睜大，像匹累壞的馬。我工作時將特拉哥諾斯綁在身上，因爲我不敢放下他。他很討厭被綁著，大聲尖叫，胖胖的拳頭推著我的胸。

不論我去哪，都聞到雅典娜皮膚的焊鐵味。我不知道她在戲弄我，或是我太驚慌，自己亂想像，但這一切都像趕牛棒一樣驅使我向前。絕望之中，我用力回想叔叔說過的任何一個擊敗奧林帕斯神的故事。我考慮叫祖母、海寧芙、父親來，我願意跪到他們腳邊。但就算他們願意幫我，也不可能敢對抗雅典娜的怒火。埃帖斯或許敢，但他現在討厭我了。至於波爾賽斯？根本不值得問。

我沒注意季節，也不知道時辰，眼中就只有不斷工作的雙手、桌上髒兮兮的刀，和壓碎與搗成泥的藥草，還有一直煮著的摩里。特拉哥諾斯睡著了，頭向後仰，臉頰仍因爲剛才氣撲撲而脹紅。我停下來喘口氣，讓自己冷靜。我眨眼時眼瞼乾澀到刮眼。石頭牆也彷彿床單一樣柔軟，會向內凹陷。我終於想出了主意，但我需要一個東西，來自黑帝斯冥界的東西。死者會去到大多數神無法前去的地方，所以一般人擋不住神，但死者可以。問題是我拿不到冥界的物品。除了管理靈魂的神，眾神都無法走進冥界。我又花好幾小時踱步瞎想，要怎麼買通冥界的神祇，替我拔一把灰色的金穗花，或舀些冥河水，或者我要怎麼打造小船，開向冥界邊境，然後用我教奧德修斯的詭計吸引鬼魂，抓他們的魂魄。浮想之間我記起，奧德修斯爲我裝在玻璃瓶的血。幽魂的嘴曾貪婪湊近那血，裡頭可能仍有他們腐臭的氣息。我從箱中取出瓶子，拿到光下。黑色液體在瓶中流動。我倒了一滴出來，花一天研究、提煉和抽取那淡淡的氣息，還添入一點摩里加強成形。我心裡時而懷抱希望，時而絕望低落。患得患失之間，惶惶不安。

我等待特拉哥諾斯再次入睡，因爲他一吵我就無法集中精神。那天晚上我終於調製出兩種魔藥。一瓶混合那滴血和摩里，另一瓶有著島上每一吋的碎片，從峭壁到鹹鹹的海岸。我瘋狂工作，直到太陽升起時，我手握兩個栓緊的扁瓶。

即便我胸口起伏，精疲力盡，卻也不願再多等一刻。我把兒子綁在身上，帶他一起爬上全島最高山峰，來到裸露岩層，雙腳穩踏石上。「雅典娜要殺我孩子，我定守護他到底。」我大喊。「見識一下愛以亞女巫瑟西之力。」

我將血藥灑上岩石，藥水滋滋作響，像熔了的銅液倒入水中。團團白煙翻湧，不斷升高擴散，呈弧形籠罩整座島，包覆我們。一層靠生猛死靈氣息製作的隔絕保護罩。就算雅典娜當眞前來，也只能回頭，像鯊魚遇到淡水一樣。

在那之下，我還施了第二個魔咒。魔咒和島嶼交織，影響著鳥獸蟲魚，還有每粒沙、每片葉、每塊石頭和每滴水。我將一切及其綿延後代都註記上特拉哥諾斯的名字。如果雅典娜突破煙霧，島嶼就會群起攻之，野獸、飛禽、樹木、岩石和土中的樹根全體出動。那時我們會一起對抗她。

我站在太陽下，等待天神回應，等待滋滋劈下的雷電，等待雅典娜灰色長矛將我的心臟釘在石上。我聽到自己喘氣。魔咒力量重壓我脖子，宛如牛軛。魔咒太強大，無法單獨存在，我每分每秒都必須用意志力支撐，每個月都需要重新加強。但製造魔藥需要三天時間：一天重新收集島嶼的一切，像沙灘、樹叢、草地、魚鱗、羽毛和獸毛；一天混合調製；第三天集中心志，從我收藏的血中取出死者臭氣。這段時間，特拉哥諾斯會在我身前扭動哭喊，咒語會壓在我肩上。然而，這一切都不打緊。我說過，我會爲兒子做任何事，現在我用行動證明，我會爲他撐起半片天。

等了一整個早上，毫無回應後，我終於明白，這一切已經完成。我們自由了。不論是雅典娜，還是眾神都一樣。魔咒仍壓著我，但我覺得一身輕盈。有生以來第一次，愛以亞島就只屬於我們母子。我興奮跪地，解開掙扎的兒子。我讓他踏到地上，自由自在。「你很安全。我們終於能快樂過日子了。」

我真傻。之前因爲恐懼而束縛他的日子，像是一筆虧欠他的債。如今他在島上飛奔，不肯坐下，甚至連一刻都不想停。只是雅典娜固然進不來，但島上還是有各種危險，像岩石、峭壁和他死不放開的毒蟲。我每次想抓他，他都會跑走，衝向懸崖，又快又叛逆。他像是對這世界無比憤怒，總覺得自己石頭扔得不夠遠，雙腿跑得不夠快。他想學獅子一樣飛躍爬樹，但他辦不到，就氣得用拳頭打樹幹。

我會試著抱住他，告訴他，**要有耐心，你的力量日後會到來**。但他會尖叫彎身躲開，怎麼說都無法安慰他，他不是你揮舞亮亮物品，就會忘記一切的那種小孩。我給他吃舒緩的藥草，喝甜牛奶，甚至是安眠藥，都沒有用。唯一能讓他冷靜的是海洋。海風吹拂，和他一樣毫不停歇，海浪也隨風上下起伏。他會站在衝上岸的浪裡，一手牽著我，一手四處指。我跟他說，那是地平線，那是天空，那是海浪、海潮和海流。接下來他會喃喃自語一整天，如果想把他拉走，給他看別的東西，水果、花朵或小魔咒什麼的，他會從我身邊跳開，表情扭曲。**不要！**

我必須再施咒的那幾天最糟。一要找他，他就跑走，但等我開始做事，他就會用腳跟踩地，哭著引我注意。我向他保證，明天會帶他去海邊。但那對他來說毫無意義，爲了吸引我注意，他會把屋子掀了。這時候他年紀比較大了，我無法將他揹在胸前，他大鬧的威力也愈來愈強。他能把放滿盤子的桌子翻倒，爬上架子去摔破我的玻璃瓶。我會派狼看著他，但牠們也管不住他，最後全逃到花園去了。我心裡好慌，擔心我要是來不及施咒，咒語一失效，雅典娜就會挾怒火降臨。

我知道自己那陣子的德性：情緒不穩，變化無常，像一把爛弓。我所有缺點都因爲養他而變得更明顯。我的自私和軟弱一覽無遺。有一天，魔咒就快要到期，他拿起一個玻璃大碗，摔破在地，碎片散落在他赤裸的腳邊。我跑過去把他抱走，趕緊掃地清理，但他掙扎打我，好像我帶走了他最親愛的朋友。最後我不得不把他關進臥室，拴上房門。他一直尖叫，房裡傳來撞擊聲，好像他在用頭撞牆。我把玻璃清乾淨，試著做點事，但這期間就像我也在用頭撞牆一樣。我一直想，如果讓他發洩得夠久，最後會累到睡著吧。但他只是繼續，愈鬧愈凶，愈鬧愈晚。時間過去，魔咒還沒完成。我可以辯稱是我的手自己動起來的，但事實不是如此。我當時好生氣，氣得七竅生煙。

我一直對自己發誓，不能用魔法對付他。把我的意志強加到他身上，這感覺是埃帖斯才會做的事。但氣極的那一刻，我抓來罌粟、安眠藥和其他藥草，煮到滋滋作響。我走進房時，他正踢著從窗戶拆下來的窗板。我說，來，喝這個。

他喝下肚，繼續去拆窗板。但我不在意了。現在看他鬧，我甚至感到滿足。他會學到教訓，他會了解他母親是誰。我緩緩唸出咒語。

他立刻像石頭一樣硬邦邦倒下。頭應聲撞到地面時，我倒抽一口氣，趕緊跑向他。我以爲他會像睡著一樣，雙眼安詳閉上。但他全身僵硬，動作中途凍結，手指曲成爪，嘴巴張開。他的皮膚摸起來好冰冷。美狄亞曾說，她不知道父親宮殿的奴隸能不能理解自己發生的事。但我知道，從他茫然的眼神中，我感覺得到他的疑惑和驚恐。

我嚇得大叫，立刻解除魔咒。他身體軟倒，然後又馬上朝另一邊爬開，瘋狂回頭看我，像是一頭困獸。我失聲哭泣，內心的羞恥和血一樣火燙。我一次次跟他道歉，說對不起。他讓我靠近，我馬上將他一擁入懷，輕輕摸著他頭腫起的地方，唸咒語替他消腫。

房裡當時變黑了，外頭太陽已下山。我暫時停下手邊一切，將他抱在大腿上，喃喃對他說話，唱歌給他聽。然後抱他去廚房，讓他吃晚餐。他吃完，抱了我一陣子，活力就重新恢復。他滑到地上，又開始奔跑、甩門，把架上抓得到的東西全拉下來。我覺得好疲憊，以爲自己要沉到土地裡去。眼看每一分一秒，對抗雅典娜的魔咒都在失效。

他一直回頭看我，我不知道爲什麼，感覺他好像在看我敢不敢去找他，用巫術對付他，或打他。我只伸手到最高的架子，拿裝蜂蜜的大陶壺，那是他一直想要的。我說，來，給你。

他跑過來，把陶壺放在地上滾，最後還打破了。他吞著黏稠的蜂蜜，然後又跑走了，沿路滴出一條蜂蜜路徑給狼舔。但也因此，我終於能完成魔咒。之後，我花了好多時間替他洗澡，帶他上床，最後讓他安穩躺在被子下。他握著我的手，小巧溫暖的指頭握住我的手。羞恥和罪惡感開始折磨我。我心想，他應該恨我，應該逃走，但我卻是他唯一擁有的親人。他呼吸放緩拉長，身體也放鬆。「你爲什麼不能安靜點？」我輕聲說。「爲什麼要這麼難搞？」

彷彿像是回答一般，腦中冒出父親宮殿的畫面。荒蕪泥土地面，黑曜石光澤晶亮。棋子在棋盤移動，父親金色的雙腿在我旁邊。我安靜躺著，動也不動，但我一直記得內心那股貪婪的飢餓。我想爬上父親大腿；想站起來，亂跑亂叫；想抓起棋盤上的棋子，摔到牆上；想瞪到木頭著火；想像搖果樹一樣，把他所有祕密都搖出來。但要是我真做了其中一件事，他不會饒過我，甚至會當場把我燒爲灰燼。

月光照在兒子額頭上，我看到洗澡時沒擦乾淨的汙痕。他爲何要安靜呢？我也向來都不安靜。認識他父親時，他父親也是個坐不住的人。差別是他不用害怕被燒成灰。

接下來好長一段時間，我像抓著桅杆一樣緊抓這想法，它帶我渡過大風大浪。確實有點幫助。因爲當他氣呼呼瞪我，一臉叛逆，全力對抗我時，我會想到這件事，並再次深呼吸。

我活了一千年，但那段時間感覺不比特拉哥諾斯的童年漫長。我祈禱他會早點說話，但後來後悔了，因爲那只給他更多表達憤怒的方式。他會從我手中掙脫並大叫，不要、不要、不要。不久之後，他會爬到我大腿上，大吼**媽媽**，叫到我耳朵痛。我跟他說，我在這裡，**很近**。但還是不夠近吧。我會陪他散步一整天，玩他想玩的每個遊戲，但只要注意力稍微分散一下，他就生氣哭喊，黏在我身上。我這時好想念我的寧芙，好想要抓住哪個人的手臂大叫，這孩子到底有什麼問題？但下一秒，我就慶幸沒人看到我對他做的事，沒人知道我怎麼讓自己的恐懼衝擊他的小腦袋。怪不得他那陣子老是生氣暴怒。

我會哄他，來，我們做點好玩的；我弄魔法給你看；要我把這草莓變成別的嗎？但他把草莓扔開，又往海邊跑。每天晚上他睡著後，我都站在他床前告訴自己：「明天我會做得更好。」有時候這是眞的。有時候，我們會笑著跑到沙灘，他會依偎在我大腿上，我們一起看海浪。他腳還是會踢，手還是會一直抓著我手臂。但他臉頰靠在我胸前，我感覺他呼吸起伏，內心湧出無限的耐心。我甚至心想，尖叫啊尖叫，我能忍受。

那是意志力，每個小時的意志力。最後那變得像魔咒一樣，不過是我施加在自己身上的魔咒。他是條氾濫的大河，我每一刻都必須準備好溝渠，安全排洪。我開始向他述說故事，先是簡單的，像兔子要尋找食物，最後找到了；小寶寶靜靜等待，最後母親來了。他想聽更多故事，於是我繼續說。我希望溫柔的故事能安撫他躁動的靈魂，也許眞的有效。有一天，我發現月亮又圓了，但他都沒有把自己摔在地上。另一次月圓過去，他最後一次尖叫就發生在那幾個月間。我眞希望記得那是什麼時候。不，我希望能回到過去告訴自己是什麼時候。這樣一來，在那些絕望的日子裡，我就能指望著終點。

他的腦袋長了新葉，憑空迸出無數想法和話語。他已經六歲了，眉毛筆直，會在花園看我砍草根。「母親。」他把手放上我肩膀，說：「試試看切這裡。」他拿出開始隨身攜帶的小刀，根應聲而斷。「看吧。」他認眞地說。「很簡單。」

他還是很愛海洋，能認得每一個貝殼和魚。他會用木頭做小舟，在海灣漂流；還會對潮池吹泡泡，看螃蟹跑走。「妳看這個。」他會拉著我說。「我沒看過這麼大的，我沒看過這麼小的。這是最亮的，這是最黑的。這隻螃蟹少了一隻手，然後另一隻手變得更大來代替少掉的手。很聰明，對不對？」

我再次希望島上還有其他人。不是想有人來替我分憂解勞，而是可以和我一起珍惜、欣賞他。我會說，看，你能相信嗎？在度過險石暴風般的難關，在我這麼失敗的養育下，他卻長成了世上最可愛的孩子。

他皺起眉，因爲他看到我眼眶噙著淚。「媽媽，」他說，「螃蟹不會有事的，我跟妳說，牠的手已經開始長回來了。妳來看這隻。牠身上有斑點，像眼睛一樣。牠能用那個看東西嗎，妳覺得？」

晚上，他不想聽我說故事了，他開始自己編故事。我覺得他小時候的瘋狂全發揮在這，因爲他每個故事裡都充滿異國的生物。有個故事是他養了獅鷲、利維坦和奇美拉*，他帶著牠們去冒險，或用聰明的策略擊敗牠們。也許所有只和母親相伴的孩子都非常有想像力。我說不上來，但他想像那些畫面時，表情好專注。他感覺每天都在變老，八歲、十歲、十二歲。他目光變得更嚴肅，手腳拉長，變得強壯。他像老人說出寓意時，會習慣用手指敲著桌子。他最喜

*利維坦是傳說中的海中蛇怪，奇美拉是傳說中會吐火的混種怪物。

歡展現勇氣和美德，最終得到獎賞的故事。**因此你絕不能……因此你永遠都要……這就是為什麼，人一定要……**

我喜歡他堅定的看法，他的世界很單純，對錯分明，犯錯會有後果，怪物終將被打倒。那不是我認識的世界，但只要他願意接納我，我會活在他的世界裡。

有一個夏日夜晚，豬在我們窗子下聞氣味。他當時已經十三歲了。我大笑說：「你比你父親擁有更多故事。」

我看他猶豫一會，好像我是隻稀有的小鳥，怕把我嚇跑。他以前問過關於父親的事，但我總是說，**時候未到**。

「說啊。」我笑著對他說。「我會回答。時候到了。」

「他是誰？」

「他是來到這座島嶼的王子。他有一千零一個詭計。」

「他長什麼樣子？」

我以為奧德修斯的回憶會很苦澀。但再想起他，其實滿開心的。「黑髮、黑眼珠，鬍子有些是紅的。他的雙手很大，雙腿短又粗壯。他的動作總是比你想像中更快。」

「他為什麼離開？」

我心想，這問題像是櫟樹樹苗。地表上只有簡單翠綠的一枝，但底下直根深入泥土，向外延展。我深吸口氣。

「他離開時，還不知道我懷了你。他在家有個妻子，也有個兒子。但不只如此。神和凡人在一起無法幸福快樂。他離開是對的。」

他輕輕皺著眉，仔細思考。「他年紀多大？」

「四十出頭。」

我看他在算。「所以他還沒六十歲。他還活著嗎？」

奧德修斯走在伊薩卡海岸，呼吸著空氣，這畫面想起來很怪。特拉哥諾斯出生後，我都沒時間遙想。但那畫面確實很完整，盡在眼前。「我相信他還活著。他非常強壯。我是說精神上。」

現在話題開了，他問所有我記得關於奧德修斯的事，他的血統、王國、妻子、兒子、年輕時的工作和戰時的榮耀。故事我都還記得，像奧德修斯初次告訴我一樣鮮明，有著上千次詭計和試煉。但重新講述給特拉哥諾斯聽時，奇怪的事發生了。有兒子的臉在我面前，讓我驚覺這些內容有多殘暴。我原以爲是冒險故事，現在聽來卻是血腥又醜陋。就連奧德修斯都變了，他變得冷酷無情，而不是堅定勇敢。有幾次，我毫不修飾講出故事，兒子會皺起眉頭。他說，妳講得不對。我父親絕不會做這種事。

我會說，你說的對。你的父親讓那個戴著黃鼠狼帽的特洛伊間諜走了，他安全回到家，和家人相聚。你的父親永遠信守承諾。

特拉哥諾斯聽了眉開眼笑。「我就知道他是正直的人。再告訴我更多他高尚的行爲事蹟。」於是我會編織另一個謊言。奧德修斯會譴責我嗎？我不知道，我不在乎。爲了讓兒子高興，我會不擇手段，甚至做出更糟的事。

那陣子我偶爾會好奇，如果特拉哥諾斯問我的故事，我會不會告訴他。我會怎麼修飾埃帖斯、帕西斐、斯卡拉和水手豬的事。最後我也不需要試，因爲他根本沒開口問過。

他開始長時間在島上遊蕩。回來時，滿臉通紅，滔滔不絕說起話。他四肢延展，聲音變沙啞。他說，再跟我多說一些父親的事。伊薩卡在哪？那是什麼地方？離這裡多遠？路途中有什麼危險？

秋天到了，我在糖漿中煮水果，爲冬天準備。我隨時可以讓樹長出果實，但這件事我很享受，冒泡的糖漿，半透明珍珠般的色澤，彷彿玻璃罐能保存住美妙的時節。

「媽媽！」他朝屋子大叫。「有艘船需要我們幫忙。他們在我們海岸邊，船一半浸在水裡。不讓他們靠岸的話，船會沉！」

這不是他第一次看到水手。他們經常經過我們的島，但這是他第一次想幫助他們。我讓他拉著我走到懸崖。沒錯，船已經傾斜，船體都浸在水裡。

「看吧？就這次好嗎？妳可以解開魔咒嗎？我相信他們會很感激。」

我想說，你怎麼知道？**通常那些男人在最需要幫助的時候，最不喜歡感激他人，還會藉由攻擊你，讓自己感到完整。**

「拜託。」他說。「要是他們是像父親一樣的人呢？」

「沒有人像你父親一樣。」

「他們會沉船，媽媽。他們會淹死！我們不能光站在這看，我們一定要幫忙！」

他表情苦惱，雙眼閃著淚光。

「拜託，媽媽！我不能眼睜睜看他們死。」

「就這次。」我說。「只有一次。」

我們從風中聽到他們的喊叫聲。**岸，有岸！**他們將船轉向，緩緩駛向我們。我要他答應我，當他們爬上小徑，走向屋子時要躲起來。他要待在房間，直到他們喝完酒；他要等我打信號，才能出來。他全都答應了，他在那時什麼都會答應。我到廚房釀製以前的魔藥，覺得自己彷彿一次身在兩處。我在這頭混合調製過上百次的藥草，雙手找著以前的動作。另一頭，則是看著兒子瘋狂跳上跳下。他們從哪來？妳看得出來嗎？妳覺得他們撞到哪個石頭？我們可以幫忙修船嗎？

我不知道該怎麼回答。我的血液在血管凝結。我試著回想自己以前的花言巧語。**進來啊，我當然會幫助你們。你們要不要多喝點酒？**

雖然我早有預期，但敲門聲傳來，我還是嚇一跳。我打開門，他們都站在眼前，全身破爛，飢腸轆轆，一如往常絕望。船長看起來像隻盤捲的蛇嗎？我看不出來。但我突然想吐，想直接甩上門，可是已經太遲了。他們已經看到我，我兒子也貼著牆，聽著一切。我警告他，我可能需要在他們身上施咒。他點頭了。**當然，媽媽，我明白**。但他不明白。他沒聽過肋骨斷裂重組、血肉撕裂變形的聲音。

他們坐到長凳上，吃著飯，將酒一口口喝下肚。我仍看著船長。他雙眼積極張望，觀察整間屋子，也打量著我。他起身。「女士，」他說，「敢問芳名？我們這頓飯要感謝誰？」

我原本這時就要下手，讓他們全都變形。但特拉哥諾斯已經走到屋裡。他穿著披風，腰上插著劍。他抬頭挺胸，像個男人一樣。這年他已經十五歲了。

「你們在女神瑟西的房裡，她是海利歐斯的女兒，她兒子叫特拉哥諾斯。雖然我們通常不讓凡人上島，但看到你們的船破了，所以特別容許你們來我們島上。在這裡這段時間，我們會盡我們所能幫忙。」

他的聲音平穩堅定，像風乾的木板。他雙眼和他父親一樣黑，但裡面有黃色發亮的斑點。那些人盯著他瞧，我也盯著他瞧。我想起奧德修斯，他和特拉馬庫斯相隔多年不見，突然看到他長大成人，心裡一定無比震驚。

船長跪下。「女神，偉大的女神。肯定是命運眷顧，才帶我們來這裡。」

特拉哥諾斯示意船長起身。他站到桌前，拿盤子替大家裝食物。那些人沒怎麼吃。他們像藤蔓看到光一樣傾向他，臉上滿是驚訝和崇敬，爭相向他述說他們的故事。我看著一切，尋思他到底是什麼時候出現這項天賦？於是我後來除了處理藥草之外，都沒下咒了。

我帶他和他們走到海岸，幫他們修船。我不擔心，至少沒那麼擔心。我下在島嶼的咒語會保護他。不只如此，他自己的咒語也會保護他，那些人像被下了咒一樣。他比他們都年輕，但他一說話，他們都點頭稱是。他帶他們看最好的樹在哪，哪些樹他們能砍；他還帶他們去小溪和樹蔭。他們待了三天，補船洞，吃著我們的食物。那段時間，他只在他們睡覺時才離開他們。那些水手喊他大人，對他說話時，會認眞採納他的意見，彷彿他是高齡九十的木匠大師，而不是初次看到船體的孩子。**特拉哥諾斯大人，您覺得這個怎麼樣？**

他看了看補丁。「我覺得補得很好。很堅固。」聽了這話，他們眉開眼笑。

他們出航時都站立船側，大聲感謝和祈禱。船消失之前，他表情無比燦爛。然後他的喜悅瞬間消失。

我承認，好幾年來，我一直希望他是個巫師。我試著教他藥草的事，像藥草的名字和特性，還常在他面前施些小咒語，希望他會受吸引。但他甚至連一點興趣都不曾有過。現在我懂爲什麼了。巫術能改變世界，但他只想加入這個世界。

他整個冬天都在外頭，後來春天和夏天也是。從日出第一道光到日落，我都見不到他人影。有幾次，問他去哪，他只揮揮手，含糊說去海灘。我沒追問。只見他總是心事重重，氣喘吁吁趕去某個地方，再回來都是滿臉通紅，衣服上全是鬼針草。我看他肩膀變壯了，下巴變寬了。「海灘的那個洞穴，」他說，「父親停船的那個洞穴，可以給我嗎？」

「島上所有東西都是你的。」我說。

「但那洞穴可以只屬於我嗎？妳保證不會進去？」

我記得自己年輕時，隱私對我來說多重要，便回答，「我保證。」

我有時會好奇，他有沒有拿他對付水手的那股魅力來對付我。因爲我那時就像吃飽喝足的牛一樣，平靜又順從，毫無意見。我告訴自己，讓他去吧。他很高興，他在成長。他在這裡能受什麼傷？

「媽媽。」他說。日出沒過多久，蒼白光線溫暖著葉子。我跪在花園除雜草。他通常不會那麼早起床，但今天是他的生日，十六歲了。

「我幫你做了蜂蜜梨。」我說。

他舉起手，給我看吃一半的水果，果肉溼潤。「我看到了，謝謝妳。」他頓了頓。「我有東西要給妳看。」

我擦去手上泥土，跟著他走下森林小徑到洞窟。裡面有艘小船，差不多跟葛勞克斯的小船一樣大。

「這是誰的船？」我問。「他們人在哪裡？」

他搖搖頭，雙頰發紅，眼睛明亮。「不，媽媽，這是我的船。在水手來之前，我就有這想法，但和他們見面之後，計畫就更加快了。他們給我一些他們的工具，教我怎麼製作其他工具。妳覺得怎麼樣？」

現在我仔細看，發現船帆是用我的床單縫的，船板刨得很粗糙，上面全是木刺。我好生氣，但同時一股奇妙的驕傲油然而生。我的兒子獨自造好一艘船，全靠原始的工具和他的意志力。

「這船有模有樣。」我說。

他露齒一笑。「對不對？他叫我不要透露。但我不想隱瞞妳。我覺得……」

他看到我的表情便不往下說了。

「誰說？」

「沒事，媽媽，他沒惡意。他一直在幫我，還說他以前常來。妳們是老朋友。」

老朋友。我怎麼沒想到這層危險？我想起特拉哥諾斯晚上回家時多興奮。以前我的寧芙回來也有相同的表情。雅典娜不能越過我的魔咒，對，她在冥界沒有力量。但這傢伙到處都能去。他沒靠擲骰子碰運氣，他會親自帶靈魂到黑帝斯大門口。他是胡鬧之神，變化之神。

「荷米斯不是我的朋友。快告訴我他跟你說的每一件事。馬上說。」

他的表情有點尷尬。「他說他能幫我，而且也眞的幫了。他說動作一定要快。因爲要剝掉傷痂，最好的方法就是要快。這甚至花不了半個月，到春天我就會回來。我們在海灣試過了，船沒問題。」

他一股腦說出來，我努力理解。「什麼意思？什麼事花不到半個月？」

「這段旅程。」他說。「去伊薩卡。荷米斯說他可以帶我繞過怪物，所以妳不用擔心。如果我乘中午潮汐出航，天黑前就會抵達下一座島。」

我說不出話來，好像他把我舌頭從嘴中拔了。

他把手放到我手臂上。「妳不用擔心。我很安全。荷米斯是我父親那邊的親戚，他跟我說了。他不會背叛我。媽媽，妳有在聽嗎？」他面露焦慮，從頭髮下看著我。

我看到他的笑容，身上血液卻變得冰冷。我也曾這麼年輕天眞過嗎？

「他是滿口謊言的神。」我說。「只有傻瓜會信任他。」

他臉紅了，但馬上露出叛逆的表情。「我知道他是什麼人。我不會只靠他。我會帶上弓箭。他也教過我使用長矛。」他比了角落的長棍，棍子尾端綁著我舊的廚刀。他一定是看到我驚恐的表情，因爲他馬上補充：「我不一定會用到。到伊薩卡只要幾天時間，然後我就會安全找到父親了。」

他身體前傾，表情認眞。他覺得自己回答了我所有反對的理由，並且爲自己感到驕傲，開心自己擬定了周全的新計畫。那幾個詞他說得多輕鬆，**安全**、**父親**。我感覺強烈的憤怒竄過全身。

「你憑什麼覺得他會歡迎你去伊薩卡？關於你父親，你唯一知道的都是故事。他已經有個兒子。你怎麼會覺得特拉馬庫斯想見到爸爸的私生子？」

他聽到**私生子**的時候縮了一下，但他勇敢回答：「我覺得他不會在意。我不是爲了他的王國或繼承權而去，所以我會跟他解釋。我只待一個冬天，我們會有時間了解彼此。」

「所以就這樣。一切都確定了。你和荷米斯都計畫好了，現在你覺得只需要我祝你一路順風而已。」

他看著我，表情猶豫。

「告訴我。」我說。「全知全能的荷米斯有告訴你他姊姊想要你死嗎？他有說，你只要一踏出這座島就會被殺嗎？」

他幾乎嘆口氣。「媽媽，那是好久以前的事。她一定忘記了。」

「忘記了？」我聲音迴蕩在洞穴中。「你是白痴嗎？雅典娜不會忘。她會一口吃了你，像貓頭鷹抓笨蛋老鼠一樣。」

他臉色蒼白，但他繼續爭辯，像一顆英勇跳動的心臟。「我會賭賭看我的運氣。」

「你不行。我不准你去。」

他瞪著我。我從來沒禁止他做任何事。「但我一定要去伊薩卡。我打造好這艘船。我準備好了。」

我走向他。「讓我解釋清楚。如果你離開，你會死。所以你不准出航。如果你敢嘗試，我會把你的船燒成灰燼。」

他一臉驚愕。我轉身離開。

他那天沒有出航。我在廚房來回踱步，他繼續待在樹林，日落時分才回家。他砰砰開關大木箱，大聲打包寢具。他只是來告訴我，他不會待在我屋簷下。

他經過我時，我說：「你希望我把你當男人一樣看待，但自己卻表現得像個孩子。你這輩子都在這裡受到保護，不了解世界上等著你的危險。你不能假裝雅典娜已不存在。」

他準備好了要跟我吵架，就像木柴等著火星一樣。「妳說的對。我不懂這世界。我怎麼可能懂？妳根本不讓我離開妳視線。」

「雅典娜曾站在那座壁爐前，要我把你交給她，讓她殺死你。」

「我知道。」他說。「說過一百次了。但那次之後，她都沒殺成，不是嗎？我還活著，不是嗎？」

「因爲我施了魔咒，從沒停過！」我起身面對他。「你知道我必須做什麼，才能讓魔咒維持住嗎？我花多少時間擔心？花多少時間確定她闖不進來？」

「妳很喜歡這樣。」

「喜歡？」我發出刺耳笑聲。「我喜歡做自己的事，你出生之後，我幾乎沒有時間去做了！」

「那就去做妳自己的巫術！去做啊！讓我走！說眞的，妳根本不知道雅典娜是不是還在生氣。妳試著跟她說過話嗎？那已經是十六年前的事了！」

他說得好像是一千六百年前一樣。他無法想像神對時間的跨度，目睹好幾代興衰，內心有多無情。他是個凡人，年紀尚輕。一個緩慢的下午對他來說就像一年。

我感覺我的臉發亮，凝聚熱氣。「你覺得所有神都像我一樣。你可以像對待僕人一樣愛理不理，他們的希望都像蒼蠅一樣，可以揮揮手就撥到一旁。但他們是能夠因爲高興或不高興就把你毀了。」

「恐懼和眾神、恐懼和眾神！妳滿口都在說這兩件事，這輩子講個不停。但有成千上萬人在這世上平安終老，有的人甚至還很快樂，媽媽。他們沒有待在安全的港口，一臉絕望。我想要成爲他們，我注定要成爲他們。妳爲什麼不能明白？」

我身旁的空氣開始劈啪作響。「你才是不明白的人。我說過你不能離開，這就是結論。」

「所以就這樣？我得待在這裡一輩子？直到我死？我連嘗試離開都不能試？」

「必要的話。」

「不要！」他重重一下拍在我們之間的桌上。「我不會那樣！我在這裡什麼都沒有。就算另一艘船來了，我求妳讓他們上岸，然後呢？幾天喘息，他們就會離開，而我還是困在這裡。如果這是人生，那我寧可去死。我寧可雅典娜殺死我，妳聽到了嗎？那時至少我這一生會看到一樣不是這島上的東西！」

我眼前一陣白。

「我不在乎你**寧可**幹麼。如果你笨到不知道要珍惜自己的生命，那我會幫你做到。我的咒語做得到。」

他第一次畏縮了。「什麼意思？」

「我的意思是，你甚至不會知道自己錯過什麼。你永遠不會有離開的念頭。」

他向後退一步。「不要。我不會喝妳的酒。我不會碰妳給的任何東西。」

我嚐到嘴中的毒液。看到他終於害怕，心中升起一股滿足。「你以爲這樣就能阻止我？你根本不了解我有多強大。」

他那個表情我一輩子都不會忘。布簾升起，他終於看到世界眞實的樣貌。

他使勁將門打開，逃到黑暗之中。

我站在原地許久，一棵被閃雷擊中的樹燒到全黑。我走到海岸，空氣涼爽，但沙灘仍保有白天的熱氣。我想起帶他到海灘的時光，他的皮膚貼著我。那時我希望他能自由行走世間，不需害怕燒傷，無所畏懼，現在我如願以償了。他根本想像不出，會有個冷酷無情的女神舉著長矛瞄準他的心臟。

我沒告訴他他小時候多容易暴怒、多難搞。我沒告訴他眾神多殘酷，他自己的父親多殘酷。我心想，我應該要說的。十六年來，我撐起島上的天空，他卻一無所覺。我應該要逼他和我一起去採集那些拯救他生命的藥草。下咒時，我應該要讓他站在鍋爐旁。他應該要知道我默默承受的一切，和所有我爲了確保他安全所做的事。

所以然後呢？他現在躲進樹林避開我。我腦中很輕易就浮現那些魔咒，可以切斷他的欲望，像削掉水果腐爛部位。

我咬緊牙關，想要發飆、將自己撕碎和放聲哭泣。我想詛咒荷米斯，怪他說些半眞半假的話，誘惑他。但荷米斯根本不重要。特拉哥諾斯以前就常看著海洋，輕聲說著**地平線**三個字，我看過他當時的表情。

我閉上雙眼。這片海岸我很熟悉，閉著眼也能行走。他還小的時候，我會列出為了保障他安全，我願意去做的事情。那不是個遊戲，因為答案總是一樣。我會做任何事情。

奧德修斯曾告訴我一個故事，有個國王受了無法癒合的傷，醫生束手無策，傷口等再久都好不了。他去找了祭司，聆聽回答。祭司說，只有給他這個傷的人能治好他，而且要用同一把長矛。於是國王蹣跚出發，橫越世界，最後找到他的仇敵，仇敵也醫治了他。

我好希望奧德修斯在場，這樣我就能問他，對方將國王刺得那麼深，國王是怎麼讓那人幫他的？

另一個故事裡出現了我要的答案。那是好久以前，我躺在寬大的床上，問奧德修斯：「你沒辦法讓阿基里斯和阿伽門農聽你話時，你怎麼做？」

他在火光中微笑。「那很簡單。你就想個他們不聽你話時的計畫。」

20

我在橄欖樹叢找到他。毯子全捲在他四周，好像他在夢中和我打鬥一樣。

「兒子。」我說。寧靜的早晨中，這兩個字好大聲。太陽還沒出來，但我感覺父親巨大的馬車輪已在轉動。「特拉哥諾斯。」

他雙眼睜開，雙手舉起想抵擋我。我心好痛，像有七首刺入。

「我是要告訴你可以離開沒關係，我會幫助你。但一定要有條件。」

他知道說出這些話的我多心痛嗎？我覺得他不知道。年輕的幸福就是感受不到事情背後所揹負的債。他感到喜悅衝上心頭，起身撲向我，臉貼著我的脖子。我閉上雙眼。他散發著綠葉和樹汁的味道。這十六年來，我們只知道彼此的氣味。

「再兩天。」我說。「這兩天要做三件事。」

他激動地點點頭。「任何事都行。」現在我輸了，他反而變得百依百順。至少他贏得很優雅。我帶他回家，讓他抱著一堆藥草和瓶子。我們一路叮噹作響，拿到他船上。我在他甲板上切塊、磨碎、用藥膏混合。他認眞看著，這點出乎我意料之外。我施咒時他通常會跑走。

「這有什麼作用？」

「能保護你。」

「保護我對抗什麼？」

「我想得到的任何事。不論雅典娜召喚什麼，像暴風雨、利維坦或讓船斷成兩半。」

「利維坦？」

我很高興看到他臉上稍微失去血色。

「這能讓牠離遠一點。如果雅典娜想在海上攻擊你，那她必須直接親手攻擊，我覺得她辦不到，因爲她受命運束縛。你一定要一直待在船上。你一登陸伊薩卡，就去找你父親，請他幫你向雅典娜求情。她是他的守護神，也許會願意聽他說話。你向我發誓。」

「好。」昏暗之中，他表情嚴肅。

我將藥劑倒在每片粗糙的木板上，塗滿每一吋船帆，唸著我的咒語。

「我可以試試看嗎？」他說。

我給他剩下的藥劑，他倒一點到甲板，重複他聽到的句子。

他戳戳木頭。「有效嗎？」

「沒有。」我說。

「我要怎麼知道該用什麼咒語？」

「我說的咒語只對我有意義。」

他表情用力，試著集中力量，彷彿將巨石推上山坡。他看著木板，說了不同的字詞，然後又換一組詞。甲板沒有變化。他看著我，好像在指責我。「眞難。」

我不禁大笑。「你以爲很簡單嗎？聽著，你開始打造這艘船時，也不會一拿起斧頭，就期待船馬上造好。都要靠一天天的累積。巫術也是一樣。我做了好幾百年，至今都還沒完全掌握。」

「但不只這樣。」他說。「也是因爲我不像你是女巫。」

我想起父親。好幾年前，他把壁爐的木頭化爲灰燼時說，**這還是我最普通的力量**。

「你可能不是巫師。」我說。「但你有別的能力。你還沒發現的能力，這就是你去冒險的目的。」

他的笑容讓我想起我的外甥女雅瑞安妮，像夏草一樣溫暖的女孩。「對。」他說。

我帶他到海灘樹蔭下。他吃最後的梨子時，我用石頭標出他的路線，一路確認休息點和危險。他不會經過斯卡拉，有其他路線可以去伊薩卡。奧德修斯是因爲波塞頓的報復，所以才不能走其他路線。

「如果荷米斯幫你，那很好，但你絕不能依靠他。他說的話全都像風一樣，毫不可靠。你必須一直提高警覺，小心雅典娜。她可能會以其他方式接近你。也許變成美麗的女生。你不能被騙，她可能會施展各種誘惑。」

「媽媽。」他臉紅了。「我要去找父親。我腦中只有這件事。」

我不說了。那陣子我們對待彼此都比之前更溫柔，甚至比吵架前感情還好。晚上我們一起坐在壁爐前。他一隻腳塞在獅子身下。那時還只是秋天，但晚上已經變涼了。我替他準備他最喜歡的餐點，魚身塞入烤藥草和乳酪。他大快朵頤，並聽我碎唸。「潘妮洛普，」我說，「你要尊敬她。跪在她面前，讚美她並獻上禮物。我會替你準備好適合的禮物。她會講道理，但身為女人，看到丈夫的私生子出現在面前肯定不會高興。

「還有特拉馬庫斯，你一定要最小心他。他的一切都可能被你奪走。歷史上不少私生子最後成為國王，他一定心裡有數。不要相信他，不要背對他。他會很聰明，手段明快俐落，畢竟他是你父親教的。」

「我很會用弓箭。」

「對付櫟木樹幹和野雉而已。你不是戰士。」

他深吸一口氣。「總之，不管他嘗試做什麼，妳的力量會保護我。」

我驚恐望著他。「別傻了。在那麼遠的地方，我沒有力量保護你。光靠那個會死的。」

他摸著我手臂。「媽媽，我的意思是他不過是個凡人。我流著妳的血，擁有血液中的能力。」

什麼能力？我好想把他搖醒。一點魅力？能讓凡人產生好感？他臉上滿懷希望，我感覺自己好老。他身上充滿年輕的氣息，並漸漸成熟。他眼前垂著黑鬈髮，聲音漸漸變低。男孩和女孩看到他會驚嘆，但面對他柔軟的身體，我只看到上千個會害他喪命的弱點。火光之中，他赤裸的脖子脆弱得嚇人。

他頭靠著我。「我不會有事，我向妳保證。」

我想大叫，你不能保證這種事，你什麼都不懂。但這是誰的錯？是我一直將世界蒙上一層紗，不讓他看清世界的眞面目。我將他的過去染成明亮大膽的顏色，他愛上了我的藝術品。現在要改變已經太遲。如果我眞那麼老，我應該很睿智。我應該要知道，鳥兒飛起時，喊叫也沒有用。

三件事，我告訴他有三件我們一定要做的事。但最後一件事是我自己要做的。他沒有質疑我。他以爲只是咒語，或是我想挖的藥草。我等到他上床睡覺，才在星光中走到海洋的邊緣。

海浪掃過我的雙腳，撩起我的衣衫裙襬。我從沒有接近特拉哥諾斯停船的洞穴。幾小時後，他會跳上船，拉起方形石塊的船錨，解開縫得歪七扭八的風帆。他是個貼心的孩子，他會一直揮手，直到我看不見他。然後他會轉身，用力瞪著雙眼，抱著渺小的希望，看向充滿岩石的小島。

我記得祖父的宮殿，還有歐開諾斯的黑水，那條環繞全世界的巨大河流。如果有神流著水寧芙的血液，就能鑽進黑水浪潮，順勢進入岩石水道，穿過上千支流，黑水最後會流到海洋底部。

我和埃帖斯兩人以前會去那裡，兩水相遇不會混合在一起，而會形成一道膜，黏黏的像小丑魚一樣。透過它，你可以看到烏黑海洋中磷光閃爍，如果手伸過去，能感到另一邊冰冷得嚇人。我們手縮回來會感到刺痛，還有點鹹鹹的。

「看。」埃帖斯說。

他指著在渾濁中移動的東西。一個蒼白影子滑行，體積大得像條船。牠直朝我們游來，幽靈般的黑色翅膀無聲豎在後頭。四周唯一聽得到的是牠脊椎尾端的尾巴拖過沙地的聲響。

巨魟，我弟弟這麼叫他。他是那一族中最偉大的一隻，是個神祇。據說創世神烏拉諾斯將他放在這裡，以免危險，因爲那隻巨大尾巴的毒液是全宇宙最可怕的毒。只要一碰，凡人馬上會死，偉大神祇中毒也將一輩子受折磨。小神呢？毒會對我們會怎樣？

我們站在巨魟古怪詭異的臉前，他扁平的嘴如一條切口。我們看著他布滿白鰓的肚子經過我們上方。埃帖斯的雙眼睜大，眼珠發光。「想想看這會是多厲害的武器。」

我知道自己即將違反放逐的禁令。這就是爲什麼我要等到夜晚才行動，等雲遮住姑姑的雙眼。如果我成功了，早上就能回來，消失這麼一下不會被發現。如果我沒成功，唉，可能就躲不過懲罰了。

我走入浪中，海水淹過雙腿和肚子，接著海浪來到我面前。我不用像凡人在身上綁石頭，對抗身體的浮力。我穩穩走下大陸棚，浪濤在我上方不斷波動，但我已走入深處，感覺不到浪了。我雙眼照亮前方的路，沙在我四周飄動，比目魚衝過我腳邊。沒有其他生物靠近，牠們聞得出來我流有水寧芙的血，也或許是因爲我做巫術多年，手上有殘存的毒液。我在想自己要不要對海寧芙開口，尋求她們幫忙。但我覺得若她們知道我的目的，會不太高興。

我走到更深處，進入一片漆黑之中。海洋和我不合，而且它知道。寒氣鑽入我骨頭，鹽分讓我的臉刺痛。海水重量不斷增加，我肩膀像扛著山丘一樣。但我擅長忍受痛苦，於是繼續下潛。遠方我看到飄在水中的巨大鯨魚和烏賊。我抓著刀，銅製刀刃異常尖銳，以致牠們看到我個個都退而遠之。

終於我來到海洋最深處。海沙冰冷，彷彿燒灼我雙腳。這裡一片寂靜，海水完全平靜。唯一光芒是飄浮在水中的一條條螢光物。這個神很聰明。待在這麼險惡的地方，除了他，沒人能活下來。

我大喊：「深海的偉大神祇，我從世界來挑戰你。」

我沒聽到聲音，身邊只是一片茫茫浩瀚的鹽水。然後黑暗分開，他出現了，全身蒼白，像是太陽的殘影一般，從烏黑深海浮出。他無聲的翅膀拍動，水流隨之起伏波動。他雙眼瞇縮，像貓一樣細，嘴巴像個切口，沒有一絲血色。我盯著他瞧。踏入水中時，我告訴自己這只是另一個必須對抗的米諾陶，另一個我必須戰勝的奧林帕斯神。但如今，他巨大駭人的身軀出現在我面前，令我心生畏懼。這生物好比世上第一滴海水，比一切都還古老。就連父親在他面前都只是個孩子。對抗他就像阻擋大海。我內心感到一道閘門打開，冰冷的恐懼湧入。這輩子我老在擔心，未來會遇到悲慘恐怖的事情。如今不需要再等待了，一切就在眼前。

妳爲什麼來挑戰我？

所有偉大的神祇都能用思想說話，但在腦中聽到他的聲音，我的胃簡直要化爲一灘水。

「我要來贏得你的毒尾巴。」

妳爲什麼想要這個力量？

「宙斯的女兒雅典娜想取我兒子性命。我的力量無法保護他，但你的可以。」

他眨也不眨的雙眼落到我身上。**我知道妳是誰，太陽的女兒。任何人只要碰過海水，水最終都會流到深海，讓我知道。我嚐過妳的味道。我嚐過妳整個家族的味道。妳的弟弟曾來過，也想要我的力量。他像其他人一樣空手而回。我不是妳能對抗的對手。**

我感到絕望，因爲我知道他說的是眞的。深海怪物通常全身是疤，因爲牠們會和其他利維坦戰鬥。但他沒有。他全身光滑，顯見無人敢和古老力量對抗。就連埃帖斯都知道自己的極限。

「但是，」我說，「我一定要嘗試。爲了我的兒子。」

不可能。

語氣和他身軀一樣扁平。面對冰冷海波和他令人膽寒的眼睛，我的意志力一點一滴消失。

但我逼自己開口。

「我不接受。」我說。「我兒子一定要活下來。」

除了死亡，凡人的生命沒有所謂的一定。

「如果我不能挑戰你，也許我可以和你交換。一個禮物，或做一件事。」

他嘴巴的切口打開，無聲笑了。**妳有什麼我會想要？**

沒有，我知道。他用白色的貓眼看著我。

我的規則自古到今都一樣。如果妳要我的尾巴，就必須承受尾巴的劇毒。那就是代價。用永恆苦痛，換取妳兒子幾年凡人的壽數。這代價值得嗎？

我想到孩子出生時，我痛到差點死掉。我想像那痛楚無邊延續下去，沒有藥醫，沒有舒緩劑，沒有解脫。

「你也提供我弟弟同樣的條件嗎？」

所有人的條件都是如此。他拒絕了。每個人都拒絕了。

知道這點，給了我一點力量。「還有其他條件嗎？」

妳不需要尾巴的力量時，就將尾巴丟入海中，讓海將尾巴還給我。

「就這樣？你發誓？」

你想跟我立契約，孩子？

「我知道你會信守承諾。」

我絕不違背。

海水在我們周圍流動。如果我做了這件事，特拉哥諾斯會活下來。那才是最重要的。「我準備好了。」我說。「攻擊我吧。」

不，妳必須自己伸手去碰。

海水拉扯著我，黑暗讓我漸漸失去勇氣。沙地不平坦，有著一塊塊突起的骨頭。海中死去的生物最終都會躺在這裡。我泡水的皮膚鼓起，陣陣刺痛，彷彿馬上要從我身上脫落。我這一輩子都很清楚，眾神並不仁慈。我逼自己走向前，有東西勾住我的腳，是一根肋骨，我把腳抽出。如果停下來，我就永遠都踏不出下一步了。

我走到他尾巴和灰色皮膚交界處。上方的肉看來十分柔軟，像腐肉一般。他的脊椎輕輕刮過海底。靠近之後，我看到毒尾巴鋸齒狀的邊緣，我聞到劇毒的力量，濃厚又令人作噁。我中毒之後，還能爬得出深海嗎？或是我只能倒在這裡，抓著毒尾巴，讓兒子死在上面的世界裡？

我告訴自己，不要多想。但我已無法再多動一吋，全身上下的常識都拉住我，不讓我自尋死路。我雙腿緊繃，想拔腿逃跑，爬回安全乾燥的世界。就像之前的埃帖斯，也像所有來追尋巨魟之力的其他人。

我身旁水流變得渾濁黑暗。我想像特拉哥諾斯明亮的臉在前面，並將手伸向他。

我的手穿過一團水，什麼都沒摸到。巨魟再次飄浮到我面前，平靜的目光望著我。

結束了。

我的腦袋和海水一樣黑。時間彷彿跳躍了。「我不懂。」

妳真的會去碰劇毒。這就夠了。

我感覺自己好像瘋了。「什麼意思？」

我和世界一樣古老，條件是隨我設的。妳是第一個達成的人。

他從沙中升起。翅膀拍動時，水波掃過我頭髮，他停下時，尾巴和身體交接處再次出現在我面前。

切斷吧。從肉的上端切，不然毒液會漏出。

他的聲音平靜，彷彿吩咐我切水果一樣。我頭昏腦脹，仍搞不清楚狀況。我看著他的皮膚，上面細緻光滑，像手腕內側。我割他無異於割開嬰兒的喉嚨。

「不能這樣。」我說。「這一定別有陰謀。擁有這力量，我能在世界爲害作惡。我可以威脅宙斯。」

妳口中的世界對我來說毫無意義。妳贏了，把獎賞拿走。切斷吧。

他的聲音不嚴厲，也不溫柔，但我感覺像被斥責了。海水重重壓在我身上，深海一片漆黑，無邊無際。他光滑、柔軟又蒼白的肉在我面前。我仍然動也不動。

妳不惜對抗我，也要得到我的尾巴。我願意給妳，妳反倒不要了？

我肚子翻攪。「拜託，不要逼我這麼做。」

逼妳？孩子，是妳來找我的。

我感覺不到手中的刀柄。我什麼都感覺不到。我兒子彷彿和天空一樣遙遠。我舉起刀，將刀尖靠到他皮膚上。像花瓣脫落一般，皮膚輕易劃開。金色神血冒出，漂到我手上。我記得我心裡在想什麼：這肯定要受天譴。我可以隨心所欲打造任何咒語，打造任何魔法矛，但下半輩子必須一直看著巨魟流血的畫面。

最後一段皮膚分開。尾巴落在我手中，幾乎沒有重量，近距離看，質感有點像虹彩貝殼。

「謝謝你。」我說，但聲音十分渺小。

我感到海流移動。一粒粒沙向彼此私語。他的翅膀舉起。我們周圍的黑暗染上一團團金色的血。我雙腳踏著千年的骨頭，心裡想著：我再也忍受不了這個世界了。

孩子，那妳去打造另一個世界。

他滑入黑暗中，身後拖著一條金色的緞帶。

手裡拿著致命的武器，路途感覺特別漫長。我看不到任何生物，就連遠方也沒有。他們以前就不喜歡我，現在更是全都逃走了。我走到海灘，時間已近日出，沒有時間休息了。我走到洞穴，找到特拉哥諾斯用的舊棍子。我雙手仍在顫抖，費力才解開棍子上綁的刀。我看著那歪曲的木棍一會，考慮要不要找一根新的矛杆。但這是他練習用的，我覺得他用習慣的比較安全，不管有沒有歪。

我拿著尾巴一端，上面有一層透明的液體。我用繩子和魔法將它纏在棍子尾端，然後套上皮鞘，再用摩里施咒，以防劇毒漏出。

他在睡覺，表情安穩，雙頰微微發紅。我站著看他，直到他醒來。他驚醒，然後瞇起眼。

「那是什麼？」

「你的保護。除了矛杆，你什麼都不要碰。稍稍擦到，凡人馬上就死，眾神則會一輩子受折磨。矛永遠都要套著皮鞘。這只有在雅典娜出現，或性命危在旦夕時才能使用。之後一定要還給我。」

他一如往常，毫無畏懼。他毫不猶豫伸出手，將矛杆拿在手中。「比銅還輕。這是什麼？」

「巨魟的尾巴。」

他向來最喜歡怪物的故事。他瞪大眼睛看著我。「巨魟？」他的聲音全是好奇。「妳把他尾巴搶過來？」

「不是。」我說。「他給我的，並有個代價。」我想到將深海染色的金血。「帶著它，活下來。」

他跪在我面前，雙眼看著地。「母親，」他開口，「女神……」我手放到他嘴上。「不。」我拉起他。他和我一樣高了。「不要現在來這套。這不適合你，也不適合我。」

他朝我微笑。我們一起坐到桌邊，吃著我做的早餐，然後我們準備好船，搬上食物和禮物，將船拖到水邊。他的表情每一分鐘都更開心，還腳步輕盈走過陸地。他讓我擁抱他最後一次。

「我會代妳向奧德修斯問好。」他說。「我會帶回好多故事，媽媽，妳絕對不會相信，我要帶好多禮物回來給妳，堆到看不到甲板。」

我點點頭，摸了摸他的臉。他出航了，揮著手，直到他消失在視線之中。

21

那年冬天暴風雨來得早。先是一陣綿綿細雨，細到地面彷彿不會溼。接著狂風橫掃，一天之內葉子全數吹下。

在島上，我不是一人已經……我數不清了。一百年？兩百年？我告訴自己，他離開之後，我會做這十六年來都暫時擱下的事。我會從早到晚，廢寢忘食練習咒語，挖草根，切柳枝，編籃子，疊到天花板這麼高。日子會很平靜。那會是休息的時光。

結果是我成天在海邊踱步，向外望，彷彿我能讓目光一路延伸到伊薩卡。我數著日子，算他旅程到了哪裡；現在要去取水了；現在該看到島了；他到宮殿會跪下，但奧德修斯會……怎樣？他離開時，我沒說懷孕的事。我透露好少事。他會怎麼面對我們生下的孩子？

我向自己說，一定會很順利。他是個值得驕傲的孩子。奧德修斯會清楚看出他的本質，就像他一眼看到代達羅斯的織布機一樣。他會信任他，教他凡人所有技術，像劍術、弓箭、打獵和在議會發言。特拉哥諾斯會坐在宴會上，讓伊薩卡感受他的魅力，而他父親則在一旁驕傲看著。就連潘妮洛普和特拉馬庫斯都會喜歡他。也許他在宮殿還能有個職位，他會來回在我們之間，過著好日子。

還會有什麼，瑟西？他們會騎上獅鷲，全部長生不老嗎？

空氣都是霜的氣味，天空落下幾片雪花，我走過上下無數次的愛以亞山坡。白楊樹的枯木枝交錯。茱萸和蘋果樹在寒風中顫抖，果實落一地。茴香高及腰部，海石上都是半乾的鹽。海浪上方鸕鶿掠過空中。凡人喜歡形容自然美景永恆不變，數十年如一日，但其實島嶼時時都在變化，一代代無止境流動。我來這裡已經超過三百年。在我上方沙沙作響的櫟樹以前是棵小苗。海灘更是前後漂移，來回流動，每年冬天弧線都有改變。就連懸崖也不同，長年受風吹雨淋，被無數蜥蜴爪子抓過，種子在裂縫中冒出樹芽。一切都順應著自然穩定的呼吸起伏。除了我之外。

十六年來，我把這想法放到一邊。是特拉哥諾斯讓一切變得簡單，他嬰兒時期無比瘋狂，我每天要擔心雅典娜暗算；接著有一陣子他老是在生氣；等他再大點，又一直大吼大叫。而且我為了照顧他，每天都有一大串亂七八糟的事要做，像是衣服要洗，食物要煮，床單要換。但現在他走了，我漸漸恍然大悟。就算特拉哥諾斯沒被雅典娜殺死，就算他一路順利到伊薩卡再回來，我仍然是失去他了。也許是因為船難、生病、受攻擊或參加戰爭，或者我也頂多只能希望親眼目睹他一點一滴衰老。看他雙肩下垂，雙腿打顫，肚子凹陷。最後我必須站在他白髮蒼蒼的屍體旁，看火焰吞噬他。忽然我眼前的一切，包括山丘、樹木、蟲子、獅子、石頭、嫩芽、代達羅斯的織布機，彷彿都在搖晃，就好似一場漸漸模糊的夢。在現實的表面下，冰冷而永恆無盡的哀傷，才是我眞正久居之地。

其中一隻狼開始嗥叫。「安靜。」我說。但牠繼續叫，聲音迴蕩在牆壁之間，吵得不得了。我在火堆前睡著了，頭靠著壁爐。等我睡眼惺忪坐起，皮膚上還壓出毛毯印子。透過窗，冬日天光灑入房內，蒼白刺眼。光照到眼睛，在房中留下陰影。我想再繼續睡。但牠呻吟又嗥叫，最後我只好起身走到門口，用力打開門。夠了吧！

狼擠過我，快步走到空地。我看著牠過去，那隻我們喊牠亞克圖蘿。大多數的動物沒有名字，但牠是特拉哥諾斯最喜歡的一隻。牠向上爬，走向能俯瞰海岸的懸崖。我門沒關，就跟著牠走。我沒有穿披風，爬到亞克圖蘿旁的山頂時，暴風不斷吹著我。那天的海是冬天最可怕的那種，波濤洶湧，狂風橫掃，海面都是白沫，觸目驚心。只有必要時才會有人選這時節出航。我瞪大眼睛，以爲自己看錯了，但那裡有一艘船。是特拉哥諾斯的船。

我跑下山，穿過樹林和荊棘叢。我喉嚨同時充滿恐懼和喜悅。他回來了。他回來太早了。一定是出了恐怖的事。他死了。他變了。

他在月桂林中和我相遇。我抓住他，將他一擁入懷，臉靠在他肩膀。他全身都是鹽味，感覺比之前更壯了。我抱著他，鬆了口氣，慢慢冷靜下來。

「你現在就回來了。」

他沒回答。我抬頭看著他的臉。神情憔悴，滿是擦傷，缺乏睡眠。他面如死灰。我心裡一驚，覺得不對勁。「怎麼了？發生什麼事？」

「媽媽。我要跟妳說。」

他聽起來好像嗆到水一樣。亞克圖蘿靠著他膝蓋，但他沒有摸牠。他全身冰冷僵硬。我的身體也隨他發冷。

「告訴我。」我說。

但他不知所措。他這輩子說了無數故事，可是這故事像深深卡在岩層中的礦石，他說不出口。我牽起他的手。「不管是什麼事，我都會幫忙。」

「不要！」他手從我手中抽開。「不要說這種話！妳讓我說。」

他臉色蒼白，彷彿吞了毒藥。風仍在吹，拉扯我們的衣服。我只感到兩人之間隔著一段距離。

「我到的時候他不在，我說的是父親。」他吞了吞口水。「我去宮殿，他們說他出遠門去打獵。我沒有待在宮殿。我照妳吩咐待在船上。」

我點點頭，擔心我開口會讓他崩潰。

「晚上我會在海灘走走。我一直隨身帶著長矛。我不喜歡把矛留在船上。我不想……」

他臉上一陣痙攣。

「船駛來時是日落的時候。船不大，像我的一樣，但載滿金銀財寶。船在海浪中起伏時，財寶閃著光。我覺得是盔甲，還有一些武器和碗。船長拋下船錨，從船頭跳下來。」

他和我四目相交。

「我當時就知道了，雖然離得很遠。他比我想像中還矮小，但他的肩膀和熊一樣寬大，滿頭斑白。他可能是任何一個水手，我不知道自己怎麼知道的。那感覺像是……像是多年來，我的眼睛一直等著看到他的身影。」

我知道那種感覺。那是我第一次看到他在我懷中的感覺。

「我大聲叫他，但他已經朝我走來。我跪下。我以為……」

他拳頭壓著胸口，彷彿他想將拳頭塞進去。他控制住情緒。

「我以為他也認出我。但他大吼大叫，說我不准侵門踏戶，偷他東西。他要給我一個教訓。」

我能想像特拉哥諾斯的震驚。他這輩子從來沒被人指責過。

「他朝我跑來。我說他誤會了，我之前有得到他兒子，也就是王子的許可。這話只是讓他更生氣。他說，我才是統治這裡的人。」

風颳著我們，他皮膚冒出雞皮疙瘩。我試著伸手抱他，但不如去抱棵櫟樹。

「他站到我上方。他臉上滿是皺紋和鹽漬，手臂裹著塊繃帶，血都滲出來了。他腰帶掛著刀。」

兒子的目光茫然，好像再次跪在那片沙灘上。我記得奧德修斯滿是疤痕的手臂，那來自上百次輕淺的刀傷。他喜歡近距離搏鬥。他說過，手臂挨一下總比肚子挨一拳好。他在黑暗房間微笑著說，**那些英雄。我直接衝向他們時，妳應該看看他們的表情。**

「他叫我放下長矛。我告訴他不行，但他只一直大叫，要我放下來、放下來。後來他伸手來抓我。」

那畫面浮現在我腦中。奧德修斯像熊一般壯碩的身材，腿肌結實，飛撲向鬍子都還沒長齊的兒子。那些我隱瞞沒告訴兒子的故事也跟著全浮上心頭。奧德修斯把違逆國王的特西特斯揍到失去意識；一直唱反調的歐律洛科斯，最後被他打到兩眼淤青，鼻子腫起。奧德修斯再三放任阿伽門農任性之舉，但面對下屬，他比嚴冬風暴還無情。所有人的無知讓他無比厭倦。爲了達成他的目的，固執的就一個個控制，愚蠢的就一個個引導。但他只有一張嘴，不可能說服所有人。一定有更簡單的方法，於是他找到了。他可能還覺得痛快，反正以後只要有人敢跑來全希臘最強戰士面前，嘮叨抱怨，他就把對方痛扁一頓。

希臘最強戰士看到我兒子會看到什麼？一個溫和、無所畏懼的孩子，一個這輩子從不向別人低頭的年輕人。

我感覺像條繃緊的繩子，已拉扯到極限。「發生什麼事？」

「我跑了，跑向宮殿。他們可以告訴他，我沒有惡意。但他太快了，媽媽。」

奧德修斯的短腿會讓人誤以爲他跑不快。但他的速度只輸給阿基里斯。在特洛伊，他贏下每一場跑步比賽。有次摔角比賽，他還拐倒了埃阿斯。

「他抓住長矛，將我拉住。皮鞘掉了。我不敢放手。我怕……」

特拉哥諾斯就站在我面前，但我仍感到遲來的驚恐。多驚險啊。如果長矛在他手中一歪，稍微擦傷他……

然後我明白了。這時我明白了。他臉色像燒焦的大地，聲音破碎，充滿悲傷。

「我大叫說他一定要小心。我告訴他了，媽媽。我說不要碰到刀刃。但他把長矛從我手中奪去。只是一點小傷。矛尖劃到他臉頰。」

巨魟的尾巴。我交到他手中的致命武器。

「他的臉就……停了，他倒下來。我想把毒擦掉，但他臉上甚至沒有傷痕。我說，我會帶你去找我媽，她會幫忙。他雙脣慘白。我抱著他。我是你兒子，特拉哥諾斯，瑟西女神是我母親。他聽到了，我覺得他聽到了。他死之前看了我一眼。」

我說不出話來。一切終於眞相大白。雅典娜爲何如此絕望，她神情僵硬，說如果特拉哥諾斯活下來，我們一定後悔。她擔心他會傷害她最愛的人，而雅典娜最愛的人還有誰呢？

我手摀著嘴。「奧德修斯。」

他聽到縮了身子，好像這是個詛咒。「我有試著警告他。我有……」他哽咽。

和我睡過好幾個夜晚的男人，最後死在我取得的武器下，死在我兒子的懷裡。命運嘲笑著我，嘲笑著雅典娜和所有人。這是他們最喜歡的諷刺笑話，凡是想和預言對抗的人，只會落入預言的圈套。我可憐的兒子一生不曾傷過人，如今卻中了這華美漂亮的陷阱。他駕船返家的漫長旅途中，心裡定是不斷受強烈的罪惡感煎熬。

我雙手麻木，但仍伸出手，抓住他肩膀。「聽著，聽我說，你不能怪自己。命運很久以前就已注定，有上百種方式會發生。奧德修斯有次告訴我，他注定要被海洋殺死。我以爲會是船難，我甚至沒想過別的可能。我對命運太盲目了。」

「妳應該讓雅典娜殺死我。」他肩膀垂下，語氣無力。

「不！」我搖他，好像我可以把那邪惡念頭搖掉。「我永遠不會這麼做。永遠不會。那怕當時我就知道這結果也一樣。你聽到了嗎？」我竭盡所能說服他。「你聽過那些故事。伊底帕斯和帕里斯，他們的父母想殺死他們，但他們還是活下來，完成他們的命運。這永遠會是你要走的路，你一定要坦然接受。」

「坦然接受？」他抬頭。「他死了，媽媽。我父親死了。」

這是我以前常犯的錯，我太早跑去幫忙，沒先停下來想一想。「喔，兒子。你心裡很悲痛，但我也一樣。」我說。

他大哭失聲，淚水溼透了我肩膀。我們在枯枝下一起爲他哀悼，爲那個我認識，他卻沒機會認識的男人。我想起奧德修斯像農夫一般寬大的手掌；他說話時的淡然語氣，能精準陳述眾神和凡人的愚行；他那雙眼能看透一切，又能掩飾自己的心思。但這一切都抹滅無存。我們相處並不容易，但都對彼此很好。沒有其他人能依靠時，他相信我，我相信他。奧德修斯就像是我的半個孩子。

過一會，他抽開身子，止住眼淚，但我知道他之後還會再哭。

「我原本希望……」兒子的話沒說完，但意思很清楚。孩子總是希望什麼？讓父母驕傲。我知道那個希望破滅之後有多痛苦。

我把手放到兒子臉上。「在黑暗冥界中，凡人會知道活人的成就。他不會怨恨你。他會聽你的消息，會為你驕傲。」

我們身邊樹林搖動。風變了方向。我的叔叔玻瑞士用冰冷氣息掃過世界。

「冥界。」他說。「我沒想到。他會在冥界。我死的時候就能見到他。我那時就能求他原諒了。我們接下來都能一起相處。對不對？」

他聲音充滿希望。我看到他眼中的畫面。偉大的船長越過長滿金穗花的原野朝他走來。他會以烏黑膝蓋跪下，奧德修斯會示意他起身。他們會在冥界一起生活。他們會在一起，而我永遠不能跟去。

我悲從中來，幾乎快被吞噬。但我願意為他觸碰劇毒，難道說不出簡單幾個字，讓他好過一點嗎？

「當然會。」我說。

他胸膛起伏，但已漸漸冷靜下來。他擦乾臉上眼淚。「妳知道我一定要帶他們來。做了那種事之後，我不能丟下他們。而且他們都開口要求了。他們很疲憊，也還在哀悼。」

我也好疲憊，心力交瘁，卻感覺一波未平一波又起。「誰？」

「王后，」他說，「還有特拉馬庫斯。他們在船上等待。」

我身旁的樹枝彎向我。「你帶他們來這裡？」

他聽到我尖銳的語氣，眨眨眼。「當然了。他們要我帶他們來。他們沒有留在伊薩卡的理由了。」

「沒有理由？特拉馬庫斯現在是國王了，潘妮洛普是太后。他們爲什麼要離開？」

他皺起眉頭。「他們是那樣說的。他們說他們需要幫忙。我怎麼能質疑他們？」

「你怎麼能不質疑他們？」我喉間脈搏跳動。我聽到奧德修斯開口，宛若他站在我身邊。**如果我被殺，我兒子會出航。他會追殺那些讓我死的人。他會站到他們面前說：『你敢殺死奧德修斯，現在要你血債血還。』**

「特拉馬庫斯發誓要殺了你！」

他盯著我。他聽過所有兒子爲父報仇的故事，但他還是吃了一驚。「不會，」他緩緩說，「如果他想殺我，在路上就可以下手。」

「那不能證明什麼。」我說。我的聲音發抖。「他父親有上千個詭計，最一開始的策略，可能就是假裝成朋友。也許他打算傷害我們兩個，也許他想要我看著你死。」

剛才我們還擁抱彼此，現在他退開來。

「妳說的是我哥哥。」他說。

哥哥兩個字出現在他嘴中。我想到雅瑞安妮向米諾陶伸出手，還有她脖子上的疤。

「我也有兄弟。」我說。「如果我落入他們手中，你知道他們會對我做什麼嗎？」

他父親才剛過世，但我們仍在吵同樣的事。眾神和恐懼、眾神和恐懼。

「他是我父親在世上唯一留下的骨肉。我不會背棄他。」他呼吸粗重。「我不能挽回我做的事，但至少這件事我做得到。如果妳不歡迎我們，我就走。我帶他們去別的地方。」

我不懷疑他會這麼做，他會帶他們遠走他方。我感覺內心湧起舊有的憤怒，我曾立誓燒光世界，也不願讓他受到任何傷害。在這誓言下，我面對雅典娜，撐起天空，我甚至走入黑暗深海。那股灌注全身的怒火，其實我甘之如飴。我的腦袋會出現毀滅的畫面：天崩地裂，天昏地暗，島嶼沉入海中，我的敵人變形爬在我腳邊。但現在我腦中浮現幻想時，兒子的臉會冒出來阻止我。如果我燒光世界，他也會燒死。

我深呼吸，讓鹹鹹的空氣進到身體。我不需要那種力量，暫時不用。潘妮洛普和特拉馬庫拉可能很聰明，但他們不是雅典娜，而我阻擋女神已十六年。他們想在這裡傷害他，可說是自不量力。島上保護他的咒語仍在。他的狼絕對不會離開他身邊。我的獅子在各自的石頭上監視。而且還有我，他的女巫母親。

「來吧。」我說。「我們帶他們看看愛以亞。」

那對母子在甲板上等待。他們身後冰冷的天空中，蒼白的圓太陽照耀，陰影遮蓋他們的臉。我不知道他們是不是故意的。奧德修斯曾告訴我，決鬥時有一半的關鍵在掌握太陽的方向，努力讓陽光刺入敵人的雙眼。但我身上流有海利歐斯的血，沒有光能讓我目盲。我清楚看到他們——潘妮洛普和特拉馬庫斯。我心裡有點興奮，好奇他們會怎麼做。跪下嗎？見到替丈夫生了個孩子的女神，要怎麼打招呼？要是那孩子還害丈夫死了呢？

潘妮洛普垂頭。「女神，感謝妳。感謝妳讓我們有棲身之所。」她聲音像奶油一樣柔順，表情像靜流一樣平和。我心想，非常好。所以我們要這樣做，這套我知道。

「你們是我座上賓。」我說。「歡迎你們來。」

特拉馬庫斯腰間插把刀，是把用來殺動物的刀。我感覺心臟跳一下。聰明。劍和矛是戰鬥用的武器，但一支握柄鬆開的舊獵刀，不會引人懷疑。

「而你是特拉馬庫斯。」我說。

他聽到名字，頭抬了一下。我以爲他會看起來像我兒子，年輕力壯，散發優雅的氣質。但他身材嬌小，表情嚴肅。應該只有三十歲，但看起來老得多了。

他說：「妳兒子告訴妳我父親過世的事了嗎？」

我父親。這幾個字懸在空中，像是挑戰。我很意外他這麼大膽。從外表看，我沒料到他會如此。

「有。」我說。「我很難過。你父親是值得詩歌讚頌的人物。」

特拉馬庫斯表情一僵。我心想，大概是憤怒，我居然敢提到他父親的悼亡詩。好啊，我就要他生氣。生氣就會犯錯。

「來吧。」我說。

灰色狼群無聲走在我們四周。我走在最前面。在他們進我家、站到我壁爐旁之前，我需要一個空間喘息，一點時間來計畫。特拉哥諾斯拿著行李袋，他堅持自己拿就好。但母子倆東西帶的不多，貴族的衣櫃裡肯定不只這點東西，但話說回來，伊薩卡又不是富饒的克諾索斯。我聽到特拉哥諾斯走在我後頭，指出危險的地方，像滑溜的樹根和石頭。他的罪惡感和冬霧一樣濃密。不過，他們能讓他分心，不至於沉浸在絕望之中。他在海灘碰我手臂，低聲說，她非常虛弱，我覺得她都沒吃東西。妳看到她有多瘦嗎？妳讓動物離開吧。準備些簡單的食物。可以做肉湯嗎？

我覺得自己彷彿飄浮在空中。奧德修斯死了，潘妮洛普在這裡，而且我要為她煮肉湯。我默念她名字這麼久時間，她終於被我召喚來了。我心想，是為了復仇吧。一定是。不然他們母子倆來這，還有什麼理由？

一行人到達我家門口。我們對話還是很客套，**進來吧，謝謝妳，要吃點什麼嗎，妳人真的太好了**。我端來餐點，裡頭確實有肉湯，還有乳酪、麵包和酒。特拉哥諾斯放好盤子，時時留心幫他們斟酒。他的神情依然緊張，帶著罪惡感。之前面對一群水手，我的孩子表現得游刃有餘，如今卻來回徘徊，像狗一樣看著他們，希望能獲得一絲原諒。這時天已黑，蠟燭點亮。火焰隨我們呼吸搖曳。「潘妮洛普女士，」他說，「妳有看到我跟妳說的織布機嗎？對不起不能帶妳的來，但妳隨時可以用這台。如果媽媽同意的話。」

其他時候，我聽了一定會大笑。有句諺語是這樣說，女人的織布機就像她的丈夫。我觀察潘妮洛普的身體有沒有反應。

「很高興能看到這麼精美的機器。奧德修斯常跟我提到。」

奧德修斯。名字停留在房中。她不怕，我也不怕。

「那也許，」我說，「奧德修斯也有告訴妳，這是代達羅斯親手做的？我織工不佳，這禮物我是配不上的，但聽說妳很會織布。我希望妳能用用看。」

「妳人太好了。」她說。「只恐怕妳聽到的都太浮誇了。」

於是事情就這樣進行。沒人哭，沒人指責，特拉馬庫斯沒從桌子撲過來。我注意他的刀，但他彷彿不覺有刀在腰間一樣。他沒說話，他母親偶爾才開口。我兒子繼續照顧他們，填補沉默，但一分一秒過去，我看得到他悲傷不斷累積。他眼神呆滯，身體開始微微顫抖。

「你們累壞了。」我說。「我帶你們去房間吧。」

這不是問題。他們起身，特拉哥諾斯身體有點搖晃。我帶潘妮洛普和特拉馬庫斯到房間，替他們拿了水梳洗，看他們關上房門。我跟著兒子回房，坐到他床邊。

「我可以給你藥劑睡覺。」我說。

他搖搖頭。「我睡得著。」

在絕望和疲倦下，他很順從。他讓我握住他的手，將頭靠到我肩膀。我情不自禁感到滿足，他很少讓我如此親近。我摸著他的頭髮，顏色比他父親淺一點。我感到他全身再次打了寒顫。「睡吧。」我喃喃說，但他已經睡了。我輕輕將他放到枕頭上，拉好毯子，在房間施了咒，阻隔噪音和光線。他愛的那隻狼，亞克圖蘿在床腳喘氣。

「你剩下的兄弟姊妹呢？」我對牠說。「我希望牠們也在這。」

牠銀灰色的眼睛看著我。**有我就夠了**。

我關上門，走過屋子深夜的黑影。我終究沒叫獅子離開。觀察凡人看到牠們的反應總能發現些端倪。潘妮洛普和特拉馬庫斯沒有退怯，或許是我兒子提醒過他們。也或許是奧德修斯說過？一想到此，我全身竄過一股奇怪的寒意。我仔細聽，彷彿想隔牆聽到答案。屋子一片寧靜。他們睡了，或者沒有交換想法。

我走進餐廳，特拉馬庫斯在那。他站在餐廳中間，動作像放上弓弦的箭。他腰間的刀閃著光。

我心想，總算來了。哼，那要照我的方式。我經過他，走向壁爐，倒了一杯酒，坐回到椅子上。這段時間，他雙眼緊跟著我。**很好**。我皮膚竄過一股力量，像暴風雨前的天空。

「我知道你計畫要殺死我兒子。」

除了壁爐中的火焰，沒有東西在動。他說：「妳怎麼知道？」

「因爲你是王子，奧德修斯的兒子。因爲你尊重眾神和凡人的法律。因爲你父親死了，我兒子是凶手。也許你還想試著殺我。或是你只是希望我看他死？」

我雙眼發光，四周投出陰影。

他說：「女神，我對妳和妳兒子沒有惡意。」

「真好心。」我說。「我完全放心了。」

他不像戰士，肌肉不大也不結實。他身上沒有疤痕，也看不到厚繭。但他是邁錫尼的王子，長年磨鍊，思路靈活，打從搖籃裡就開始受訓要上戰場。潘妮洛普可不會隨便將他養大。

「我要怎麼證明自己？」他語氣認真。我心想，他在嘲笑我吧。

「你證明不了。我知道兒子勢必要報父仇。」

「這我不否認。」他目光毫不閃躲。「但那只在他被殺的時候。」

我十分驚訝，揚起眉毛。「你是說他不是被殺的嗎？但你帶著刀進我家門。」

他低頭，好像大吃一驚。「這是雕刻用的。」他說。

「對。」我說。「我想也是。」

他從腰帶抽出刀，推到桌上。刀發出沉悶的震動聲。

「父親死的時候，我就在沙灘上。」他說。「我聽到大叫聲，擔心發生衝突。奧德修斯這幾年……並不受歡迎。可是我到得太晚了，但我看到結局。是他自己將長矛奪下。他並不是死在特拉哥諾斯手下。」

「面對父仇，大多數人不會輕易原諒。」

「大多數人怎麼想，我不知道。」他說。「但硬要怪妳兒子，並不公平。」

從他口中聽到這番話，感覺好奇怪。他父親最喜歡提到公平，還會露出歪斜的笑容，抬起雙手，說：「**我能說什麼？這世界本來就不公平**。」我看著面前的男人，雖然我滿腔怒氣，但他身上**有種逞強**。他沒有一丁點宮廷光鮮亮麗的感覺，動作簡單，甚至帶點笨拙。他像艘船，目標明確，釘上板條，準備面對風暴。

「你要明白，」我說，「任何人意圖傷害我兒子都注定會失敗。」

他目光投向靠在一起的獅群。「我想這點相當清楚。」

他那淡淡的口吻令我意外，但我沒大笑。「你告訴我兒子，你們沒有留在伊薩卡的理由。我們都知道有個王位等著你。你爲什麼沒繼承？」

「我現在在伊薩卡不受歡迎。」

「爲什麼？」

他毫不猶豫。「因爲我眼睜睜看著父親倒下，因爲我沒當場殺死妳兒子。火葬時我也沒有哭泣。」

這段話語氣平靜，像是剛丟入火爐的煤炭，隱隱含著股怒火。我記得我讚頌奧德修斯時，他臉上一閃而過的神情。

「你不爲父親的死感到悲傷？」

「有。我難過的是，我一直沒見到大家告訴我的那個父親。」

我瞇起眼。「講清楚。」

「我不會說故事。」

「我沒要你說故事。你來到我的島嶼。我有權知道眞相。」

過一會，他點點頭。「我會告訴妳。」

我坐在木椅，所以他坐上銀椅。那是他父親以前的座位。我一開始會注意奧德修斯，就是因爲他直接躺到上頭，好像那是張床一樣。特拉馬庫斯坐得挺挺的，像是被點到要唸課文的學生。我問他要不要喝酒。他拒絕了。

他說，奧德修斯戰後沒有回家，追求者開始出現，一個個來向潘妮洛普求婚。伊薩卡野心勃勃的名門望族從鄰島蜂擁而至，一方面想抱得美人歸，一方面也覬覦著王位。「她拒絕他們，但他們待在宮殿好幾年，吃我們的食物，要求母親做出選擇。她一次次請他們離開，但他們不肯。」他聲音有著長年的怒火。「他們發現我們拿他們無可奈何，畢竟我們就只是一個孩子和一個女人。我指責他們，他們卻一笑置之。」

我知道這種男人。我向來都送他們進豬圈。

後來奧德修斯回家了。自特洛伊出發，他總共航行了十年，也就是離開愛以亞七年後。

「他喬裝成乞丐，只向幾個人透露眞實身分。我們製造機會，考驗追求者的決心。只要有人能拉開奧德修斯的巨弓，就能贏得我母親。追求者一個個嘗試失敗。最後我父親走向前，一個動作就拉開弓，架好箭，射穿裡頭最糟糕的人的喉嚨。我害怕這群人好久，但他們碰到他，就像雜草遇鐮刀一樣接連倒下。他將所有人都殺了。」

他是屬於戰爭的男人，這二十年來都在征戰。他是阿基里斯之後希臘最強的戰士，這回再次執弓，這些傢伙當然毫無勝算。他們全是紈褲子弟，花天酒地，嬌生慣養。這是個好故事。追求者懶惰殘酷，忠貞妻子遭圍困，忠心繼承人被威脅。照眾神和凡人的法則，他們罪有應得，奧德修斯像死神一樣來拯救一切，歷經苦痛的英雄最終導正這世界。就連特拉哥諾斯都會贊同故事的寓意。但不知何故，那畫面令我噁心。奧德修斯踏著血，慢慢走進他夢想已久的宮殿深處。

「隔天追求者的父親來了，他們全是島上望族。尼坎諾有最多的山羊；亞伽桑經營松木工藝；尤佩提斯以前會讓我去他家果園摘梨。他開口說，『我們的兒子是你家客人，你卻把他們全都殺了。我們要求賠償。』

「我父親說：『你們的兒子是賊和壞人。』他比了一下，我祖父也隨即擲出長矛，尤佩提斯的臉瞬間被刺破，腦漿濺了一地。父親命令我們將剩下的人全殺了，但這時雅典娜現身了。」

所以雅典娜最後也回到他身邊了。

「她宣布世仇已經結束。追求者已付出代價，不需要再流血了。但隔天，士兵的父親也都來了。『我們的兒子在哪？』他們希望知道。『我們等了二十年，要歡迎他們從特洛伊凱旋歸來。』」

我知道奧德修斯會怎麼告訴他們。你兒子被獨眼巨人吃了；你兒子被海怪斯卡拉吃了；你兒子被食人族撕成碎片；你兒子喝醉從屋頂摔死了，他的船被巨人弄沉，而我逃了出來。

「你父親從我島上離開時，船員都還在。他們沒人生還嗎？」

他遲疑一下。「妳不知道？」

「知道什麼？」但我一開口，嘴巴就和愛以亞島上的黃沙一樣乾涸。特拉哥諾斯的童年好瘋狂，我沒時間去擔心我無法掌握的事。但我想起冥界預言家特伊西亞斯的話，字字句句清楚得像奧德修斯才剛說出口一樣。

「牛，」我說，「他們吃了牛。」

他點點頭。「對。」

那群餓肚子、魯莽的水手和我生活過一年。我餵飽他們，照顧他們的病痛和傷疤，開心看著他們休息療傷。現在他們已從世上消失，彷彿不曾活過。

「告訴我發生什麼事。」

「船經過索理納奇亞島，暴風雨降臨，逼他們靠岸。父親盯著他們好幾天，但暴風雨遲遲不停，他們受困在海岸，最後我父親不得不睡覺。」

老掉牙的故事。

「他睡覺之後，他的手下殺了牛。兩個看守島嶼的寧芙看到他們，去找了……」他再次遲疑。我看他斟酌著要不要說出**妳父親**。「海利歐斯神。我父親再次揚帆離開時，船被轟成碎片，所有人都淹死了。」

我能想像我同父異母的姊姊金髮飄曳，眼睛斑斕，漂亮的膝蓋跪地。**噢，父親，不是我們的錯。懲罰他們**。好像父親需要旁人提醒似的。海利歐斯本就有著無盡的怒火。

我感到特拉馬庫斯目光停在我身上。我拿起酒杯喝。「繼續說。他們父親來了之後呢？」

「他們父親來了，知道自己兒子怎麼死之後，他們要求兒子在特洛伊征戰後，應得的那份財寶。奧德修斯說財寶全沉到海底了，但那些人不肯放過他。他們一次次出現，每次都讓父親更憤怒。他用拐杖打了尼坎諾肩膀，把克里多斯打昏過去。「你想要聽你兒子眞實的故事嗎？他是個笨蛋，老愛吹牛皮；他生性貪婪、愚蠢又不聽眾神的話。」

這些話好粗暴，我很訝異是出自奧德修斯口中。我心中一角想反駁，說這不像他。但我有多少次聽到他贊同以暴制暴？唯一差別是，特拉馬庫斯只是平鋪直述。我能想像奧德修斯嘴裡嘆著氣，朝空中伸出雙手。**這就是指揮官的命運。這就是人類的愚昧。有些人就像驢子一樣，非痛打一頓才能明白事理，這不就是凡人必須面對的悲劇嗎？**

「他們後來就躲得遠遠的，但我父親依然生著悶氣。他認定這些人密謀對付他。他安排宮殿日夜都站衛兵，還說要訓練狗、挖壕溝來逮住趁夜來襲的壞人。他畫下設計圖，打算建造高大的柵欄，彷彿我們是戰時的營地。我那時應該說點什麼。但是……我仍希望這只是一時的事。」

「你母親呢？她怎麼想？」

「母親怎麼想，我不知道。」他語氣僵硬。我想起他們兩人一整晚都沒對彼此說話。

「她將你一手帶大。你一定有些想法。」

「在事情完成之前，沒人能猜得出她在做什麼。」他現在語氣不只僵硬，還帶著憤怒。我等他繼續說。我開始發現，沉默更能讓他說下去。

「有段時間，我們無話不說。」他說。「我們晚上會一起擬定策略，對付追求者。例如不管她有沒有坐在王座上，她說話都要傲慢，高高在上，我們會討論要不要拿出好酒，要不要設局讓他們爭吵等等。小時候我們天天都在一塊。她會帶我去游泳，之後我們會坐在樹下，看伊薩卡的人民生活。人民經過時，她都知道每個人的身世，並會向我述說他們的故事。她說你要統治人民，就必須了解他們。」

特拉馬庫斯目光望向空中。火光照出他鼻子歪了，我之前沒發現。應該是以前斷過。

「我擔心父親的安危時，她會搖搖頭。『別擔心他。他太聰明了，不可能喪命，他知道如何擺布人心，也懂得怎麼為自己帶來優勢。他會挺過戰爭，再次回家。』我會安心一些，因為母親說的話總會成真。」

奧德修斯形容她是筆直不曲的弓，不動的星星，是個了解自己的女人。

「我有次問她是怎麼做到的，怎麼能清楚理解這世界。她告訴我，關鍵是要保持非常冷靜，不展露情緒，讓其他人自曝其短。她試著跟我練習，但她看了都大笑。她說：『你的表情藏都藏不住，就像躲在沙灘上的大公牛！』」

特拉馬庫斯真的藏不住情緒。他臉上的痛苦清楚明白。我可憐他，但說老實話，我也羨慕他。特拉哥諾斯和我不曾這麼親密。

「後來父親回家，這一切都不見了。他像是一場夏日風暴，灰白的天空劃過明亮閃電。他在時，別的一切都淡去了。」

我知道奧德修斯這招。他在的那一年裡，我天天都看到。

「他打尼坎諾那天我去找她。我說：『我擔心他做得太過分了。』母親聽了，甚至連眼睛都沒離開織布機。她唯一回答的是，我們一定要給他時間。」

「時間有用嗎？」

「沒有。我祖父過世時，父親怪罪尼坎諾，天曉得爲什麼。他用大弓射死他，將屍體扔到沙灘給海鳥吃。他那時滿口都說著陰謀，好比島上的人收集武器要對抗他，僕人串通要造反之類的。晚上他會在壁爐前踱步，嘴中吐出的話都是關於守衛和間諜，設想各種措施與對策。」

「有人要叛變嗎？」

「伊薩卡革命？」他搖搖頭。「我們沒空革命。革命是繁榮的島嶼會做的事，或人民被剝削，沒有選擇才會反抗。我那時好生氣。我告訴他這裡沒有陰謀，從來都沒有，他只要對下屬以禮相待，不要天天想殺他們，他會好過一點。他朝我微笑。『你知道嗎？』他說：『阿基里斯十七歲就上戰場了。他在特洛伊戰爭中還不算是最年輕的孩子。十三、四歲的孩子全都在戰場光榮戰鬥。我發現勇氣無關年紀，而是不屈不撓的精神。』」

他沒有刻意模仿他父親。但說話的節奏有抓到奧德修斯推心置腹、誘惑人心的溫和口吻。

「當然，他是在說我是個恥辱，我是個懦夫。我應該憑一己之力擊退追求者。他們最初來的時候，我不是已經十五歲了嗎？我應該要能用他的巨弓射箭，不是只能拉開而已。要是在特洛伊戰爭，我根本活不過一天。」

我看到了。在黑煙、火焰、舊銅的臭氣和榨橄欖的果渣之間，奧德修斯熟練地將兒子裹上一層羞愧。

「我告訴他，我們現在在伊薩卡。戰爭結束了，除了他，大家都知道。他聽了勃然大怒，笑容垮下。他說：『你是個叛徒。你希望我死，你才能繼承王位。也許你還希望那天快點來？』」

特拉馬庫斯聲音穩定，幾乎沒有表情，但他椅臂上的指節泛白。

「我告訴他，他才是讓家族蒙羞的人。他可以吹噓戰場上的豐功偉業，但他唯一帶回家的是死亡。他的雙手會永遠都染著血，而我也是，因爲我跟著他投入血湖之中，我這一輩子都會心懷懊悔。這之後一切都結束了。我被議會拒於門外，他也禁止我進宮殿。我聽說他大罵母親，說她養出一條毒蛇。」

房中一片沉默。我感覺爐火在冬天寒冷的空氣中漸漸熄滅。

「老實說，我寧可他覺得我是叛徒。至少那時我會是個他能理解的兒子。」

我一直在觀察他，他說話時，我在他身上尋找著他父親的招數，像是海浪之於海洋，那是奧德修斯無法分割的特質：說話會維持平淡的語氣，不時停頓，露出笑容，偶爾會做出不以爲然的手勢，有時說服人，有時玩弄人，最重要的是減輕對自己的傷害。這一切在他身上全沒看到。特拉馬庫斯是直接承受所有攻擊。

「之後，我去找母親，但他派駐守衛，不准我進門，我隔著門向她大喊時，她叫我一定要有耐心，不要激怒他。唯一會和我說話的是我以前的保母，尤莉克萊亞，她也是他的保母。我們坐在火堆旁，嚼著無味的魚肉。她一直跟我說，他以前不是這樣。好像那麼說能改變什麼。這個憤怒的人是我唯一有過的父親。她不久後也過世了，但父親沒來看她火葬。他說，他受夠活在灰燼之中了。他乘小艇出門，一個月後回來，船上都是金腰帶、金杯和新的胸甲，他衣服上布滿乾掉的血跡。那是我看到他最開心的一刻。但情況維持不久。隔天早上，他又抱怨起宮殿烏煙瘴氣，僕人笨手笨腳。」

我看過他陷入那種心情。世上任何小瑕疵都讓他暴跳如雷，好比一般人的犯錯、動作慢或造成浪費，自然干擾也不例外，像咬人的蟲蠅、木頭翹起，荊棘扯破他的披風。他和我生活時，我會緩解那些事情，用魔法和神性包裹他。也許那就是他之前那麼快樂的原因。我曾形容我們相伴的時光像是一首田園詩，但**幻覺**可能是更貼切的形容詞。

「在那之後，他每個月都去掠奪。傳回來的消息都令人難以置信。他娶了個新妻子，好像是某個內地王國的王后。他快樂地統治那塊土地，管理牛和麥田。他戴著金冠，從早到晚暢快歡宴，吃一整隻豬，哈哈大笑。他還生了另一個兒子。」

他有著奧德修斯的雙眼。形狀和顏色都一樣，甚至那專注的感覺。但他的表情不一樣，奧德修斯的目光總是向外勾引著人。特拉馬庫斯則內斂不少。

「那是眞的嗎？」

他抬起肩膀，然後放下。「誰知道？也許是他爲了傷害我們，自己造的謠。我捎個訊息給母親，說山羊需要找人照料，然後就住到山邊空屋。我父親可以天天生氣，算計他人，但我不想看到。我母親可以一天只吃一塊乳酪，眼睛看織布機看到瞎掉，但我也不想看到。」

火焰中，木頭燃燒殆盡。剩下的木塊發著白光，四周都是灰燼。

「在這悲慘的生活中，妳兒子來了。像日出一樣開朗，像成熟的果實一樣甜美。他帶著那支傻氣的長矛，還有給我們的禮物，像銀碗、披風和黃金。他相貌英俊，全身像火焰一樣散發希望。我想搖醒他。我心想，等父親回來，這孩子會了解人生不是一首詩歌。後來他也確實了解了。」

月光已遠離窗邊，屋子裡蒙上陰影。特拉馬庫斯的雙手放在膝蓋上。

「你想幫他。」我說。「那就是你到沙灘的原因。」

他雙眼看著火燼。「結果他不需要我。」

我過去常想像特拉馬庫斯。想像他是個安靜的男孩，一直等著奧德修斯；想像他怒火中燒，復仇的恨意燒過陸地和海洋。但他已長大成人，聲音呆板平淡。他像是跑了好幾公里，爲國王捎來訊息的信差。他們上氣不接下氣，用力說完話，然後倒地死去。

我沒多想，伸出手放到他手臂上。「你和你父親不同，不要讓他影響你。」

他低頭看我的手一會，然後望向我的臉。「妳在可憐我。不要可憐我。我父親對我說過很多謊，但他叫我懦夫可一點都沒錯。一年接著一年，我任憑他墮落。看他對僕人生氣，動手動腳；看他朝母親大吼，把我們家毀了。他叫我幫他殺死追求者，我照做了。他叫我殺死幫助他們的人，我也照做了。後來他命令我叫來曾跟他們睡覺的女奴隸，要她們清理地板的鮮血，等她們清完之後，我也殺了她們。」

這段話讓我無比震驚。「那些女孩別無選擇。奧德修斯應該知道。」

「奧德修斯要我像動物一樣，將她們分屍。」他目光盯著我。「妳不信嗎？」

我想到的不只是一個故事，而是數十個故事。他一直都喜歡復仇，總是憎恨背叛他的人。

「你有照他說的做嗎？」

「沒有。」他說。「我後來吊死她們而已。我找到十二條繩子，綁了十二個結。」這每一句話都像刀插向他自己。「我不知道該怎麼做，但我記得我童年的故事裡，女人總是吊死自己。我一直覺得，這應該比較適當。早知道我應該用劍的。我不曾看過那麼醜陋又掙扎的死法。我這一輩子都忘不了她們扭動的雙腳。晚安，瑟西女神。」

他從桌上拿起刀，離開了。

暴風雨過去，清朗夜空再現。我在外漫步，想感受清新微風吹拂，感受腳下鬆軟土地，拋開屍體扭動的醜陋畫面。上方姑姑在夜空航行，但我不再打擾她了。她喜歡看戀人相處，可我已不談戀愛好久。也許我根本不曾談過戀愛。

我想像奧德修斯殺死一個個追求者的表情。我看過他砍木材，動作乾淨俐落。他們會倒在他腳邊，鮮血噴上他膝蓋。他的態度冰冷抽離，像在內心清點數量一樣：**好了**。

殺完之後，憤怒才湧上心頭。當他站在毫無動靜的血腥庭院中，他會感到怒火中燒，氣猶未消。所以他還想再多殺些人，像木頭一樣，全拿去餵他的怒火。於是他找上幫助追求者的人、他們睡過的奴隸、違逆他的父親們等等。如果雅典娜沒制止他，他會一直殺下去。

換作我呢？要不是奧德修斯來，我會把人變豬多久？我記得有天晚上他問我關於豬的事。

「告訴我，」他說，「妳怎麼決定哪個男人需要受罰，哪個男人不用？妳怎麼能確定，這人心腸惡毒，那人心地善良？要是妳搞錯呢？」

那天晚上我喝了酒，烤著火，全身暖呼呼的，他再次全神貫注看著我。「我們假設一下，」我說，「假設有一船水手。船上有人比其他人壞，他強暴人、搶劫財物；但是，也有人是新來的，鬍子都還沒長齊；又有人是因爲家人餓肚子，不然他們從沒想過要去搶劫；還有人事後會感到愧疚；或者有人是因爲船長下令才幹的，他們會躲在人群後頭說，大家都幹了，他不得不幹。」

「所以，」他說，「妳會把誰變成豬？把誰放走？」

「我會把他們全變成豬。」我說。「他們來到我屋子。我何必在乎他們心地善不善良？」

他露出笑容，向我舉杯。「女神，關於這點我和妳看法一樣。」

貓頭鷹展翅飛過我頭上。我聽到樹叢沙沙作響，鳥嘴一咬。一隻老鼠因爲牠太大意而喪命。我很高興特拉馬庫斯不知道我和他父親有過這段對話。當時我在說大話，想表現我的無情。我感覺自己展露尖牙和力量，無人能敵。我幾乎不記得當時那種感覺了。

奧德修斯最喜歡的就是假裝自己和其他人一樣，但其實沒人跟他一樣，現在他死了，世上就沒有這種人了。他喜歡說，所有英雄都是傻瓜。他的意思是，除了他之外，都是傻瓜。所以他犯錯時誰來糾正他？他站在海灘，以爲特拉哥諾斯是海盜；他站在宮殿，以爲特拉馬庫斯心懷不軌。他生下兩個兒子，結果兩個兒子他都看不清。也許世上沒哪個父母親能眞正理解孩子。我們看著他們，就像在照鏡子，而且只在他們身上看到自己犯過的錯誤。

我這時走到柏樹林中。夜色裡樹枝呈黑色，柏樹的針葉掃過我的臉，可以稍微感到樹汁黏黏的感覺。他喜歡這個地方。我記得他手摸樹幹的樣子。這是我最喜歡他的一點，他欣賞這個世界像欣賞珍珠一樣，會將珍珠舉高迎向光。一艘好船、一棵長大的樹、一個精采的故事，都會讓他很滿足。

世上沒人和他一樣，但世上有個人和他匹配，她現在睡在我房中。特拉馬庫斯不危險，但她呢？是不是就連現在，她都想著要割開我兒子喉嚨，完成她的復仇？不論她要怎麼做，我的咒語仍在。就連奧德修斯也無法用他三寸不爛之舌騙過巫術。不過他倒騙過了女巫。

草上露珠開始凝結。我的雙腳冰涼，閃著銀色光澤。特拉馬庫斯會睡在床上，看著同樣的黑暗和東方天空四射的淡淡光線。我想到他的臉，想到他提到吊死女奴隸的事，那段記憶會像是他皮膚上的烙印一樣。我心想，真該多說些話來安慰他。我可以告訴他，他不是第一個被奧德修斯引導去殺人的人。曾經有一整隊軍隊，高舉長矛做這件事。我和特拉馬庫斯不熟，但不知何故，我知道他不會覺得這話是安慰。我看得到他露出嘲諷表情，說，**不好意思，聽妳將我和一群壞人歸類在一起，實在是高興不起來。**

世上那麼多兒子，我想不到他會是奧德修斯的兒子。他和傳令官一樣固執，直率又無禮。他毫不掩飾自己的傷痛，彷彿直接捧在手中一樣。我碰他時，他臉上出現一種情緒，我說不上來，像是驚訝又有點厭惡。好吧，他不用害怕。我不會再碰他了。

我回家時，腦中就在想這些事。

我看著晨光照到織布機。我擺出麵包、乳酪和水果，一聽到兒子翻身便去他門口。看到他表情不呆滯，我鬆了口氣，但仍看得出他的悲傷和沉重，畢竟他知道：我的父親死了。

我知道他會有好長一段時間，一起床就會想起這件事。

「我和特拉馬庫斯聊過了。」我說。「關於他，你的看法沒錯。」

他揚起眉毛，十分驚訝。他覺得我看不清眼前的事實嗎？還是只是驚訝我承認這件事？

「我很高興妳這麼覺得。」他說。

「來吧。我早餐準備好了。我覺得特拉馬庫斯要醒了。你打算讓他一人跟獅子吃早餐？」

「妳不來吃早餐？」

「我要去施咒。」

我其實沒有。我回到房間，聽他們天南地北聊天，他們聊船、食物和最近的暴風雨。這是日常生活的滋補。特拉哥諾斯提議他們一起把船拖回洞穴。特拉馬庫斯說好。四隻腳走過石板地，門關上。昨天我要是讓他們兩個單獨一起出去，我肯定是瘋了，但今天反倒像是給兒子的一份禮物。我感覺很難為情，因為名字的關係：特拉馬庫斯和特拉哥諾斯。我知道叫兒子這名字有多尷尬，像狗奮力扒著進不去的門。我想解釋我從沒想過他們會認識，兒子的名字也只有我知道而已。那名字的意思是，**出生在遙遠的地方**。離父親很遠，沒錯，但也離我的家人很遠。離我母親和歐開諾斯很遠，離米諾陶、帕西斐和埃帖斯很遠。是為我而出生，在我的愛以亞島。

我沒有藉口。

我昨天收下長矛，現在長矛靠在我家牆上。我拿下皮鞘。巨魟的尾巴在陸地上看起來更奇怪了，透明又參差不齊。我轉動尾巴，用光去照精細刃齒上極小的毒液珠。我心想，我一定要還給他。**但再等一會**。

房子另一頭傳來動靜。我想到多年來，潘妮洛普聽遍所有人的祕密，卻將自己的祕密小心收藏在心裡。我將皮鞘蓋住長矛，打開我的窗板。外頭是美麗的早晨，風中傳來春天即將成熟的果實氣味。

不出我所料，她敲了我房門。

「請進。」我說。

她站在門口，身穿灰衣裙，披著白披風，彷彿包在蜘蛛絲裡。

「我必須說我很慚愧。我昨天應該要道謝的，但卻沒說。我現在說的不只是謝謝妳接納我們，也必須感謝妳照顧我丈夫。」

在她溫和的語氣中，我聽不出來她話裡有沒有帶刺。如果有，我想她也有權利這麼說。她說：「他告訴我，他這趟旅程全靠妳幫忙。要不是妳的建議，他不可能存活下來。」

「妳給我太多功勞了。他本來就很聰明。」

「有時候是。」她的眼睛是山梨樹的顏色。「妳知道他離開妳之後，遇到另一個寧芙？卡呂普索。她愛上他，希望讓他成爲她長生不死的丈夫。七年，他待在她島上七年，她讓他穿神的衣服，讓他享盡美食。」

「他不爲此感謝她。」

「沒有。他拒絕她，並向神祈禱，希望能重獲自由。最後眾神逼她放人。」

她語氣中有一絲滿足，應該不是我想像出來的。

「妳兒子來時，我以爲也許是她生的。但後來我看到他披風的織工，想起代達羅斯的織布機。」

這感覺很怪，她知道我好多事。但話說回來，我也知道她不少事。

「卡呂普索巴結他，妳把他的手下變成豬。但他卻比較喜歡妳。妳覺得這點很奇怪嗎？」

「不會。」我說。

她嘴角微微勾起。「沒錯。」

「他不知道我生了兒子。」

「我知道，」她說，「這種事他絕不會隱瞞我。」這句話確實有帶刺。

「我昨晚跟妳兒子聊天了。」我說。

「是嗎？」我覺得自己聽到她語氣有一絲變化。

「他向我解釋你們爲什麼必須離開伊薩卡。我非常遺憾。」

「你兒子很好心，願意帶我們來。」她雙眼看到巨魟的尾巴。「那像蜜蜂的毒刺只能刺一次嗎？還是像毒蛇一樣？」

「對。」

「特拉哥諾斯告訴我們，妳面對了偉大的巨魟神。」

「成千上萬次都行，沒有極限。原本是打算用來對付神的。」

她對自己點點頭，好像在確認。「他告訴我們，妳也爲他做了許多防範措施。妳在這座島上施了咒，沒有任何神能上島，甚至奧林帕斯神都辦不到。」

「只有冥界的神能上島。」我說。「其他神都不行。」

「妳很幸運，」她說，「有能力施加這種保護措施。」沙灘傳來小聲的叫喊，我們的兒子在拖船。

「有件事很不好意思向妳開口，但我們離開時我沒有帶黑色披風。妳有我能穿的披風嗎？我要爲他哀悼。」

我看著她，她站在我門口，像是秋天夜空的朗月一般耀眼。我們雙目相交，憂鬱而平靜。人們老是說女人很細緻脆弱，是花朵、是雞蛋，一個不小心就會碰碎了。這話我以前還信，如今是再也不會買帳了。

「沒有。」我說。「但我有黑毛線和織布機。來吧。」

22

她手輕盈滑過橫桿，摸著緯線，像馬術大師向冠軍馬打招呼。她沒問問題，感覺靠摸的就能慢慢弄清織布機用法。窗外光線照著她雙手，彷彿希望能照亮她的手藝。她小心拿下織到一半的掛毯，掛上黑線，十分精準，毫不浪費任何動作。奧德修斯曾告訴我，她很會游泳，修長四肢毫不費力就能移動到終點。

外面變天了。雲低低飛在空中，彷彿摩擦著窗戶，我聽到豆大的雨滴開始落下。特拉馬庫斯和特拉哥諾斯衝進門，兩兄弟拖船拖到汗流浹背。特拉哥諾斯看到潘妮洛普坐在織布機前，快步過去看，嘴上已經在讚美她功夫多厲害。我則看向特拉馬庫斯。他笑臉消失，唐突轉向窗外。

我端出中餐，吃飯時我們幾乎無語。雨漸漸變小。我不想整個下午都待在室內，於是拉著兒子出門，在海岸散步。沙粒溼而堅硬，我們的腳印彷彿是用刀切出來的印子。我勾住他手臂，並驚訝他願意讓我勾著。他昨天的顫抖消失了，但我知道之後還會再發生。

中午剛過，空氣有點灰濛濛，像是眼前蓋一層紗。我念念不忘和潘妮洛普的對話。當時我覺得自己很聰明、反應快，但現在腦中重新回想，我發現她沒透露多少事。我原本想問她話，結果卻情不自禁帶她到我織布機前。

不過奧德修斯倒騙過了女巫。

「是誰提議要來這裡的？」我說。

兒子突然被問，皺起眉頭。「重要嗎？」

「我好奇。」

「我記不得。」但他沒看著我。

「不是你提的。」

他猶豫一下。「不是，我提議去斯巴達。」

這是很自然的想法。潘妮洛普的父親住在斯巴達。她堂妹是那裡的王后。喪夫之後，那裡會歡迎她。

「所以你沒提到愛以亞。」

「沒有。我覺得那樣……」他沒說完。但當然不合適。

「所以誰先提的？」

「可能是王后。我記得她說她不想去斯巴達。她想要一點時間。」

他小心選擇字句。我感覺皮膚發麻。

「一點時間做什麼？」

「她沒說。」

潘妮洛普是織女，能將你翻來覆去，裹入設計之中。我們穿過樹叢，爬在潮溼的黑樹枝下。

「這很奇怪。她覺得家人不歡迎她嗎？她跟海倫不合嗎？還是提到她有什麼敵人？」

「我不知道。沒有。她完全沒提到敵人。」

「特拉馬庫斯說什麼？」

「他不在。」

「但他聽到你們要來這裡，不會很驚訝嗎？」

「媽媽。」

「照實告訴我她怎麼說的。照你的記憶說。」

他停下腳步。「我以爲妳不懷疑他們了。」

「我沒懷疑他們要復仇，但有其他疑點。」

他深吸口氣。「我不記得確切的話。她的話和其他人說的都是。一切都像霧一樣灰濛濛的。全都糊成一團。」

他露出痛苦的表情。我不說了，但我們走路時，我腦袋都在想著那問題，像手撥著繩結。蜘蛛的絲下藏著祕密。她不想去斯巴達，卻選擇了丈夫情婦的島嶼。而且她想要時間。幹什麼？

我們這時走回了房子。到裡頭，她還在織布機前工作。特拉馬庫斯站在窗戶旁。雙手緊綳放在身側，氣氛僵硬。他們吵架嗎？我看向她的臉，但她只看著織線，面無表情。沒人大叫，沒人哭泣，但我寧可有人吵鬧，也不想見到面前無聲的對峙。

特拉哥諾斯清了清喉嚨。「我渴了，大家想喝東西嗎？」

我看到他提起水壺，倒了點水。我兒子心臟很大顆。就算很悲傷，他仍努力提起大家的精神，帶著我們從這一刻走向下一刻。但他能做的也就這樣。一整個下午，我們沉默度過。晚餐也一樣。食物一吃完，潘妮洛普就起身。「我累了。」她說。特拉哥諾斯又待一會，但月亮出來前，他便雙手掩嘴打呵欠。我讓他和他的狼亞克圖蘿回房。我原本以為特拉馬庫斯也會回房，但我回來時，他仍在原位。

「我想妳應該知道不少我父親的故事。」他說。「我想聽聽他的事。」

我很意外他這麼大膽。一整天他都躲在一旁，避開我目光，態度冷淡，像消失一般。突然之間，他就冒到我面前，好像他在那生根五十年了。這功夫連奧德修斯見了都會佩服。

「我知道的你可能全都知道了。」我說。

「沒有。」他聲音迴蕩在屋內。「他告訴母親他的故事，但無論何時我問起，他都說我應該去問詩人。」

殘忍的答案。眞好奇奧德修斯在想什麼。只是出自惡意嗎？如果有其他目的，我永遠想不透。他這輩子做的一切都無從追究了。

我拿著金杯到壁爐旁。外頭又下起暴雨。狂風呼嘯，屋子全是風雨聲。潘妮洛普和特拉哥諾斯只在屋子另一頭，但黑暗聚集，包圍在四周，感覺像是他們在另一個世界。這次我坐到銀椅上。我手腕感到椅子冰涼，牛皮在我身下滑動。「你想聽什麼故事？」

「所有的故事。」他說。「妳知道的都說。」

我不會跟他說我告訴特拉哥諾斯的版本，那是快樂的結局，沒人受致命傷。他不是我的孩子。他甚至不是孩子了，是個大人，並希望了解父親。

我跟他說了。奧德修斯謀殺帕拉梅德斯，拋棄受傷的菲羅克特特斯；他將阿基里斯從藏身處拐騙出來參戰；在月色中，他潛進特洛伊友邦國王里瑟斯的營地，把睡夢中的軍人全都割喉；他設計出木馬，攻下特洛伊，目睹小王子亞士提納克斯被慘摔在地；還有他回家歸途的慘烈旅程，遇上食人族、海賊和怪物。那些故事比我印象中更血腥，我好幾次猶豫中斷，但特拉馬庫斯仍挺身面對。他默然坐著，目光不曾離開我。

我將獨眼巨人的故事留到最後，說不上來為什麼，也許是因為我清楚記得奧德修斯告訴我的一字一句。說故事時，奧德修斯的聲音在我腦中向我耳語。他們一夥人精疲力盡來到一座島上，看到一座巨大洞穴，裡面堆著許多食物。奧德修斯覺得反正他們可以來硬的，或事後再跟主人求情，於是便開始吃裡面的食物。食物是屬於一個正在牧羊的獨眼巨人波利菲莫斯，他帶羊群回家時，抓到他們。他將巨石滾到門口，堵住他們的路，然後抓起其中一人，當場咬成兩半。他把人一個個吃下肚，還因為太飽而吐出幾根手腳。雖然畫面血腥恐怖，但奧德修斯仍盛上美酒，大加奉承。他說自己叫**奧提斯**，意思是**沒有人**。最後巨人酒醉沉沉睡去，他便趁機削尖木樁，在火上烤硬，直插進巨人眼睛。獨眼巨人放聲吼叫，手在空中亂揮，但因爲看不見，所以抓不到奧德修斯和剩下的船員。後來巨人放羊去吃草時，奧德修斯等人抱著羊，藏在柔軟肚子下，藉機逃走。巨人盛怒之下，就喊其他獨眼巨人來幫忙，但他們都沒有來，因爲他喊的是：「沒有人把我刺瞎了！沒有人逃走了！」奧德修斯和船員回到船上，等他們到安全的距離時，奧德修斯轉身越過海洋大喊：「如果你想知道是誰騙了你，我叫奧德修斯，拉爾特斯之子，伊薩卡的王子。」

四周安靜下來，這段話彷彿迴盪在屋內。特拉馬庫斯不說話，好似在等話音落下。最後他說：「好慘的日子。」

「很多人更不快樂。」

「不是。」他的怒火嚇我一跳。「我說的不是他過得很慘。我是說他害其他人很悲慘。船員爲何一開始要去那洞穴？因爲他想要更多財寶。大家可憐他遭受波塞頓的怒火？那其實是他自找的。都要怪他在逃離獨眼巨人時，忍不住報出自己的名字。」

他像潰堤的洪水滔滔不絕說著。

「那麼多年受苦流浪，爲什麼？就爲了一時的自尊。他寧可被眾神詛咒，也不肯默默無聞。如果他戰後直接回家，追求者絕不會出現。我母親的生活不會那麼艱苦。我的生活也是。他常說多想我們、多想回家。那全是謊言。回到伊薩卡後，他總是望著地平線，不曾滿足過。

他再次和我們相聚之後，就開始想要別的。這不就是讓人不好過嗎？引誘別人到你身邊，然後再丟下他們？」

我張開嘴，想反駁他。但我有多少次躺在奧德修斯身邊，卻因爲知道他想著潘妮洛普而暗自心痛？那是我的選擇。可是特拉馬庫斯沒有選擇。

「我還有個故事要告訴你。」我說。「他回去之前，眾神要求你父親去冥界找預言家特伊西亞斯。他看到許多他人生中遇過的靈魂，像埃阿斯和阿伽門農，阿基里斯也在場。他曾是希臘最強戰士，用死亡換來永恆的名聲。你父親熱情地和他聊天，對他滿口稱讚，並向他保證他已聲名遠播。但阿基里斯指責他，說自己後悔一生追求虛榮，並希望當初選的是恬靜快樂的生活。」

「所以那是我可以預期的景象嗎？有朝一日，我會在冥界遇見父親，他會感到抱歉？」

這樣的未來好過我們當中有些人所得到的。但我仍保持心平氣和。他有權生氣，可我不需要承受。外頭花園傳來沙沙響聲，獅群鑽過樹葉。天空放晴了，星星在雲中躲了好久。黑暗中，星星像高掛在空中的亮燈，若仔細聽，彷彿能在微風中依稀聽到星鍊碰撞聲響。

「妳覺得我父親說的是眞的嗎？好人通常都不喜歡他？」

「我覺得那是你父親喜歡掛在嘴邊的話，眞實與否不重要。畢竟，你母親喜歡他。」

他目光和我相交。「妳也是。」

「我不是好人。」

「但妳喜歡他。無論如何。」

他語氣有點挑釁。我不禁小心選擇自己的用詞。「我不覺得他很糟糕。雖然他心情好時也未必好相處。但在我需要朋友時，他出現在我身邊。」

「神需要朋友很奇怪吧。」

「只要沒瘋，所有生物都需要朋友。」

「我覺得這樁交易，他占了便宜。」

「但我確實把他的船員都變成豬了。」

他沒笑。他有如直直飛向弧線尾端的箭，毫無動搖。「幫助他的眾神和凡人，都說他詭計多端。但他眞正的天賦在於他能從別人身上得到多少。」

「許多人會很開心擁有這樣的天賦。」我說。

「我不要。」他放下杯子。「不打擾妳了，瑟西女神。謝謝妳說出眞實的故事。世上很少有人能和我分享痛苦。」

我沒回答他。有件事開始讓我後頸寒毛豎起，皮膚發麻。

「你爲什麼來這裡？」我說。

他眨眨眼。「我跟妳說了，我們必須離開伊薩卡。」

「對。」我說。「但爲什麼是這裡？」

他慢慢開口，像是從夢中醒來的人。「我想是我媽的主意。」

「爲什麼？」

他臉紅了。「如我所說，她不會什麼事都告訴我。」

在事情完成之前，沒人能猜得出她在做什麼。

他轉身，消失在屋子陰影中。過一會，我聽到門輕輕關上的聲音。冰冷的空氣彷彿從牆縫灌進來，將我釘在座位上。我是個傻子。我應該在第一天就把她拎到懸崖邊，逼她吐露眞相。我記得她仔細問我阻止眾神上島的咒語，還說到甚至連奧林帕斯神都能阻止。

我沒去她房間，把門從鉸鏈扯下。我死盯窗戶，窗框被我抓得咿呀作響。到日出還有時間，但那幾小時對我來說毫無意義。我看著星星變暗，島嶼一層層變亮。天氣再次變化，天空布滿烏雲。另一場暴風雨降臨。柏樹枝從空中掃過。

我聽到他們醒來。我兒子先醒，再來是潘妮洛普，最後是特拉馬庫斯，畢竟他最晚上床睡覺。他們一個個進到餐廳，我感覺他們看到我在窗邊，都停了一下，像是兔子看到陰影中的老鷹。桌上空無一物，早餐還沒準備。我兒子快步到廚房叮叮噹噹拿出盤子。我喜歡感覺他們沉默望著我背影。我兒子請他們坐下吃東西，語氣充滿歉意。我想像他說話時的表情，像在說：我代母親道歉。有時候她就會這樣。

「特拉哥諾斯，」我說，「暴風雨要來了，豬圈需要修理。你去修吧。」

他清了清喉嚨。「好，媽媽。」

「要你哥哥一起幫忙吧。」

另一陣沉默，他們交換眼神。

「我可以幫忙。」特拉馬庫斯說，語氣溫和。

盤子和凳子聲音傳來。最後他們走出去，將門關上。

我轉身。「妳當我是傻瓜，當我是被牽著鼻子走的笨蛋。妳拐彎抹角問我咒語的事。告訴我，到底是哪個神在追你們。你們將誰的怒火帶到我頭上？」

她坐在我織布機前，大腿上都是黑色羊毛線。她身邊地上有個紡錘和象牙紡紗杆，一端有鑲銀。

「我兒子不知情。」她說。「不能怪他。」

「顯然是如此。我看得出誰是織網的蜘蛛。」

她點點頭。「我承認妳說的沒錯。我的確是故意問的。我可以推諉說，我以爲妳是女神和女巫，這點麻煩對妳來說不算什麼。但那樣的話，就是在說謊。我對眾神的了解不只如此。」

看她這麼冷靜，我火冒三丈。「就這樣？承認自己做的事，然後繼續賴皮下去？昨天晚上，你兒子提到父親時，說他會利用別人，並讓別人陷入悲慘之中。我好奇他會怎麼看待妳。」

正中紅心。我看到她用來掩飾一切的空洞表情消失了。

「妳以爲我是個乖巧和善的女巫，但妳丈夫述說關於我的故事時，妳沒聽仔細嗎？在我島上待的這兩天，妳吃了多少東西，潘妮洛普？喝了我多少杯酒？」

她臉色發白，襯得她髮線的髮色更加灰白，像是日出的天際線。

「說，不然我要施咒了。」

「我相信妳已經施咒了。」她語氣像石頭一樣冰冷堅定。「我為妳的島帶來危險。但是妳先這麼做的。」

「我兒子去伊薩卡是他的決定。」

「我不是在說妳兒子，我想妳知道。我說的是妳給他的長矛，上頭的毒殺死了我丈夫。」

所以她終於說出口了。

「我很難過他死了。」

「妳話是這麼說。」

「如果妳在等我道歉，妳等不到了。就算我能扭轉時間，我也不會這麼做。如果奧德修斯沒死在沙灘上，我兒子會死。我願意用任何東西交換他的生命。」

她臉上閃過一個表情。我覺得是憤怒，但矛頭卻是向著自己。「好吧。這是妳的選擇，現在就是結果。妳兒子活下來了，而我們要待在這裡。」

「所以妳覺得這是復仇。將神的怒火帶到我頭上。」

「我覺得這是代價。」

我心想，她能當弓箭手。那雙冰冷眼睛目光精準。

「妳沒資格談條件，潘妮洛普女士。這裡是愛以亞。」

「那我不要談條件。妳喜歡怎樣，要我求妳嗎？當然了，妳是女神嘛。」

她跪到我織布機旁，抬起雙手，目光垂地。「海利歐斯的女兒，明眼的瑟西，野獸的主人，愛以亞的女巫，請恩准我在妳可怕的島上棲身，我沒丈夫也沒家，我和兒子在世上任何地方都不安全。若妳願意回應我，我每年會爲妳獻上祭品。」

「起來。」

她沒動。那動作在她身上令人憎惡。「我丈夫提起妳時很熱情。我承認，熱情到我不大高興。他說在他遇過的所有神和怪物之中，他只希望再見到妳。」

「我說起來。」

她起身。

「把所有事情告訴我，我聽完再決定。」

我們在陰暗的餐廳面對彼此。空氣中有著閃電的氣味。她說：「妳和我兒子聊過了。他的說法會像是因爲戰爭他失去了父親。他父親回到家像是變了個人，沉浸在死亡和悲傷之中，無法回復正常生活。所謂士兵的詛咒。是嗎？」

「差不多。」

「我兒子比我優秀，也比父親優秀。但他看不清事情全貌。」

「妳看清了？」

「我是從斯巴達來的。我們見過老士兵。他們雙手顫抖，從睡夢中驚醒。每次號角響起，手上的酒便灑落一地。我丈夫雙手像鐵匠一樣穩，號角響起時，他卻是第一個到港口確認地平線的人。戰爭沒有讓他崩潰，只讓他更像自己。在特洛伊，他終於找到一片施展所長的天地。那裡永遠有新的計畫和陰謀，永遠有新的災難要避開。」

「他不想打仗。」

「啊，妳是說那老掉牙的故事。裝瘋賣傻，光著身子犁田。那也是他的計謀。他曾向眾神發誓要上戰場，他知道自己逃不掉。他原本就打算讓自己被識破。希臘人會因此嘲笑他，覺得他們輕易看穿了他的詭計。」

我皺起眉頭。「他告訴我時感覺不像這樣。」

「我想也是。我丈夫隨時都在說謊，不只對妳，也對自己。他做任何事都不只有一個目的。」

「他也曾這麼形容妳。」

我原本打算傷害她，但她只點點頭。「我們覺得自己是世上最聰明的人。我們剛結婚時，會一起擬定上千個計畫，讓身邊一切都對我們有利。後來戰爭開始，他說阿伽門農是他見過最爛的指揮官，但他覺得自己能從中賺到名聲。他確實得到了。他的計謀攻下特洛伊，重塑半個世界。我也有發揮。我計畫了哪隻山羊和哪隻交配，如何增加收成；漁夫要去哪撒網最好。那些是我們在伊薩卡的首要之務。妳應該看看他回家時的表情。他殺了追求者，但還剩下什麼？

就只有魚和山羊，日漸衰老、遠不如女神的妻子和他無法理解的兒子。」

她聲音迴蕩在屋內，像折斷的柏樹一樣尖銳。

「沒有戰事會議、沒有要征服或指揮的軍隊。人都死光了，因爲一半是他的船員，一半是追求者。每天遠方都傳來新的榮耀傳說。墨涅拉俄斯建造了一座全新的黃金宮殿；狄俄墨德斯征服了義大利的王國；就連特洛伊難民艾尼亞斯都建立了一座城市。我丈夫派人去找阿伽門農的兒子俄瑞斯特斯，希望能成爲他的謀士。俄瑞斯特斯派人回話，說他謀士夠多了，何況他絕不希望打擾英雄安逸的時光。

「在這之後，他又派人去找更多人的兒子，像涅斯托爾和伊多墨紐斯等。但他們都說同樣的話。他們不想要他。妳知道當時我跟自己怎麼說嗎？我說，他只是需要時間。他隨時會想起待在家中壁爐旁的簡樸快樂生活，和我在一起的快樂。我們能再次一起規畫各種事情。」她嘴角歪曲，自我解嘲。「但他不想要那種生活。他會到沙灘踱步。我從窗邊看著他，想起他曾告訴我一個北方的故事，有隻巨大的毒蛇渴望吞噬世界。」

我也記得那故事。最後，毒蛇吃了自己。

「他踱步時，會朝一團空氣說話，那團空氣會圍繞他，讓他皮膚發出亮眼的銀光。」

銀光。「雅典娜。」

「還會有誰？」她冷笑，神情苦澀。「每次他冷靜下來，她就會再次出現。向他耳語，從雲端飛下，告訴他各種幻夢，各種他錯過的冒險。」

雅典娜女神隨時蠢蠢欲動，她的計畫無窮無盡。爲了她和他的榮耀，她努力讓英雄回家，看他受眾人擁戴，聽他述說勝利的故事，細數他們一起殺死的特洛伊人。但我記得雅典娜提起他時，眼中帶著貪婪，像貓頭鷹爪子抓著獵物一樣。她最喜歡的人不准變得無趣，不准順應居家生活。這人要隨時眼觀四方，動作敏捷俐落，不斷努力探險，利用詐術扭轉結局，憑空變出巧技，讓她心花怒放。

外頭，樹木在黑色的天空中掙扎。古怪的光線下，潘妮洛普纖巧的臉骨像代達羅斯製作的雕像。我之前好奇她爲什麼不更嫉妒我。我現在懂了。我不是眞正奪走她丈夫的女神。

「眾神會假裝自己是父母，」我說，「但他們其實是孩子，只會拍著手，大叫還要、還要。」

「現在她的奧德修斯死了，」她說，「她會去找誰尋樂子？」

最後一塊拼圖放上，畫面終於完整了。眾神不會放棄一件寶物。她會來找僅次於奧德修斯的人。她會來找他的兒子。

「特拉馬庫斯。」

「沒錯。」

我喉嚨一緊，自己都嚇一跳。「他知道嗎？」

「我覺得不知道，但很難說。」

她仍拿著糾結成團的羊毛，毛上飄出羊騷味。我好生氣，我感覺憤怒在腹裡燃燒。她讓我兒子身陷危險。雅典娜可能本來就打算向特拉哥諾斯復仇，而現在更是火上加油。但說老實話，我其實沒那麼氣。因爲眾神之中，雅典娜是我最能忍受的。畢竟她還能更恨我們到哪裡去？

「妳眞的覺得妳能保護兒子？」

「我知道我辦不到。」

「那妳圖的是什麼？」

她用披風裹住自己，像鳥兒收翅一樣。「我年輕時偷聽過宮殿醫生聊天。他說他賣的藥都只是表演。只要時間夠長，傷痛大多數能自己痊癒。這是我喜歡知道的祕密，因爲我會覺得自己充滿智慧，高人一等。這句話後來成爲我的人生哲學。我這輩子都擅長等待。我撐過戰爭和追求者。我撐過奧德修斯的旅程。我告訴自己，如果我有耐心，我會撐過他的焦慮，也撐得過雅典娜。我心想，這世上遲早會出現其他凡人，值得她去愛。但看來是沒有。而我在原地等待時，特拉馬庫斯年復一年承受著父親的怒火。我別開自己的目光時，他都在受苦。」

我記得奧德修斯有次形容她，說她從來不會偏移方向，從來不會犯錯。我當時很嫉妒。現在我心想，這好沉重。妳背負的事情好可怕。

「但這世界上確實有眞正的藥。妳就是證明。妳爲了兒子走入深海，還對抗眾神。我想到自己爲了那個小男人的虛名，浪費這麼多年人生。我是自討苦吃，這我沒得抱怨，可是我卻害特拉馬庫斯也付出代價。他一直是個好兒子。我想在失去他之前，在我們被推入海潮之前，能多擁有一點相處的時間。妳願意給我嗎，愛以亞的瑟西？」

她沒有用灰色的雙眼望著我。如果她望著我，我可能會拒絕。她只是靜靜等著。等待確實很適合她。她簡直像王冠上的珠寶，完美契合在空氣之中。

「冬天到了。」我說。「船暫時無法航行。愛以亞島還能讓妳待一會。」

23

兒子們工作完回來，狂風吹得兩人東倒西歪，但身體是乾的。閃雷和雨都下在海上。他們吃飯時，我走到山峰最高處，感覺上方的咒語。咒語籠罩全島，包括黃色的沙灘和參差的礁岩。我也在血液中感到咒語，我背負這鐵一般的重擔好久了。雅典娜一定有試著進來。她在邊界徘徊，尋找缺口，但咒語不會有問題。

我回家時，潘妮洛普再次坐到織布機前。她回頭望向我。「感覺天氣稍微好一點了。海現在應該夠平靜。特拉哥諾斯，你想學游泳嗎？」

我們說開之後，這是我最意想不到的發展。但我一時想不出反對的理由。特拉哥諾斯好興奮，差點把杯子打翻。他們穿過花園時，我聽到他介紹著我的植物。他什麼時候知道鵝耳壢和毒參了？他指出那兩種植物，並說明特性。

特拉馬庫斯靜靜走到我身旁。「他們看起來比較像母子。」他說。

那正是我腦中所想，但聽到他說出口，我心裡無名火起。我不答腔，走到花園，跪到花圃上拔雜草。

我好驚訝他也跟了過來。「我不介意幫忙，但坦白說，你叫我們修的豬圈多年來都沒在用了。你能不能交待我做一些眞的有用的事？」

我重心向後，跪坐在腳上，抬頭看他。「貴族通常不會要求做家務事。」

「我的子民似乎讓我放假了。妳的島嶼是很美，但再遊手好閒下去，我會發瘋。」

「那你會做什麼？」

「一般的事，捕魚和射箭，照顧妳這裡沒有的山羊，雕刻和建造房子。我可以修理妳兒子的船。」

「船有什麼問題嗎？」

「船舵反應很慢，而且不穩。風帆太短，桅杆太長。一有浪就會像野牛一樣半身浸水。」

「我看起來沒那麼糟。」

「畢竟是第一次造船，我不是說他不厲害。只是這一趟沒沉船，讓我非常驚訝。」

「船有施咒，不會沉。」我說。「你什麼時候變成造船工人了？」

「我是伊薩卡人。」他簡單回答。

「然後呢？還有什麼我該知道的嗎？」

他表情嚴肅，好像在分析。「羊毛再糾結下去，春天就難以好好剪毛了。妳餐廳桌子不平衡，花園石板會晃。屋簷下至少有兩座鳥巢。」

我一半驚喜，一半覺得被冒犯。「就這樣嗎？」

「我還沒徹底調查。」

「早上你可以跟特拉哥諾斯修船。至於現在，我們先來替羊剪毛。」

他說的對，羊毛已經結團，在潮溼的冬天裡，羊毛都沾上泥。我拿出刷子和一大碗我做好的藥劑。

他看著藥劑。「這有什麼作用？」

「這能直接清理羊毛上的泥土。」

他知道自己在幹麼，動作十分有效率。我的羊很乖，但他自己有安撫羊的一套。他把手放在牠們背上，毫不費力引導牠們移動。

我說：「你以前做過。」

「當然有。這洗劑太棒了，怎麼做的？」

「薊花、蒿草、芹菜和硫磺。加上魔法。」

「啊。」

我那時有一把修毛刀，用來把沾了鬼針草的羊毛切掉。他問了綿羊的配種和生產法。他想知道羊這麼溫馴是施咒的關係，還是我教的。他手上有事做時，顯得不那麼笨拙僵硬。不久，他開始告訴我他養山羊的蠢事，我聽了哈哈大笑。我沒注意到太陽落到海中，潘妮洛普和特拉哥諾斯出現在我們旁邊時，我嚇了一跳。我感覺到我倆起身，撥掉手上泥土時，潘妮洛普的目光盯著我們。

「來吧。」我說。「你們一定餓了。」

那天晚上，潘妮洛普再次提早回房。我好奇她是不是想表達什麼，但她的疲倦感覺是真的。我提醒自己，她仍在服喪。我們全都是。但游泳讓我兒子打起了精神，或者也許是因爲和潘妮洛普相處的關係。他臉頰被風吹紅，話匣子都打開了。他不想談父親，那傷口還是太痛了，他想談的是他以前的最愛：英雄故事。伊薩卡看來有個詩人，專門述說這些故事，他要特拉馬庫斯講述詩人說過的版本。特拉馬庫斯開始說貝勒羅豐和柏修斯、坦達羅斯、亞特蘭妲*的故事。他又坐到木椅，我坐在銀椅上。特拉哥諾斯靠著地上的狼。我看著他們兄弟倆，感覺好奇怪，茫茫之中覺得這一切好不眞實。他們母子眞的才來兩天嗎？我感覺好久了。我不習慣那麼多人，那麼多對話。我兒子求他再說另一個故事，說完又求他，特拉馬庫斯便繼續說。他頭髮因爲在花園做事被吹亂了，火光照著他臉龐，五官顯得比實際更成熟，但輪廓線條細緻，可說有點孩子氣。如他所說，他不算會說故事，但看他認眞形容飛馬和金蘋果，故事反而變得更精采。屋子溫暖，美酒可口。我的皮膚感覺像蠟一樣柔軟。我向前傾。

「告訴我，詩人有沒有說過克里特島王后帕西斐的故事？」

「米諾陶之母。」特拉馬庫斯說。「當然有。她一直都在特修斯的故事裡。」

「米諾斯死後，有人說過她發生什麼事嗎？她不是凡人，她仍統治那個地方嗎？」

特拉馬庫斯皺起眉頭。他不是不高興，反倒有點像他看到綿羊洗劑的表情。我看他慢慢回溯複雜的族譜。據說帕西斐是太陽神的女兒。我發現他想通了。

「沒有。」他說。「她和米諾斯的子孫再也沒統治克里特島。現在國王叫盧可斯，他從她的孫子伊多墨紐斯身上奪下王位。聽說米諾斯死後，她回到眾神宮殿，過著榮耀的生活。」

「誰的宮殿？」

「詩人沒有說。」

我開心之下，脫口而出。「可能是歐開諾斯。我們的祖父。她會像以前一樣對寧芙頤指氣使。米諾陶出生時我在場，我幫忙把牠抓進籠子裡。」

特拉哥諾斯目瞪口呆。「妳跟帕西斐王后有血緣關係？妳看過米諾陶？妳為什麼沒跟我說？」

「你沒有問我。」

「媽媽！妳一定要全都跟我說。妳有見到米諾斯嗎？還有代達羅斯？」

「你以為我怎麼拿到這台織布機的？」

---

*貝勒羅豐著名事蹟是殺死怪物奇美拉和捕捉天馬。柏修斯是在特洛伊戰爭前，邁錫尼王國的創立者，著名事蹟是殺死蛇髮美杜莎。坦達羅斯因為挑戰天神，被宙斯打入冥界。他被罰站在淹到脖子的監獄，他想喝水時，水就會退去。他頭上有低矮果樹，想吃果實時卻都摘不到。亞特蘭妲是希臘神話的女獵人，健步如飛，最著名的故事是她立誓會和跑贏她的求婚者結婚。後來希波莫尼斯用三顆金蘋果誘惑她，才贏得比賽，抱得美人歸。

「我不知道！我以爲這只是，妳知道……」他手在空中揮。

特拉馬庫斯看著我。

「不是。」我說。「我認識他。」

「妳還對我隱瞞什麼？」特拉哥諾斯逼問。「米諾陶和巨魟，還有誰？怪物奇美拉？涅墨亞獅子？賽柏洛斯*？海怪斯卡拉？」

我看他瞪大眼睛，氣呼呼的。我臉上原本帶著微笑，但我沒想到會聽到最後一個名字。我兒子是怎麼聽說她的名字？荷米斯說的？在伊薩卡聽到的？不重要。冰冷的矛尖在我肚子轉動。我在想什麼？我的過去不是遊戲或冒險故事，比較像一場暴風雨下的駭人船難，船骸至今仍留在岸上腐爛。和奧德修斯一樣不堪回首。

「我要說的都說了。不要再問我。」我起身離開，留下他們一臉驚愕。我回到房中，躺上床。房裡沒有狼和獅子，牠們都和我兒子在一起。上頭雅典娜在某處，用她閃爍的眼睛看著她手中拿著長矛，等著衝向我的弱點。我朝影子開口，「繼續等吧妳。」

雖然我相信自己不會睡著，但我睡著了。

我醒來頭腦清醒，下定決心。我前一晚很疲倦，也比平常還醉，但我現在意志再次堅定。準備好早餐後，特拉哥諾斯來了，我發現他在瞄我，等我再次發飆。但我很開心。我心想，他不該那麼驚訝。我可以很開心啊。

特拉馬庫斯沒多說什麼，但早餐吃完之後，他帶弟弟去修船了。

「我可以再用妳的織布機嗎？」

潘妮洛普換了一件衣裙。這件比較精緻，漂白成淡奶油色，襯托出她深色的皮膚。

「沒問題。」我想去廚房，但我通常會在壁爐旁的長桌切藥草，我覺得不需委屈自己換地方。我拿出刀、碗和其他東西。保護特拉哥諾斯的咒語兩週後才需要重新施咒，於是這次就當消遣，我拿起藥草風乾、磨碎、提煉酊劑，以備不時之需。

我以爲我們不會聊天。若是奧德修斯在我們這處境，可能會選擇繼續隱瞞和爭辯，因爲這樣才有趣。但孤獨了這麼久，我覺得我們兩人都喜歡坦誠以對。

光線從窗戶照入，我們赤裸的雙腳沐浴在陽光裡。我問起海倫的事，她跟我說她倆小時候的故事。她們一起在斯巴達河中游泳，在她叔叔廷達瑞俄斯宮殿嬉戲。我們也聊到織布，還有養綿羊的方法。我謝謝她教特拉哥諾斯怎麼游泳。她說她很樂意。他讓她想起她表弟卡斯特，他爲人積極風趣，總能讓身邊的人放鬆。「奧德修斯是將世界拉向自己。」她說。「特拉哥諾斯則跑在世界後頭，邊跑邊形成自己的世界，像是河水刻出溝渠一樣。」

聽到她稱讚他，我無法形容自己多開心。「妳應該看看小時候的他。從來沒有那麼瘋的生

＊涅墨亞獅子是希臘神話中生活在涅墨亞的恐怖巨獅，身上的金毛刀槍不入，最後被海克力士殺死。賽柏洛斯是看守冥界的三頭犬，曾被海克力士活捉，又被放走。

物。我說老實話，我們兩個還是我比較瘋。在有小孩之前，我以爲當媽媽很容易。」

「海倫的寶寶就像那樣。」她說。「荷瑪歐妮。她尖叫了五年，但長大之後乖巧到不行。我擔心特拉馬庫斯太少大叫。他太早變乖了。我總是很好奇，第二個孩子不知道會不會不一樣。但等奧德修斯回家，感覺一切就結束了。」她語氣理所當然。詩歌後來形容她忠貞，還有忠實、眞誠和謹愼。這些詞全都好消極、好黯淡，不適合形容眞正的她。奧德修斯離開時，她明明可以和另一個人結婚，生另一個孩子，生活會更容易。但她非常愛他，不願接受另一個人。

我把掛在屋頂橫梁上的一堆蓍草拿下來。

「這能做什麼？」

「治療藥膏。蓍草能止血。」

「我可以看嗎？我從來沒看過巫術。」

這跟她稱讚特拉哥諾斯一樣讓我很開心。我挪開一個位子。她是個很棒的觀眾，我介紹原料，解釋藥草的功能時，她仔細問著問題。她想看我把人變豬的藥草。我把乾草葉放到她手中。

「我不會把自己變成種子，對吧？」

「妳必須吃下肚，唸出咒語才行。只有神血種出來的植物，才不需要咒語召喚魔力。而且我想，妳必須是女巫才能辦到。」

「女神。」

「不是。」我說。「我弟弟的女兒就是個凡人，但她施咒和我一樣強。」

「妳弟弟的女兒。」她說。「該不會是說美狄亞？」

隔了這麼久，聽到別人提起她名字覺得好奇怪。「妳認識她？」

「我知道詩人在庭院爲國王演唱的詩歌。」

「我想聽聽看。」我說。

她說話時，樹林在風中沙沙作響。美狄亞眞的逃過了埃帖斯的追殺。她和伊阿宋航行到了伊奧科斯，生了兩個孩子，但他畏懼巫術，人民也鄙視她。不久伊阿宋和家鄉一個受人民愛戴、長相甜美的公主結婚。美狄亞稱讚他睿智，並送上新婚禮物，那是她親自做的王冠和披風。女孩穿上身時，被活活燒死。然後美狄亞將她的孩子拖上祭壇，發誓伊阿宋永遠得不到他們。她割了孩子們的喉嚨，最後她召喚一輛飛龍拉的馬車，返回科爾基斯。

詩人當然只是在說故事，但我仍能看到美狄亞明亮懾人的臉。我相信她寧可燒了世界，也不願認輸。

「我有次警告過她，她的婚姻會悲劇收場。雖然我猜對了，但我一點也不開心。」

「很少會開心。」潘妮洛普語氣溫柔。她也許在想著被殺的孩子。我也在想著他們。飛龍馬車自然是我弟弟的。父女兩人那麼多過節，她還回去找他感覺太不可思議。但對我來說，一切又有點道理。埃帖斯希望有個繼承人，沒有誰比美狄亞更像他了。他各種殘酷的行爲，她從小到大都耳濡目染，最後她好像無法變成別的樣子。

我將蜂蜜淋上蓍草，再加蜂蠟做成藥膏。空氣瀰漫濃郁的甜香和藥草的刺鼻味。潘妮洛普說：「那怎樣才算是女巫？如果不是靠神性的話？」

「我不確定。」我說。「我以前以為是遺傳，但特拉哥諾斯沒有魔力。我後來漸漸覺得是意志力。」

她點點頭。我不需要解釋。我跟她很明白何謂意志力。

那天下午潘妮洛普和特拉哥諾斯又去了海灣。我以為昨晚我突然翻臉之後，特拉馬庫斯會和我保持距離。但我弄藥草時，他又來了。「我想來修桌子。」

我邊磨著鐵筷子葉邊看他。他拿條皮尺，一個劃好刻度的杯子，並依刻度裝水。

「你在幹麼？」

「測試地板平不平。妳桌子的問題是桌腳，桌腳尺寸不同。這不難調整。」

我看他用挫刀磨，再三用皮尺測量桌腳。我問他鼻子怎麼斷的。「我閉著眼睛游泳。」他說。「結果學到了教訓。」他修完之後，便去整理外頭的石板。我跟過去，到花園拔雜草，其實花園根本不用整理。我們討論蜜蜂的事，我告訴他我一直希望島上有更多蜜蜂。他問我蜜蜂能不能像其他動物一樣馴服。「不行。」我說。「我是像其他人一樣用煙薰。」

「我看到一個蜂巢好像太滿了。」他說。「妳想要的話，春天我可以把蜂巢分成兩半。」

我說好，並看他將不平的土刮開。「屋頂排水管那裡，」我說，「那裡的石板一場雨之後又會再搖晃了。」

「事情就是這樣。你修好之後，它們又歪掉，然後要再修一次。」

「你眞有耐心。」

「我父親說這叫無聊。剪羊毛、清壁爐、將橄欖去籽。他會因爲好奇，想知道怎麼做，但他並不想眞的動手。」

確實。奧德修斯最喜歡那種只需要做一次的事，像掠奪城鎭、打倒怪物、想方設法攻入無堅不摧的城市。

「也許你這點遺傳自你母親。」

他沒抬頭，但我看出他的緊繃。「她怎麼樣？我知道妳跟她聊過天。」

「她想念你。」

「她知道我在哪。」

他臉上的憤怒清楚明白。我心想，他有點天眞單純。我這麼說不是像詩人的故事，暗示他最後會失去天眞，或爲此付出極大代價。我也不是說他愚蠢純樸。我是說他純粹只有自己，不像我們其他人，內心有許多雜質。他思考、感受和行動，一切都是一條直線。難怪他父親搞不懂他，奧德修斯會一直去尋找背後的意思，陰影中暗藏的尖刀。但特拉馬庫斯的刀都直接拿在身前。

那是段奇怪的日子。雅典娜像斧頭一樣待在上方，但她這樣已經十六年了，我現在幾乎不會頭暈。每天早上，特拉哥諾斯會帶哥哥去島上玩。潘妮洛普會織布，我整理藥草。那時我將兒子拉到一旁，告訴他一些奧德修斯在伊薩卡脾氣變壞的事，還有他的猜忌和憤怒。一天天過去，我看到他漸漸理解了。他還是很難過，但罪惡感開始消失，臉上也重拾了笑容。潘妮洛普和特拉馬庫斯在島上也幫了不少忙。他享受他們的注目，就像獅子沐浴著陽光一樣。當我意識到多年來兒子有多渴望家庭，我就感到無比心痛。

潘妮洛普和特拉馬庫斯依然不跟彼此說話。每分每秒過去，一餐接著一餐，他們之間氣氛無比僵硬。我覺得好荒唐，他們爲何不坦承彼此的錯，說出自己的悲傷，把事情做個了結。但他們就像蛋一樣，彼此害怕敲碎對方。

下午時分，特拉馬庫斯總能找到一些事接近我，我們會一起聊天到日落。我進房放餐盤時，他會跟來。如果有兩人都能做的事，他就幫忙。沒事的話，他會坐在壁爐旁雕刻木頭，像公牛、鳥或衝破風浪的鯨魚。他雙手精準謹慎，十分有效率，這點我十分佩服。他不是巫師，但他有巫師的氣質。我跟他說，地板會自己變乾淨，但他完成之後還是把木屑和木絲都掃乾淨。

一直有人陪伴感覺好怪。特拉哥諾斯和我以前大多各過各的，我的寧芙也總像影子一樣，只在我眼角一閃而過。通常，身邊出現這麼多占用我心思、要我注意的事，最後會讓我受不了，乾脆丟下手邊的事，一個人溜到島上散步。但特拉馬庫斯有種內斂的特質，寧靜又令人安心，不會打擾到我。我發現他讓我想到島上的獅子。牠們擁有同樣的尊嚴，一樣有穩定的目光和深層的幽默感，甚至有著相同平凡的優雅，牠們會追求自己的目標，而我也是。

「笑什麼？」他問我。

我搖搖頭。

大概是在他們來島上的第六天吧。他正在砍橄欖樹，修剪歪曲的樹幹，用刀尖切掉樹瘤和樹洞。

「你想念伊薩卡嗎？」我問他。

他思考一會。「我想念我認識的人。而且看不到我的山羊生小羊，滿難過的。」他頓了頓。「我覺得我會是個好國王。」

「公正的特拉馬庫斯王。」我說。

他露出微笑。「只有無趣到他們想不出更好的名稱，才會這樣叫你。」

「我也覺得你會是個好國王。」我說。「也許你現在還是可以成爲國王。凡人是很健忘的。你可以光榮回歸，成爲眾所期待的繼承人，重振家族繁榮光景。」

「聽起來是個好故事。」他說。「但宮殿中全是父親和追求者的影子，我該怎麼辦？我每走一步就會看到我不想再看到的回憶。」

「你在特拉哥諾斯旁邊一定覺得很難受。」

他眉毛糾結。「爲什麼？」

「因爲他看起來跟你父親好像。」

他大笑。「妳在說什麼？特拉哥諾斯跟妳是一個模子刻出來的。我不只是說妳的臉，還包括妳的動作、走路的樣子、說話方式，甚至是妳的聲音。」

「你說得好像是詛咒一樣。」我說。

「那不是詛咒。」他說。

我們目光在空中相交。我心不在焉剝著晚餐的石榴，熟練地劃開外皮，露出白色的組織。裡頭紅色的點點汁液透過一格格薄膜發出晶光。我嘴巴感到有點渴。我一直藉由他觀察著自己。這對我來說是個新鮮事，我注意自己臉上露出的表情，舌頭說出每個字的動作。我好長一段日子都在忙東忙西，衝動做事，弄得一身髒。現在這全新的感覺慢慢浮上心頭，像是朦朧的睡意，甚至有點愜意。這不是他第一次對我露出盡在不言中的表情。但重要嗎？我兒子是他弟弟。他父親上過我的床。他的人生屬於雅典娜。就算他不知道，我都知道。

外頭季節變換。天空張開雙手，土地鼓起迎向天空。陽光普照，將萬物化爲金色。海洋遲了一些。早上特拉哥諾斯拍哥哥的背。「再過幾天，我們就可以在海灣駕船了。」

我感到潘妮洛普的目光。**咒語延伸到多遠？**

我不知道。碎浪再過去一點，但我說不出確切是哪片海浪。我說：「別忘了，特拉哥諾斯，還有最後一場大風暴。等過了再出航。」

好像在回答一樣，門口傳來敲門聲。

我們全沉默下來，特拉哥諾斯輕聲說：「狼沒有叫。」

「對。」我忍住沒瞪潘妮洛普一眼，如果她之前沒想到，那她就是個笨蛋。我把神力展開，力量冰冷裹住我，並走去開門。

同樣的黑色眼睛，同樣完美英俊的臉龐。我聽到兒子倒抽口氣，也感到後面所有人凍結了。

「海利歐斯之女。我能進門嗎？」

「不行。」

他驚訝揚起眉毛。「我是來傳訊的，關係到妳的一個客人。」

我肋骨掃過一絲恐懼，但語氣保持平淡。「你在這裡講他們就聽得到了。」

「好。」他皮膚發光，行動慢條斯理，嘴角邪笑的樣子消失。這位是眾神的信使，能力強大，無法回避。

「特拉馬庫斯，伊薩卡的王子，我代表偉大的女神雅典娜來向你說話。她要求女巫瑟西解除阻擋她上島的咒語。」

「**要求**。」我說。「這詞從想殺死我兒子的人口中聽到還眞有趣。誰知道她會不會再下手？」

「她對妳兒子一點興趣都沒有。」他光芒收斂，聲音再次變得隨意。「如果妳在那鬧彆扭，以下這句當然是她說的，她願意立誓不傷害他。她只想要特拉馬庫斯。現在他必須繼承他的命運。」他看向我後頭的桌子。「你聽到了嗎，王子？」

特拉馬庫斯雙眼垂下。「我聽到了。我很榮幸迎接信使，收到訊息。但我是島上的客人。我一定要等主人的回應。」

荷米斯頭歪一下，眼神專注。「所以呢，主人怎麼說？」

我感覺潘妮洛普在我背後，像秋月一般升起。她說過她需要時間修補和特拉馬庫斯的關係，她還沒完成。我能想像她感到不平。

「我會解除。」我說。「但要解除現在的咒語需要一點功夫。她可以三天之後再來。」

「妳要我告訴宙斯之女，她必須等三天？」

「他們在這裡半個月了。如果她很急，就該早點派你來。你可以跟她說，這是我說的。」

他眼中閃過一絲興奮。曾幾何時我還挺喜歡他這表情。我當時萬念俱灰，覺得這點麵包屑像大餐一樣。「我一定會跟她說。」

他離開之後，我們看著空無一物的空間。潘妮洛普和我四目相交。「謝謝妳。」她說。然後她轉向特拉馬庫斯。「兒子。」這是我第一次聽到她直接對他說話。「我讓你等太久了。你可以跟我走一走嗎？」

24

我們看他們走向通往海岸的小徑。特拉馬庫斯看起來臉上有些震驚，但那很正常。他會發現自己是雅典娜所選之人，同時和母親和好。在他離開前，我想對他說些話，但不知道該說什麼。

特拉哥諾斯頂我的手肘。「荷米斯那話是什麼意思，他說『特拉馬庫斯要繼承命運』？」

我搖搖頭。那天早上，我才看到春天第一個綠芽。雅典娜時間抓得很準。特拉馬庫斯一能啓航她就來了。

「我很驚訝咒語要花三天才能解除。妳不能用……那個叫什麼？摩里嗎？」

我轉向他。「你知道我的咒語是由我的意志控制。我一放手，咒語下一秒就會消失。對，是不需要三天。」

他皺起眉頭。「妳對荷米斯說謊？雅典娜發現的話，不會生氣嗎？」

他的天真仍讓我害怕。「我不打算告訴她。特拉哥諾斯，面對這些神，你一定要把你會的招術守好，不然會失去一切。」

「妳這麼做是讓他們有時間說話。」他說。「潘妮洛普和特拉馬庫斯。」

他雖然年輕，但不是傻瓜。「意思差不多。」

他手指在窗板上輕敲。獅子沒嚇到，牠們知道那代表他心神不寧。「我們還會見到他們嗎？如果他們離開的話？」

「我想你見得到。」我說。就算兒子聽說了我讓斯卡拉變形的事，他也沒提起。我感覺胸口起伏。跟荷米斯說話已經是好久以前的事，我都忘了要面對他精明、穿透人心的目光有多辛苦。

他說：「妳覺得雅典娜會想殺我嗎？」

「她來之前一定要立誓，她會受誓言束縛。但我會拿著長矛，以防萬一。」

我雙手開始做家事，收拾盤子、洗碗和除雜草。天色漸漸變黑，我裝了一籃食物，派特拉哥諾斯去找潘妮洛普和特拉馬庫斯。

「別待太久。」我說。「他們想獨處。」

他臉紅了。「我又不是笨孩子。」

我深吸口氣。「我知道你不是。」

他離開時我來回踱步。我無法解釋此刻這股強烈的緊張感。我知道他有朝一日會離開。我一直都知道。

潘妮洛普在月亮升起時回來了。「我很感謝妳。」她說。「人生不像織布機一樣簡單。人生織的東西，不能一扯就解開。但我覺得我起了個頭。不知道這樣說對不對，但老實說，我很享受看妳跟荷米斯回嘴。」

「我也老實說，能讓雅典娜多煎熬三天，我一點都不後悔。」

她微微一笑。「謝謝妳，再次謝謝妳。」

特拉哥諾斯坐在壁爐前，在箭上裝羽毛，但他裝得亂七八糟。他和我一樣不安，在石地上走來走去，透過窗望向空蕩蕩的花園小徑，好像怕荷米斯再次出現。我清著不需要清理的桌子，把藥草壺一下放這，一下放那。潘妮洛普的黑色披風放在織布機上，快要織完了。我可以坐下來織一會布，但中途換人織會看得出來。「我要出門。」我跟特拉哥諾斯說。他還來不及開口，我就走了。

我不知不覺走到在櫟樹和橄欖樹間的山凹。濃密的樹枝遮蔭，草地柔軟，可以聽到頭上有夜鳥吟唱。

他坐在一根倒樹上，黑夜襯托出他的人影。

「我打擾到你了嗎？」

「沒有。」他說。

我坐在他身旁，腳下草地涼爽，微微帶著溼氣。貓頭鷹在遠方啼叫，冬天食物不多，仍在挨餓。

「我媽媽告訴我妳爲我們做的事，包括現在和之前的事。謝謝妳。」

「我很高興能幫上忙。」

他輕輕點頭。「她一如往常深謀遠慮。」

上頭樹枝沙沙作響，月亮被分割爲破碎的銀光。

「你準備好要面對灰眼女神了嗎？」

「誰能準備這種事？」

「至少你之前見過她。你父親和追求者的親人打鬥時，她現身阻止。」

「我見過她很多次。」他說。「小時候她會來找我。從來不是以她眞實的面貌。我會注意周圍人的特質。妳知道的，她乍看下是陌生人，但給的建議卻太詳細。又說是家族的老友，但眼睛在黑暗中會發亮。空氣會瀰漫濃郁的橄欖樹和鐵的氣味。我叫她的名字，天空會綻放明亮如銀的光芒。我生活中平淡的一切，像手指上的倒刺和追求者的冷嘲熱諷一瞬間都不重要了。她讓我覺得自己像詩歌中的英雄，準備馴服吐火牛，播下不和的種子。」

貓頭鷹張翅，無聲在天空盤旋。一片寧靜之中，牠飢餓的叫聲像鐘聲一樣響亮。

「我父親回來後，我再也沒見過她。好長一段時間，我靜靜等待。我以她的名字殺死母羊，觀察每個經過的人。那個牧羊人有沒有特別停留？那水手是不是對我的想法太感興趣？」

他在黑暗中發出個聲音，近似笑聲。「妳能想像大家都不喜歡我這樣，一直盯著他們瞧，然後失望轉身離開。」

「你知道她打算找你嗎？」

「面對神，誰能曉得呢？」

我覺得這句話像是一種指責，控訴凡人和眾神不可跨越的古老鴻溝。

「你會擁有力量和財富。你可能有機會成爲公正的特拉馬庫斯王。」

他雙眼看著森林的陰影。我來之後，他幾乎沒看我。我們之間原有的感情像風中的煙一樣消散。他腦中想著指引他未來的雅典娜。我知道事情會是如此，但我很驚訝事情發生得這麼快，以及自己心裡有多痛。

我故作輕鬆開口。「當然你可以駕那艘船。你知道船有施咒，不會遇到船難。有她幫忙，你也可以不用靠咒語保護，只要你準備好，隨時可以離開。特拉哥諾斯不會在意。」

他安靜好久，我以爲他沒聽到。但最後他說：「謝謝妳，願意把船給我。這樣島嶼又再次屬於妳自己了。」

我聽到樹叢沙沙的聲音。遠方海浪拍打海岸，我們兩人的呼吸聲淹沒在陣陣海浪聲中。

「對。」我說。「沒錯。」

接下來幾天，我經過他，就像經過桌子一樣。潘妮洛普看我，我也不跟她說話。他們兩人現在經常在一起修補斷裂的關係。我不想去看。我帶特拉哥諾斯到海邊，叫他游泳給我看。他肩膀肌肉飽滿，筆直游過海洋。他看起來比十六歲老，他長大了。眾神的孩子總是比凡人更快變壯。我知道，等他們離開，他會想念他們。但我會爲他找到別的事情，我會幫他忘記。我會說，有些人就像星星一樣，每一季只會出現一次。

我準備好晚餐，然後穿上披風，走進黑夜。我走到山峰最高處，躲到凡人到不了的樹叢裡。我邊躲邊笑我自己。妳覺得誰會來追妳？我腦中想著埃帖斯、斯卡拉和其他事，這些我都不敢告訴奧德修斯。我不希望我的過去在他冰冷智慧的算計下，成爲一種娛樂。但我的過去如此醜陋，充滿錯誤，還有誰能忍受？我錯過開口的機會，現在爲時已晚。

我上床睡覺。一覺醒來已日出，夢中出現有巨魟尾巴的長矛。

第三天早上，潘妮洛普摸摸我袖子。她織好了黑色披風，讓她看起來臉更瘦，皮膚更暗沉。她說：「我知道我要求太多了，但我們和她說話時，可以請妳在場嗎？」

「我會，特拉哥諾斯也會。我想把事情做個了斷，我受夠這場遊戲了。」

我每字每句都是我不吐不快的感覺。我走到山頂，十六年來我倒的藥劑讓那裡的岩石顏色變得更深。我伸出手，摸著凹痕上的汙漬。來這裡那麼幾次，花了那麼多時間。我閉上雙眼，感覺咒語在我上方，和玻璃一樣脆弱。我解除了咒語。

空中微微傳來「叮」一聲，像是弓弦崩斷一樣。我等那份重擔從我肩頭卸下，但取而代之，是全身感到沉重的疲倦感。我手伸開，平衡重心，但四周沒東西扶。我搖搖晃晃，膝蓋發軟。但沒時間讓我軟弱了。我們現在毫無防備。雅典娜要來了，她像老鷹俯衝一樣衝向我的島。我邁步跑下山，雙腳不斷被樹根絆倒，岩石一直扭著我的腳踝。我呼吸又淺又急。才打開門，就看到三張臉驚訝望向我。特拉哥諾斯起身。「媽媽？」

我推開他。我的天空敞開了，每一秒都更危險。我現在需要的是長矛。矛放在角落，我抓起歪曲的矛柄，聞到噁心的毒液味。腦袋變清楚了一點。有這把長矛，就算是雅典娜也不敢冒險。

我拿著長矛到餐廳，站在壁爐前。他們猶豫地跟來。還來不及發出警告，她的閃電一條條射入屋內，四周化爲一片銀灰。雅典娜的胸甲發光，好像仍處於半融化的狀態，頂上頭盔的冠毛在上方豎起。

她雙眼盯著我，聲音像礦石一樣深沉。「我跟妳說過，他活下來妳會後悔。」

「妳錯了。」我說。

「泰坦，妳一直都這麼厚顏無恥。」她厲聲大罵，彷彿想以此傷害我，她轉頭望向特拉馬庫斯。他跪在地上，潘妮洛普在他身旁。「奧德修斯之子。」她說。她的聲音變了，彷彿鍍了金。「宙斯預言西方有新的帝國興起。艾尼亞斯和剩下的特洛伊人逃到那裡，我要讓希臘人平衡勢力，讓他們不要進犯。那塊土地肥沃富饒，森林鬱鬱蔥蔥，原野充滿野獸，大地遍布各種果實。你會在那建立繁華城市，打造堅固城牆，立下法律，阻擋野蠻浪潮。你會生養後代子孫，他們會統領那塊土地數百年。我已召集了我們最好的人手，讓他們搭上了船，今天就會抵達，帶你航向未來。」

屋子燃燒起來，四周全是她眼中冒出的金燦火光。特拉馬庫斯也燃燒起來。他肩膀感覺更寬大，四肢鼓脹，充滿力量，就連聲音也變得更低沉。「女神，」他說：「睿智的灰眼女神。妳在眾人之中選中我，我倍感光榮。無人值得這份青睞。」

她露出微笑，像是爲一碗奶油高興的神殿巨蛇。「船會在日暮時分來接你，做好準備。」

說完這句話，他就可以起身了。他應該要像閃閃發亮的旗幟，展現她賜給他的力量。但他仍跪著，動也不動。「恐怕我不值得擁有妳賜給我的恩惠。」

我皺眉頭。他幹麼一直跪著？這不聰明。他應該感謝她，把事情了結，免得她又找別的理由攻擊。

她聲音有點不耐煩。「我知道你的弱點。」她說。「那不重要，我能幫你將矛握穩。我曾讓你成功對抗追求者，現在我會再引導你。」

「有妳守護著我。」他說。「我很感激。但我不能接受。」

屋內一片死寂。

「什麼意思？」這幾個字滋滋作響。

「我已考慮清楚。」他說。「這三天我都在考慮。我發現自己不喜歡對抗特洛伊人，也不想打造帝國。我想過不同的生活。」

我喉嚨變乾。這傻瓜在幹麼？上個忤逆雅典娜的人是帕里斯，特洛伊的王子。他比較喜歡阿芙蘿黛蒂，現在他死了，他的城市也化爲灰燼。

她雙眼像鑽孔器，刺穿空氣。「不喜歡？你在說什麼？有其他神賜給你更好的東西嗎？」

「沒有。」
「那是怎樣？」
他沒有因爲她的目光退縮。「我不想過那樣的生活。」
「潘妮洛普。」這幾個字像鞭子甩下。「勸勸妳兒子。」
潘妮洛普的臉朝著地。「我勸過了，女神。他心意已決。妳知道他跟他父親一樣固執。」
「固執要用在成功才對。」雅典娜像在掰鴿脖子一樣掰斷每個字。「固執要用在創造新策略才對。這是什麼墮落的想法？」她再次轉向特拉馬庫斯。「我不會再重新給你機會。如果你堅持如此愚蠢，如果你拒絕我，我所有光輝都會離你而去。就算你求我，我也不會回來。」
「我明白。」他說。
他的冷靜似乎讓她更火。「世上不會有詩歌讚頌你。沒有故事提到你，你明白嗎？你一輩子將默默無聞。你在歷史上不會留名，你會變成什麼都不是的一般人。」
每個字都像是鐵匠鋪砸落的鐵槌。我心想，他會接受吧。他當然會接受。她口中的功名所有凡人都夢寐以求。那是他們永垂不朽的唯一方式。
「那是我選擇的命運。」他說。
她冰冷美麗的臉上露出難以置信的表情。她這輩子被拒絕過多少次？她無法消化。她看起來像撲向兔子的老鷹，結果下一秒發現自己倒在泥濘之中。
「你是傻瓜。」她啐道。「我沒當場殺死你算你幸運。我饒過你，是出自對你父親的愛，但我再也不守護你了。」

他身上的光芒消失。整個人看來小了一圈，像橄欖樹幹一樣黯淡粗糙。我和雅典娜一樣震驚。他幹了什麼事？我滿腦子都是這問題，來不及看清事情的走向，直到一切已太遲了。

「特拉哥諾斯。」雅典娜說。她銀色的目光望向他，聲音再次改變，打鐵的聲音變得華麗悅耳。「你聽到我賜給你哥哥的未來。現在我將那未來賜給你。你願意出航，作爲我在義大利的堡壘嗎？」

我感覺自己彷彿從懸崖失足下墜。我在空中跌落，沒有東西能接住我。

「兒子。」我大喊。「不要說話。」

她像飛箭一樣快地轉向我。「妳敢再阻止我？妳還想從我這裡得到什麼，女巫？我已發誓不會再傷害他。我賜給他一份凡人願拿靈魂來交換的機會。妳要讓他像斷腳的馬一樣，一輩子跛行嗎？」

「妳不會想帶走他。」我說。「他殺了奧德修斯。」

「奧德修斯殺了自己。」她說。這句話像鐮刀一樣咻咻劃過空中。「他迷失了方向。」

「是妳害他迷失方向的。」

她雙眼充滿憤怒。我從她雙眼看到她的想法，她想用長矛劃破我的喉嚨。

「我原本打算讓他變成神。」她說。「變成和我一樣。但最後他太軟弱了。」

這是從神身上唯一能得到的道歉。我露出牙齒，將矛尖揮向空中。「妳不准帶走我兒子。

妳要帶走他，先過我這關。」

「媽媽。」我身旁出現溫柔的聲音。「我可以說話嗎？」

我全身彷彿化為碎片。我知道我望向他時會看到什麼，我會看到他的渴望，他的希望和請求。他想要出去。從他誕生到我懷中那一刻起，他一直想要出去。我讓潘妮洛普待在島上，讓她保住她的兒子。結果是，我會失去我的兒子。

「我曾夢到這件事。」他說。「金色原野向外延伸，一路到地平線。四周有一座座果園，河流閃耀波光，一群群牲畜漫步。我以前以為那是伊薩卡島。」

他想輕聲形容，想控制像洪水一般湧出的興奮感。我想到伊卡洛斯，他自由之後便死了。特拉哥諾斯不自由的話也會死，不是身體或壽命，而是他內心的善良會慢慢枯萎和凋零。

他牽起我的手。那動作就跟詩人形容的一樣。我們的生活不就像一首詩歌嗎？這正是我們常見到的結尾。

「我知道會有危險，但妳教過我要小心。我辦得到，媽媽。我想去。」

我內心死寂，像個空殼。我能說什麼？怎麼說，我們其中一人都肯定會傷心。而我絕不會讓兒子傷心。

「我的兒子，」我說，「你自己決定吧。」

他全身的喜悅像海浪一樣湧起。我別開頭，不願親眼目睹。我心想，雅典娜會很開心。她終於完成了她的復仇。

「準備上船吧。」她說。「船下午會來。我不會再派另一艘船來。」

銀光消失，屋裡只剩陽光。潘妮洛普和特拉馬庫斯緩緩退開。特拉哥諾斯擁抱著我，他長大之後就沒抱過我了。他抱著我，好像這輩子從來沒抱過一樣。我告訴自己，記得這一刻，記得他寬大的肩膀，他背上骨頭的形狀，他溫暖的呼吸。但我卻只覺得腦中像是一片乾涸漠土，狂風呼嘯。

「媽媽？妳不為我高興嗎？」

當然不，我想對他大吼。不，我不想為你高興。為什麼我一定要高興？我讓你走還不夠嗎？但我不想讓這成為他最後一次見到我的印象，他母親大聲尖叫，激動到好像他死了，而其實他還有好幾年光輝日子。

「我為你高興。」我逼自己說出口。我帶他進房間，幫他打包，將行李箱裝滿各種藥劑，讓他治療傷口、頭痛、疹子、安眠、甚至避孕，他看了臉都紅了。

「你要創立一個王朝。」我說。「要生下繼承人才行。」

雖然現在是春天，夏天馬上要到了，我仍給了他我所有保暖的衣物。我說他應該要帶上亞克圖蘿，那隻從小就愛著他的狼。我將護身符放到他身上，用咒語包住他周身。我將金銀財寶都給他，金飾銀飾和最華麗的織物，新國王有寶物，才能好好攏絡人心。

他這時醒過來了。「要是我失敗呢？」

我想到雅典娜形容的土地。連綿不絕的山丘，四處充滿果實，原野都是穀物，他會打造最明亮的堡壘。他會在陽光普照的宮殿，坐在高高王位上，做出判決，人民會從世界各地來跪拜他。我心想，他會是個好國王。公平公正，爲人溫暖。他不會像他父親一樣被欲望吞噬。他不曾貪圖榮耀，只渴望生活。

「你不會失敗。」我說。

「妳覺得她打算傷害我嗎？」

現在他倒擔心起來了，現在一切都太遲了。他只有十六歲，對世界還很陌生。

「不會。」我說。「我不覺得。因爲你的血脈，她對你寄予厚望。不久她也會珍惜你的實力。她比荷米斯還可靠，不過沒有一個神是不變的。你一定要記得自立自強。」

「好。」他和我四目相交。「妳沒生氣？」

「沒有。」我說。我內心從來都不是眞的生氣，有的是恐懼和悲傷。眾神能拿他來對付我。

門口傳來敲門聲。特拉馬庫斯帶著長形的羊毛包裹。「對不起打擾了。」他雙眼避開我的目光，將包裹遞給我兒子。「這給你。」

特拉哥諾斯打開布。裡頭有一截光滑的木頭，尾端削尖，刻了個口。弓弦整齊捲在上頭。特拉哥諾斯摸著皮握把。「好美。」

「這是我們父親的弓。」特拉馬庫斯說。

特拉哥諾斯抬頭，一臉震驚。我看到他臉色一沉，閃過之前的悲痛。「哥哥，這我不能收。我已經奪走你的城市了。」

「那座城市從來就不是我的。」他說。「這也不是。我想這兩樣東西都更適合你。」

我感覺自己彷彿站在遠方。之前我一直不曾清楚意識到兩人的年紀差距。我充滿熱情的兒子，還有這個選擇默默無聞的男人。

我們帶著特拉哥諾斯的行李來到海岸。特拉馬庫斯和潘妮洛普向他道別，然後退開。我在兒子身旁等待，但他幾乎沒看我，雙眼只是望向地平線，注視著海浪和天空的交界。

船開進港口。船很大，船側剛塗好樹脂和漆，新帆乾淨明亮。水手動作俐落有效率。他們的鬍子都修剪過，身體健壯，充滿力量。跳板落下時，他們聚到欄杆旁引頸期待。

特拉哥諾斯走上前見他們。他抬頭挺胸，在陽光下散發光采。島上的狼，亞克圖蘿跟著他，在他身旁喘氣。他父親的弓已綁上弦，掛在他肩上。

「我是愛以亞的特拉哥諾斯。」他大喊：「我父親是偉大的英雄，母親是更為偉大的女神。歡迎你們，因為你們是由灰眼雅典娜親自選出的人物。」

水手紛紛跪倒在地。我心想，我快忍不住了。我想抓住他，不讓他離開。但我只緊緊抱了他最後一次，好像要把他嵌入皮膚之中。接著我看他走到他們之中，站到船頭，在天空中化為一道人影。海浪閃耀銀色光芒，我舉手祝福，將兒子交到世界手中。

接下來幾天，潘妮洛普和特拉馬庫斯對待我像埃及貴重玻璃器皿一樣。他們輕聲細語，經過我都輕手輕腳。潘妮洛普讓我用織布機。特拉馬庫斯一直幫我倒酒。壁爐的木頭總是很充足。這一切如過眼雲煙。他們人很好，但對我來說毫無意義。我儲藏室的糖漿都陪伴我更久。我去處理藥草，但它們在我手中彷彿都枯萎了。少了保護島嶼的咒語，空氣裡彷彿缺少了什麼。眾神現在可以自由來去。他們可以做任何事，我沒有力量能阻止他們。

日子一天天變得溫暖。天空晴朗，像成熟果肉向我們敞開。長矛依然在我房間。我走過去，拿下矛鞘，聞著淡淡的毒液矛刃，但我想要什麼，我說不上來。我揉著胸口，好像在揉麵團一樣。特拉馬庫斯說：「妳還好嗎？」

「我當然很好。我會有什麼問題呢？神不會生病。」

我走到海灘，小心翼翼彷若懷抱著嬰兒。太陽照耀地平線，日光照向各處，照我的後背、手臂和臉。我沒穿戴披巾。我不會曬傷，也不會曬傷。

我的島嶼在我身邊。我的藥草、我的房子、我的動物。我心想，所以日子會這樣永遠不變，一直過下去。潘妮洛普和特拉馬庫斯好不好根本不重要。他們就算待上一輩子也不重要，就算她是我渴望的朋友，就算他很特別，一切都只會一眨眼就過去。他們會老死，我會燒了他們的屍體，在無止無境的時光沖刷下，看著回憶泛黃褪色，就跟代達羅斯，跟全身是血的米諾陶，跟斯卡拉的血盆大口一樣。就連特拉哥諾斯也是。凡人可能活六、七十年，接著就會去冥界，那個我永遠去不到的地方，眾神和死亡相反。我試著想像日暮的山丘和灰色的草原，裡面有黑影和白影緩緩移動。有些人和生前摯愛手牽著手漫步，有人靜靜等待，安心等候哪天自己鍾愛的人會出現。至於沒愛過的人，他的一生只有痛苦和恐懼的話，那裡有黑色的遺忘河，喝下河水就可以忘記一切。那也算是種安慰。

對我來說，什麼都沒有。我要再度過無數歲月，我見過的所有人都會從我身旁流逝，我只能與跟我一樣的人在一起，像奧林帕斯神、泰坦神、我的弟妹和父親。

這時我心裡有個感覺，像是早年我施咒的感受，好像一條路打開，突然清楚出現在我腳下。多年來我一直掙扎受苦，但就像我妹妹所說，我心裡一角依舊挺立。我耳邊彷彿聽到幽暗深海中蒼白巨魟的聲音。

孩子，那妳去打造另一個世界。

我沒做準備。如果我現在沒準備好，那何時才算準備好了？我甚至沒有走到山峰上。但他可以來這裡，來我的黃色沙灘上，到我站立的地方面對我。

「父親，」我朝空中說，「我要跟你說話。」

25

海利歐斯不是任你召喚的神，但我是拿到巨魟尾巴，任性妄爲的女兒。如我所說，眾神喜歡新鮮事。他們像貓一樣好奇。

他從空中走下來，頭戴王冠，耀眼光芒將我的海灘化爲一片金黃。紫色衣服顏色濃郁，像一池深色的血。數百年過去，沒有一根絲線改變。他依然是那副從我出生的一刻起，就深深烙印在我心中的形象。

「我來了。」他說。聲音傳來，像是火堆的熱氣。

「我希望我的放逐到此爲止。」我說。

「不。妳要永遠受罰。」

「我要你去找宙斯，代我向他說。跟他說釋放我的話，你欠他一個人情。」

他表情與其說是生氣，不如說是難以置信。「我爲什麼要這麼做？」

我可以說出許多答案。因爲我一直是你的籌碼；因爲你明明看到了那些男人，你明知他們的本性，但還是讓他們登陸上我的島；因爲我後來受盡欺侮，你卻沒有出現。

「因爲我是你的女兒，應該要自由。」

他甚至沒猶豫。「跟過去一樣叛逆，大膽妄爲。叫我來這裡，就爲了愚昧的想法，浪費時間。」

我看著他的臉，彷彿散發著公正的力量。大家都稱他天空中偉大的守護者、拯救者、全知者、持光者、眾人之光。我給他機會了。這比他給我的慷慨多了。

「還記得，」我說，「普羅米修斯在你宮殿被鞭打嗎？」

他雙眼瞇起。「當然記得。」

「你們所有人離開之後，我留下來。我照顧他，還一起說了話。」

他直盯著我雙眼。「妳才不敢。」

「你懷疑的話，可以自己去問普羅米修斯，或埃帖斯。不過如果你從埃帖斯嘴中問得出眞話，那才是奇蹟。」

我的皮膚在他熱力下開始發痛，眼眶流出眼淚。

「要是妳眞做出這種事，就是最嚴重的叛變。妳不只必須永遠放逐，還必須面對更嚴重的懲罰，這我可以向妳保證。因爲妳一時昏頭，你會害我們被宙斯攻打。」

「對。」我說。「所以如果你不讓我結束放逐，我會揭發你。我會告訴宙斯我做了什麼。」

他表情矛盾。我這輩子第一次眞的嚇到他了。「妳不敢，宙斯會殺了妳。」

「也許吧。」我說。「但我想他會先聽聽我要說的話。而他一定會怪到你頭上，因爲你應該要管好你女兒。當然，我也會告訴他其他事情，像我聽到你和我叔叔躡手躡腳，竊竊私語要造反的事。我想宙斯會想知道，泰坦神叛亂的源頭在哪，對吧？」

「妳敢威脅我？」

我心想，這些神老是在說同一句話。

「我敢。」

我父親皮膚燃燒，發出刺眼的光芒。他聲音烤著我的骨頭。「妳會引發一場戰爭。」

「但願如此。父親，因爲我寧可看你墜落，也不要再爲了你的方便，被囚禁在某個地方。」

他的怒火溫度高升，周遭的空氣都開始浮動。「我一動念就能殺了妳。」

那是我最初的恐懼，在白光下灰飛煙滅。我感覺全身開始打顫。但夠了。終於夠了。

「是可以。」我說。「但你一直都很小心，父親。你知道我對抗了雅典娜。我走到最黑的深海。你不可能知道爲了對付你，我施了什麼咒，用了什麼毒藥保護自己，也不知道你的力量會不會遭到反彈。誰知道我有什麼力量？你想知道嗎？」

這段話懸在空中。他雙眼像兩個點燃的金碟，但我沒別開目光。

「如果做這件事，」他說，「這會是我爲妳做的最後一件事。以後不准再來哀求我。」

「父親，」我說，「我永遠不會再找你。我明天就離開這個地方。」

他不問我去哪，甚至不感到好奇。打從小時候開始，這麼多年來，我就一直觀察著他明亮的五官，想探知他的想法，想從他腦海中尋找我的名字。但他像是只有一根弦的琴，演奏的音符就只是他自己。

「妳一直是我最糟糕的孩子。妳最好別給我丟臉。」他說。

「不如這樣吧。我就照自己意思活，而你在算自己有幾個孩子時，別把我算進去。」

他氣到全身僵硬，看起來像是吞了顆石頭，被石頭噎到。

「代我向母親問好。」我說。

他咬著牙離開了。

黃色沙灘恢復原本的顏色。陰影都回來了。我站在原地動也不動，呼吸一會，胸中的心臟還怦怦作響，瘋狂跳動。但後來一切都過去了。我思緒開始轉動，越過土地，飛上山丘到我房間，看到那把白色毒液的長矛。尾巴早該還給巨魟了，但我一直留在身邊，除了要保護自己，還有另一個我說不上來的原因。但是，現在我終於明白爲什麼了。

我走回屋子，找到坐在我織布機前的潘妮洛普。

「是時候下決定了。有件事我必須去做，明天就要離開。我不知道會離開多久。如果妳想去斯巴達的話，我可以先帶妳過去。」

她從織一半的掛毯前抬起頭。掛毯上的圖案是一片洶湧海洋，一人划水游入黑暗之中。

「如果我不要呢？」

「那妳可以留在這裡。」

她輕輕拿起梭子，彷彿那是隻骨頭空洞的鳥。她說：「那樣不會……打擾嗎？我知道自己害妳失去什麼。」

她的意思是特拉哥諾斯。我心裡很難過，永遠都會難過。但灰色濃霧已消散。我感覺身處遙遠之地，眼前一片清澈，像隻飛在最高空的老鷹。我說：「他在這裡永遠不會快樂。」

「但因爲我們，他跟雅典娜走了。」

我曾爲此感到心痛，但那只是自尊心作崇而已。「她絕不是他們之中最糟的。」

他們，我聽到自己說。

「我讓妳自己選擇，潘妮洛普。妳要怎麼樣？」

一隻狼伸展身子，牠打個呵欠時，嘴發出小小的叫聲。「我覺得我不急著去斯巴達。」潘妮洛普說。

「那來吧，有些事情要讓妳知道。」我帶她到廚房，那裡有一排排瓶罐。「這座島上施了幻象，讓海岸不適合登陸。我離開之後幻象仍會在。但水手有時很莽撞，通常最莽撞的人也最拚命。這些是我不需要的藥。裡面有毒藥，還有治療藥膏。這個是讓人昏睡的。」我將瓶子交給她。「藥效要一段時間，所以妳不能到最後一刻才使用。妳必須先倒進他們酒裡。十滴就夠了。妳覺得妳做得到嗎？」

她搖了瓶子，感覺藥的重量。她漾起笑容。「妳也許還記得，對付不請自來的客人，我算有些經驗。」

不管特拉馬庫斯在哪，他都沒回來吃晚餐。我告訴自己，不管了。我軟弱得像蠟的日子過去了。未來的路全鋪展在我面前。我打包東西，行李只有幾套衣物和披風，剩下全是藥草和瓶罐。我拿起長矛，走進溫暖的夜裡。我還得下些咒語，但我想先去船那裡。特拉馬庫斯開始修船之後，我還沒看過那艘船，我必須先確定船能出航才行。海上閃過一條條閃電，微風吹來遠方火燒的氣味。那是我叫特拉哥諾斯等的最後一場暴風雨，但我不怕暴風雨。到早上，暴風雨就會平息。

我走進洞穴，不禁睜大眼睛。我很難相信自己眼前是同一艘船。船變得更長了，船頭已重新打造，變得更尖。桅杆和風帆裝得更好了，舵也更精巧。我繞著船走。前方裝了一個小巧的船首雕像，那是一隻坐地張嘴的母獅。獅毛是用東方風格雕刻而成，每縷獅鬃分開，像蝸牛殼一樣捲起。我伸手去碰其中一條。

「蠟還沒乾。」他從黑暗中走出來，「我總覺得，每艘船船首都需要有個精神象徵。」

「這好美。」我說。

「海利歐斯來的時候，我在海灣釣魚。所有陰影都不見了。我聽到妳跟他說話。」

我感到一陣難為情。我們看起來一定很惡毒、古怪又殘酷。我目光停留在船上，這樣就不用看他。「那你一定知道我的放逐結束了，我明天就會出航。我問你母親她想去斯巴達還是留下。她說希望留下。你也一樣，可以選擇。」

外頭，海洋發出像梭子織布的聲音。星星像梨子一樣黃，彷彿掛在樹枝上，低垂又成熟。

「我在氣妳。」他說。

我好驚訝。我雙頰脹紅發燙。「氣我。」

「對。」他說。「妳以爲我會跟雅典娜走。即使我告訴妳那麼多事。我不是妳兒子，我也不是我父親。妳應該要知道，我不想要雅典娜給的任何東西。」

他的語氣平靜，但感覺得到他尖銳的指責。「對不起。」我說。「我不相信這世上有人能不受她神力懾服。」

「這話從妳口中說出來很有趣。」

「我又不是前途光明的年輕王子，未來將成就許多偉大事蹟。」

「那種生活被高估了。」

我手摸過獅子雕像的掌爪，感覺到一層黏黏的蠟。

「你常常替你氣的人做美麗的東西嗎？」

「沒有。」他說。「只有妳。」

外頭，閃電閃爍。「我也在生氣。」我說。「我以爲你等不及要離開。」

「我不懂妳怎麼會這樣想。妳知道我的想法都藏不住。」

我聞到蜂蠟的味道，香甜濃郁。
「你提到以前雅典娜來找你的事。我以爲你是渴望。那是段你不輕易和人分享的回憶，像祕密之心。」
「我不輕易和人分享是因爲我很羞愧。我不希望妳發覺她從頭到尾都更愛我父親。」
她是個傻瓜。但我沒說出口。
「我不想去斯巴達。」他說。「也不想留在這裡。我想妳知道我想到哪裡。」
「你不能跟來。」我說。「這件事對凡人來說很危險。」
「我原本就在猜這趟路一定很危險。妳應該看看自己的表情。妳的想法也都藏不住。」
我露出什麼表情？我想問，但我只說：「你要拋下你母親？」
「她在這裡會過得很好。而且心滿意足，我想。」
木屑飄過，空中滿是香氣。那氣味和他雕刻時皮膚散發的氣味一樣。我突然想莽撞一點。我受夠自己擔心害怕，反覆琢磨，也受夠自己老是在謹慎計畫。對有些人來說很憑直覺行事，但我不是。
「如果你想跟我來，我不會阻止你。」我說。「我們黎明出發。」
我們各自做準備，直弄到天空開始泛白。船已經放了所有能放上船的東西，像乳酪、大麥粉、水果乾和水果。特拉馬庫斯搬來漁網和槳，並準備多的繩索和刀，他將東西小心收拾，綁好在各處。我們用滑輪將船推到海裡，船身輕鬆滑入碎浪之中。潘妮洛普站在海邊，揮手向我們道別。特拉馬庫斯自己去告訴她他要隨我出航。不管她怎麼想，她表情都沒透露半點。

特拉馬庫斯揚起船帆。暴風雨已過，清新的風穩定吹拂。風一推，我們滑出海灣。我回頭望向愛以亞。到現在，我只看過島在我身後慢慢變小兩次。我和島之間愈來愈遠，懸崖愈來愈低。海水噴濺到我嘴脣上，四周全是銀色翻攪的浪濤。閃電沒有劈下。我自由了。

我心想，不，還沒。

「我們要去哪？」特拉馬庫斯手放在舵上。

我上次大聲提到她的名字，是向他父親說的。「去海峽。」我說。「去找斯卡拉。」

我看著這句話的效果。他動作熟練，調整船向。

「你不怕嗎？」

「妳警告過我這趟路很危險了。」他說。「我覺得害怕無濟於事。」

海洋快速飛逝。我們經過和代達羅斯去克里特島時停下的那座島。沙灘仍在，我望了一眼苦杏仁林。被雷劈到的白楊樹早已消失，化爲塵土。

地平線出現一團白色的汙點。每過一小時範圍就愈來愈大，像一團煙霧。我知道那是什麼。「放下船帆。」我說。「我們要在這裡先做準備。」

我們靠著欄杆邊抓了十二條魚，盡可能找最大的。牠們拍打掙扎，濺得甲板都是冰冷的海水。我捏著藥草，塞進牠們抽著氣的嘴，唸出咒語。懷念的碎裂聲，骨肉撕開，牠們不再是魚了，全變成十二隻肥大憨傻的公綿羊，撞來撞去，眼珠轉動，在狹小的空間推擠彼此。幸虧船小，不然靠牠們自己可能根本站不起來。牠們不習慣有腳。

特拉馬庫斯爬過牠們，來到槳旁。「現在划船會有點困難。」

「牠們不會在這裡太久。」

他皺眉看著一隻。「牠們吃起來會像羊嗎？」

「我不知道。」我從藥草袋拿出一個小陶壺，這是我前一晚裝的。瓶子用蠟封起，有個彎提把。我用條皮繩把陶壺掛在最大隻的綿羊脖子上。

我們解開船帆。我警告過特拉馬庫斯濃霧和海浪的事，於是他在臨時裝設的槳架上準備了一組槳。那對槳格格不入，因為船當初設計是要靠風帆航行，但如果風都停了，我們還能用槳前進。「我們一定要一直移動。」我告訴他。「無論發生什麼事。」

他點點頭，好像那很簡單一樣。但我心裡有數。我手裡拿著長矛，矛尖有著劇毒尾巴，但我看過斯卡拉動作有多快。我有次告訴奧德修斯，我們根本無法與她對抗。如今我卻在這裡。

我輕輕碰特拉馬庫斯的肩膀，輕聲說了個咒語。他周身出現幻象，他的身影消失了，只剩甲板和空氣。仔細看還是看得出來，但他能躲過她掃過的目光。他看了看，但沒多問。他相信我。我迅速轉身，面對船頭。

霧氣籠罩我們。我頭髮潮溼，漩渦吞噬一切的聲響從海洋另一端傳來。眾人叫漩渦卡律布狄斯。想躲過斯卡拉的血盆大口的水手，有不少是死在漩渦之中。綿羊緊靠著我，身體搖晃。

牠們沒像眞正的綿羊一樣發出聲音。牠們不知道要怎麼運用喉嚨，只能在古怪的身體之中發抖。我可憐牠們。

海峽聳立在眼前，我們駛進海峽口之中。我看向特拉馬庫斯一眼。他拿著槳，雙眼注意四周。我脖子寒毛直豎。我在幹什麼？不該帶他來的。

氣味先撲面而來，即使過了這麼久，那氣味依舊熟悉，是腐爛和恨意的味道。接著她來了，從灰濛霧中鑽出，笨重的頭爬過峭壁，發出刺耳的聲響；充滿血絲的眼睛盯著肥胖恐懼的綿羊。

「來啊！」我大叫。

她攻擊了。六顆頭嘴巴張大，咬走六隻綿羊。接著她縮回迷霧之中。我聽到骨頭碎裂聲，她把羊吞下喉嚨，發出咕嚕咕嚕的聲響。鮮血從峭壁流下來。

我趁空檔，望了特拉馬庫斯一眼。風幾乎停了，他現在專注划著船，手臂上冒著汗。斯卡拉回來了，她的頭不懷好意扭動著，牙齒間有一團團羊毛。

「還有剩下的。」我說。

接下來六隻她咬得好快，我才說完話，綿羊就消失了。掛著陶壺的綿羊也在其中。我試著去聽有沒有陶壺被咬碎的聲音，但我只聽得到骨肉撕裂的聲響。

昨天晚上，在冰冷月光下，我收集了長矛的毒液。透明毒液一點一滴流到我光亮的銅碗中。我加入許久之前從克里特島採的巖愛草和柏樹根，還有我懸崖上的碎片和花園的土，最後是我自己紅色的血。液體冒著泡，化爲黃色。我把這全部都放入陶壺，用蠟封起。藥劑現在流入她喉嚨，滴入她的肚子。

我以爲十二隻羊能讓她稍微飽足，但她回來時，雙眼和以往一樣凶猛飢餓。好像她吞吃不是爲了填飽肚子，而是爲了她無盡的憤怒。

「斯卡拉！」我舉起長矛。「是我，瑟西，海利歐斯之女，愛以亞女巫。」

她大聲尖叫，刺耳長嘯貫穿我的耳朵，但她並沒有認出我。

「很久以前，我把妳從寧芙變成這個樣子。我帶了巨魟力量前來，要把我開始的一切做個了斷。」

一片白茫迷霧之中，我唸出心裡的那個字。

她發出嘶嘶聲，目光不帶一絲好奇。她的頭繼續鑽動，尋找甲板上有沒有她錯過的綿羊。我身後，傳來特拉馬庫斯用力划槳聲。我們的風帆垂下，他現在是船前進的唯一動力。

一瞬間，我發覺斯卡拉看穿幻象，發現了他。她低吟一聲，充滿渴望。

「不行！」我揮舞長矛。「這個凡人由我保護。如果想吃他，就會永遠受苦。妳看看我手中的巨魟尾巴。」

她再次尖叫，灼熱氣息帶著惡臭吹向我。她好興奮，頭快速亂竄。一個個頭咬著牙，下巴滴下一條條口水，在空中搖晃。她會怕長矛，但這擋不了她多久。她已經喜歡上了凡人的滋味。她想吃人肉，強烈又原始的恐懼竄過我全身。我敢發誓，我感覺到咒語成功了。但要是我錯了呢？我全身一陣驚慌。一次要對抗六個凶猛的頭，我又不是身經百戰的戰士，只要有個頭繞過我，那特拉馬庫斯……我不准自己有這個念頭。這時腦中閃過一個個想法，但是全都沒有用，咒語對她無效，身上沒帶毒藥，眾神不會來幫我。我可以叫特拉馬庫斯棄船游泳，但我們無路可逃。要安全躲過她，唯一方法就是駛向吞噬一切的卡律布狄斯漩渦。

我擋在她和特拉馬庫斯之間，長矛當胸，全神貫注。我心想，我一定要在她繞過我之前攻擊她，一定要至少讓巨魟的毒流到她體內。我站穩腳步，準備面對她的攻擊。

她沒有攻擊，其中一張嘴動作古怪，下巴張呀張的，胸中深處傳來嗆到的聲音。她嘔吐了，黃色泡沫流到牙齒上。

「那是什麼？」我聽到特拉馬庫斯說。「發生什麼事？」

沒時間回答了。她癱軟的身體從霧中出現。我之前從來沒看過，她巨大的身體像果凍一樣。我們看著身體從上方摩擦峭壁。她的頭長聲尖叫，用力扯動，彷彿想將身體拉回去。但她的身體只落得更深，彷彿和石頭一樣重。現在看得到她的腿，十二條怪物般的觸手從身體向外伸入迷霧中。荷米斯曾告訴我，她從沒露出她的腿。她的腿蜷曲在洞窟的骨頭和腐肉之間，攀抓著洞窟中的石頭，讓頭和身體向下攻擊，將食物帶回來。

斯卡拉的頭在空中咬牙呻吟，向後咬著自己的脖子。她灰色的皮膚流過一條條黃色泡沫和紅色的血。一個聲音傳來，像是巨石拖過地面，突然之間，灰色的龐然大物越過我們頭頂落下，摔入船旁的海中。甲板劇烈傾斜，我差點跌倒在地。我再次站好，面前是她一條巨大的腿，鬆軟無力地從身體垂下，粗得像愛以亞最老的櫟木，腿的另一端沒入海洋之中。

她的腳放開洞窟了。

「快點離開。」我說。「快，後面還有更多。」我話音未落，拖曳的聲音再次響起。

特拉馬庫斯大聲警告。一條腿差點砸中船尾，但半邊欄杆已掃入海中。我被晃得跪倒在地，特拉馬庫斯從座位摔下。他設法爬回槳旁，用力將槳卡回槳架。周圍的海水不斷翻騰，掀起巨浪，船身猛力上下起伏。我們上方，斯卡拉大叫扭動。落下的腿將她從峭壁拖下。她的頭靠得好近，但她沒注意到我們，只是凶猛咬著腿上鬆弛的肉。我遲疑了一會，接著把長矛柄卡在補給品間，以免在混亂中滾走。我抓起特拉馬庫斯另一根槳。「快。」

我們彎身划船。拖曳的聲音又響起，另一條腿落下，一波大浪讓甲板都溼了，並將船頭轉向卡律布狄斯。我看到能將整艘船吞噬的漩渦。特拉馬庫斯抓住舵，想讓船轉向。「繩子。」他大喊。

我從行李中手忙腳亂抓出一條繩子。他將繩子綁在舵上，用力扯，努力讓我們朝向海峽口的方向。斯卡拉的身體在我們上方距離兩根桅杆的地方擺動。她的腿仍不斷落下，每次衝擊都讓她身體晃得更低。

我數著，十、十一。「我們必須快點！」

特拉馬庫斯將船頭擺正。他綁住舵，我們爬回槳旁。峭壁下，船像落葉一般在翻湧的海水中來回漂蕩。周圍的海浪全是黃色泡沫。她最後一條腿掛在峭壁表面。那條奇形怪狀的腿支撐她全身，繃得好緊。

她放開了，巨大的身體落到水中。海浪將槳從我們手中沖開，冰冷的海水淹沒我們全身。我看到我們的行李被沖入海裡，而巨魟的矛也一起消失在白茫浪濤之中。我感到好心痛，胸口彷彿受到重擊，但沒時間去想了。我抓住特拉馬庫斯的手臂，好怕甲板隨時會斷成兩半。但堅固的木板支撐住了，繫住船舵的繩子也沒斷。最後一波巨浪將我們推向前，推出了海峽。

卡律布狄斯的聲音消失，周圍海洋一片開闊。我站起來向後望。懸崖下方，斯卡拉所在的地方出現一大片淺灘。淺灘還看得出六截像蛇一樣的脖子，但已不會再動了。永遠不會再動了。她已化爲石頭。

要回到陸地還有好長的一段旅程。我雙手和背發疼，好像被鞭打一般，而特拉馬庫斯一定更慘，但我們的風帆奇蹟似的毫無損傷，繼續帶著我們前進。太陽像落下的盤子沉入海中，黑夜降臨海洋。我在星空點點下看到陸地，我們將船拖上海灘。由於之前失去了所有淡水，特拉馬庫斯已乾渴到眼神呆滯，幾乎說不出話。我找到一條河，用石頭變出個大盆，裝了滿滿一盆水回去。他喝下水之後，躺著不動良久，躺到我開始害怕，但最後他清了清喉嚨，問有什麼食物。我那時採了一些莓果，抓了隻魚，魚在火堆旁滋滋作響。「對不起，讓你遇到那麼大的危險。」我說。「如果你不在，我可能會被壓成肉醬。」

他一邊吃，一邊疲倦點點頭，臉色依然憔悴蒼白。「我很高興這事只要經歷一次。」他躺到沙上，雙眼沉沉閉上。

他很安全，我們的營地藏在懸崖的角落，於是我離開他，去海岸散步。我以爲我們在一座島上，但我不確定。樹林上方沒有炊煙，我仔細聽，除了夜鳥、樹枝和海浪聲，沒有其他聲響。內陸鮮花遍地，森林茂密，但我沒有去看。我眼前又出現原本是斯卡拉的那一片廣大礁石。她消失了，眞的消失了。好幾百年來，我第一次不需要再因爲那件悲傷又難過的事自責。沒有靈魂會再因爲我走入冥界。

我面對大海，雙手空無一物，也沒拿著長矛，感覺好奇怪。我感到空氣在掌中流動，海鹽氣味混合著春天青翠的氣息。我想像那段灰色尾巴沉入海中，找到它的主人。我說，**巨魟，你的尾巴回去找你了。我留了好久，但我終於好好運用它了。**

溫柔的海浪洗刷著沙灘。

我感到黑暗清新的氣息。我像在水池中沐浴一般走過涼爽的夜。除了他腰間那袋工具和我綁在身上的藥草包，我們失去了所有東西。我心想，我們必須做槳，準備新的食物。但那些事明天再煩惱。

我經過飄著白花的梨樹。月光下的河中有隻魚躍起。我每一步都感覺身子更輕盈。我心中湧起一股情緒。花了一會我才發現那是什麼。之前，我像巨石柱一樣，受懊悔和歲月刻蝕，多年來古老又堅硬。但那只是我被形塑的模樣。我不需要維持那個樣貌。

特拉馬庫斯繼續睡著。他雙手像小孩一樣交疊在下巴下。他的手因爲划槳血跡斑斑，我剛才將他溫暖的手擱在我大腿上，爲他塗藥膏。他的手指比我想像的更粗糙，但手掌光滑。在愛以亞島上，我常好奇碰觸他是什麼感覺。

他雙眼睜開，彷彿我不小心大聲說出心聲。他的雙眼和往常一樣清澈。

我說：「斯卡拉不是天生就是怪物。牠是我造成的。」

他表情藏在火光投出的影子下。「發生什麼事？」

我心裡一角大聲發出警告：如果妳坦白，他會一臉驚愕，並恨妳入骨。但我逼自己繼續說。要是他變臉，那就變臉吧。我不想再白天織衣，晚上拆線，一事無成。我告訴他整段故事，包括我的嫉妒和愚蠢，還有因爲我喪生的所有生命。

「她的名字，」他說：「斯卡拉，意思是**撕碎者**。也許她注定要成爲怪物，妳只是促成一切的角色。」

「你吊死那些女僕也用同樣的藉口嗎？」

他聽到這話，像是被我攻擊一樣。「那件事我沒有藉口。我會一輩子背負那份羞愧。我不能將過去一筆勾消，但我這一生都會希望自己辦得到。」

「憑這點你就可以確定自己和父親不一樣了。」我說。

「沒錯。」他聲音尖銳。

「我也一樣。」我說。「不要試著剝奪我的懊悔。」

他不吭聲良久。「妳很有智慧。」他說。

「如果眞是如此，」我說，「那只是因爲我幹傻事幹了好幾輩子了。」

「但至少妳會爲妳愛的一切奮鬥。」

「那不一定是件好事。我必須告訴你，我的過去就像今天一樣，充滿怪物和恐怖的事，沒人想聽這種故事。」

他和我四目相交。他某個特質莫名讓我想起巨缸。超凡寧靜，充滿耐心。

「我想聽。」他說。

我一直因爲各種原因不敢接近他，好比他母親和我兒子，他父親和雅典娜。也因爲我是神，他是凡人。但我這時驚覺，所有原因的背後都是因爲恐懼。而我向來不是個懦夫。

我伸手越過兩人之間的距離，找到了他。

26

我們待在海岸三天，沒有做槳，也沒有修補風帆。我們抓魚、採果實吃，只就近拿取所需。我手放在他肚子上，感受呼吸起伏。他肩膀肌肉堅硬，後頸皮膚被陽光曬得粗糙。

我後來有告訴他那些故事。我們度過歡愉的時光之後，我會在火堆旁或晨光下跟他傾訴。有的故事比我想像中容易說出口。我向他描述普羅米修斯的事，並重新讓雅瑞安妮和代達羅斯在故事中活過來，過程其實滿快樂的。但其他事不大容易啓齒。有時我說到一半，我會突然冒起一股無名火，一個字都說不出來。我在這心如刀割，他憑什麼這麼有耐心？我可是個成年女子，還是女神，比他年長幾千個世代。我不需要他的可憐、他的注意和任何東西。

「怎樣？」我會逼問他。「你爲什麼不說一句話？」

「我在聽。」他會回答。

「你看？」我講完故事之後會說。「神就是這麼醜陋。」

「我們身上流的血不代表我們。」他回答。「有個女巫這麼跟我說過。」

第三天，他做出新的槳，我變形出幾個水袋，裝滿水，然後採集水果。我看他輕而易舉裝好船帆，檢查船體有沒有漏水。我說：「我真不知道自己在想什麼。我不會駕船。如果你沒來，我要怎麼辦？」

他大笑。「妳最後還是會抵達那裡，只是可能要耗費一大段妳永恆的生命。我們接下來要去哪？」

「克里特島東方的海岸。那裡有座小海灣，一半是沙灘，一半是岩灘，還看得到一叢灌木叢和一座座山丘。這個時節的天空，天龍座好像能幫助辨別方向。」

他揚起眉毛，十分驚訝。

「接近之後，我想我可以找得到。」我看著他。「你不問我那裡有什麼嗎？」

「我覺得妳不希望我問。」

我們在一起不到半個月，但他似乎比世上任何人都還了解我。

航行很順利，清爽海風吹拂，太陽仍不到盛夏那麼炎熱。晚上，我們會隨意找個海岸搭營。他本來就習慣遊牧生活，我發現自己也不懷念金碗、銀碗和掛毯。我們用木棍烤魚，我用裙子抱來水果。如果有人居住，我們會做事換取麵包、酒和乳酪。他會爲小孩雕刻玩具，修補小船。我有我的藥膏，而且如果我將頭蒙住，也能假裝成藥草術士，來治療傷痛和發燒。他們的感謝簡單直接，我們也是。沒人需要下跪。

船在蔚藍天空下航行時，我們會坐在甲板，聊著我們遇到的人和經過的海岸。有一群海豚曾跟著我們大半個早上，臉上帶著笑，在欄杆旁濺起陣陣水花。

「妳知道嗎？」他說，「在前往愛以亞之前，我只離開過伊薩卡一次。」

我點點頭。「我去過克里特島，還有一路上幾座島，就這樣。我一直希望能去埃及。」

「對。」他說。「還有特洛伊和蘇美的偉大城市。」

「亞述。」我說。「我也想看伊索比亞。還有北方冰封的大地。以及特拉哥諾斯西方的新王國。」

我們望向海浪，兩人一片沉默。下一個句子應該是，我們一起去。但我說不出口，現在說不出口，也許永遠都說不出口。他會繼續保持沉默，因爲他非常了解我。

「你母親，」我說，「你覺得她會氣我們嗎？」

他哼一聲。「不會。」他說。「她可能早在我們之前就料到了。」

「要是回去以後，發現她變成女巫，我是一點也不會驚訝。」

嚇到他總是讓我覺得有趣，我喜歡看他心亂如麻，失去鎭定。「什麼？」

「眞的喔。」我說。「打從一開始她就在打量我的藥草。有時間的話，我本來可以好好教她。這點我敢跟你打賭。」

「妳這麼確定，我才不要跟妳賭。」

晚上我們全身交扣，而他睡著時，我會躺在他身旁，觀察他喉嚨輕柔的脈搏，感受我們肢體的溫度。他眼睛有皺紋，脖子有更多。大家看到我們都以爲我比較年輕。雖然我長相和聲音近似凡人，卻仍像隻蒼白的魚，只能從水中看他和他身後的天空，怎麼也無法離開水。

靠著天龍座和特拉馬庫斯，我們終於找到了我的海岸。我們早上抵達那狹窄的海灣時，父親的馬車還在飛向天空最高處。特拉馬庫斯雙手抱著石錨。「要下錨，還是把船拖到沙灘上？」

「下錨就好。」我說。

數百年的浪潮和暴風雨改變了海岸線的形狀，但我雙腳記得沙灘多綿密，也記得有鬼針草的粗糙草地。遠方飄起淡淡灰煙，還聽得到羊鈴的聲音。我經過埃帖斯和我以前會坐的凸石；走過父親燒傷我之後，我躺過的森林，現在那裡只剩幾株零星的松樹。我拉著葛勞克斯爬上的山丘春意盎然，遍地都是麥桿菊、風信子、百合、紫羅蘭和岩玫瑰。山丘中間有一小叢自克洛諾斯的神血生長出的黃花。

我耳邊響起古老的嗡鳴，彷彿在打招呼。「不要碰。」我對特拉馬庫斯說，但我說出口才發現這句話多傻。這些花不會影響他。他已經是自己了。我不會看到他任何一根頭髮出現變化。

我用刀將每一株花連根挖起。我連土一起包到布中，放到我袋中深處。沒有理由再逗留了，我們將船錨拉起，將船頭朝向家的方向。海浪和島嶼經過身邊，我都視若無睹。我像是拉緊弓弦的弓箭手，目光望向天空，等待飛鳥飛出。最後一天晚上，愛以亞已在咫尺之遙，我覺得海風中彷彿都飄著島上的花香，這時我將深藏在我心中的故事娓娓告訴他。故事是關於第一批來到我島上的男人，以及我最後對他們做的事。

星星非常明亮，金星像火焰一樣在夜空閃爍。「我之前沒告訴你，因爲我不希望這件事出現在我們之間。」

「現在妳不介意了？」

我藥草袋深處，黃花吟誦著音符。「現在無論結果如何，我希望你知道眞相。」

輕柔海風吹拂著海岸的草地。他將我的手握在胸膛。我感到他心臟穩定跳動。

「我不曾逼妳做任何事。」他說。「現在也不會。我知道有些事，妳不想回答一定有妳的理由。但如果……」他頓了頓。「我想要妳知道，如果妳要去埃及，或不管去哪裡，我都希望能跟妳一起去。」

他的生命隨著脈搏在我手下流動。「謝謝你。」我說。

潘妮洛普來愛以亞的海岸迎接我們。太陽高掛，島嶼百花齊放，水果飽滿掛在枝頭，每個角落和裂縫都長著綠葉。她在蒼翠茂盛的島嶼中看起來很自在，朝我們揮手，大聲向我們招呼。

如果她有注意到我們之間的變化，也完全沒提。她擁抱我們兩人。她說，島嶼很平靜，沒有人上島，但其實也沒那麼平靜。獅子寶寶出生了。一陣濃霧籠罩島東方三天，中途有一場大雨，河水暴漲漫延兩岸。她說話時臉頰透出血色。我們經過青翠的月桂林和杜鵑花叢，穿過我的花園，來到巨大的櫟木門前。我聞著屋內的空氣，裡面全是新鮮濃郁的藥草氣味。我感到詩人經常拿來描述快樂的形容：我回家了。

到了房間，我的寬大金色床單乾淨舒服。我聽到特拉馬庫斯和母親說斯卡拉的故事。我走出屋子，赤腳在島嶼散步。腳下土地溫暖。我在道別嗎？我走在開闊天空之下，心想著，就今晚吧。今晚在月光下，一個人來。

我回家時，太陽正西下。特拉馬庫斯去抓魚準備晚餐，潘妮洛普和我坐在桌邊。她手指綠綠的，我在空中聞到咒語的味道。

「我一直在想一件事。」我說。「我們在吵雅典娜的事時，妳怎麼知道可以向我下跪？妳怎麼知道那能羞辱我？」

「啊，那是猜的。奧德修斯有次提到關於妳的事。」

「什麼事？」

「他說他從來沒見過哪個神這麼討厭神性。」

我露出笑容。他就算死了仍能讓我驚訝。「我想這是真的。妳說他改變各個王國，但他也能影響人的思考。在他之前，所有英雄都是海克力士和伊阿宋。現在孩子會玩起航海冒險的遊戲，用機智和口才征服危險的島嶼。」

「他應該會很高興。」她說。

我也覺得他會高興。過一會，我看著面前她髒汙的手指。

「所以呢？妳要跟我說嗎？妳的巫術順利嗎？」

她會心一笑。「妳說的對。巫術應該是意志力。意志力和下苦功。」

「總而言之，」我說，「我這裡的事都結束了。妳願意代替我，當愛以亞女巫嗎？」

「我覺得我想。發自內心想，但我的髮色不大對，跟妳的頭髮一點都不像。」

「妳可以染。」

她做了個表情。「那不如說這是因爲我長年使用魔法而變白的。」

我們大笑。掛毯她已經織好了，就掛在她身後的牆上。掛毯上的那名泳士游進了暴風雨深處。

「如果妳想要伴，」我說，「就告訴眾神妳可以管教她們不乖的女兒。我想妳懂得怎麼對付她們。」

「我想這應該是稱讚。」她搓著桌上的汙痕。「我兒子怎麼辦？他會跟妳一起去嗎？」

我發現我有點緊張。「他願意的話。」

「妳自己的意願呢？」

「我希望他來，」我說，「可以的話。但我現在還有一件事情要做。我不知道結果會怎樣。」

她冷靜的灰色眼珠和我相視。我覺得她彎起眉毛時，面目像座神殿。優雅壯麗，令人難忘。「特拉馬庫斯一直是個乖巧的兒子，但他聽話太久了。現在他必須自己作主。」她摸我的手。「未來的一切本來就不確定，這我們都知道。但如果我有件一定要完成的事，我會將那件事交給妳。」

我收拾碗盤，仔細洗到亮晶晶的。我把所有刀磨利，放到各自的位置。我擦乾淨桌子，掃好地。我回到壁爐前，只剩特拉馬庫斯在那。我們散步到我們都喜歡的那片草地，上次我們就是在這提到雅典娜，但那彷彿已是上輩子的事。

「我打算施的咒，」我說，「我不知道施了以後會發生什麼事。也許甚至不會有用。也許克洛諾斯的力量不能離開那片土地。」

他說：「那我們再回去。我們會回去到妳滿意爲止。」

就這麼簡單。如果妳想要，我就會去做。如果能讓妳快樂，我就會陪妳去。還有什麼能比這一刻更能融化一顆心？但心融化還不夠，經歷許多之後，我已了解這點。我親吻他，並要他留在那裡。

27

青蛙回到自己的沼澤，蠑螈在棕色洞穴裡睡覺。水池映照著天上的半月和星點，四周樹木彎下來輕搖。

我跪在池畔，草地厚實，面前放著從一開始就陪伴我施咒的舊銅碗。我身邊的花朵躺在白根之上。我切下花莖，擠下一滴滴花汁。銅碗底變黑，也映照出了月亮。最後一朵花我種到池畔，每天早上太陽會照到這裡，也許它能順利生長。

我感到心中的恐懼，像水一樣散發光澤。雖然斯卡拉只嘲笑我，但這些花朵讓她化為怪物。葛勞克斯其實也變成某種怪物，變成神之後，他的善良蕩然無存。我記得特拉哥諾斯誕生時，內心產生的恐懼：**我肚子裡是什麼怪物？**我想像出各種恐怖景象。我會長出好幾顆溼黏的頭，有黃色的牙齒；我會走下溪谷，將特拉馬庫斯撕成碎片。

我告訴自己，也許不會如此。也許我希望的一切都會成眞，特拉馬庫斯和我會眞的去埃及和其他地方。我們會一次次越過海洋，靠我的巫術和他的木工過日子，我們再次出現在城鎮，大家會走出房子來迎接我們。他會修補他們的船，我會用咒語驅走咬人的飛蟲，治療發燒，我們會因爲單純治癒世界而感到滿足。

預視綻放，畫面鮮明，像腳下清涼的綠草，像頭頂上的夜空。我們會旅行到邁錫尼的獅門，阿伽門農的繼承人統治著那地方；我們會去特洛伊的城牆，山頂結冰的艾達山會吹來陣陣寒風，讓牆石變得冰冷；我們會騎大象，並在沙漠中行走，那裡天上的神祇不曾聽過泰坦神和奧林帕斯神，就如同我們不會在意腳下的金龜子，他們也不會在意我們。特拉馬庫斯會對我說他想要孩子，我會說：「你不知道你在對我要求多可怕的事。」而他會說：「這次妳不是一個人了。」

我們會一起生兩個女兒。潘妮洛普會來到產房，在我床邊照顧我。過程會很痛，但一切都會過去。孩子還小的時候，我們會在島上生活，後來會經常回島上看她。她會繼續織布和施咒，寧芙在四周飛舞。不論她頭髮多斑白，卻似乎永遠不會累，但我有時會看到她目光投向地平線，冥界就在那個方向，有許多靈魂等待著她。

我夢中的兩個女兒和特拉哥諾斯截然不同，兩人個性也天差地別。一個會追著獅子繞圈，另一個會坐在角落觀察，將一切記在腦海中。我們深深愛著她們。我們會站在一旁，看著她們熟睡的臉，輕聲聊著她們今天說的話、做的事；我們會帶她們去見統治金色果園的特拉哥諾斯。他會從躺椅跳下來和我們擁抱，並介紹護衛隊長給我們認識。那是一個高大的黑髮年輕人，從不離開他身邊。特拉哥諾斯說自己還沒結婚，可能永遠不會結婚了。我微微一笑，想像雅典娜有多不開心。他謙恭有禮，但態度堅定，毫不動搖，就像他築起的城牆。我不擔心他。

然後，我開始有了年紀。面對光亮銅鏡，我看到臉上出現皺紋，皮膚也變得粗糙，開始下垂。我在切藥草時若切到自己，會留下疤痕。有時我很喜歡，有時我覺得難看，心裡會不開心。但我不曾希望自己回到過去。當然有朝一日，我的身體會化爲塵土，但那是它該在的地方。有一天，荷米斯會帶我走向冥界。我們認不出彼此，因爲我會一頭白髮，他會化身爲神祕的亡魂帶領人，那是他唯一正經嚴肅的一刻。我想我看到會很高興。

我知道自己有多幸運，傻人有傻福，彷彿醉得跌跌撞撞，全靠運氣才活下來。有時我會在深夜驚醒，害怕自己生命搖搖欲墜，不堪一擊。身旁丈夫脖子上的脈搏跳動著，孩子在床上，輕輕一抓皮膚就能留下淡淡傷痕，一陣微風就能將他們吹走。而且這世上不只有微風，還有疾病、災難、怪物和各式各樣的痛苦。我沒忘記父親和眾神在空中俯瞰我們，他們像劍一樣明亮鋒利，瞄準我們脆弱的身體。就算不是因爲惡意和輕蔑，他們也會因爲意外或一時興起攻擊我們。我的呼吸卡在喉嚨。我要怎麼面對如此絕望的壓力？

這時我會起身，來到我的藥草前面。我會創造、變化些東西。我的巫術變得比以往更強。這也是一大幸運。有多少人像我一樣擁有這等力量、餘裕和防衛？特拉馬庫斯會從床上起來找我。他會陪我坐在瀰漫藥草味的黑暗中，握著我的手。我們兩人的臉現在都充滿皺紋，帶著歲月的痕跡。

他會說，瑟西，沒事的。

這不是神諭或預言。這只是你會對孩子說的話。我聽他對女兒說過。她們做惡夢，他抱著她們，重新哄她們入睡時，他會這樣安慰。她們受了傷或被蟲螫傷時，他也會這樣安慰。我手指如此熟悉他的皮膚，簡直像是我自己的。我感受他的呼吸，在夜裡好溫暖，不知何故，我因而安心了。他說那句話不代表不會痛；他說那句話不代表我們不需害怕。那話是代表，我們都在這裡。這就是在海中游泳，在陸上行走，感受泥土碰觸雙腳的意義。這就是活著的意義。

頭上的星空流轉。我的神性閃閃發光，像落入海中之前的最後一道陽光。以前我認爲，神就是死亡的相反，但現在我覺得，他們簡直像是死透了，不肯改變，也抓不住任何事物。

我這輩子一直在向前衝，現在終於來到這裡。我有凡人的聲音，就讓我擁有凡人剩下的一切吧。我將滿滿的碗舉到嘴邊，仰頭喝下。

角色列表

泰坦神

埃帖斯：瑟西的弟弟，黑海東邊科爾基斯王國的魔法國王。埃帖斯是凡人女巫美狄亞的父親，也是金羊毛的擁有者。後來在美狄亞幫助下，金羊毛被伊阿宋和阿爾戈號船員偷走。

玻瑞士：北風的化身。在一些神話中，他害死了美麗年輕的雅辛托斯。他的兄弟分別是齊菲羅士（西風）、諾特士（南風）、幽魯士（東風）。

卡呂普索：泰坦神阿特拉斯之女，住在奧吉吉亞島上。《奧德賽》中，她救起了遇到船難的奧德修斯。她愛上他，便把他留在島上七年，最後眾神命她釋放他。

瑟西：住在愛以亞島上的女巫。她是海利歐斯和寧芙波爾絲所生的女兒。她的名字可能是源自鷹隼（hawk）或獵鷹（falcon）。《奧德賽》中，她將奧德修斯的船員變成豬，但後來他挑戰她，她將他視爲愛人，讓他和他的人得以留在島上，並協助他們再次出航。瑟西出現在許多文學作品之中，啓發了奧維德、詹姆斯．喬伊斯、尤多拉．韋爾蒂和瑪格麗特．愛特伍等人的創作。

海利歐斯：泰坦太陽神。他是許多人的父親，包括瑟西、埃帖斯、帕西斐和波爾賽斯，還有他們同父異母的孿生姊妹寧芙蘭佩提亞和法梭莎。他最常出現的形象是駕著金馬馬車，每天橫越天空。《奧德賽》中，奧德修斯的船員殺死他的神牛後，他請宙斯殺死他們。

寧默心：回憶女神，九個繆思的母親。

涅羅士：古海神，後來遭奧林帕斯神波塞頓所取代。他生了眾多孩子，包括海寧芙忒提斯。

歐開諾斯：在荷馬詩歌中，歐開諾斯是泰坦神，負責掌管偉大淡水河歐開諾斯之河，古人想像那條河環繞了世界。後來他變成掌管海洋和鹽水。他是瑟西的外祖父，也是無數寧芙和神祇的父親。

帕西斐：瑟西的妹妹，她是魔力強大的女巫，嫁給宙斯的凡人之子米諾斯，成爲克里特島王后。她和他生了很多孩子，包括雅瑞安妮和菲德菈，也預謀懷下了白色神牛的孩子，即怪物米諾陶。

波爾絲：她是歐開諾斯所生的寧芙。瑟西的母親，海利歐斯的妻子。在後來的故事中，她和巫術有關。

波爾賽斯：瑟西的弟弟，和古老波斯故事有關。

普羅米修斯：違背宙斯之意，幫助凡人的泰坦神，他盜火賜給凡人。在有些故事中，他也教導凡人建立文明。宙斯懲罰他，將他以鐵鍊綁在高加索山的岩石上，老鷹每天會撕開他肚子，吃他的肝臟。但一夜之後，他的肝臟會再長出。

普羅提斯：面容不斷變化的海神，負責掌管波塞頓海中的海豹。

塞勒涅：月亮女神，瑟西的姑姑，海利歐斯的妹妹。她駕著銀馬馬車，越過夜空，她丈夫是美麗的牧羊人恩狄米翁，他雖是凡人，但受了永生的咒語，將一輩子長眠。

特西絲：歐開諾斯泰坦神妻子，瑟西的祖母。跟她丈夫一樣，她原本掌管淡水，但後來被描述成海洋女神。

奧林帕斯神

阿波羅：光芒、音樂、預言和醫藥之神。阿波羅是宙斯之子，阿媞米絲的雙胞胎兄弟，在特洛伊戰爭中是特洛伊人的守護神。

阿媞米絲：狩獵女神，宙斯之女，阿波羅的雙胞胎姊妹。《奧德賽》中，她是殺死雅瑞安妮公主的神。

雅典娜：智慧、編織和戰術的強大女神。在特洛伊戰爭中，她強烈支持希臘人，是足智多謀的奧德修斯的守護神。她常出現在《伊里亞德》和《奧德賽》的故事中。據說她是宙斯最愛的孩子，她從他腦袋中出生，一出生就成人形，身著盔甲。

狄俄尼索斯：他是酒神，宙斯之子，愛狂歡作樂。他命令特修斯丟下雅瑞安妮公主，自己想娶她爲妻。

愛萊塞亞：生產女神，她會在孕婦生產時幫助她們，也有能力阻止小孩生下。

荷米斯：宙斯和寧芙瑪伊亞之子，他是眾神信使，也是旅行、惡作劇、商業、邊疆之神。他也負責將靈魂帶入冥界。在某些故事中，荷米斯是奧德修斯的祖先。在《奧德賽》中，他告訴奧德修斯該如何對抗瑟西的魔法。

宙斯：眾神和凡人之王，從奧林帕斯山上的王位統治世界。他向父親克洛諾斯復仇，開啓和泰坦神之戰，最後推翻他。他是許多神和凡人的父親，包括雅典娜、阿波羅、狄俄尼索斯、海克力士、海倫和米諾斯。

凡人

阿基里斯：海寧芙忒提斯和佛提亞國王佩琉斯之子，阿基里斯是那時代最偉大、最敏捷、最英俊的戰士。年輕時，阿基里斯就得到一個選擇，他可以選擇長生但默默無聞，或短命但威名遠播。他選擇名聲，並和希臘人航行到了特洛伊。但在戰爭的第九年，他和阿伽門農大吵一架，不願再打仗了。直到後來他最愛的帕特羅克洛斯被赫克特殺死，他才又回到戰場上。他盛怒之下殺死偉大的赫克特，最後赫克特的弟弟帕里斯在阿波羅幫助下殺死了阿基里斯。

阿伽門農：希臘最大的王國邁錫尼王國的統治者。他是希臘討伐特洛伊的將軍，目的是要搶回弟弟墨涅拉俄斯的妻子海倫。戰爭的十年間，他常和人爭吵，目中無人，最後返回邁錫尼的家裡，卻遭妻子克莉坦娜絲所殺。《奧德賽》中，奧德修斯來到冥界曾和他的幽靈說上話。

雅瑞安妮：克里特島的公主，女神帕西斐和半神半人米諾斯的女兒。英雄特修斯來殺米諾陶時，她幫助了他，給他一把劍和一團線球，讓他殺死怪物米諾陶之後，能循原路走出迷宮。後來她隨他逃走，在狄俄尼索斯插手之前，兩人原本打算結婚。

代達羅斯：工匠大師，古代許多著名發明和藝術品都是出自他之手，包括雅瑞安妮的舞池和囚禁米諾陶的迷宮。他和兒子伊卡洛斯都被關在克里特島，於是他想出一個逃跑計畫：用羽毛和蠟做出兩組翅膀。他和伊卡洛斯成功逃出，但伊卡洛斯飛得太靠近太陽，黏住羽毛的蠟融化，最後落入海中淹死了。

艾本諾：奧德修斯的船員。《奧德賽》中，他因爲從瑟西屋頂摔下而死。

尤莉克萊亞：奧德修斯和特拉馬庫斯的保母。在《奧德賽》中，奧德修斯喬裝回到故鄉，她在洗他的腳時，認出他年輕時獵野豬受的傷疤。

尤利羅丘：奧德修斯的船員，也是奧德修斯的堂弟。《奧德賽》中，他和奧德修斯常站在不同立場，而他也是說服其他船員殺海利歐斯神牛來吃的人。

葛勞克斯：是一個漁夫，他躺在一片魔法藥草中一覺醒來就變形了。他的故事曾出現在奧維德的《變形記》。

赫克特：特洛伊國王皮安姆的大兒子，即特洛伊王子和王位繼承人。他最出名的是力量強大，為人高尚，深愛自己的家人。《伊里亞德》中，荷馬述說了赫克特、他妻子安卓瑪姬和兒子亞士提納克斯的感人場景。阿基里斯來為愛人帕特羅克洛斯復仇時，赫克特被阿基里斯所殺。

海倫：傳說中她是古希臘最美麗的女人。海倫是斯巴達王后勒達和天神宙斯化身成的天鵝所生。許多男人向她求婚，每個都立下誓言（由奧德修斯提議），無論誰勝出，都必須為她捍衛婚姻。她被許配給墨涅拉俄斯，但後來和特洛伊王子帕里斯逃走，引發了特洛伊戰爭。戰後，她和墨涅拉俄斯回到斯巴達。荷馬後來述說的故事中，奧德修斯的兒子特拉馬庫斯曾去找她，詢問關於父親的事。

海克力士：宙斯之子，黃金時代最著名的英雄。海克力士力大無窮，為了向女神赫拉贖罪，被迫完成了十二項偉業。赫拉女神討厭他，因為他是宙斯的私生子。

伊卡洛斯：工匠大師代達洛斯之子。他和父親裝上蠟和羽毛所做的翅膀，逃出克里特島。伊卡洛斯因忽視父親的警告，飛得離太陽太近，翅膀的蠟融化，導致羽毛脫落，最後墜入海中。

伊阿宋：伊奧科斯的王子。他的王位被叔叔珀利阿斯奪走，於是他出發遠征。爲了證明自己的價值，打算將科爾基斯巫師國王埃帖斯所擁有的金羊毛帶回家鄉。在他的守護神赫拉女神幫助下，伊阿宋得到著名的阿爾戈號，和稱作阿爾戈英雄的船員。抵達科爾基斯時，國王埃帖斯給他一連串無法達成的挑戰，包括用噴火牛耕田。但埃帖斯的女兒凡人女巫美狄亞愛上伊阿宋，幫助他達成任務，兩人一起帶著金羊毛逃跑。

拉爾特斯：奧德修斯的父親，伊薩卡國王。《奧德賽》中，他雖然仍活著，但已從王宮退位，回到家中。他和奧德修斯一起對抗追求者家族。

美狄亞：科爾基斯國王埃帖斯的女兒，也是瑟西的姪女。她與父親和姑姑一樣懂得巫術。當伊阿宋來取得金羊毛時，她用自己的力量幫助他，並以此爲條件要他娶她，帶她一起離開。兩人逃走後，埃帖斯追殺他們，美狄亞用計殺人，才擋住了父親。過去和現代都有不少作品提到她的故事，包括希臘悲劇三傑之一，尤里比底斯的著名悲劇作品《美狄亞》。

米諾斯：宙斯之子，國力強大的克里特島國王。他的妻子帕西斐是女神，也是米諾陶之母。米諾斯要求雅典人獻上孩子來餵米諾陶。米諾斯死後，在冥界居要位，負責審判其他人的靈魂。

奧德修斯：伊薩卡島詭計多端的王子，雅典娜最愛的凡人，潘妮洛普的丈夫，特拉馬庫斯的父親。特洛伊戰爭中，他是阿伽門農最主要的謀士，是他設計了特洛伊木馬，讓希臘人贏得這場戰爭。他回家的旅程總共十年，成為荷馬史詩《奧德賽》的主題，其中著名的冒險包括面對獨眼巨人波利菲莫斯、女巫瑟西、怪物斯卡拉和卡律布狄斯、賽蓮海妖。荷馬給他許多輝煌的稱號，像詭計多端的男人（polymetis）、面目多變的男人（plytropos）、倍受折磨的男人（polytlas）。

帕特羅克洛斯：英雄阿基里斯最鍾愛的伙伴，在許多版本的故事中也是阿基里斯的愛人。《伊里亞德》中，他做出關鍵決定，為了拯救希臘人，他穿上阿基里斯的盔甲，讓故事來到最終章。帕特羅克洛斯被赫克特殺死之後，阿基里斯悲痛欲絕，全力向特洛伊復仇，最終也導致阿基里斯死亡。《奧德賽》中，奧德修斯到冥界時，看到帕特羅克洛斯在阿基里斯身旁。

潘妮洛普：斯巴達的海倫的堂妹，奧德修斯的妻子，特拉馬庫斯的母親，以聰明和忠貞著名。奧德修斯戰後沒回家，她受追求者包圍，家也遭人占據，他們不斷逼迫她嫁給其中一人。她做出了一個著名的承諾，答應等她織完壽衣，就會從追求者之中選出自己的丈夫。但她每晚都拆掉白天織好的布，以此拖延好幾年。

皮洛士：阿基里斯之子，是洗劫特洛伊城的要角。他殺死了特洛伊國王皮安姆，在某些版本的故事中，也殺死了赫克特還在襁褓中的兒子亞士提納克斯，以免他長大來復仇。

特拉哥諾斯：奧德修斯和瑟西的兒子，在神話中是義大利塔斯庫勒姆和帕萊涅斯特兩大城市的奠基者。

特拉馬庫斯：奧德修斯和潘妮洛普的獨子，伊薩卡島的王子。《奧德賽》中，荷馬描述他幫助父親計畫和執行復仇，對抗包圍他們家的追求者。

特修斯：雅典王子，他被送到克里特島，因爲雅典答應要進貢十四個孩子來餵怪物米諾陶。結果特修斯在雅瑞安妮公主幫助下，殺死了米諾陶。

怪物

卡律布狄斯：位在峽窄海峽一端的強大漩渦，和可怕的斯卡拉相對。船隻若想避開斯卡拉，就會被漩渦吞噬。

米諾陶：以克里特島國王米諾斯的名字命名，米諾陶其實是王后帕西斐和白色神牛生下的孩子。代達羅斯打造迷宮將吃人的米諾陶關在裡頭，米諾斯要求雅典人每年進貢十四個孩子來餵食牠。其中之一是雅典王子特修斯，他最後殺死了米諾陶。

波利菲莫斯：獨眼巨人，也是海神波塞頓之子。《奧德賽》中，奧德修斯和手下來到波利菲莫斯的島上，進到他洞穴，吃了他的食物。波利菲莫斯逮到他們，將他們困在洞穴裡，吃了好幾個奧德修斯的船員。奧德修斯以花言巧語騙了獨眼巨人，並告訴他自己叫**奧提斯**，意思是**沒有人**。他將獨眼巨人刺瞎逃跑，航行離開時，他才透露自己的眞名。波利菲莫斯請求父親波塞頓懲罰奧德修斯。

斯卡拉：根據荷馬描述，牠是一隻凶猛的怪物，有六個頭，十二條長腿，躲在海峽一邊的洞穴裡，和漩渦卡律布狄斯相望。船經過時，牠會向下攻擊，每張嘴咬起一個水手，並把他們吃了。後來的描述中，牠有了女人的頭、海怪的尾巴，肚子冒出凶暴的狗。奧維德的《變形記》中，斯卡拉原本是個寧芙，後來變成了怪物。

賽蓮女妖：形象通常是女面鳥身的怪物，賽蓮女妖停在礁石上歌唱。她們歌聲甜美，男人聽到會失去理智。《奧德賽》中，瑟西建議奧德修斯讓手下耳朵灌蠟，以安全通過，更建議他不灌蠟，但要把自己綁在桅杆上。這樣一來，他就會是第一個聽到歌聲卻活下來的人。

致謝

寫下這本書的旅程中，許多人幫助了我，我無法將他們一一寫出來，只能由衷感謝我的朋友、家人、學生、讀者，和熱衷於神話傳說，並來與我分享的所有人。

感謝Dan Burfoot花時間看了初稿，並熱情和我分享文學觀點。非常感謝Jonah Ramu Cohen一直熱情相挺，願意讀無數版本的稿子，和我聊敘事、神話和女性主義。

我很感謝一路啓發我的經典文學老師，尤其是David Rich、Joseph Pucci和Michael C. J. Putnam。我也感謝親切的David Elmer，在幾個關鍵處提點了我。書中若有失眞，責任在我，和他們無關。

感謝Margo Rabb、Adam Rosenblatt和Amanda Levinson在我寫作時不斷給我鼓勵，也感謝Sarah Yardney和Michelle Wofsey Rowe。感謝我的兄弟Tull和他妻子Beverly，我愛你們，謝謝你們一直以來的支持。

深深感謝Gatewood West，你的觀點、智慧和溫暖陪伴我走過這場旅程。

我要感謝我不可思議的編輯Lee Boudreaux，你一直耐心給予我意見，並對我的作品抱有十足的信心，和你合作都相當愉快。也感謝優秀的團隊：Pamela Brown、Carina Guiterman、Gregg Kulick、Karen Landry、Carrie Neill、Craig Young和所有在Little, Brown出版公司的人。特別感謝Judy Clain和Reagan Arthur，感謝你們的熱情和支持。

我也感謝Alexandra Pringle和所有Bloomsbury UK的大家庭：Ros Ellis、Madeleine Feeny、David Mann、Angelique Tran Van Sang、Amanda Shipp、Rachel Wilkie和許許多多的人。

一如往常，非常感謝Julie Barer，妳一直是全世界最棒、最厲害的經紀人，為我的作品努力爭取，永遠都願意讀下一份稿子，也是最好的朋友。感謝The Book Group整個團隊，尤其是Nicole Cunningham和Jenny Meyer。當然還要感謝Caspian Dennis和Sandy Violette。

我無法表達自己有多愛和感謝Jonathan和Cathy Drake，他們給予無盡的愛和支持，也是最棒的祖父母。謝謝你們！也謝謝Tina、BJ和Julia。

我也感謝繼父Gordon和母親Madeline，感謝妳帶我認識經典文學，在童年時每天唸給我聽，在大大小小的事情上支持我，讓我得以寫出這本書，更重要的是，在學習**女性居首**（dux femina facti）這件事上，妳是我的第一表率。

我也為閃耀的V.和F.獻上愛，你們的魔法改變我的人生，在我一次消失幾個小時的日子裡，你們一直很有耐心。最後我要將無盡的感謝和愛獻給Nathaniel，你是我**存在的必要條件**（sine quo non），每一頁都有你和我相伴。

Eurasian Publishing Group
圓神出版事業機構
用心與你對話・視野無限寬廣
寂寞出版社
Solo Press
www.booklife.com.tw reader@mail.eurasian.com.tw
Soul 046

女巫瑟西

作　　者／瑪德琳・米勒Madeline Miller
譯　　者／章晉唯
發 行 人／簡志忠
出 版 者／寂寞出版股份有限公司
地　　址／臺北市南京東路四段50號6樓之1
電　　話／（02）2579-6600・2579-8800・2570-3939
傳　　真／（02）2579-0338・2577-3220・2570-3636
總 編 輯／陳秋月
資深主編／李宛蓁
責任編輯／朱玉立
校　　對／李宛蓁・朱玉立
美術編輯／金益健
行銷企畫／陳禹伶・朱智琳
印務統籌／劉鳳剛・高榮祥
監　　印／高榮祥
排　　版／杜易蓉
經 銷 商／叩應股份有限公司
郵撥帳號／18707239
法律顧問／圓神出版事業機構法律顧問　蕭雄淋律師
印　　刷／祥峯印刷廠
2022年08月　初版
2023年11月　3刷
Circe by Madeline Miller
Copyright © 2018 by Madeline Miller
Published by arrangement with The Book Group,
through The Grayhawk Agency.
Complex Chinese edition copyright © 2022 by Solo Press,
an imprint of Eurasian Publishing Group
ALL RIGHTS RESERVED

定價 480 元　ISBN 978-626-95938-2-8
版權所有・翻印必究
◎本書如有缺頁、破損、裝訂錯誤，請寄回本公司調換
Printed in Taiwan

每一本書，都是有靈魂的。
不但是作者的靈魂，
也是曾經讀過這本書，與它一起生活、一起夢想的人留下來的靈魂。

——《風之影》

想擁有圓神、方智、先覺、究竟、如何、寂寞的閱讀魔力：

- 請至鄰近各大書店洽詢選購。
- 圓神書活網，24小時訂購服務
  免費加入會員・享有優惠折扣：www.booklife.com.tw
- 郵政劃撥訂購：
  服務專線：02-25798800 讀者服務部
  郵撥帳號及戶名：18707239 叩應有限公司

國家圖書館出版品預行編目資料

女巫瑟西 / 瑪德琳・米勒（Madeline Miller）著；章晉唯 譯.
-- 初版. -- 臺北市：寂寞，2022.8
448面；14.8×20.8公分（Soul；46）
譯自：Circe
ISBN 978-626-95938-2-8（平裝）

874.57　　　111009436

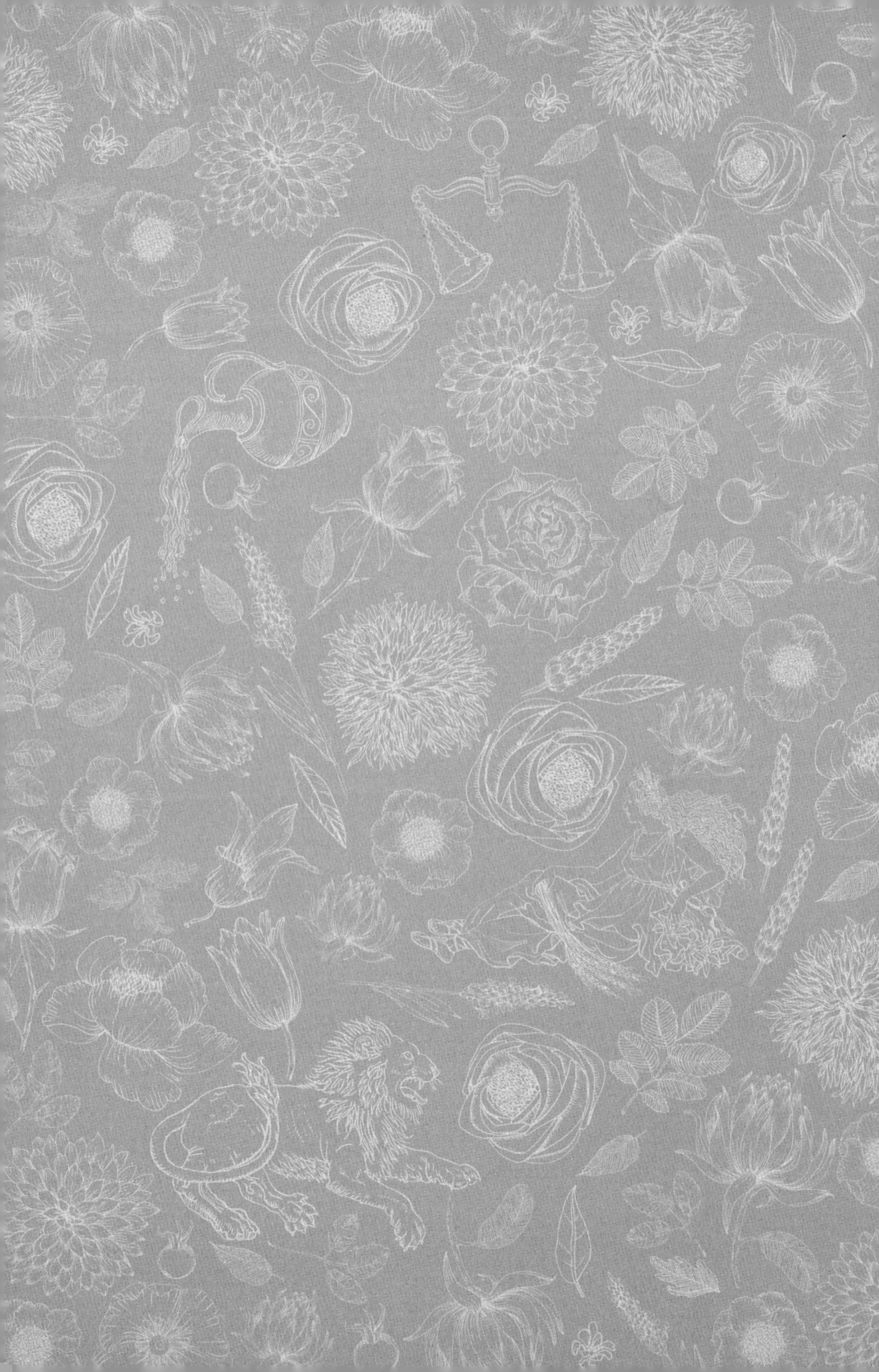

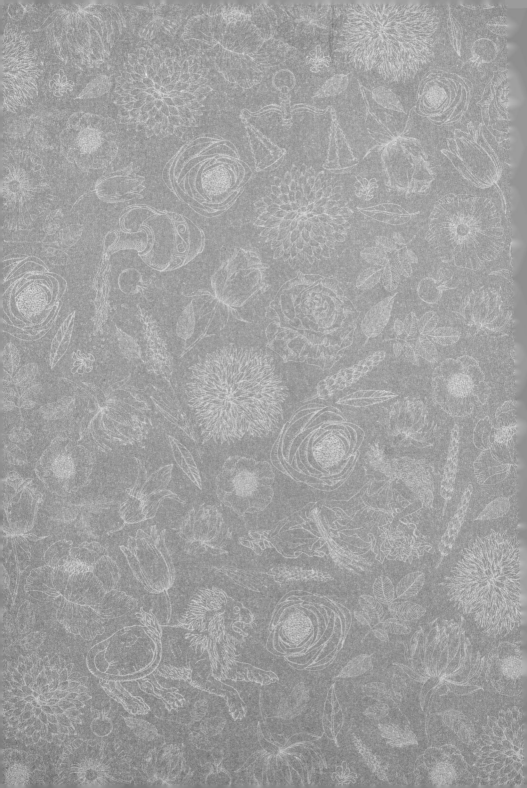

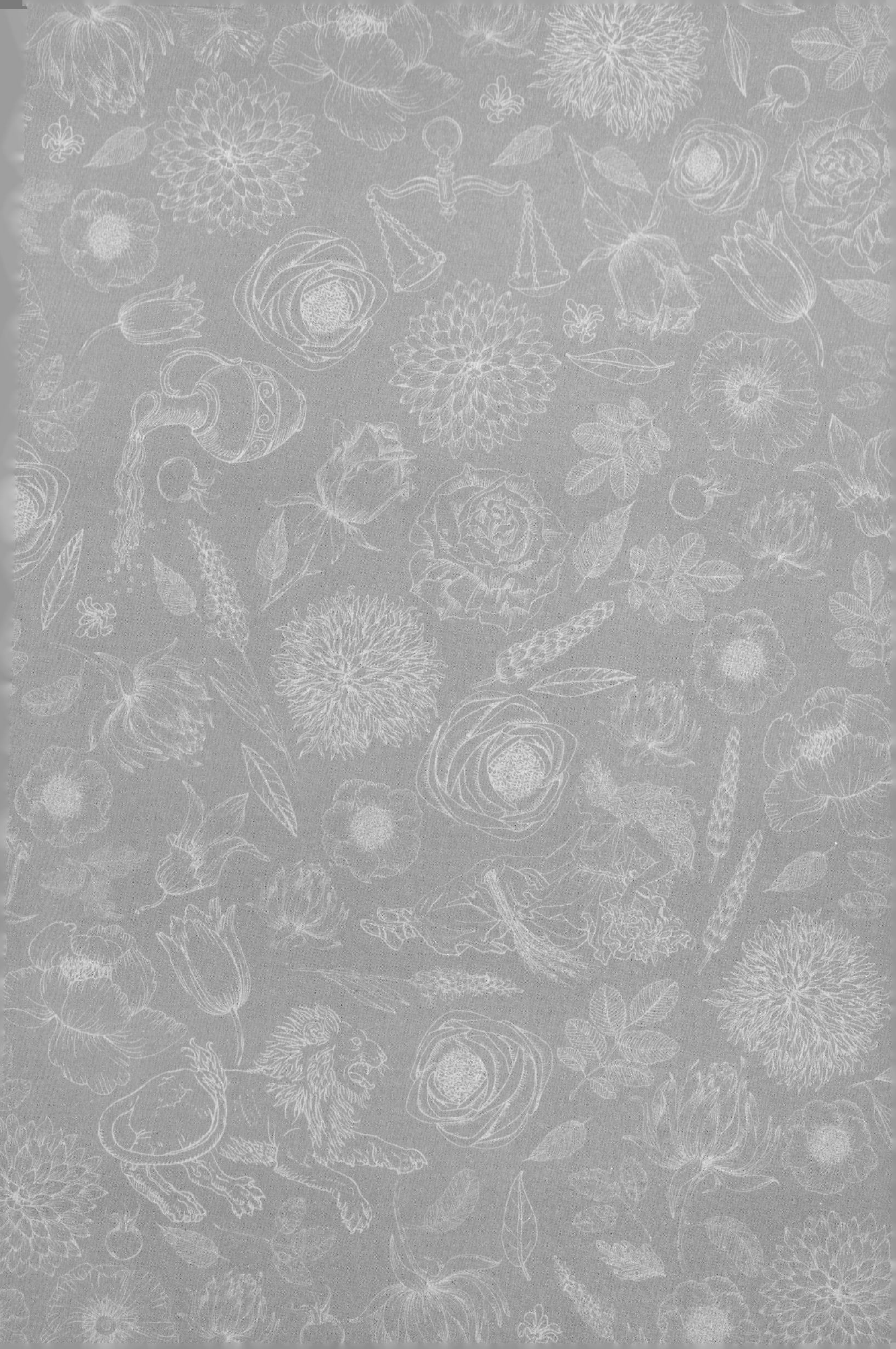